DROEMER

SEBASTIAN

FITZEK

PSYCHOTHRILLER

DAS KALENDERMÄDCHEN

DROEMER

Wie alle meine Bücher ist auch dieses frei von KI
und ohne Unterstützung von Ghostwritern entstanden.
Verrückt, dass wir in Zeiten leben, in denen
das nicht selbstverständlich ist.
Sebastian Fitzek

Besuchen Sie uns im Internet:
www.droemer-knaur.de

MIX
Papier | Fördert
gute Waldnutzung
FSC® C083411
FSC
www.fsc.org

Originalausgabe Oktober 2024

Ein Imprint der Verlagsgruppe
Droemer Knaur GmbH & Co. KG, München

Dieses Werk wurde vermittelt durch die
AVA international GmbH Autoren- und Verlagsagentur,
München. www.ava-international.de
Redaktion: Regine Weisbrod
Covergestaltung: Verlagsgruppe Droemer Knaur
in Zusammenarbeit mit Raschke Entertainment (Jörn Stollmann),
Berlin, und ZERO Werbeagentur GmbH, München
Coverabbildung: Raschke Entertainment (Jörn Stollmann),
ZERO Werbeagentur GmbH, pixonaut / Getty Images,
ilbusca / Getty Images, Shutterstock.com
Satz und Layout: Adobe InDesign im Verlag
Druck und Bindung: CPI books GmbH, Leck
ISBN 978-3-426-28174-1

2 4 5 3

Für Sabrina

Selbst wer an nichts glaubt,
glaubt damit an etwas.

1. KAPITEL

NOTRUFPROTOKOLL

20. Dezember, 23:34 Uhr, Leitstelle Hof, Bayern.

P: Notruf der Polizei, mit wem spreche ich?
A: Ja, hallo. Ich würde gern eine Pizza bestellen.
P: Gute Frau, Sie haben den Notruf der Polizei gewählt.
A: Genau. Mit Salami und Käse.
(Pause.)
P: Verstehe … Sind Sie aktuell in Gefahr und werden bedroht?
A: Ja.
P: Sie sind nicht allein im Raum?
A: Ganz genau.
P: Sind es mehrere Täter?
A: Nein. Nur eine Pizza.
P: Gut. Sie machen das sehr gut. Ist die Person bei Ihnen bewaffnet?
(Längere Pause.)
A: Ja. Die XXL-Größe bitte.
P: Sind Sie verletzt?
A: Mit Peperoni.
P: Schwer?
A (gequält lachend): Wenn ich nicht bald was zu essen bekomme, sterbe ich.
P: Okay. Sie sind eine starke Frau. Sie machen das perfekt. Hilfe ist gleich bei Ihnen. Sie

müssen mir jetzt bitte die genaue Adresse durchgeben.

A: Hm. Na klar. (Pause. Schweres Atmen.) Bitte liefern Sie es nach Rabenhammer in den, äh … in den Tannensteig 18.

P: Ist das eine Wohnung?

A: Äh, das ist ein Ferienhaus. Haus Waldpfad.

P: Gut, wie heißen Sie?

A: Valentina. Valentina Rogall. Aber es steht natürlich kein Name an der Klingel. Was …? (Rascheln, Hörer wird offenbar mit der Hand zugehalten.)

A (zu einem Dritten im Raum): Ja. Sag ich. (Wieder direkt in die Leitung. Verunsichert. Zittrige Stimme.) Hören Sie? Sie sollen das Essen bitte vor die Tür stellen. Bargeld liegt dann unter der Fußmatte.

P: Wo genau im Haus halten Sie sich auf? Im Erdgeschoss?

A: Nein.

P: Im ersten Stock also?

A: Ganz genau. (Pause, Rascheln.) Wie lange wird das dauern?

P: Hilfe ist in wenigen Minuten bei Ihnen. Sagen Sie jetzt bitte: »Kein Problem, ich warte in der Leitung, bis Sie Ihren Lieferanten erreicht haben.«

A: Kein Problem, ich warte in der Leitung, bis Sie Ihren Lieferanten erreicht haben. Moment, warten Sie. Ich soll noch sagen …

(Längere Pause. Rascheln. Unverständliches Gemurmel im Hintergrund. Ein unterdrücktes Wimmern.)

A: Nein, nein, das mach ich nicht.

P: Hallo? Hallo? Sind Sie noch dran?

(Lauter, gequälter Frauenschrei.)

Verbindung reißt ab.

Ende der Aufzeichnung: 23:37 Uhr.

2. KAPITEL

RABENHAMMER, TANNENSTEIG 18
23:51 UHR
STRACHNITZ

Mit dem halb heruntergelassenen Raffrollo sah das kleine Schieferdachhäuschen aus, als würde es Polizeimeister Strachnitz vom Waldrand aus zuzwinkern.

Es war eine sternklare, eiskalte Nacht. Keine Wolke störte das Licht des Vollmonds, das den Polizisten als Scheinwerfer diente und trotz der späten Stunde eine abenddämmerungsgleiche Stimmung erzeugte.

Die letzten Tage über hatte es geschneit, gestern früh hatte es kurz aufgehört, dann am Abend wieder begonnen, und ein lautloses Vorankommen war kaum möglich. Seine Stiefel und die der Polizistin hinter ihm knirschten bei jedem Schritt den Weg hinauf zum letzten Haus in der Sackgasse. Immerhin hatte jemand Splitt gestreut, sodass ihr Aufstieg nicht zur Schlitterpartie wurde. Trotzdem lief er Gefahr, zu stürzen. Strachnitz hatte mal wieder falsch getrunken. Zu viel Alkohol, zu wenig Wasser. Die vergangenen Stunden steckten ihm noch in den Knochen, und der Aufstieg zum Haus Waldpfad, wie die kleine Hütte in Internet-Ferienportalen bezeichnet wurde, schien eher länger statt kürzer zu werden.

»Sieht friedlich aus«, sagte er zu seiner jungen Kollegin, die einige Minuten nach ihm eingetroffen war. Als die Einsatzmeldung der Zentrale einging, war er in der Nähe gewesen, doch der Inhalt des Notrufs hatte keinen Zweifel daran gelassen, dass das hier kein Routineeinsatz für einen einzelnen Beamten war; also hatte er auf Samira warten müssen.

Sie sog die klare Luft ein und sah sich um. »Auf jeden Fall

ist da noch jemand wach«, befand sie. Im Obergeschoss brannte Licht, wohingegen die restlichen Häuser der Siedlung in Dunkelheit lagen. In einigen Gärten standen illuminierte Tannenbäume, in Haus Waldpfad fehlte jegliche Außenbeleuchtung. Dafür flackerte eine zu einem Drittel herabgebrannte Stumpenkerze in einem weihnachtlich geschmückten Fenster.

»Sieh mal!« Samira deutete auf den Boden.

Zahlreiche vom Abendschnee nur lose bedeckte Fußstapfen zeugten davon, dass der Pfad vor Kurzem öfter benutzt worden war. Irgendwann einmal ganz sicher auch von Valentina Rogall – der jungen Frau, die den ungewöhnlichen Pizza-Notruf abgesetzt hatte.

»Seltsam«, stimmte er ihr zu.

Die Wettervorhersage der letzten Tage hatte dafür gesorgt, dass kaum noch jemand in dieser Gegend wandern ging. Der Sommer war heiß und trocken gewesen. Jetzt lastete Neuschnee auf den morschen Baumkronen. Ein Sturm konnte lebensbedrohliche Folgen haben. Erst letztes Jahr war ein leichtsinniger Spaziergänger um diese Jahreszeit von einem herabfallenden Ast erschlagen worden.

Im Einklang mit der Natur leben. Was für ein Schwachsinn!, dachte Strachnitz und tastete intuitiv nach der Waffe an seiner Weste.

Der Polizist liebte den Frankenwald, die verschneiten Berglandschaften, die klare Luft und den warmen Sonnenschein auf den Gipfeln seiner fränkischen Heimat. Aber er war nicht so dumm, zu denken, Mutter Erde wäre seine Freundin.

»Die Natur will uns töten. Erdbeben, Vulkanausbrüche, Sturmfluten, Bakterien, wilde Tiere, Viren, Zecken, Krankheiten, brutale Hitze, eisige Kälte … der Mensch hat all das über Jahrtausende überlebt. Nicht, indem er die Natur in Ruhe gewähren ließ. Sondern, indem er sich vor ihr schützte, wie sich

ein Volk vor kriegerischen Angreifern schützt: mit Höhlen, Häusern, Kleidung, Medikamenten, Heizungen, Gewehren, Angelruten und Rattengift.«

Das hatte ihn schon sein Vater gelehrt.

»*Dann bekämpfen wir die Natur?*«, hatte er ihn als Kind gefragt und sich eine Ohrfeige eingehandelt.

»*Du hörst nicht zu. Ich habe gesagt: Wir* verteidigen *uns. Nicht* wir kämpfen. *Die Natur* bekämpft *uns. Und das zu Recht. Wir sind ihr Feind. Wir haben keine Funktion in der Nahrungskette. Unser Dasein ergibt keinen Sinn. Aus diesem Grund muss uns die Natur niemals ein Friedensangebot machen. Deshalb sind all die Versuche, weniger Strom zu verbrauchen, weniger Fleisch zu essen und weniger Müll zu produzieren, schwachsinnig. Das ist so, als würdest du einen Tumor bitten, weniger zu streuen. Wir sind nun einmal das Krebsgeschwür der Natur. Aus ihrer Sicht müssen wir vollständig entfernt werden.*«

Je älter er wurde, umso besser verstand Strachnitz die Verbitterung seines alten, mittlerweile schwer kranken Herrn, der der Öffentlichkeit jedoch sein ganzes Leben lang ein anderes Gesicht gezeigt hatte. Das des seriösen Kriminalkommissars, stets im Dienste seiner schutzbedürftigen Bürger.

Dieser Heuchler.

Wieso hatte er nur auf Papa gehört, es ihm gleichgetan und war zur Polizei gegangen? »*Willst du dein Leben weiter als Wachmann vergeuden oder endlich wie ein echter Mann in einem echten Männerberuf arbeiten?*«

Strachnitz bereute es fast jeden Tag. Heute womöglich mehr denn je. Trotzdem konnte er nicht auf die innere Stimme hören, die ihm vom eisigen Wind getragen ins Ohr flüsterte, dass er umkehren und das Haus nicht betreten solle. Schon gar nicht mit einem Kater, der ihm mit jedem Atemzug seine Krallen in die Synapsen schlug.

Zum Glück hatte er sich so weit unter Kontrolle, dass seine jüngere Kollegin seinen desolaten Zustand nicht bemerkte. Das hoffte er zumindest.

Der Weg führte sie erst an einer Scheune, dann an einer zum Haus gehörenden Garage vorbei, auf deren Flachdach eine kleine Terrasse mit Aussicht in den Wald angelegt war.

Ein Bewegungsmelder aktivierte eine Lampe über dem rückseitigen Eingang.

Die in die Haustür eingelassene Glasscheibe war von innen mit schwarzem Markierstift beschmiert worden.

»Eigenartig«, kommentierte Samira.

Strachnitz nickte. »Sieht aus wie ein Zeichen.«

Eine geschwungene Linie, die die Zahl **2** oder den Buchstaben S darstellen mochte, je nachdem, ob man von innen oder außen darauf schaute.

Die Haustür stand einen Spalt offen. Strachnitz stieß sie behutsam auf. Sie schwang leicht knarzend in einen ebenso dunklen wie engen Flur hinein. Eine schmale Treppe führte rechter Hand in den ersten Stock. Zur Linken war ein Sicherungskasten in eine Holzpaneelwand eingelassen. Auch dessen Tür war mit Edding markiert. Diesmal mit der Zahl **5**.

»Hallo, wir bringen die Pizza!«, rief Strachnitz so laut, dass man es im gesamten Haus hören musste. Keine Antwort. Er vernahm nichts außer dem Rauschen des Windes von draußen.

Im Inneren des verlassen wirkenden Gebäudes roch es nach kaltem Kamin und feuchtem Hund.

Leider nicht nach Schnaps.

»Ist hier jemand?«

Unten am Parkplatz hatte er Samira erklärt, dass sie sich nicht als Polizisten zu erkennen geben sollten, weswegen sie ihre Uniformjacken gegen neutrale Regenüberzüge ausgetauscht hatten.

»Der Täter, der die Anruferin bedroht, rechnet mit einem Pizzaboten, und in dieser trügerischen Sicherheit wollen wir ihn belassen.«

»Das Geld lag nicht unter der Matte«, rief Strachnitz jetzt und ging mit der Pistole im Anschlag leise den Flur hinunter, bis er zu seiner Linken auf eine dünne Holztür traf. Die Decken des Hauses waren für einen Mann seiner Statur zu niedrig, sodass er leicht vornübergebeugt gehen musste.

Er öffnete die Tür und betrat ein auf den ersten Blick gemütlich wirkendes Wohnzimmer: ein kleines, bequem aussehendes Ledersofa und ein Ohrensessel, dazwischen ein von roten Blumenornamenten dominierter Perserteppich, auf dem ein rollbarer Couchtisch vor einem rustikalen Kaminofen stand. Das Wohnzimmer war ein Durchgangszimmer zur Küche, deren weihnachtlich geschmücktes Fenster der Kommissar von außen gesehen hatte. Das Raffrollo halb heruntergelassen, davor stand die schwarze Kerze.

»Leer!«, sagte Samira.

Auch er hatte auf den ersten Blick gesehen, dass sich niemand in der altbackenen Landhausküche aufhielt. Die Stühle waren verrückt. Hier roch es nach kaltem Kaffee und Absinth. Benutztes Geschirr stand auf dem Küchentisch.

»Sieh mal!« Strachnitz deutete auf die Scheibe des Kaminofens. Der Anblick der in den Ruß gezeichneten **19** erinnerte ihn an die verdreckte Motorhaube seines Privatwagens, auf die Kinder letzte Woche einen Lachsmiley geschmiert hatten.

Strachnitz kniete sich hin und öffnete den Ofen. Samira hinter ihm stöhnte laut auf.

»O Gott!«

Er fluchte ebenfalls. Derber. Panischer.

Das darf doch nicht wahr sein!

Er musste daran denken, wie ihm sein Vater von seinem schlimmsten Fall als Streifenpolizist erzählt hatte: Ein sich von Dämonen besessen glaubender Junkie hatte versucht, sich mit einer Gartenschere seine *»vom Teufel verfluchte«* linke Hand abzutrennen.

Scheiße!

Hier in dem Ofen lag keine Hand. Nur ein Zeigefinger. Mit halb abgerissenem Nagel. In Blut getränkt, unfachmännisch abgetrennt. Drapiert wie die Vorspeise eines geisteskranken Kannibalen auf einem Stapel Zündelholz im Holzkohleofen.

»Herr im Himmel«, keuchte Samira und wandte sich ab.

»Ich brauche hier die Spurensicherung!«, funkte Strachnitz die Zentrale an. »Und Verstärkung. Schickt am besten einen Rettungswagen mit.«

Er starrte in den kalten Ofen hinein, verfluchte sich und sein Leben, brauchte viel zu lange, um sich wieder aufzurichten, und bemerkte deshalb zu spät, dass seine Kollegin nicht mehr in seiner Nähe war.

3. KAPITEL

SAMIRA

Strachnitz hatte ihr verboten, alleine nach oben zu gehen, doch sie sah keinerlei Anlass, ihm Folge zu leisten. Zwar war er dienstälter und rein technisch ihr Vorgesetzter, seinem Atem und seinem schwankenden Gang nach war er jedoch kaum in der Lage, diesen Einsatz hier vernünftig durchzuführen, geschweige denn, ihr Anweisungen zu erteilen. Sollte er doch unten auf die Verstärkung warten. Sie würde sich später nicht den Vorwurf machen lassen wollen, eine hilflose Frau im Stich gelassen zu haben.

Samira zog ihre Dienstwaffe.

Die ausgetretenen Stufen knarzten bei jedem Schritt wütend nach. Niemand, der sich im ersten Stock direkt unter dem Dach aufhielt, konnte das überhören. Sie gab sich keine Mühe mehr, sich als Pizzabotin zu tarnen, und lernte rasch, dass das von Anfang an nicht nötig gewesen wäre. Auch die oben gelegenen Zimmer waren leer, sowohl das Schlaf- als auch das kleine Arbeitszimmer, durch dessen Fenstertüren man auf die Aufdachterrasse über der Garage steigen konnte.

Keine Valentina Rogall. Kein Mann, der sie bedrohte.

Allerdings gab es auch hier eindeutige Anzeichen, dass das Haus noch vor wenigen Stunden Menschen beherbergt haben musste: Im Schlafzimmer lagen Bettwäsche und Kopfkissen achtlos neben dem Doppelbett. Das schien frisch bezogen, jedoch waren die Laken verschmiert. Wie unten die Tür und der Sicherungskasten waren auch sie mit Zahlen beschriftet:

Rechts mit einer **9**. Auf die linke Seite hatte jemand mit rotem Textmarker eine **17** geschrieben.

Was geht hier vor?

Samira fand einen kleinen, mintfarbenen Briefumschlag neben dem Bett, er war kaum größer als eine Kreditkarte. Sie hob ihn auf und zog eine Karte hervor. Auf ihr befand sich ein mit feinem schwarzen Filzstift verfasster Text. Ein Gedicht, das in Samiras Magen eine Reaktion auslöste, als hätte sie gerade ein fauliges Ei herunterwürgen müssen:

Lasst es tot und drunter sein.
Das Kalendermädchen kann sich nicht mehr freun.
Versteckt im Kasten, trallalalala!
Heut ist Todesabend da!
Heut ist Todesabend da!

Sie fragte sich, was mit einem »Kasten« gemeint sein könnte. Vor ihrem geistigen Auge sah sie eine fingeramputierte Leiche in einer Kiste liegen; einem Sarg, einer Truhe oder, falls der Verfasser tatsächlich wörtlich genommen werden wollte, in einem kastenartigen Gebilde, einem Sandkasten etwa.

Oder …

Sie lief um das Bett herum. Bückte sich. Tastete mit den Fingern auf dem Teppich herum, der so dunkel war, dass man sie auf den ersten Blick nicht sah – die dunkle Flüssigkeit, die aus dem Bett auf den Boden sickerte.

Aus dem Bett.

Genauer gesagt: aus dem Bett*kasten.*

Lasst es tot und drunter sein.

Unter dem Bett. In einem Kasten.

»Was ist denn hier los?«, hörte sie Strachnitz von der Tür her fragen.

Das Deckenlicht schien mit einem Mal an Kraft verloren zu haben.

Die Waffe im Anschlag, öffnete Samira den Bettkasten auf der Seite, auf der sie den Umschlag gefunden hatte, indem sie die Matratze anhob. Die Feder des Öffnungsmechanismus gab nur widerwillig nach, als würde er in eine falsche, ungesunde Position gezwungen.

Strachnitz, der hinter sie getreten war, richtete ebenfalls seine Stabtaschenlampe aus.

»O Gott!«

Samira keuchte entsetzt.

Das Wesen im Bettkasten war weder als Frau noch als Mann zu erkennen, und sie zweifelte für einen Moment, ob es überhaupt ein Mensch war, denn noch nie zuvor hatte sie irgendwen so entsetzlich und unverständlich schreien hören.

»Rettungswagen!«, hörte sie Strachnitz hinter sich ins Funkgerät brüllen. »Sofort!«

In einer idealen Welt hätte sie jetzt Alarmsirenen gehört, die durchdrehenden Reifen von Polizei und Ambulanz. Das Flackerlicht der Einsatzfahrzeuge hätte das Schlafzimmer in ein zuckendes Blau getaucht.

Doch Samira hörte nichts dergleichen. Und sie sah keine Signallichter. Nur das blutbesudelte, schwer atmende Etwas in dem Bettkasten.

Das Kalendermädchen?

»Rettungswagen, wo bleibt die verdammte Feuerwehr?«, brüllte Strachnitz in sein Funkgerät. Dann brach die Hölle los. Noch während ihr Kollege mit dem Notruf abgelenkt war, sprang das blutüberströmte Wesen unvermittelt mit einem einzigen Satz aus dem Bettkasten.

Samira versuchte es. Aber es gelang ihr nicht, auch nur einen einzigen Schuss abzugeben, bevor es Strachnitz an die ungeschützte, bloß liegende Kehle ging.

4. KAPITEL

SIEBEN STUNDEN SPÄTER
STRACHNITZ

Kein Kater. Keine Übelkeit. Das war das Erste, was er beim Aufwachen registrierte. Seit Monaten war er nicht mehr ohne dröhnenden Schädel aufgewacht, so wie jetzt. Doch das war für ihn kein Anlass zur Freude. Denn dafür hatte er das Gefühl, als wäre sein Hals eine offene Wunde, die ein Sadist mit brühend heißen, in Salzlauge getränkten Tüchern umwickelt hatte.

»Kannst du mich hören?«

Strachnitz nickte, was ein Fehler war, denn nun scheuerten die Tücher tief in die Halswunde. Am liebsten hätte er nach dem Kabel mit dem roten Notruf-Knopf gegriffen, das an seinem Krankenhausbett baumelte, aber er scheute jede weitere Bewegung.

»Du bist wach, gut. Das ist sehr gut …«

Der Mann an seinem Bett war kein Mediziner, auch wenn seine teebeutelgroßen Tränensäcke zu einem Stationsarzt nach einer Achtundvierzig-Stunden-Schicht gepasst hätten. Es dauerte eine Weile, bis Strachnitz in dem graumelierten Mittfünfziger seinen Vater erkannte. Den hochdekorierten Ermittler.

Na toll.

»Wo bin ich?«, fragte er ihn. Seine Stimme klang, als hätte er mit Chlorreiniger gegurgelt.

»Im Sankt Martin. Zum Glück, die Chirurgen hier sind top.«

Ein Monitor piepte außerhalb seines Sichtfelds, vermutlich einer, mit dem die Vitalfunktionen überwacht wurden. Das zumindest würde die vielen Schläuche und die Manschette an seinem linken Arm erklären.

»Was ist passiert?«, krächzte er und wollte schlucken, schaffte es aber nicht.

»Du weißt es nicht?« Die Stimme seines alten Herrn klang seltsam euphorisch.

Strachnitz dachte nach, während er aus den Augenwinkeln zum Fenster rechts von ihm blickte. Draußen war es hell. Seine letzten Erinnerungen lagen im Dunkeln. Er erinnerte sich an den Geschmack des Alkohols, den er heute früh (war es überhaupt noch heute?) getrunken hatte. Und an den Notruf. Die Leitstelle hatte etwas von einer Frau gesagt, die bei der 110 Pizza bestellt habe und vermutlich nicht frei sprechen könne, weil sie bedroht wurde.

»Ich bin um die Ecke!« Mit diesen Worten hatte er die Meldung angenommen und dann auf seine Kollegin gewartet.

Von da ab wurde sein Gedächtnisbild immer löchriger. In seiner Erinnerung öffnete er eine Haustür, sah einen Sicherungskasten, der mit einer Zahl beschriftet war. Dann ein Bett, schließlich ein blutüberströmtes Wesen, und dann …? Nichts mehr.

Strachnitz räusperte sich, was sich anfühlte, als zöge er eine Nagelfeile über seine Stimmbänder. »Habt ihr den Täter?«, fragte er und ertastete einen Verband, als er sich an den Hals griff.

»Hör mir jetzt gut zu!«, sagte sein Vater, dessen Stimme sich um eine halbe Oktave gesenkt hatte, wodurch sie mit einem Mal viel bedrohlicher klang. »Es ist sehr wichtig, dass du begreifst, was im Haus Waldpfad vor sich gegangen ist, okay?«

Strachnitz nickte und bereute es sofort. In seinem Kopf schwappte ein Säurebad umher.

»Das war ein Hund!«

»Ein Hund? Wo denn … ich meine, wie …?«

»Ein Streuner. Du bist einem Notruf in ein leer stehendes Haus gefolgt. Dort hat dich der Köter angegriffen. Das Tier muss versehentlich eingeschlossen worden sein und seit Tagen kein Fressen mehr gesehen haben. Du warst seine Beute.«

Die sonore Ermittlerstimme seines Vaters schraubte sich wieder in einen kumpelhaft klingenden Bereich: »Anscheinend bist du nicht sehr genießbar, Kleiner. Das Vieh muss von dir abgelassen haben und ist über alle Berge.«

Strachnitz fühlte, wie ihn eine bleierne Schläfrigkeit überfiel, als hätte er ein Schlafmittel genommen, das plötzlich seine Wirkung entfaltete. Vermutlich war er tatsächlich mit sedierenden Schmerzmitteln vollgepumpt.

»Was ist mit der Frau?«, wollte er wissen.

Und mit meiner Kollegin. Wie hieß sie noch mal …?

»Welche Frau?«

»Das Opfer. Im Bettkasten. Sie war voller Blut. Ihr müsst doch ihren Finger gefunden haben!«

»Ihren *was* …?«

Strachnitz' Lider begannen zu flattern.

»Im Ofen. Da war eine Zahl. Und ein Gedicht …«

Versteckt im Kasten, trallalalala!
Heut ist Todesabend da!

Verdammt, wie war es nur weitergegangen?

Das Krankenzimmer flimmerte vor seinen Augen, als wäre alles um ihn herum eine Projektion, die gerade einer stark schwankenden Stromversorgung ausgesetzt war. Er hörte seinen Vater sagen, jetzt wieder mit tiefer Stimme: »Ganz ruhig, mein Junge. Wie ich schon sagte, es ist wichtig, dass du das verstehst, wer auch immer danach fragen wird: Es gab niemanden in dem Haus. Kein Opfer, kein Blut, keine Finger oder Zahlen. Und Gedichte hast du auch keine gesehen.«

Das ist unmöglich.

»Mach dir keinen Kopf, Kleiner. Die Ärzte sagen, dass Verwirrung und falsche Erinnerungen nach so einer traumatischen Verletzung ganz normal sind. Zumal wenn man hin und wieder einen über den Durst trinkt.«

Strachnitz spürte eine Hand auf der Schulter, und am liebsten hätte er sie gepackt und seinen Vater mit aller Gewalt zu sich heruntergezogen, bis dessen Mund an seinem Ohr war, damit dieses Tränensack-Gesicht es auch ja mitbekam, wenn er in es hineinbrüllte:

»Ich bin vielleicht ein Suffkopp. Aber ich bin nicht verrückt. Und ich habe das auch nicht im Betäubungsmittelschlaf geträumt. Also hör auf, mich zu verscheißern.«

Doch er bekam kein Wort mehr heraus. Seine Augen waren bereits geschlossen. Er driftete in ein dunkles Nichts, in die Abwesenheit jeglichen Lichts. Auf einmal durchzuckte ihn ein Gedanke, der lediglich aus einem Wort bestand. Es stammte aus dem Gedicht im Haus Waldpfad, an dessen kompletten Wortlaut er sich nicht mehr erinnern konnte, aber bei diesem einen Wort, da war er sich sicher:

Kalendermädchen

Ohne dass er es sich im Moment erklären konnte, elektrisierte es ihn, jagte ihm einen unangenehmen Schauer durch den gesamten waidwunden Körper und brachte ihn zu einer letzten Erkenntnis: Valentina Rogall.

Auf einmal ergab alles einen grausamen Sinn, wenn auch nur für den Bruchteil einer Sekunde, bevor alles um ihn herum an Substanz verlor und sich in Luft auflöste, bis es nur noch das dunkelste Schwarz gab, dem sein Verstand jemals ausgesetzt gewesen war.

5. KAPITEL

ELF JAHRE SPÄTER. HEUTE.
OLIVIA

Das viele Blut machte bestimmt keinen guten Eindruck. Es klebte Olivia Rauch am Kinn, am Hals und natürlich an ihrer weißen Bluse. An allem, was mit dem Kopf in Verbindung gekommen war, einschließlich der Hände, mit denen sie die Sauerei abzuwischen versucht hatte. Vergeblich.

Sie hatte nicht die Zeit gehabt, den Flecken mit einem aufgelösten Aspirin Plus C zu Leibe zu rücken (den Tipp hatte ihr einst eine Tatortreinigerin gegeben, und er funktionierte wirklich gut). Noch hatte sie es geschafft, sich umzuziehen, bevor sie die fluchtartige Autofahrt nach Berlin Mitte angetreten war. Momentan fühlte sie sich so, als würde sie niemals mehr wieder für etwas Alltägliches Zeit haben. Nicht, während ihre Tochter auf der Überholspur Richtung Tod ihr viel zu junges Leben hinter sich ließ.

»Es muss doch einen Weg geben?«, hörte sie sich mit seltsam tauber Stimme fragen. Die Wörter, die ihr aus dem Mund rollten, fühlten sich an wie Fremdkörper. Rau, pelzig und unangenehm hart. Wie der Holzstuhl, auf dem sie nach vorne gebeugt saß, angespannt wie eine Läuferin vor dem Startschuss.

»Ich wüsste nicht, wie«, entgegnete der Beamte. Mit seinem muskulösen Körper wirkte er hinter dem Behördenschreibtisch wie ein Türsteher im Smoking. Gleichzeitig lächerlich und doch Respekt einflößend.

Der Bleistift, mit dem er auf irgendeine Akte vor ihm auf dem Tisch trommelte, verschwand zahnstochergleich in seinen riesigen Pranken.

Seitdem Olivias Kontaktperson in Pension gegangen war, war Walther Wallenfels ihr Hauptansprechpartner in der Adoptionsvermittlungsstelle, die sich hier im Gebäude der Senatsverwaltung für Bildung, Jugend und Familie befand. Bislang hatte sie nur sporadisch mit dem Amtsleiter zu tun gehabt. Sie wusste nichts Persönliches über ihn, außer dass ihn seine Kollegen »Walli« nannten. Wobei sie nicht sicher war, ob sich dieser Spitzname von seinem Vor- oder Nachnamen ableitete.

»Laut Rechtslage haben Adoptionskinder einen Anspruch darauf, zu erfahren, wer ihre leiblichen Eltern sind.«

»Mit dem sechzehnten Geburtstag«, bestätigte Wallenfels, um ihr im nächsten Atemzug bereits zu widersprechen: »Alma ist erst elf. Zudem«, er deutete mit dem Bleistift genau auf den Blutfleck ihrer Bluse, »haben wir es hier nicht nur mit einer geschlossenen Adoption zu tun, bei der die Altersgrenze des Kindes strikt zu beachten ist. Sondern zusätzlich mit einer geheimen!«

»Das ist mir bekannt«, rutschte es Olivia heraus. Und sie schaffte es auch nicht, sich auf die Zunge zu beißen, bevor ihr ein »Ich war bei dem Verfahren dabei!« über die Lippen ging.

Verdammt. Psychologiestudium mit Bestnoten. Juniorprofessorin an der FU. Aber bei meiner eigenen Vorlesung zum Thema Impulskontrolle habe ich wohl selbst nicht zugehört.

»Nun …«, Wallenfels schenkte ihr einen arroganten »Was hat diese Unterhaltung hier dann für einen Sinn?«-Blick, »… wenn Sie *dabei* waren, wissen Sie gewiss auch, dass ich Ihnen keine personenbezogenen Daten zu Almas biologischen Eltern geben darf. Das war die zentrale Bedingung für die Adoption, und Sie haben damals zugestimmt, Frau Rauch.«

Olivia wollte nervös an ihrem Ehering drehen und stellte wieder einmal fest, dass sie ihn nicht mehr trug. Seit vier Monaten schon nicht mehr. Aber alte Angewohnheiten ließen sich nicht so schnell ablegen wie ein Stück Metall.

»Es muss doch eine Ausnahme geben!«

Wallenfels schüttelte den Kopf. »Nein. Wenn ich Ihnen jetzt einen Namen verrate, gefährde ich das Leben der Mutter.«

Sie legte die Stirn in Falten. »Wie bitte soll das ihr Leben gefährden?«

»Genau auf diese Frage darf ich Ihnen keine Antwort geben. Sonst wüssten Sie …«

»… wer Alma zur Welt gebracht hat!«, ergänzte sie augenrollend.

Okay, okay. So komme ich nicht weiter.

Olivia atmete tief durch, dann streckte sie dem Beamten die Hände entgegen, als Nächstes zeigte sie auf ihre Bluse.

»Sehen Sie das Blut an mir? Meine Tochter ist krank! Sie leidet an ALL, also an akuter lymphatischer Leukämie. Das ist normalerweise kein Todesurteil. Die Chancen stehen dank der modernen Medizin recht gut. Etwa neunzig Prozent aller von ALL betroffenen Kinder und Jugendlichen überleben die nächsten zehn bis fünfzehn Jahre. Leider reicht in Almas Fall eine Chemotherapie nicht aus. Im Gegenteil. Statt ihr zu helfen, sorgt sie nur dafür, dass sie immer wieder Nasenbluten hat. Ich komme direkt von daheim, wo ich sie betreue, weil man im Krankenhaus nichts mehr für Alma tun kann. Es sei denn, wir finden sehr, sehr schnell einen passenden Stammzellenspender.«

Wallenfels sah sie stoisch an und wartete eine Weile, bis er sie fragte: »Haben Sie sich schon typisieren lassen?«

Ernsthaft?

Diese Frage machte Olivia so wütend, dass sie am liebsten aufgestanden wäre und ihren Stuhl durch den Raum geschmissen hätte. »Natürlich, was denken Sie denn?«

Das war das Erste, was sie getan hatte. Alle, die ihr nahestanden, hatten einen Mundabstrich machen und sich bei der Deutschen Knochenmarkspenderdatei, kurz DKMS, registrieren lassen. Um Almas Leben zu retten, hätte sie sich sämtliche Zähne ziehen lassen, wenn das für die Typisierung notwendig gewesen wäre, und das ohne Betäubung. Es gab nichts, was sie nicht für sie tun würde. Von dem Moment an, als ihr das Baby zum ersten Mal in die Arme gelegt worden war, hatte sie nicht gewusst, wie man einen Menschen noch mehr lieben konnte. Dieses perfekt zerbrechliche Wesen mit dem grummelig eingeknautschten Gesicht, den aufgeplusterten Backen und diesen Speckfüßchen, die wie Miniaturbrötchen aussahen. *»Ich werde für dich leben. Und wenn es nötig ist, auch sterben«*, war das Erste, was sie Alma ins Ohr geflüstert hatte. Und jeder, der Olivia etwas besser kannte, wusste, dass dies keine hohle Phrase war. Sie hatte ihre Selbstlosigkeit bereits im Alter von sechs Jahren bewiesen. Ihr kleiner Bruder Henry hatte gerade erst seinen vierten Geburtstag gefeiert und war wenige Tage später im Wintergarten ihres Köpenicker Elternhauses durch eine Glastür gelaufen. Er hatte sich die Brust aufgeschnitten und sehr viel Blut verloren. Die Ärzte im Krankenhaus hatten nicht genügend Konserven seiner seltenen Blutgruppe AB vorrätig, aber Olivia kam als Spenderin infrage. Also fragte einer der Ärzte nach Rücksprache mit ihren Eltern, ob sie ihren Bruder Henry retten wolle. Olivia überlegte nicht lange, verabschiedete sich von den Eltern und folgte dem Mediziner zur Blutspende. Danach fragte sie ihn: *»Okay, und wie lange dauert es jetzt noch, bis ich tot bin?«*

Als dem Arzt die Bedeutung dieses Satzes bewusst wurde, stiegen ihm die Tränen in die Augen. Olivia war tatsächlich davon ausgegangen, dass man sie mit der Bitte um eine Blutspende aufgefordert hätte, ihr Leben für das ihres kleinen

Bruders zu opfern. Und das kleine Mädchen hatte nicht eine Sekunde gezögert.

So wie Olivia auch jetzt keinen Wimpernschlag lang zögern würde, alles für Alma zu opfern. *Meinetwegen mein gesamtes Rückenmark.* Nur leider wäre das sinnlos. Diesmal war sie, anders als damals bei Henry, nicht ausreichend kompatibel. Niemand in den weltweiten Spenderdateien war das. Bislang.

»Bitte, Herr Wallenfels«, versuchte sie daher zu dem Beamten durchzudringen. »Es geht um Leben und Tod. Ich muss Almas biologische Eltern finden.«

»Weil Sie glauben, die kommen als Stammzellenspender infrage?«

»Ja!« Olivia nickte mit ernster Miene.

»Sie *glauben* daran?«, wiederholte Wallenfels noch einmal und lächelte auf eine Art, die Olivia nicht zu deuten wusste.

So wie Wallenfels das Verb betont hatte, stieg jedoch in ihr die Ahnung auf, worauf er anspielte. Als er den linken Ärmel seines Oberhemds hochschob und ein Kreuz-Tattoo am Handgelenk freilegte, wusste sie es.

»Ich habe den Podcast gehört, Frau Rauch.«

Verdammt.

Sie schloss mit einem stillen Seufzer die Augen und hielt sie zwei tiefe Atemzüge lang geschlossen.

Selbst er hat es mitbekommen.

Dieser bescheuerte Podcast. Sechsunddreißig Jahre ihres Lebens war es ihr gelungen, sich aus dem Rampenlicht herauszuhalten. Noch nie war sie einer Intervieweinladung gefolgt, und von denen hatte sie seit ihrer Spezialisierung mehr als genug erhalten. Ihr Forschungsschwerpunkt war die Opferpsychologie. Schon mit ihrer Doktorarbeit hatte sie die Frage untersucht, weshalb die grausamsten Täter in ihrer Kindheit häufig selbst Opfer von Straftaten gewesen waren.

Oft hatten sie sogar den gleichen Missbrauch erleiden müssen, den sie jetzt anderen antaten.

Doch Olivia scheute das mediale Rampenlicht und hatte noch nie verstanden, was Menschen daran reizte, den eigenen Namen in der Presse zu lesen, geschweige denn, das eigene Gesicht im Fernsehen zu sehen. Sie liebte ihr beschaulich zurückgezogenes Leben, ihre Privatsphäre und das diskrete Arbeiten als Juniorprofessorin an der Uni. Kaum etwas widerte sie mehr an als geltungssüchtige Kollegen, die aus den abscheulichsten Verbrechen Aufmerksamkeitskapital schlugen und damit auf Kosten der Opfer zu Berühmtheiten wurden.

Doch dann war ihre Mentorin krank geworden. Und sie hatte sie dummerweise als Expertin in dem populärwissenschaftlichen Psychologie-Podcast »*Religiös motivierte Straftaten – wenn Glaube zum Wahn wird*« vertreten.

»Haben Sie die ganze Sendung gehört oder nur die Instagram-Zusammenschnitte?«

Das Verrückte an der ganzen Angelegenheit war, dass dieser Podcast bereits vor zwei Jahren aufgezeichnet und ausgestrahlt worden war und damals keinerlei Beachtung gefunden hatte – bis ein für seine religiösen Texte bekannter Popmusiker mit seinem YouTube-Kanal seine Fans auf Olivia aufmerksam machte. Kurz darauf ging die Folge viral, und ihre Worte fanden sich plötzlich in den Massenmedien wieder.

FU-Professorin behauptet: Gläubige sind geisteskrank!

So hatte die verkürzte Schlagzeile einer stets mit verkürzten Schlagzeilen arbeitenden Zeitung gelautet. Mit der Folge, dass sie innerhalb von Stunden von einer unbekannten Wissenschaftlerin sowohl zu einem Hassobjekt gottesfürchtiger Menschen jedweder Glaubensrichtung geworden war wie auch zur Galionsfigur militanter Kirchenkritiker. Es dauerte einen Tag, bis ihr E-Mail-Postfach unter der Flut fanatischer Reaktionen in die Knie ging. Eine Woche, bis die ersten Farbbeutel die Fassade ihres Zehlendorfer Unibüros trafen. Einen Monat, bis der Shitstorm endlich etwas an Dynamik verlor und sie in ihren Vorlesungen nicht mehr ständig von Störern unterbrochen wurde.

»Das war aus dem Zusammenhang gerissen«, rechtfertigte sich Olivia zum hunderttausendsten Mal in der letzten Zeit.

»Ach ja?« Wallenfels zog eine Augenbraue nach oben. »*Gottgläubige Menschen erfüllen in psychopathologischer Hinsicht alle Kriterien von Geistesgestörten.* Das haben Sie gesagt, oder etwa nicht?«

Nein. Ihr vollständiges Zitat lautete: *Es gibt Menschen, die sagen: ›Gottgläubige Menschen erfüllen in psychopathologischer Hinsicht alle Kriterien von Geistesgestörten.‹ Zu denen zähle ich nicht!*

Sie überlegte, ob sie mit Wallenfels diskutieren wollte, ahnte aber, dass sie auf verlorenem Posten kämpfte. Er hatte sein Urteil gefällt. Über sie. Und über ihre Anfrage auf Akteneinsicht.

Trotzdem versuchte sie es noch einmal mit einer flehentlichen Bitte. »Alma stirbt, wenn ich ihre biologischen Eltern nicht finde! Ich brauche nur die Namen.«

»Es tut mir leid«, sagte der Beamte, ohne es so zu meinen. »Meiner Kenntnis nach ist es ohnehin eher unwahrscheinlich, dass leibliche Eltern passende Stammzellenspender sind.«

Stimmt. Aber es ist der letzte Strohhalm, an den ich mich klammere.

Bei der Stammzelltransplantation kam es auf die sogenannte HLA-Kompatibilität an. Das Gewebematerial der weißen Spender-Blutkörperchen sollte am besten identisch mit dem des Empfängers sein, damit diese vom Körper nicht wieder abgestoßen wurden. Das allerdings war nur bei eineiigen Zwillingen der Fall. Bei Geschwistern, die ja jeweils zur Hälfte ihr genetisches Material von den Eltern bekamen, bestand immerhin noch eine 25-Prozent-Chance auf Übereinstimmung. Bei Eltern lag diese deutlich niedriger.

»Aber es gibt eine Chance«, sagte Olivia. »Aus gutem Grund wird bei einer Stammzelltherapie immer erst in der Familie des Patienten gesucht. Das will ich auch, doch ich kenne Almas Familie nicht.«

»Tja, das verstehe ich, dennoch kann ich nichts für Sie tun, Frau Rauch.«

Wallenfels schaffte es, einen kurzen Seufzer sarkastisch klingen zu lassen.

»Bringen Sie mir einen Beschluss des Familiengerichts, in dem angeordnet ist, dass ich die Identität von Almas biologischen Eltern preisgeben darf. Sonst sind mir die Hände gebunden.«

Scheißkerl, dachte Olivia zitternd und hoffte, sie würde erst in ihrem Auto in Tränen ausbrechen. Die Kälte, die sie vor dem Gebäude der Senatsverwaltung in der Bernhard-Weiß-Straße empfing, entsprach der frostigen Verabschiedung von Wallenfels, dessen Büro sie Türe schlagend verlassen hatte. Jetzt schon, nur wenige Sekunden später, ärgerte sie sich, dass ihr wieder einmal das Temperament durchgegangen war.

»Irgendwann einmal werden auch Sie dem Tode näher sein als dem Leben, und dann gnade Ihnen jener Gott, den Sie so inbrünstig anbeten, Herr Wallenfels!«

Verdammter Mist!

Sie hatte nichts erreicht, außer ihn gegen sich aufzubringen.

Gut gemacht, Olivia.

Sie zog die Schultern zusammen und stellte den Kragen ihres Wollmantels auf. Dummerweise hatte sie ihren Schal im Auto liegen lassen, und das stand einen guten Kilometer entfernt, irgendwo im Halteverbot. Den Minivan hatte ihr eine listige Verkäuferin mit dem Argument aufgeschwatzt, er wäre dank seinem großen Kofferraum die perfekte Einkaufs- und Familienkutsche. Im Verhältnis zu den meisten anderen Vans auf Berlins Straßen war das rotebetefarbene Mobil tatsächlich »mini«. In Mitte war es dennoch in etwa so praktisch wie ein Panzer. Nur Idioten fuhren damit in die parkplatzfeindliche Innenstadt, und Olivia hatte sich heute schon mehrfach idiotisch verhalten.

Es war kurz vor achtzehn Uhr, die Straßenlaternen brannten längst. Im Kopf rechnete sie die Fahrzeit bis nach Spandau aus, bis ihr einfiel, dass sie ja gar nicht mehr in diese Richtung zu fahren hatte. Kurz nachdem das geheime Liebesdoppelleben ihres Mannes Julian aufgeflogen war, war sie bereits ausgezogen, und das war nun schon über ein Vierteljahr her. Dennoch ertappte sie sich immer wieder dabei, dass sie nach einem langen Arbeitstag unwillkürlich die Route wählte, die ein gutes Jahrzehnt ihr Heimweg gewesen war.

Zu einem Zuhause, das es nicht mehr gibt.

Olivia hatte sich erst wenige Schritte vom Eingang entfernt, als sie hinter sich eine aufgeregte Frauenstimme ihren Namen rufen hörte. »Frau Rauch? Bitte warten Sie.«

Sie drehte sich zu der Person um, die schwer atmend auf sie zuging, als hätte sie gerade einen Spurt hinter sich.

»Ja?«, fragte Olivia die Frau, deren Alter schwer zu schätzen war. Ihre kehlige Stimme klang, als hätte sie die Pensionsgrenze längst überschritten. Der graue Hoodie mit den bekannten Boygroup-Konterfeis passte eher zu einem Teenager. Wegen des eisigen Nieselregens hatte sie die Kapuze über ihre ergrauten Locken geschlagen, was für Olivia den eigenartigen Eindruck erzeugte, als würde ein Mönch zu ihr sprechen: »Ich arbeite im Büro neben Herrn Wallenfels. Unsere Türen stehen immer offen. Daher hab ich Ihre Unterhaltung mitbekommen. Zwangsläufig.«

»Ach ja?«

Olivia war in Wallenfels' Büro so angespannt und nervös gewesen, dass sie auf ihre Umgebung nicht geachtet hatte.

»Ich kenne Ihren Fall.«

»Dann können Sie mir …?«, fragte Olivia mit neu erwachter Hoffnung.

»Nein. Ich habe keinen Zugang zu der Akte. Nicht mehr.«

»Das verstehe ich nicht.«

Die namenlose Beamtin, die offenbar nicht vorhatte, sich ihr vorzustellen, schüttelte energisch den Kopf. »Die haben mir auf die alten Tage diese elende Digitalisierung aufgehalst. Ausgerechnet mir. Ich komm mit meinem Handy kaum klar und hab jetzt den Auftrag, alle Adoptionsfälle der letzten zwanzig Jahre einzuscannen.«

»Und?«

Die faltenumrandeten, dunklen Augen der Beamtin weiteten sich, als sie sagte: »Und Ihrer ist mir unter all den vielen besonders im Gedächtnis geblieben.«

Olivia fröstelte und wünschte sich ebenfalls eine Kopfbedeckung, auch wenn sie sich sicher war, dass die Kälte, die sie durchströmte, weniger vom Wetter als von den Worten der seltsamen Gesprächspartnerin rührte.

»Wieso das?«

Die Frau zögerte. Dann senkte sie die Stimme. Man musste keine Expertin der menschlichen Psyche sein, um anhand ihrer Körpersprache die Stresssymptome zu erkennen, die mit einer spontanen Angstreaktion einhergingen, als sie sagte:

»Haben Sie schon mal etwas vom Kalendermädchen gehört?«

Das Kalendermädchen.

Olivias Mund wurde trocken. »Wer soll das sein?«

»Sie …«

Ein Windhauch versuchte der Namenlosen die Kapuze von den Haaren zu wehen. Sie sah sich wieder um, diesmal schaute sie auch nach oben, zu Wallenfels' Büro, und zuckte zusammen. Auch Olivia hatte den Schatten hinter der Gardine gesehen.

»Ich hab schon zu viel gesagt«, flüsterte die Kapuzen-Frau und wandte sich ab.

»Warten Sie«, rief Olivia ihr hinterher. »Wieso haben Sie mir überhaupt diesen Hinweis gegeben, wenn Sie so viel Angst haben?«

Wovor auch immer.

Wallenfels' Büronachbarin blieb noch einmal stehen und drehte sich kurz zu ihr um. Dann gab sie die Erklärung, die Olivia bereits geahnt hatte. Die einzige, die keine Nachfrage nötig machte.

»Ich bin auch eine Mutter«, sagte sie.

Sekunden später war sie wieder im Gebäude verschwunden.

6. KAPITEL

WALLENFELS

Wallenfels stand am Fenster und sah, wie Olivia Rauch die Straße mit gebeugtem Kopf, dem stärker gewordenen Regen möglichst wenig Angriffsfläche bietend, bis zur Kreuzung ging, wo sie aus seinem Blickfeld verschwand.

Er setzte sich zurück an den Schreibtisch und griff sich einen Bleistift, mit dem er auf die Arbeitsplatte trommelte. Eine geraume Zeit lang starrte er auf das Poster an seiner Bürotür. Es zeigte ein kleines Mädchen, deren Schwarz-Weiß-Silhouette auf eine Häuserwand gesprüht war und aus deren ausgestreckter Hand ein roter Luftballon glitt. Vielleicht wollte sie ihn auch absichtlich aufsteigen lassen. Wallenfels hatte sich noch nicht entschieden, was das Werk des Street-Art-Künstlers Banksy ihm sagen wollte.

Von einer ungewohnten inneren Unruhe erfasst, löste er sich von dem Poster, angelte einen Schlüssel aus der obersten Schreibtischschublade und ging zu dem einzigen auf Dauer verschlossenen Aktenschrank. Zuvor schloss er die Durchgangstür zum Büro seiner Kollegin.

Es dauerte eine Weile, bis er in den Hängeordnern unter RO–RU gefunden hatte, wonach er suchte. Wallenfels löste den Schriftsatz aus dem Hefter, blätterte zur letzten Seite und prägte sich die in der rechten oberen Ecke handschriftlich notierte Telefonnummer ein.

Dann ging er auf die Mitarbeitertoilette, wo sich bereits die Tür des Waschvorraums zum Flur abschließen ließ. Nachdem Wallenfels sich vergewissert hatte, dass außer ihm niemand die Örtlichkeit benutzte, drehte er den Wasserhahn auf und wählte die auswendig gelernte Nummer.

Das vom stetigen Wasserrauschen verschluckte Gespräch dauerte nicht lange, nachdem der Mann am anderen Ende abgenommen hatte. Im Grunde bestand es nach dem müden »Hallo?« des Angerufenen nur aus einem einzigen Satz.

»Sie beginnt, Staub aufzuwirbeln«, sagte Wallenfels und legte auf. Auf dem Rückweg zum Schreibtisch hatte er das ungute Gefühl, dass heute der Tag gekommen war, an dem der lange Arm der Wahrheit in die Vergangenheit zurückreichen und ein begraben geglaubtes, schreckliches Geheimnis zutage fördern würde.

Einundzwanzig Jahre nachdem der Schrecken seinen grauenhaften Anfang genommen hatte. Damals, auf Schloss Lobbeshorn …

7. KAPITEL

EINUNDZWANZIG JAHRE ZUVOR
INTERNAT SCHLOSS LOBBESHORN
VALENTINA

Valentina starrte erst auf den Schwangerschaftstest, dann auf die leere Medikamentenschachtel, schließlich auf die Bibel und wollte sterben. In dieser Sekunde, hier im Direktorenzimmer des Internats, ahnte das sechzehnjährige Mädchen nicht, wie nah sie dem Tod bereits war.

»Ihr wisst, was ihr verbrochen habt?«, fragte Frau Dr. Stella Großmuth, die Schulleiterin von Lobbeshorn. Ihre Dauerwellenfrisur sah altmodischer aus als der antike Schreibtisch, hinter dem sie thronte. Valentina fand, sie wirkte sogar älter als das Schlossgebäude, in dem das private Internat untergebracht war.

»Wir lieben uns, das ist ja wohl kein Verbrechen!«, wagte Ole zu antworten. Er stand gemeinsam mit Valentina vor dem Schreibtisch der Direktorin und griff nach ihrer Hand; ein mutiges Zeichen in einer feindseligen Umgebung. Wieder einmal bewunderte Valentina die Courage ihres Freundes. In Situationen, wo sie sich am liebsten unsichtbar gemacht hätte, zeigte er ein Selbstbewusstsein, das man dem schlaksigen Teenager mit den verstrubbelten Haaren auf den ersten Blick niemals zugetraut hätte. Sie selbst hatte allerdings schon beim ersten Zusammentreffen bemerkt, dass er sich wohltuend von den anderen Schülern unterschied. Er war nicht nur klüger und humorvoller, sondern auch sensibler.

»Nimm deine sündigen Finger von ihr!«, befahl ihm die Direktorin. Er gehorchte, wenn auch widerwillig, vermutlich aus Angst, Stella könnte Valentina bestrafen, falls er sich ihr widersetzte.

Die Schulleiterin kniff die ohnehin schon schmalen blassgrauen Augen zusammen und drehte an ihrem wuchtigen Siegelring mit dem Schulwappen. »Der Apfel fällt bei dir wirklich nicht weit vom Stamm!«, sagte sie zu Ole und spielte damit auf die Verfehlungen seiner Eltern an. Beide hatten sich der Steuerhinterziehung, Insolvenzverschleppung und Untreue in Millionenhöhe schuldig gemacht und saßen eine langjährige Gefängnisstrafe ab.

»Dass du noch nicht einmal jetzt von ihr ablassen kannst, nach all dem, was du schon angerichtet hast!«, fauchte sie den Schüler an.

Valentina strich sich unbewusst über den Bauch. Ihr war übel, aber unter ihren schwarzen Leggings deutete sich nicht die kleinste Wölbung an. Dazu war es noch viel zu früh. Ole und sie waren zwar bereits seit anderthalb Jahren ein Paar, doch ihre erste gemeinsame und verhängnisvolle Nacht in der Turnhalle lag gerade mal drei Wochen zurück.

»Allerdings verstehe ich, wie schwer es einem Heranwachsenden fallen kann, sich ihr zu widersetzen!« Stella sprach über Valentina, als wäre sie nicht mehr im Raum. »Im Sommer mit den viel zu kurzen Röcken und den bauchnabelfreien Tops, oder wie heute mit diesem schamlos eng anliegenden Rollkragenpulli. Dann diese offenen Haare.«

Valentina wischte sich unwillkürlich eine ihrer braunen Strähnen aus der Stirn, derweil breitete Stella gönnerhaft die Hände aus und plusterte die Backen auf, womit sie nicht mehr ganz so hohlwangig aussah. »Meinetwegen dürftet ihr euch lieben, so viel ihr wollt. Das ist mir gleichgültig. Nicht egal ist mir hingegen, wenn ihr gegen das fünfte Gebot verstoßt!«

»Wir haben doch niemanden getötet!«, widersprach Ole genauso perplex, wie Valentina es war.

»Aber ihr habt es versucht!«, knurrte Stella. Ihre Stimme war leise wie das Flüstern eines Bächleins, und gerade das machte sie für Valentina unerträglich. Sie wäre lieber angeschrien worden. Dann hätte es eine Chance gegeben, dass mit dem Gebrüll der Internatsleiterin auch ihre Wut verraucht wäre. So aber glich Stella einem Vulkan, der die ersten Ausbruchsanzeichen zeigte.

»Wir reden doch nicht etwa *hierüber?*«, fragte Ole und zeigte auf die Medikamentenschachtel auf Stellas Schreibtisch. Henriette, ihre intrigante Zimmerkameradin, musste sie im Badezimmermülleimer gefunden und sie an die Direktorin weitergeleitet haben. Anders konnte Valentina es sich nicht erklären, wie das alles ans Licht gekommen war.

Stella erhob sich von ihrem Schreibtischstuhl. Damit nahm sie Valentina die Sicht auf die hügelige Winterlandschaft hinter ihrem Fenster. Der Blick auf die vereisten Nadelbäume im Schlosspark hatte sie bislang von der grauenhaften Schulleiterin mit ihren noch grauenhafteren Reden ablenken können. Jetzt konnte sie nicht anders, als dem Schrecken direkt ins Gesicht zu blicken.

»Ich weiß, ihr versteht das nicht«, sagte Stella, noch immer leise und offenbar auf jedes Wort bedacht. »Ihr habt keinen Glauben und damit keinen Respekt vor dem Leben. Aber *ich* habe Werte und Prinzipien, und die versuche ich an euch hier in dieser Anstalt weiterzugeben. Auch wenn ihr mich deswegen belächelt. Etwa, wenn ich darüber spreche, weshalb bereits ein Kondom eine Abtreibung und Abtreibung eine unverzeihliche Sünde ist.« Sie nahm die Medikamentenschachtel in die Hand. »Ihr wolltet eine Leibesfrucht verhindern, ergo abtöten.«

Ja. Und leider haben wir damit zu lange gewartet, dachte Valentina; zu ängstlich, es auszusprechen.

Sie hatten nicht geplant, miteinander zu schlafen. Es hatte sich im Eifer ihrer Leidenschaft ergeben, und keiner von ihnen hatte an Verhütung gedacht. Es war Wochenende. Die nächstgelegene Apotheke öffnete erst wieder am Montag. Da war es offenbar schon zu spät gewesen für die Pille danach, wie der Schwangerschaftstest anzeigte, zu dem sie die Direktorin vor nicht einmal zehn Minuten auf ihrer Bürotoilette gezwungen hatte.

»Werden Sie unsere Eltern informieren?«, fragte Valentina. Es waren ihre ersten laut ausgesprochenen Worte.

Stella lächelte geringschätzig. »Du meinst deinen Vater, der sich so sehr für seine lüsterne Tochter interessiert, dass er sie noch nicht einmal über Weihnachten zu sich nach Hause holt?«

Sie deutete auf Ole. »Deine Eltern verbüßen ja noch immer ihre gerechte Strafe im Gefängnis. Ihr bleibt über die Feiertage somit beide zusammen im Hort!«

Valentina spürte, wie ihr die Schamesröte ins Gesicht schoss. Es war erst das zweite Weihnachten nach Mutters Tod. Vater hatte ihr versprochen, dass sie es mit ihm und seiner neuen Freundin verbringen dürfe. Heute war der zehnte Dezember. Die Privatschule hatte dieses Jahr wegen dringend notwendiger Renovierungen ausnahmsweise früher als sonst geschlossen, und die meisten ihrer Mitschüler waren bereits abgeholt worden.

Nun ja, wenigstens muss ich Papa dann nicht die Schande beichten, dachte sie bitter.

»Euren Erzeugern seid ihr gleichgültig«, fuhr Stella fort. »Nicht aber unserem Schöpfer. Vor dem gibt es keine Geheimnisse.«

»War's das?«, wollte Ole wissen und machte Anstalten zu gehen.

Stella fuchtelte mit dem Zeigefinger in seine Richtung, ihre Stimme blieb weiterhin ruhig. »Hiergeblieben! Dir werden deine Frechheiten schon vergehen, sobald du merkst, was ich für euch als Buße im Sinn habe.«

»Buße?«, entfuhr es Valentina.

Die Direktorin nahm wieder Platz und griff zu einer Lesebrille, bevor sie einen Blick in die Bibel warf. »Ihr kennt doch sicher das erste Buch Mose, Kapitel 3, Vers 16?«

Ihre knochigen Finger schienen nach dem entsprechenden Absatz zu suchen, den sie unter Garantie auswendig konnte.

»*Du sollst mit Schmerzen Kinder gebären!*«, las sie vor.

Stella sah auf und blickte Valentina direkt in die Augen.

»Na, das wird bei dir mit deinen schmalen Hüften ganz sicher der Fall sein. Aber darauf will ich nicht hinaus. Mir geht es gleich um die erste Zeile des Bibelzitats. Darin heißt es nämlich: *Und zum Weibe sprach er: Ich will dir viel Schmerzen schaffen, wenn du schwanger wirst.*«

Stella lächelte. In ihren blassgrauen Augen blitzte etwas auf, das Valentina schon einmal in Henriettes Blick gesehen hatte; vor drei Monaten, als sie diese in letzter Sekunde davon abhalten konnte, mit Absicht auf eine verletzte Maus im Hof zu treten.

»Was haben Sie mit Valentina vor?«, fragte Ole.

Welche Schmerzen willst du mir bereiten?

Stella lachte freudlos. »Nicht mit ihr. Mit *euch*. Ihr beide habt euch versündigt. Ihr beide müsst Abbitte leisten.«

Von draußen schallte das Gelächter einiger Schulkameraden herauf. Für Valentina hörte es sich an, als würden sie hier oben von einem unsichtbaren Publikum verhöhnt.

»Nun, ihr habt das Glück, in diesem Jahr die Einzigen zu sein, die im Ferienmonat und über die Feiertage auf Schloss Lobbeshorn betreut werden müssen. Ihr allein werdet in den Genuss eines ganz besonderen Adventskalenders kommen, den ich für euch vorbereitet habe!«

Stella schlug die Bibel zu und lehnte sich in ihrem Arbeitssessel zurück. »Ich werde für euch vierundzwanzig Türen im Schloss schmücken. Vierundzwanzig Türen, durch die ihr gehen müsst und hinter denen euch vierundzwanzig Aufgaben erwarten. Manchmal mehrere an einem Tag.«

»Was sind das für Aufgaben?«, wollte Ole wissen.

Das Lächeln um Stellas dünne Lippen verhieß ebenso wenig Gutes wie ihre knappe Antwort: »Die wird Andrea euch zeigen.«

Andrea?

Valentina kannte weder eine Lehrerin noch eine Schülerin mit diesem Namen.

»Meine rechte Hand!«, erklärte Stella weiter.

»Was, wenn wir nicht mitmachen?«, fragte Ole mit aufmüpfig vorgestrecktem Kinn.

Wieder schenkte ihnen die Direktorin ein Lächeln, das sich für Valentina wie eine Ohrfeige anfühlte. »Oh, ihr macht schon längst mit!«

Stella zeigte zum Eingang des Direktorenzimmers. Ole und Valentina drehten sich um, als hätten sie vergessen, wie sie hier hereingekommen waren.

»Ihr seid bereits durch Tür Nummer eins meines Bußkalenders hindurchgegangen«, sagte die Internatsleiterin und klatschte freudig in die Hände. »Und da kommt auch schon die erste Aufgabe für euch!«

Mit diesen Worten öffnete sich die Tür, und Valentina hatte das Gefühl, als sähe sie dem Tod persönlich dabei zu, wie er das Zimmer betrat. Mit einem kleinen, mintfarbenen Umschlag in der Hand, den er vor Ole und Valentina auf dem Boden ablegte, nachdem er die Tür hinter sich abgeschlossen hatte.

8. KAPITEL

21 JAHRE SPÄTER
HEUTE
OLIVIA

Die letzten Meter bis zum Eingangstor zu ihrem derzeitigen Wohnhaus waren für Olivia ein Spießrutenlauf. Es war Mitte Dezember, und jedes zweite Geschäft rund um den Olivaer Platz hatte wenigstens einen blinkenden Weihnachtsbaum vor der Tür stehen.

»Ausweichen ist keine Lösung«, hörte sie die Stimme ihres Therapeuten im Kopf, den sie einmal im Monat aufsuchte. »Sie müssen sich Ihren Ängsten stellen!«

Gut gebrüllt, Herr Kollege. Sie haben gut reden. Sie müssen ja nicht alle zwanzig Sekunden eine haarige Spinne auf der Zunge balancieren.

Denn genauso fühlte es sich für sie an, wenn sie ein festlich geschmücktes Schaufenster, eine Lichterkette an einer Häuserwand oder einen mit Christbaumkugeln und Lametta behängten Weihnachtsbaum sah – so wie jetzt im Eingang des Mehrfamilienhauses, in dem sie das möblierte Appartement für sich und Alma gemietet hatte.

Olivia spürte eine so intensive Angst, dass ihr körperlich schlecht wurde. Und auch wenn die Panik, die sie oftmals dazu brachte, sich übergeben zu müssen, sehr viel schneller überwunden war als eine Lebensmittelvergiftung, waren die Symptome in den ersten Sekunden vergleichbar: Ganzkörperkrampf, Schweißausbruch, allumfassender Ekel.

Leider gab es in ihrem Umfeld seit der Trennung von Julian kaum noch jemanden, der sie verstand und mit dem sie über ihr Leiden reden konnte. Psychische Erkrankungen wurden von weiten Teilen der Gesellschaft ohnehin schon nicht ernst genommen. Bei ihr kam erschwerend hinzu, dass sie unter einer Angststörung litt, die selbst für ihre eigenen Ohren einen lächerlich niedlichen Namen trug: die Santaclausophobie.

»Moment mal, du hast Angst vorm Weihnachtsmann?« Auch ihre beste Freundin Evi, die aktuell auf Mallorca lebte, hatte sich ein Grinsen nicht verkneifen können, als Olivia sich ein Herz gefasst und ihr die Diagnose ihres Therapeuten verraten hatte.

»Leider nicht nur vor dem«, hatte sie geantwortet. Bärtigen Männern in rot-weißen Nikolauskostümen konnte sie in der Adventszeit vielleicht noch aus dem Weg gehen. Ihre Phobie bezog sich allerdings auf *alles,* was mit Weihnachten zu tun hatte: Lebkuchengebäck, Adventskalender, Christbäume – besonders schlimm war es, wenn sie ein bestimmtes Weihnachtslied hörte: *Jingle Bells*. Letztes Jahr hatte sie den Fehler gemacht und auf dem Heimweg das Autoradio laufen lassen, als der Sender es plötzlich spielte. Olivia hatte beinahe einen Auffahrunfall verursacht, als sie, ohne zu blinken, hyperventilierend und den Tränen nahe rechts rangefahren war. Erst nach Minuten war ihr klar geworden, wo sie zum Stehen gekommen war: in einer Nothaltebucht mitten im Britzer Tunnel der Berliner Stadtautobahn.

Fast so wie vor vierundzwanzig Jahren. Als ich Henry verlor.

Zwei Tage vor Weihnachten war ihr kleiner Bruder von einem stark alkoholisierten Autofahrer getötet worden. Mit mehr als 2,3 Promille im Blut, wie man später feststellte. Der Raser hatte sie auf der Stadtautobahn geschnitten.

Vielleicht lief im Radio *Jingle Bells,* als ihr Vater die Kontrolle über den VW verlor. Vielleicht spielte es erst, als die Feuerwehr sie aus dem Wrack schnitt. Vielleicht war es während der Rettungsarbeiten in ihr Unterbewusstsein gekrochen, wie ihr

Therapeut vermutete, weil dieses Lied Olivia seitdem so sehr triggerte. Nichts davon wusste sie mit Sicherheit. Sie konnte sich nur daran erinnern, wie sie mit schweren inneren Verletzungen im Krankenhaus aufgewacht war, deretwegen sie später keine eigenen Kinder mehr bekommen sollte. Eine Woche hatte sie um Henry gebangt, der durch die Wucht des Aufpralls durch die Windschutzscheibe in den Gegenverkehr geschleudert worden war. Bis feststand, dass ihn dieses Mal keine Bluttransfusion der Schwester mehr würde retten können.

Während um sie herum die christlichen Feiertage gefeiert wurden, hatte ihr Vater am Bett des Bruders gesessen und fast unaufhörlich gebetet. Umsonst.

Henry war gestorben – wie auch Olivias Mutter wenige Monate später vor Kummer. Seitdem glaubte Olivia nicht mehr an ein höheres Wesen, das ihre Geschicke lenkte. Denn wenn diese Schicksalsschläge vorherbestimmt gewesen wären, müsste sie auch an das Böse glauben. An einen sadistischen Gott, der sich den Tod ausgedacht hatte, auch weil er sich am Leid seiner menschlichen Marionetten erfreute.

Nein, Olivia glaubte nicht länger an eine biblische Kraft, wohl aber an den Menschen. Der – trotz allem – in erster Linie gut war. Das hatte sie paradoxerweise nicht zuletzt auch ihre Arbeit mit extremen Straftätern gelehrt. Niemand kam mit dem Vorsatz zur Welt, das eigene Kind an ältere Männer zu verkaufen, das Gesicht seiner Frau mit Säure zu verätzen oder durch eine Trunkenheitsfahrt eine Familie zu zerstören.

Die Mehrheit war gut, die friedliebenden, gewaltlosen Helfer stets in der Überzahl.

Das Gute ist die Regel.

Und das, obwohl es so viele Verbrechensopfer gab. Allein in Deutschland wurden jedes Jahr etwa zwanzigtausend Kinder Opfer sexueller Gewalt. Hundertachtzigmal am Tag registrierten die Jugendämter Fälle von Kindeswohlgefährdung.

Das waren fünfundsechzigtausend verletzte Körper und Seelen, die meisten unter zehn Jahre alt. Offiziell.

Die Dunkelziffer dürfte sehr viel höher liegen. Und dennoch schaffte es die Mehrzahl dieser Opfer im weiteren Verlauf ihres Lebens, die Spirale der Gewalt zu durchbrechen und nicht selbst zum Täter zu werden.

> *»Man kann ein gutes Leben trotz der Gewalt führen – oder ein schlechtes wegen ihr. Der freie Wille wird selbst durch das schlimmste erlittene Verbrechen nicht notwendigerweise zerstört!«*

Das war ein Zwischenfazit ihrer Doktorarbeit gewesen.

Das Böse ist die Ausnahme.

Als Olivia gegen neunzehn Uhr die Tür ihrer Übergangswohnung aufschloss, wurde dieser Glaube allerdings auf eine starke Belastungsprobe gestellt. Das Erste, was sie spürte, war ein eisiger Lufthauch. Eine unangenehm intensive Kälte schlug ihr entgegen.

Was zum Teufel …?

Als sie zum Amt aufgebrochen war, hatte sie überlegt, die Heizkörper herunterzudrehen, so heiß hatte sich Almas Kopf angefühlt, als sie ihr im Schlaf die rotblonden Haare aus dem Gesicht strich. Dann aber hatte sie davon abgesehen, eben damit es nicht zu kühl wurde und ihre Tochter sich zu allem Übel nicht auch noch erkältete. Jetzt, nicht mal drei Stunden später, kam ihr das Zweieinhalb-Zimmer-Appartement wie eine Kältekammer vor.

Olivia fröstelte und war sich sicher, ihren eigenen Atem sehen zu können, wenn denn die Lichtschalter funktionieren würden. *Stromausfall?*

Nicht schon wieder!

»Ich bin wieder da, Schatz!«

Mit dem Handy in der Rechten, das sie als Taschenlampe nutzte, ging sie zum Kinderzimmer. Als sie die Tür öffnete, war es, als würde sie in einen Abgrund starren.

»Alma?«

Der Anblick ihres Bettes löste eine Abfolge schrecklicher Gedanken aus: *Krampfanfall – 112 – Notoperation – Organversagen …*

Denn dass die Elfjährige in ihrem schwachen, fiebrigen Zustand einfach mal so spazieren gegangen war, lag jenseits aller Wahrscheinlichkeit.

Das Bett war leer, so wie der Rest der Wohnung.

Alma war verschwunden.

9. KAPITEL

Untermalt wurde ihre Vision einer Intensivstation durch ein rhythmisches Piepsen.

Sie sah zur Decke, zum Rauchmelder, dessen Batterie womöglich leer war, dann erst begriff sie, woher das Klingeln rührte.

Das Telefon! Der Festnetzanschluss, den sie selbst noch nie benutzt hatte und dessen Nummer nur wenige Notfallkontakte kannten. Frau Göppelt etwa, ihre Sekretärin an der Uni, ihre beste Freundin Evi … und natürlich die DKMS.

Olivia ging in die Küche und nahm den Apparat aus der Akkustation. »Ja bitte?«

»Gott sei Dank, du gehst ran«, sagte ein Mann, dem sie die Nummer unter Garantie nicht verraten hatte. War er doch der Grund für ihren Auszug und alle damit verbundenen Probleme.

»Julian?«

»Weißt du, was es für ein Akt war, deine Sekretärin davon zu überzeugen, die Nummer rauszurücken?«, antwortete ihr Noch-Ehemann mit einer Gegenfrage.

Verdammt. In den letzten Wochen hatte sie immer wieder vergeblich versucht, den Ehebrecher zu erreichen, um mit ihm einen Notartermin für die Scheidungsfolgenvereinbarung zu finden, und nun rief Julian zur Unzeit zurück.

»Ich kann jetzt nicht. Alma ist weg, sie …«

»Deswegen rufe ich ja an«, unterbrach er sie. »Sie ist bei mir. Ich hab sie abgeholt.«

»Was? Wieso *das* denn?«

»Sie ist fast erfroren. Bei euch gibt es einen Strom- und Heizungsausfall im gesamten Haus.«

»Und da hat sie dich angerufen?«

Ausgerechnet?

»Du warst ja nicht erreichbar.«

»Quatsch.« Sie sah auf ihr Handy. *O nein!*

Ein kleines Flugzeug in der rechten oberen Display-Ecke.

Verdammt!

Auf dem Amt hatte sie ihr Telefon in den Flugmodus geschaltet und es seitdem nicht mehr aktiviert.

Olivia griff nach ihrer Handtasche, die sie auf die Ablage neben der Wohnungstür gestellt hatte.

»Wie geht es ihr?«

»Gut. Ich meine, den Umständen entsprechend. Sie ruht sich aus.«

»Okay, ich hol sie ab.«

»Und wohin willst du sie bringen?«

»Auf jeden Fall weit weg von dir und deinem Harem.«

Olivia wusste, dass sie nicht die erste Frau war, die im siebten Ehejahr gegen ein frischeres Modell eingetauscht worden war. Sie kannte allerdings keine Frau, die damit klarkommen musste, dass ihr Mann sich nicht nur in eine, sondern gleich in *zwei Frauen auf einmal* verliebt hatte. Sina und Linda. Zwei kaum volljährige Sportstudentinnen, die offenbar nichts dagegen hatten, sich einen Mann zu teilen. Ihren. In ihrem ehemaligen Ehebett. In ihrem einst gemeinsamen Familienheim.

»Komm erst mal, und wir sehen weiter«, sagte Julian mit seiner sonoren Maklerstimme, die sie früher so sexy gefunden hatte und die ihr heute nur noch arrogant vorkam.

»Fünfzehn Minuten«, sagte sie, wobei es vermutlich eher dreißig bis raus nach Kladow werden würden. Sie legte auf, zog sich rasch eine frische Bluse an, tauschte ihren Mantel gegen eine Winterjacke und öffnete die Tür.

Und rannte in den Messermann hinein.

10. KAPITEL

Der bewaffnete Mann trug viel zu leichte Kleidung angesichts des Winterwetters. Sein Parka war kaum dicker als eine Plastiktüte, eine Multifunktionshose endete knapp über den Knöcheln. Die Füße steckten wie immer in grellgelben Crocs-Kunstharzschuhen. Immerhin trug er sie im Winter mit dicken Wollsocken.

Er blinzelte etwa doppelt so häufig wie Olivia. Dabei kratzte er sich mit der freien Hand den Hals, der an der Stelle links unter dem Ohr bereits feuerrot war.

»Sind Sie allein?«, fragte er heiser. Er war extrem dürr und blass, wie nach einer langen, schweren Krankheit. Damit sah er noch schlechter aus als bei ihrem letzten Zusammentreffen in der Uni.

»Legen Sie das Messer weg, Elias«, sagte Olivia mit fester Stimme. Elias Tudor, ihr vermutlich intelligentester, aber auch problematischster Student, sah erstaunt auf seine Hand, als sähe er die Klinge zum ersten Mal und könne sich selbst nicht erklären, wie sie dorthin gelangt war.

»Ach das. Das Messer ist für Sie.«

Er reichte es ihr mit der gezackten Klinge nach unten.

»Was soll das?«, fragte sie und nahm ihm das Brotmesser ab.

»Sie müssen sich schützen!« Elias sah über die eigene Schulter, hektisch, als könne sich jemand anschleichen.

»Sie sind in Gefahr, Frau Rauch. Sie werden verfolgt!«

»Ja. Und das ganz offensichtlich von Ihnen!«

Wie die Telefonnummer hatte sie auch ihre neue Adresse nur ausgewählten Personen mitgeteilt. Und ganz gewiss nicht einem ebenso hochbegabten wie verhaltensauffälligen Studenten, dessen Intelligenz sich im Alltag manchmal gegen ihn selbst richtete. Elias war gebürtiger Rumäne, hatte seine Kindheit jedoch bei seiner Großmutter in Deutschland verbracht. Mit sechzehn machte er das Abitur, mit achtzehn absolvierte er ein Psychologiestudium parallel zu einem Informatikstudium mit Bestnoten, brauchte in der Uni-Cafeteria aber eine halbe Stunde, wenn er sich zwischen einem Mettwurstbrötchen und einer Butterbrezel entscheiden sollte.

»Ja … äh … ich meine, nein!« Elias kratzte sich noch heftiger.

»Ich hab Sie die letzten Tage über gesucht, um über meinen neuen Ansatz zu sprechen. Ich glaube nämlich, dass ich auf keinen Fall ›Das Lied von Eis und Feuer‹ vernachlässigen darf.«

Game of Thrones?

Na klar. Als ob Hannibal Lecter, Patrick Bateman und Dexter nicht schon genug Material hergaben, jetzt wollte Elias für seine Dissertation auch noch das Mammutopus von George R. R. Martin untersuchen. Kein Wunder, dass er seit einem Jahr nicht vorankam. Dabei war es gerade sein Forschungsansatz, den Olivia von all den Arbeiten, die sie zu betreuen hatte, am spannendsten fand. Unter der Überschrift: »Fiktive Serienmörder in realen Sprechstunden« unterzog Elias Tudor Serienkiller aus Romanen und Filmen einer forensisch-psychopathologischen Begutachtung. Dabei ging er der Frage nach, ob die erfundenen Figuren einem realen Arzt oder Psychologen als behandlungsbedürftig auffallen würden.

»Elias, hier ist weder der Ort noch die Zeit für eine Sprechstunde …«, versuchte Olivia ihn abzuwimmeln.

Er nickte und folgte ihr zum Fahrstuhl. »Ja, stimmt. Sorry. Deswegen bin ich auch gar nicht hier. Ich hab nämlich was gefunden, als ich in das Sekretariat eingebrochen bin.«

Sie sah zu ihm auf, während sie mehrfach hintereinander den Rufknopf für den Lift drückte. »Sie haben *was* getan?«

»Nicht körperlich. Ich hab mich in den Uni-Computer gehackt, um an Ihre Adresse zu kommen.«

Klar. Logisch. Was man eben so tat, um seine Professorin außerhalb der Arbeitszeiten zu besuchen. Erst Julian, dann Elias. So langsam wurden offenbar alle Männer in ihrem Umfeld übergriffig.

»Hören Sie, wir haben schon oft über Ihre unzulässigen Grenzüberschreitungen gesprochen. Ich habe bislang immer meine Hand über Sie gehalten, aber so geht das nicht weiter ...«

Elias nickte erneut, ohne jegliche Einsicht in den tief liegenden Augen. Dabei öffnete er seinen Parka, unter dem er nichts außer einem fadenscheinigen T-Shirt trug. Zwischen Bauch und Hosenbund steckte ein gerollter Schnellhefter.

»Ich hab das hier entdeckt.«

Er wedelte mit der Rolle vor ihrer Nase wie ein Dirigent mit seinem Stab zu einer Melodie, die ganz sicher nur er hören konnte.

»Sie lassen mir keine Wahl. Ich muss den psychiatrischen Notdienst rufen.«

»Nein, nein. Bitte nicht. Ich mache keinen Ärger, im Gegenteil.«

Es machte ping, und die Fahrstuhltüren öffneten sich. Elias folgte ihr in die Kabine. »Er schreibt mit vier Nicknames auf drei Portalen.«

»Ich kapier kein Wort!«

»Tut mir leid. Es ist nicht einfach. Ich musste die Medikamente absetzen. Seitdem habe ich Schwierigkeiten, mich auszudrücken, verstehen Sie?«

Nein, aber das war jetzt auch nicht wichtig. Um Elias und seine Probleme musste sie sich später kümmern. Ihr Doktorand war verwirrt, aber harmlos. Weder eine Gefahr für sich selbst noch für andere. Was für Olivia bedeutete, dass ihre Tochter jetzt erst mal Vorrang hatte.

»Ich habe ein Auge auf Sie, Frau Rauch«, sagte er, nachdem sich die Türen geschlossen hatten und sie Richtung Erdgeschoss fuhren. »Seitdem Sie im Netz bedroht werden. Das bin ich Ihnen schuldig. Sie waren immer gut zu mir. Haben mir sogar das Appartement im Wohnheim besorgt.«

Aus dem er ganz offensichtlich ausgebüxt war. Was, zugegeben, keine Herausforderung darstellte. Das Martinsheim war keine geschlossene Anstalt, sondern eine in Berlin und Brandenburg einzigartige Einrichtung, die sich auf verhaltensauffällige Studenten spezialisiert hatte. Menschen wie Elias, die zu gesund für eine psychiatrische Klinik waren, aber zu belastet, um ohne mentale Unterstützung den Uni-Alltag zu meistern.

»Jetzt kann ich mich mal revanchieren und etwas für Sie tun, Frau Rauch.«

Sie verließen gemeinsam den Lift. Das Foyer des Apartmenthauses war ebenso kalt wie ihre Wohnung, aber immerhin brannte hier Licht. Olivia starrte Elias ins Gesicht, allein schon aus Selbstschutz. Normalerweise fixierte sie einen Fleck an der Wand beim Rausgehen, um nicht aus Versehen auf den Weihnachtsbaum zu schauen.

Sie zeigte vage zum Ausgang, in die Richtung, wo sie ihr Auto abgestellt hatte. »Kommen Sie, ich bringe Sie heim.« Seine Wohnung lag zwar in Großbeeren, hinter Zehlendorf, und damit nicht gerade auf dem Weg, aber den Umweg konnte sie in Kauf nehmen. »Da nehmen Sie dann wieder Ihre Medikamente!«

»Nein danke. Die haben zu starke Nebenwirkungen. Dann kann ich nicht mehr auf Sie aufpassen.« Er drückte ihr den Ordner in die Hand. »Hier, das ist alles, was ich bislang herausgefunden habe. Sobald ich was Neues habe, melde ich mich wieder.«

Er seufzte, und für einen Moment befürchtete Olivia, er würde vor ihr in Tränen ausbrechen, so traurig, wie er auf einmal dreinblickte. »Mir wäre wirklich wohler, Sie hätten das Messer mitgenommen. Sie brauchen etwas, um sich zu verteidigen.«

Sie griff sanft nach seiner Hand, die er ihr sogleich wieder entzog.

»Ich weiß Ihre Sorge sehr zu schätzen, aber die Anfeindungen wegen des Podcasts sind deutlich weniger geworden, Elias.«

Er winkte ärgerlich ab. »Haben Sie sich das alles durchgelesen? Ich hoffe nicht. Das waren insgesamt zweiundzwanzigtausendvierhundertfünf Reaktionen auf elf Portalen.«

»Und die haben Sie alle studiert?«

»Ja.«

»Und dabei ist Ihnen eine Person aufgefallen, die unter vier verschiedenen Pseudonymen kommentiert?«

Er nickte heftig. »Beleidigungen. Verleumdungen. Er hat sich bemüht, den Duktus zu verändern, aber es gab etwas, worin er sich von all den anderen unterschieden hat.«

»Was?«

»Der Typ kennt Ihre Familie. Er hat Insiderinformationen.«

Olivia hatte versucht, ruhig zu bleiben, aber die flatternd panische Stimme ihres Studenten machte sie wider Willen nervös. Sie öffnete den Hefter, der in ihren Händen zu zittern begann.

Elias hatte wenige Blätter zusammengetragen. Vornehmlich Ausdrucke von Instagram, Facebook und Telegram-Screenshots. Die meisten mit wildem Kugelschreibergekrakel verziert. Neben einigen standen in winziger Handschrift kaum leserliche Zeichen und Worte. Vier Kommentare waren mit Textmarker hervorgehoben.

– Es fehlt ein Kerl im Haushalt, der die Dinge regelt und dieser »Professorin« verbietet, solchen Müll zu labern.

– Alleinstehende, einsame, hilflose Schlampe …

– Warum kümmert sie sich nicht um ihre Tochter?

– Alma ist schwer krank, und *sie* tingelt durch die Medien.

Olivia griff sich unwillentlich ans Herz, das auf einmal schmerzhaft schnell schlug.

Wenn Worte wie Giftpfeile waren, dann hatten diese hier ihr Ziel besonders treffsicher durchbohrt, abgefeuert von einem feigen Heckenschützen, aus der Deckung der Anonymität heraus.

»Woher …?« Ihr Mund blieb offen stehen.

… wusste dieser bösartige Troll von ihren Familienverhältnissen? Dass sie mittlerweile alleinstehend war und eine Tochter hatte? Verdammt, er kannte sogar Almas Namen!

»Wissen Sie, wer das geschrieben hat?«, fragte sie Elias.

»Ich habe noch keinen Namen. Aber die IP-Adresse gehört zu einem Behördenrechner in Berlin Mitte.«

»Die Adoptionsstelle?«

Er nickte.

»Jemand scheint Sie dort nicht besonders leiden zu können.«

Ja, und ich weiß auch schon, wer. Wallenfels!

Während Olivias Wut auf den Behördenleiter noch weiter wuchs, konfrontierte Elias sie mit dem nächsten Rätsel:

»Schauen Sie sich das mal an.«

Er zog aus dem Hefter ein DIN-A4-Blatt hervor. Der Fotoausdruck zeigte ein kleines Häuschen vor einem Wald auf einem verschneiten Hügel. »Das wurde kommentarlos von derselben Adresse abgesetzt, von der auch die anderen Postings über Sie und Alma verfasst wurden. Erkennen Sie das Haus wieder?«

Gedankenverloren starrte Olivia eine Zeit lang auf den Tintenstrahlausdruck. Sie schüttelte verneinend den Kopf, als sie sich an die Beamtin erinnerte, die ihr vor der Behörde hinterhergerannt war.

»Haben Sie schon einmal etwas vom Kalendermädchen gehört?«

»Sie haben den Uni-Rechner gehackt?«, fragte sie Elias.

Der zuckte mit den Achseln. »War ein Kinderspiel.«

»Schaffen Sie das auch beim Rechner der Berliner Adoptionsstelle?«

11. KAPITEL

Sie parkte in der Einfahrt und klingelte, ohne zu überprüfen, ob ihr Haustürschlüssel noch funktionierte. Olivia ging zwar davon aus, dass Julian viel zu faul war, um sich um handwerkliche Dinge wie die Auswechslung von Schlössern zu kümmern, geschweige denn, es mit seinen zwei linken Händen selbst zu versuchen. Auf der anderen Seite: Was wusste sie schon noch mit Sicherheit über ihren Bald-Ex-Ehemann? Vielleicht hatte seine offensichtliche Midlife-Crisis ihn nicht nur in die Arme der beiden Bettgespielinnen, sondern auch in einen Heimwerkerkurs getrieben? Auf keinen Fall wollte sie sich die Blöße geben und vergeblich mit ihrem Schlüssel an der Eingangstür herumhantieren, nur um festzustellen, dass die nächste Eskalationsstufe erreicht war. Dass der Rückweg ins gemeinsame Leben, das sie einst in ihrem Kladower Einfamilienhaus geführt hatten, ihr nun auch noch buchstäblich verschlossen war.

Herrgott, nun mach schon …

Sie musste ein zweites Mal klingeln, bevor das Licht im Flur anging und Julian öffnete. Olivia hatte sich fest vorgenommen, nicht sentimental zu werden, doch der Geruch, der sie empfing, ließ sie in nur einem Bruchteil einer Sekunde schwermütig werden. Das warme Holz in der Diele, die Lederjacke am Haken und nicht zuletzt die hölzerne Note seines Aftershaves lösten eine Erinnerungs-Zeitreise aus. Wie oft war sie durch diese Tür gegangen? Glücklich, erschöpft, hoffnungsvoll, erkältet, traurig, müde und elektrisiert. Was hatte diese Schwelle schon alles gesehen? Julian hatte sie in der verregneten Hochzeitsnacht hinübergetragen; an dieser Stelle hatte Olivia Alma ein Paw-Patrol-Pflaster aufs aufgeschlagene Knie geklebt. Hier hatte Julian ihr das vergessene Preisschild vom Kleid geschnitten, in dem sie – fast panisch vor Nervosität – zu ihrer Examensprüfung wollte. Willkommene Gäste hatten ihre Abende bereichert, Paketboten ihnen gemeinsam bestellte Möbelstücke und Kunstwerke gebracht, mit denen aus ihrem Haus ein Heim werden sollte.

Und jetzt?

Alles schien noch so wie früher, wenn sie spät von der Uni nach Hause kam. Julian empfing sie mit seinem Zahnpastalächeln. Er trug den ihr vertrauten Freizeitanzug und breitete die Arme aus, als wäre nie etwas zwischen ihnen vorgefallen. So als könnte er es nicht erwarten, ihr zu zeigen, was er in ihrer Abwesenheit für sie gekocht hatte.

»Hey«, sagte er. Er war dünner geworden. Natürlich. *Für Hanni und Nanni hat er abgenommen.*

Und trug er etwa Schminke im Gesicht?

Der eitle Fatzke bearbeitete seine Augenringe mit Concealer, um jünger und frischer auszusehen.

»Wo ist Alma?«, fragte Olivia und drückte sich an ihm vorbei.

Er deutete mit dem Zeigefinger nach oben.

Sie machte den Fehler, auf ihrem Weg zur Treppe einen Blick ins Wohnzimmer zu werfen. Vor der Couch, in deren Ritze sie fast auf den Tag genau vor vier Monaten das verräterische Ersatzhandy ihres Mannes gefunden hatte, standen die beiden Ehebrecherinnen, deretwegen Julian es sich damals angeschafft hatte. Wäre Olivia nicht in der Nacht aufgestanden, um sich ein Glas Wasser aus der Küche zu holen, wäre sie Julian womöglich bis heute nicht auf die Schliche gekommen. Doch das Ping der eingehenden Nachricht hatte in der Stille der Nacht wie der Signalton einer Alarmanlage aus dem Wohnzimmer geschallt. Nie würde sie vergessen, wie sie das ihr unbekannte Handy aus dem Sofa zog und die Nachricht auf dem Sperrbildschirm sah.

Zuerst wollte ihr Verstand sie schützen und sagte ihr, dass das Foto der beiden barbusigen, Zungenküsse austauschenden Frauen eine Spam-Nachricht sein musste. Selbst als sie den Text darunter las – *Wir warten auf dich, Julian* –, wollte sie es nicht wahrhaben.

Sie begriff es nicht einmal, als ihr Mann – den sie sofort wach rüttelte – ihr unverblümt, wenn auch schläfrig, gestand, er habe sich verliebt und wünschte, er hätte den Mut gefunden, es ihr schon früher zu sagen.

Wenn sie ehrlich war, hatte Olivia es bis heute nicht verstanden. Eine Affäre, die sein Ego streichelte, hätte sie irgendwie nachvollziehen können. Aber was war in ihn gefahren, all das, was sie sich in einem Jahrzehnt aufgebaut hatten, gegen zwei Kaugummi kauende, lebensunerfahrene Fitnessfanatikerinnen mit neonfarbenen Fingernägeln einzutauschen?

»Hey«, sagten die beiden synchron. Offenbar die neue Standardbegrüßung hier im Haus. Obwohl äußerlich gegensätzlich (Linda schwarz- und kurzhaarig sowie einen Kopf kleiner als Olivia; Sina blond, langhaarig und hochgewachsen), waren sie wie Zwillinge gekleidet. Beide trugen schwarze Leggings, weiße Oversize-Blusen und barbiepinke Sneaker.

Olivia musterte sie und konnte nicht an sich halten. »Nanu, noch nicht im Bett? Oder habt ihr morgen schulfrei?«

»Olivia, bitte!«

Sie drehte sich zu Julian um, dessen Lächeln verschwunden war. »Ernsthaft?«, fragte sie ihn. »Wenn die im Supermarkt Zigaretten kaufen, lässt sich der Kassierer den Ausweis zeigen. Ich hoffe, das hast du auch gemacht.«

»Wir wollten eh gehen!«, sagte Linda und schulterte eine

Leinentasche, die entweder eine gute Fälschung oder ein sündhaft teures Designerprodukt war. Olivia hätte eine Wette darauf abgeschlossen, dass ein Blick auf Julians Kreditkartenabrechnung ihr Aufschluss darüber geben würde.

»Bis bald!«, hauchte Sina Julian zu.

Sie hörte, wie in ihrem Rücken Küsse ausgetauscht wurden, und hasste sich dafür, dass ihr spürbar das Blut ins Gesicht schoss.

Wieso schäme ich mich für das widerliche Verhalten meines Mannes?, dachte sie auf dem Weg nach oben. Tatsächlich konnte sie nicht aufhören, die Schuld bei sich zu suchen, getreu dem Therapeutenmotto: *Es gehören immer zwei zu einem Problem, aber es gibt nur einen, den man verändern kann: sich selbst!*

War sie bislang aufgeregt, nervös, wehmütig wütend und beschämt gewesen, stieß sie mit dem Gang ins Kinderzimmer in eine weitaus angenehmere Gefühlswelt vor.

Kaum hatte sie Almas Zimmer betreten, sprang ein in Knöchelhöhe an der Scheuerleiste angebrachtes Nachtlicht an. Im Schein des Bewegungsmelders sah sie Alma auf dem Bett liegen. Ihre Körperhaltung erinnerte sie an ihre Babyzeit: auf der Seite liegend, ein Bein gerade, das andere angewinkelt. Den linken Arm wie für eine Dehnübung nach hinten verdreht. Die Daunendecke heruntergestrampelt.

Olivia schlüpfte aus ihren Reißverschlussstiefeln (normalerweise hatte sie die unten im Eingang ausgezogen, doch heute war ihr das als eine zu vertraute Geste vor Julian erschienen) und lief auf Zehenspitzen zum Bett. Auf Almas Nachttisch stand ein zauberwürfelgroßer Plexiglasquader, in dem ein fluoreszierendes Hologramm schwebte. Papa, Mama, Alma, in inniger Umarmung. Ein 3-D-Foto aus besseren Tagen. Alma hatte für diesen Kitsch-Würfel eine Werbung im Fernsehen gesehen und ihn sich zu ihrem sechsten Geburtstag gewünscht. Olivia erinnerte sich, wie sie in Sorge gewesen war, ihre Tochter könnte sich mit dem schweren, spitzkantigen Ding verletzen, nachdem sie ihr Geschenk so mochte, dass sie es immer und überall mit hinschleppte. Den »Schädelspalter«, wie Julian ihn scherzhaft genannt hatte. »*Mit dem Ding kannst du nicht nur Walnüsse knacken.*«

Bei ihrem hektischen Auszug hatte Alma ihn vergessen. Jetzt, da sie ihn wiederentdeckt hatte, würde sie das kitschige Ungetüm ganz sicher mitnehmen wollen, und Olivia würde fortan jeden Abend ihre wie in Bernstein konservierte Familienvergangenheit auf dem Nachttisch ihrer Tochter betrachten müssen.

Egal. Hauptsache, Alma war glücklich. Und wurde wieder gesund, wonach es im Moment leider nicht aussah. Sie schwitzte. Feine Schweißperlen standen ihr auf der angestrengt gekräuselten Stirn. Olivia kramte in ihrer Handtasche nach einem Taschentuch und tupfte sanft Almas Gesicht ab. Zuvor hatte sie mit der Hand überprüft, dass sie keine erhöhte Temperatur mehr hatte, auch wenn ihre Augen unter den Lidern zuckten und sie die Lippen nervös im Schlaf bewegte.

»Schsch …«, flüsterte Olivia und strich Alma sanft durch ihr kurzes, dünnes Haar, das nach der Chemo langsam nachwuchs.

Die Machtlosigkeit, nichts anderes tun zu können, als hier im Halbdunkel neben ihrem Bett zu stehen und ihren Kopf zu streicheln, trieb Olivia die Tränen in die Augen.

»Schsch …«, flüsterte sie erneut.

Sie beugte sich zu ihr hinunter. Spürte ihren feuchtwarmen Atem am Ohr, das nun beinahe Almas Lippen berührte. Lippen, die sich kaum noch bewegten.

Plötzlich, Olivia fühlte es mehr, als dass sie es sah, schlug Alma die Augen auf.

»Mama?« Sie hob den Kopf und blinzelte.

»Ich bin da!«, sagte Olivia mit ihrer beruhigenden Therapeutenstimme und streichelte ihr sanft durchs kurze Haar.

»Es war so kalt«, murmelte Alma entschuldigend und setzte sich langsam auf. »Ich hab dich nicht erreicht, und Papa …«

»Alles gut! Schlaf weiter«, protestierte Olivia sanft. »Es tut mir leid, dass ich dich geweckt habe.«

Dennoch schaltete Alma die Lampe an, die ein sanftes, warmweiches Licht spendete. Sie streckte die Arme nach ihrer Mutter aus. So wie früher, wenn sie noch einen Gutenachtkuss eingefordert hatte, bevor Mama das Licht löschte und die Kinderzimmertür zuzog; wohl wissend, dass Alma noch heimlich unter der Bettdecke Comics las oder im Dunkeln Spotify hörte. Doch diesmal ließ sie sie nicht los. Klammerte sich an sie wie ein Ertrinkender an den Rettungsring.

»Mama?« Ihre helle Stimme, schon immer so dünn wie Seidenpapier, hörte sich heute noch brüchiger an.

»Ja, Liebes?«

»Warum hast du mich angelogen?«

Olivia wusste sofort, was Alma meinte. Jahrelang hatte sie mit sich gehadert, nach dem richtigen Zeitpunkt gesucht, um es ihr zu sagen. Nächtelang hatte sie wach gelegen und mit Julian darüber diskutiert, ob und wann sie sie mit der Wahrheit konfrontieren sollten. Sie hatte es immer wieder hinausgeschoben, bis jetzt die größte aller denkbaren Katastrophen passiert war und Alma es von sich aus ansprach.

»Weshalb habt ihr mir nicht gesagt, dass ich adoptiert bin?«

Wumms.

Eine Frage wie eine ins Schloss fallende Tresortür.

Olivia schloss die Augen. Teils aus Scham, teils aus Wut.

Julian, wie konntest du nur?

Alma ohne vorherige Absprache im Alleingang aufzuklären war ein noch größerer Vertrauensbruch als sein doppelter Betrug.

»Schatz, weil es nichts ändert. Ich *bin* deine Mutter. Ganz egal, ob …«

»Nein, es ist nicht egal«, widersprach Alma und hatte natürlich recht. »Wäre es das, hättet ihr ja kein Geheimnis darum machen müssen.«

»Ja, das stimmt. Die Wahrheit ist: Wir hatten Angst.« Olivia schluckte schwer. Kämpfte schon wieder an diesem verdammten, nicht enden wollenden Tag gegen die Tränen an. »Schatz, ich habe noch immer Angst. Jetzt, in diesem Moment.«

»Wovor?«

»Dass du mich nicht mehr so lieb hast. Mich nicht so lieben kannst, wie man eine Mutter lieben sollte.«

»Aber wieso das denn?«, fragte Alma mit einer entwaffnenden Naivität, wie sie nur Kinder offenbaren können.

Sie spürte Salz auf den Lippen, was bedeutete, dass sie den Kampf gegen die Tränen wohl verloren hatte. »Bist du sehr sauer auf mich?«, fragte sie Alma.

»Nein. Ich hätte es nur gerne von dir gehört und nicht von …«

»Von wem?«, fragte Olivia, obwohl sie sich die Antwort natürlich denken konnte.

»Muss ich das sagen?«, fragte sie mit schuldbewusstem Blick, und Olivias Miene wurde ernst.

»Was haben wir über gute und schlechte Geheimnisse verabredet?«

Alma rollte mit den Augen. »Maaama, da war ich drei, als du mit diesem blöden Lied ankamst.«

»Und es ist noch immer aktuell. Gute Geheimnisse behältst du für dich, schlechte sagst du weiter.«

Alma seufzte, wie nur unwirsche Kinder seufzen können.

Olivia neigte den Kopf schräg, sah ihrer klugen Tochter tief in ihre dunklen und noch immer müden Augen und hakte nach:

»Wer ist es?«

Sie rechnete fest damit, dass sie »Papa« sagen würde.

»Opa Wilhelm.«

»Wie bitte?« Olivias Herz schlug auf einmal im Doppeltakt.

Das war unmöglich. Nicht zuletzt, weil Wilhelm schon lange tot war.

12. KAPITEL

Meinst du, das hängt mit ihrem Zustand zusammen?«, fragte Julian.

Olivia hatte noch eine halbe Stunde bei Alma am Bett gesessen und gewartet, bis sie in einen unruhigen Schlaf gefallen war. Dann war sie ins Wohnzimmer gegangen und hatte ihren zukünftigen Ex-Mann über Almas verstörende Behauptung unterrichtet.

»Du meinst, dass sie halluziniert?« Sie schüttelte den Kopf. »Ich habe noch nie davon gehört, dass Leukämie eine Schizophrenie auslöst. Doch selbst wenn – wie erklärst du dir, dass die Vision von Opa Wilhelm seiner Enkeltochter die Wahrheit sagt?«

Immerhin war Alma ja tatsächlich adoptiert.

Julian zuckte mit den Schultern. »Guter Punkt. Aber woher soll sie es denn sonst wissen?«

»Tja, bestimmt nicht von einer Leiche.« Ihr Vater war vor drei Jahren an einem plötzlichen Herzstillstand im Schlaf verstorben.

»Ich rede morgen in Ruhe mit ihr«, sagte Olivia zu Julian. Sowohl über die Adoption wie über den vermeintlich wiederauferstandenen Geheimnisverräter.

»Du kannst das Gästezimmer nehmen«, bot Julian ihr an, der natürlich wusste, dass sie Alma nicht über Nacht bei ihm alleine lassen würde.

»Das Bett ist frisch bezogen …«

Sie hob die Hand. »Bitte erspar mir die Details, wieso.«

»Du bist verletzt, das verstehe ich!«, sagte er. »Ich hab dich vor deinen Freunden durch mein Verhalten bloßgestellt und beschämt.«

Sie zeigte ihm den Vogel. »Du liegst so was von falsch. Gut, hättest du mich einfach nur für *eine* andere eingetauscht, hätte ich sicherlich an meinem Selbstwert gezweifelt. Aber das, was du hier abziehst, ist so absurd, dass es auf dich allein zurückfällt. Glaub mir, es gibt keinen, der dich wegen deiner Midlife-Crisis-Minderwertigkeitskomplexe nicht bedauert und mich gleichzeitig beglückwünscht, diesen spätpubertierenden Sexkasper losgeworden zu sein.«

Er wirkte ehrlich betroffen und öffnete den Mund, um etwas zu sagen, doch sie ließ ihm keine Gelegenheit. »Morgen ist die Heizung bestimmt repariert, dann nehme ich meine Tochter wieder mit!«

»Sie ist auch *meine* Tochter!«, protestierte Julian.

»Die du ja nicht so sehr lieben kannst, wenn du sie ausgerechnet jetzt alleine lässt, wo sie uns beide braucht wie nie zuvor in ihrem Leben.«

An der Art, wie sich seine Augenbrauen kurz zusammengezogen hatten, merkte sie, dass sie einen weiteren emotionalen Treffer gelandet hatte.

»Aber tröste dich«, zischte sie ihn an. »Deine beiden Betthäschen sagen bestimmt ›Daddy‹ zu dir!«

Er kniff wütend die Augen zusammen. Die Maske bröckelte, und er zeigte ihr deutlich, dass sie ihn verletzt hatte.

Er stand von der Couch auf. »Ich lass den Alarm heute aus, falls Alma kurz frische Luft hereinlassen will«, verabschiedete er sich.

Wenn du meinst, dachte sie und sah ihm nach, wie er das Wohnzimmer verließ.

Vielleicht war das ja eine Maklerkrankheit, dass Julian glaubte, ein vernünftiges Heim bräuchte ein elektronisches Sicherheitssystem. Dabei lebten sie in einem Viertel mit einer der geringsten Kriminalitätsraten. Wäre es nach Olivia gegangen, hätten sie gar nicht erst so eine aufwendige Anlage montiert. Mit Glasbruchsensoren und Bewegungsmeldern, die sofort Alarm bei einem privaten Sicherheitsdienst auslösten, wenn man im scharf geschalteten Zustand auch nur ein Fenster ankippte. Im Schlafzimmer gab es sogar einen Paniktaster mit Direktverbindung zur Polizei!

Himmel, wie oft hatte sie dem Anrufer des Sicherheitsdienstes das Codewort nennen müssen, um den Einsatz abzubrechen, den sie ausgelöst hatte, weil sie morgens nach dem Aufstehen vergessen hatte, die Scharfschaltung zu deaktivieren.

Wenigstens diese Sorge bin ich jetzt los.

Olivia wartete, bis sie im ersten Stock die Tür zum Elternschlafzimmer zufallen hörte.

Erst da lösten sich wieder die Tränen, und sie war glücklich, dass sie sie so lange hatte zurückhalten können.

Ihre Augen brannten. Mehrere Minuten lang saß sie im gedimmten Licht der Stehlampe paralysiert auf der Couch, bis sie nicht mehr weinen musste.

Sie horchte in die Stille des Hauses hinein, so, wie sie es früher vor dem Einschlafen getan hatte, wenn die Nachtgeräusche kamen, die tagsüber keine Beachtung fanden. Das Gluckern in der Wasserleitung, das Summen des WLAN-Routers in der Kammer, das Brummen des Kühlschranks aus der Küche. Früher hatte sie das beruhigt. Heute machte sie das atmosphärische Hintergrundrauschen nervös. Sie befürchtete, sie würde hier und heute kein Auge zubekommen. Weswegen sie das tat, was sie schon die ganze Zeit über hatte tun wollen, bevor der Stromausfall ihre Pläne über den Haufen geworfen hatte.

Olivia zog ein Notebook aus ihrer Handtasche, öffnete Google und tippte »Kalendermädchen« in die Suchmaske.

Als Erstes zeigte sich ihr die Werbung eines luxuriösen Porzellanherstellers, der Winter-Accessoires anpries. Ein Online-Buchhändler hatte den Begriff für Sommerkalender gepachtet. Wikipedia bot die Inhaltszusammenfassung einer beliebten Filmkomödie an. Erst nach zehnminütigem ergebnislosen Scrollen stieß sie auf einen Eintrag, der sie elektrisierte. Ohne dass sie einem Dritten hätte begreiflich machen können, weshalb, wusste sie nach zwei Sätzen, dass sie fündig geworden war. Und mit der Stimme der Beamtin im Kopf, die ihr an der Adoptionsstelle nachgelaufen war und sie gefragt hatte, ob ihr im Zusammenhang mit Alma das »Kalendermädchen« ein Begriff sei, begann sie den Artikel zu lesen:

»Das Kalendermädchen« ist eine urbane Legende, also ein Mythos, der nicht auf wahren Begebenheiten fußt, sondern auf einer frei erfundenen Geschichte. Sie steht in der Tradition von Mythen wie dem vom Pink-Floyd-Song »The Wall«, in dem der Kinderchor eine versteckte Botschaft singt, der einen Toningenieur in den Suizid getrieben haben soll – oder von der Babysitterin, die mehrfach von einer mysteriösen Nummer angerufen wird, während sie auf ein Baby aufpasst. Als sie diese Nummer auf ihrem Handy zurückruft, hört sie es im Haus ein Stockwerk über sich klingeln.
Obwohl es sich beim »Kalendermädchen« um ein modernes Märchen handelt, wird es vor allen Dingen in den sozialen Netzwerken von einer großen Anhängerschaft immer wieder als True-Crime-Geschichte bezeichnet, die sich vor Jahren in einem kleinen Dorf im bayerischen Frankenwald abgespielt haben soll …

13. KAPITEL

DAMALS
RABENHAMMER
FRANKENWALD / BAYERN
VALENTINA

Valentina Rogall begutachtete sich in der Spiegelung der Glastür, vor der sie stand, und strich sich eine widerspenstige Strähne ihres dichten, braunen Haares aus dem Gesicht. Noch vor nicht einmal einem Monat hatte es kantiger und härter ausgesehen. Jetzt, wo sie etwas zugenommen hatte, waren ihre Gesichtszüge weicher. Im Grunde sah sie gesünder aus, hätten ihre dunklen Augen nicht so furchtbar müde, tief in den Höhlen gelegen. Unbewusst griff sie sich an ihren schlanken Hals, schluckte schwer und betrat den Blumenladen.

Schon den ganzen Tag lang hatte sie gegen das Gefühl ankämpfen müssen, als wäre ihr eine Tablette auf halbem Weg in der Speiseröhre stecken geblieben. Dabei nahm sie derzeit keine Medikamente, auch wenn sie heute eine Vomex und mehrere Novalgin gut hätte gebrauchen können.

Trotz ihrer schwelenden Übelkeit und der Kopf- und Unterleibsschmerzen genoss sie den Geruchscocktail, der sie in dem winzigen Geschäft mit dem Namen »Ursels Blumen-Paradies« empfing. Der Jahreszeit entsprechend bestimmte der würzige Duft von Weihnachtssternen und Christrosen die Luft des beschaulichen Einfraubetriebs. Ein wohltuender Gegensatz zu dem dumpfen Interregio-Mief, dem sie auf ihrer nicht enden wollenden Fahrt nach Rabenhammer ausgesetzt gewesen war, einer Mischung aus staubiger Heizung und feuchten Winterjacken.

»Mir bleibt auch nichts erspart!«, schimpfte eine bestimmt über sechzig Jahre alte Dame aus dem hinteren Ladenbereich. Valentina tippte auf die Inhaberin und damit Namensgeberin des Ladens.

Ursel legte eine Kreuzworträtsel-Zeitschrift auf den Tresen, neben dem sie auf einem Gartenklappstuhl saß, und schob sich ihre Lesebrille in die voluminöse graue Lockenpracht.

»Sie haben Glück, dass mein Rheuma heute wieder so schlimm ist!«

»Wie bitte?«

»So jung und schon schwerhörig. Ich sagte: In meinen Gelenken brodelt es heute schlimmer als in einem Schnellkochtopf. Der Wurst-Heinz gegenüber«, Ursel zeigte durch das Schaufenster zur Metzgerei auf der anderen Seite der Fußgängerzone, »der klagt nur über ein dumpfes Ziehen. Lächerlich. Der kann gar nicht mitreden. Bei mir ist es die Hölle. In meiner Hüfte brutzelt es heißer als in der Sahara. In den Knien auch. Wär's nicht so, wär ich längst aufgestanden und hätte abgeschlossen. Es ist zu.«

»Ach so. Im Internet stand, Sie haben auch samstags geöffnet.«

»Aber nur bis elf. Wie der Bäcker.«

Valentina hob entschuldigend die Hand.

Zu schade, dass sie die wohlige Atmosphäre des kleinen Ladens so schnell wieder gegen die schneidende Dezemberkälte da draußen eintauschen musste. Immerhin zeigte der Winter sich hier von einer deutlich schöneren Seite als im tristen Berlin. Nachdem es in den letzten Tagen so heftig geschneit hatte, war das kleine Örtchen zu einem verträumten Winterwunderland geworden.

»Nix da«, schnaufte Ursel. »Jetzt, wo Sie schon mal drin sind, können Sie auch Geld dalassen.«

Sie griff nach der Tresenkante und zog sich stöhnend an ihr

hoch. »Wo kommen Sie denn her?«, wollte sie von Valentina wissen.

»Aus Berlin.«

»Hauptstadt«, murrte Ursel und ließ es wie ein Schimpfwort klingen. »Urlaub?«

»Examen. Ich muss für die Uni lernen.«

»Ach, und da dachten Sie, Sie ziehen sich ins langweilige Rabenhammer zurück, um nicht von den Verführungen der Großstadt abgelenkt zu werden. Verstehe.«

So in etwa.

»Hab mir ein Ferienhaus gemietet.«

»Ein ganzes Haus gleich.«

Valentina fühlte sich plötzlich, als stünde sie auf einer Bühne im grellen Scheinwerferlicht, so unverhohlen, wie Ursel sie jetzt mit wachen Augen musterte. »Nobel geht die Welt zugrunde.«

»Im Grunde ist es eine Dreizimmerwohnung mit Treppe«, rechtfertigte sie sich. »Ein Reisebüro-Schnäppchen!«

Die Blumenhändlerin schürzte die Lippen. »Schön. Und jetzt wollen Sie die Bleibe etwas aufhübschen?«

»Es ist tatsächlich ein wenig kahl. Da kommt man gar nicht in Weihnachtsstimmung. Zumal alle anderen Häuser hier so gemütlich aussehen.«

Valentina war auf ihrem Weg vom Bahnhof zur Unterkunft an zahlreichen weihnachtlich geschmückten Fenstern vorbeigelaufen. Anders als in Berlin, wo die halbe Nachbarschaft grelle Neonsterne, blinkende Rentierschlitten oder wackelnde Plastikweihnachtsmänner für geschmackvoll hielt, waren die Gebäude in dieser Ecke Frankens sehr viel stilvoller dekoriert, mit natürlichen Holzmaterialien, echten Blumen und Kerzen, die tatsächlich ganz ohne Strom flackerten.

»Ich hätte gerne diesen Adventskranz!« Valentina zeigte auf ein schlichtes Modell, das um zehn Euro reduziert auf einem kleinen Beistelltischchen neben einer Vase mit Beerensträuchern stand. »Und zwei von den roten Amaryllis.«

Ihr Blick fiel auf ein Regal mit Weihnachtsdeko.

»Christbaumschmuck?«, fragte Ursel, wischte sich eine Hand an einer von Blumenwasser und Erde befleckten Schürze ab und zeigte auf einen Karton mit roten Glaskugeln.

»Nein, danke. Aber ich nehme gerne diesen Holzstern und ein paar Tannenzweige. Ach, und haben Sie eine Fensterkerze?«

»Eine was?«

»Ich hab gesehen, dass einige hier grüne Kerzen im Fenster stehen haben.«

»Ach so, ja. Das ist hier Brauch an den Adventswochenenden. Machen aber nur noch die Älteren. Früher gab's das in jedem Haus. Ich hab allerdings keine grünen mehr. Nur noch die hier.«

Ursel verschwand hinter dem Tresen, schien den Geräuschen nach in einer Grabbelkiste herumzuwühlen und tauchte mit einer dunklen Stumpenkerze in der Hand wieder auf.

»Schwarz?«, fragte Valentina zweifelnd.

»Fehllieferung«, erklärte ihr die Händlerin. »Ich hab Herbert auch gefragt, was ich damit soll. Aber er meinte nur, nachts sähe das auch nicht anders aus als eine grüne Kerze, und das wär ja wohl weihnachtlich, also hab ich die Kiste auf Kommission genommen. Was ist? Nehmen Sie eine?«

Valentina nickte.

Nachdem die Blumenhändlerin den Einkauf mit geschickten Handbewegungen eingewickelt und transportfähig in einer Papiertüte verstaut hatte, begleitete sie Valentina zum Ausgang. Weniger aus Höflichkeit, sondern um das »Willkommen«-Schild auf die »Feierabend«-Seite zu drehen.

»Brauchen Sie noch ein Feuerzeug?«

Valentina winkte ab. »Der Vermieter ist sehr umsichtig. Er

hat ein Päckchen in den Sicherungskasten gelegt, zusammen mit einer Notkerze, falls der Strom ausfällt.«

Eisiger Wind wehte ihr eine Haarsträhne vor die Augen.

Tatsächlich war das kleine Ferienhäuschen gut sortiert, wie sie festgestellt hatte, als sie es vor einer Stunde aufschloss und ihren Reiserucksack abstellte, bevor sie sich zu Fuß den Hügel hinunter ins Dorf aufgemacht hatte. Geschirr, Gewürze, Toilettenpapier, Handtücher, eine Taschenlampe – alles lag ordentlich in den Vorrats-, Küchen- und Badezimmerschränken parat.

Sogar mit Konservendosen war sie versorgt.

»Wo, sagten Sie noch gleich, sind Sie untergekommen?«, fragte die Blumenhändlerin.

Valentina zog die Schultern hoch und trat auf dem Fußabstreifer vor dem Laden von einem Fuß auf den anderen.

»Ich habe noch nichts gesagt. Aber ich schätze, hier in dem Dorf gibt es ohnehin keine Geheimnisse.«

Ursel lachte kehlig auf. »Das kann man wohl sagen.«

»Kennen Sie das etwas windschiefe Häuschen am Tannensteig? Haus Waldpfad. Es liegt direkt am Waldrand auf dem Hügel.« Sie zeigte die Fußgängerzone hinunter in die Richtung, aus der sie gekommen war. Dann drehte sie sich wieder um und blickte in die Augen einer Fremden. Das Gesicht der Händlerin hatte sich von einer Sekunde auf die andere verändert. Als hätte Valentina nicht nur ihre Adresse verraten, sondern gleichzeitig einen Schalter umgelegt, der das Lächeln in Ursels Gesicht ausgeschaltet hatte.

»Dort?«

Valentina nickte. »Wieso, was …?«

Es war, als wäre das wache Licht, das bisher in Ursels lebensklugen Augen gebrannt hatte, durch eine zornige Flamme der Finsternis ersetzt worden.

Habe ich was Falsches gesagt?, wunderte sich Valentina

noch, da spürte sie etwas Nasses, Klebriges auf ihrer Wange. Und ihrer Stirn.

Zähflüssiger Schleim, der ihr sowohl in die Augen als auch in den Mundwinkel lief.

»Haben Sie …?«

Valentina hob die Hand, schüttelte sich vor Ekel.

»Haben Sie mich etwa gerade …«

… angespuckt?

Sie schrie, doch ihre Worte gingen in dem Rattern der Jalousie unter, die Ursel wie ein Fallbeil vor sich hatte nach unten sausen lassen.

14. KAPITEL

HEUTE
OLIVIA

Olivia schreckte hoch. *Kann man von einem Schatten geweckt werden?*, war ihr erster Gedanke, *Wo bin ich?*, ihr zweiter.

Sie war mit dem Laptop auf den angewinkelten Oberschenkeln eingeschlafen, der jetzt vor ihren Augen durch die Luft schwebte und dadurch aus dem Ruhemodus erwacht war.

Vermutlich war es weniger Julians Schatten, den sie gespürt hatte, als die Tatsache, dass er ihr Notebook vom Schoß genommen hatte, um es auf den Beistelltisch neben der Couch zu stellen.

»Was machst du?«, fragte sie müde.

Das Licht der Stehlampe brannte noch. Julian war barfuß und trug einen Pyjama, den sie noch nie an ihm gesehen hatte. Ruckartig setzte sie sich auf. Ihr Herz pochte. »Ist was mit Alma?«

»Ihr geht's gut. Sie schläft.« Er fuhr sich durch sein schütter gewordenes Haar. »Ich wollte mir ein Glas Wasser aus der Küche holen und hab noch Licht gesehen.« Er zeigte zum Laptop. »Ich wollte nicht, dass er runterfällt, so wie dein Hefter!«

Sie nickte und hoffte, er würde gehen, aber Julian blieb stehen und musterte sie von oben herab. »Ich hoffe, es hat berufliche Gründe, dass du dich mit so einem Zeugs beschäftigst!«

Sie runzelte misstrauisch die Stirn. Bevor sie etwas sagen konnte, hob er beschwichtigend die Hand: »Ja, ich bekenne mich schuldig. Ich hab einen Blick auf den Artikel geworfen, den du geöffnet hattest. Die Schlagzeile war nicht zu übersehen: *Das Kalendermädchen – ein moderner, grausamer Horrormythos.* Worum geht es denn da?«

Olivia konnte sich nicht exakt an den Beitrag erinnern, über dem sie offenbar eingeschlafen war. Aber vermutlich unterschied sich sein Inhalt nicht nennenswert von den anderen Artikeln, die sie über das Thema gelesen hatte. Mit den Jahren wurde die Geschichte in unterschiedlichen Varianten im Netz diskutiert. Einig waren die meisten Autoren sich darin, dass es sich bei dem Kalendermädchen um eine junge Frau handelte, die am Vorabend des vierten Advents einen psychopathischen Serienkiller in ihr Haus gelassen hatte, der mit ihr das Spiel des »lebendigen Adventskalenders« spielte. Während einige Verfasser schilderten, der Täter habe die Frau gezwungen, stets von Neuem Türen zu öffnen, hinter denen sich immer schrecklichere Grausamkeiten verbargen, meinten andere, der Psychopath habe sein Opfer selbst zu einem lebenden Adventskalender »umfunktioniert«. Dabei habe der Adventsmörder ihrem Körper vierundzwanzig grausame Verletzungen beigebracht.

Das alles hätte sie Julian erklären können, aber Olivia war viel zu erschöpft für eine Standpauke. Und die hätte ihr Bald-Ex-Ehemann ihr sicher gehalten, wenn sie ihm begreiflich zu machen versucht hätte, dass sie in diesem morbiden Märchen den womöglich letzten Rettungsanker für Alma sah. Deshalb log sie ihn an. »Ich bereite mich auf mein Seminar zum Thema urbane Legenden und Horrormythen vor.«

»Aha.« Julian bückte sich nach dem Hefter, den ihr Elias gegeben hatte und der zu Boden gerutscht war. Ein Blatt war herausgefallen, das Julian gegen das Licht hielt. »Und das hier ist so ein Horrorhaus aus deinen Legenden?«

Ärgerlich nahm Olivia ihm den Ordner aus der Hand, wobei das Foto des Waldhäuschens noch in Julians Besitz blieb.

»Ich finde, du hast deine Nase jetzt tief genug in meine Angelegenheiten gesteckt.«

Er kniff konzentriert die Augen zusammen und zuckte mit den Schultern. »Wenn sich hier ein grausames Verbrechen ereignet hat, dann würde das die Immobilienpreise dort ganz schön runterziehen«, sagte er bemüht scherzhaft.

Olivia blinzelte verwirrt. »Moment mal. Du kennst dieses Haus?«

Julian schüttelte den Kopf. Er gab ihr den Ausdruck zurück. »Das Haus nicht. Aber siehst du das Schild hier?«

Am Fuß des Hügels, neben der Auffahrt zu dem kleinen Häuschen stand ein Holzschild, dem Olivia bislang keine Beachtung geschenkt hatte. »Da kann man doch nichts drauf erkennen!«

Die Aufnahme war so verwaschen, dass man auf der Tafel, die eventuell als Wegweiser für Wanderer aufgestellt worden war, nicht einen Buchstaben entziffern konnte.

»Und dennoch kann man den Ort der Aufnahme eingrenzen.« Julian deutete auf einen Fleck auf dem Schild, der sich mit viel Fantasie als ein halb auf dem Rücken liegendes und in die Hände klatschendes Kleinkind deuten ließ. »Das ist eine Landkarte.«

»Von welchem Ort?«, fragte Olivia und musste an den Satz aus dem ersten Artikel denken, den sie vor dem Einschlafen gelesen hatte:

Obwohl es sich beim »Kalendermädchen« um ein modernes Märchen handelt, wird es vor allen Dingen in den sozialen Netzwerken von einer großen Anhängerschaft immer wieder als True-Crime-Geschichte bezeichnet …

»Kein Ort, sondern eine Region«, antwortete Julian, der mit seinem Handy den Ausdruck abfotografiert und das Foto augenscheinlich durch eine Bilder-Suchmaschine im Internet geschickt hatte, während Olivia im Geiste noch mal den allerersten Google-Eintrag zum Kalendermädchen Revue passieren ließ.

... die sich vor Jahren in einem kleinen Dorf im bayerischen Frankenwald abgespielt haben soll ...

Triumphierend präsentierte Julian ihr das Ergebnis seiner Recherche: »Das Haus liegt eindeutig in Bayern!«

15. KAPITEL

DAMALS
HAUS WALDPFAD / BAYERN
VALENTINA

Sie spürte die fremde Spucke noch immer. Und das, obwohl ihr Gesicht feuerrot war, nachdem sie es minutenlang mit dem Waschlappen abgeschrubbt hatte. Dem ersten Impuls folgend hatte Valentina nach der Ekelattacke im Blumenladen duschen wollen, doch dazu war es im Haus noch zu kalt. Das Warmwasser funktionierte zwar, aber leider hatte der Vermieter nicht vorgeheizt.

Als sie ihr Gepäck untergestellt hatte – vor ihrem folgenschweren Spaziergang ins Dorf –, hatte sie zwar die Heizkörper aufgedreht, doch von wohliger Wärme war ihre temporäre Behausung noch weit entfernt. Und da sie nicht aus einer dampfenden Dusche in ein eisiges Badezimmer steigen wollte, hatte sie sich vorerst auf eine Katzenwäsche beschränkt. Mit dem Erfolg, dass sie sich noch immer besudelt und beschmutzt fühlte, als sie sich in die Küche setzte.

Da sag noch mal einer, er würde aufs Land ziehen, weil ihm in der Großstadt zu viele Gestörte über den Weg laufen.

Wobei ihre temporäre Unterkunft in vielerlei Hinsicht die Anforderungen an ein idyllisches Refugium erfüllte: urig klein, nicht allzu weit vom Dorfkern die Landstraße runter am Waldrand gelegen, an einem schmalen Weg, der sich an majestätisch hochgewachsenen, schneebedeckten Tannen den Hang hinaufschlängelte und dem die Ferienimmobilie ihren Namen verdankte.

»Haus Waldpfad«, wie es im Internet genannt wurde, war ein typisches Handwerkerobjekt. Valentina bezweifelte, dass es einen Zeitpunkt gegeben hatte, an dem es jemals »fertiggestellt« oder gar »perfekt« gewesen war.

Es gab einige Anzeichen für zahlreiche, in unterschiedlichen zeitlichen Abständen erfolgte Modernisierungs- und Renovierungsrunden: Im gemütlichen Wohnzimmer mit dem Kamin lag edles Fischgrätparkett, weiter oben, in den vermutlich später renovierten Zimmern, Vinyl. Die weißen Küchenwände waren mit einer wellenartigen Spachteltechnik verziert worden, wie man sie aus italienischen Restaurants oder argentinischen Steakhäusern kannte. Im Schlafzimmer im ersten Stock klebte ebenso Raufasertapete wie in dem kleinen Arbeitszimmer, von dem aus man auf die Dachterrasse über der Garage gelangte. Wenn Valentina es sich recht überlegte, dann wirkte die Garage wie nachträglich ans Haus geklatscht, während die Scheune gegenüber vom Eingang seit Urzeiten dort stehen mochte, so windschief und morsch der Spanplattenbau ihr erschien.

Spießige Kritteler mochten Haus Waldpfad als ärmlich und einfach beschreiben. Für Valentina hatte es eine Patina, die es interessant und gemütlich machte und dem Haus Charakter und Seele verlieh. Und so, wie selbst der beste Charakter und die interessanteste Seele nicht nur helle Seiten besaß, verfügte auch das Haus über einen dunklen Fleck. Valentina hatte ihn schon beim Betreten gespürt wie einen kurzen, eisigen Windhauch, der einen anwehte, obwohl man vor einem knisternd wärmenden Ofen stand.

Valentina versuchte, ihren Atem zu beruhigen, indem sie langsam den Blick durchs Küchenfenster über die verschneite Landschaft gleiten ließ. Nach und nach fixierte sie zuerst die Dächer der wenigen Häuser, die die Hanggrundstücke unter ihr besetzten. Kleine Einfamilienhäuser wie ihr Ferienhäuschen, Scheunen, zwei Garagen und eine geschlossene Bäckerei direkt am Parkplatz vor der Landstraße, auf der gerade ein

Traktor vorbeituckerte. Gemeinsam mit einem parallel zur Straße verlaufenden, halb vereisten Bächlein markierte die Landstraße die Talsohle der bewaldeten Hügelkette, die auf der anderen Straßenseite wieder anstieg.

Idyllisch war das Wort, das Touristen vermutlich als Erstes einfiel, wenn sie durch diese Gegend kamen.

Allein war das, was Valentina in den Sinn kam. Und das Gefühl der Einsamkeit wuchs, als sie ihr Handy auf dem Küchentisch summen hörte.

Kathi ruft an!, verriet ihr das Display.

Sie seufzte erschöpft.

Ihre beste Freundin hatte es heute schon öfter versucht, und am liebsten hätte sie Katharina erneut ignoriert, doch sie wollte nicht, dass die treue Seele sich zu große Sorgen machte und in einer Kurzschlussreaktion Himmel und Hölle in Bewegung setzte.

Sie nahm ab. »Hallo?«

»Na endlich. Was ist denn los bei dir?«

»Alles gut, alles okay.«

»Das kannst du dir selbst erzählen, ich kenne dich besser. Also noch mal von vorne: Wie geht es dir?«

»Tja, wie soll es mir schon gehen?«

Kathi lachte, als hätte Valentina einen Witz gemacht.

Sie griff nach der Tüte, in der sie ihre Einkäufe verstaut hatte. Heute früh, vor der Abfahrt aus Berlin. Der Zug hatte eine Stunde Verspätung gehabt, und die hatte sie für einen Abstecher in den Baumarkt genutzt.

»Hast du irgendwelche Symptome?«

»Nein.«

Valentina zog aus der Tüte eine Rolle hervor, auf die ein grobes Sisalseil gewickelt war. »3 Meter / Ungewachst« stand auf dem Preisschild, an dem sie nervös mit dem Daumennagel knibbelte.

»Wo bist du jetzt?«, wollte Kathi als Nächstes wissen.

»Daheim.«

»Ach ja? Dann mach doch bitte die Tür auf und lass mich hier draußen nicht seit fünf Minuten Sturm klingeln.«

Valentina hörte dumpf das Schnarren ihrer eigenen Haustürklingel durch den Hörer und räusperte sich verlegen.

Verdammt. Kathi stand im Treppenhaus, und Ole war verreist. Sie hatte für ihre Fahrt nach Rabenhammer bewusst genau die Woche ausgesucht, in der er alljährlich in den Thüringer Wald fuhr, um bei Spaziergängen »den Kopf frei zu bekommen«.

»Ich will einfach ein bisschen allein sein, okay?«, sagte sie Kathi.

»Das verstehe ich ja. Aber du weißt schon, dass du jetzt gerade das Gegenteil von Einsamkeit brauchst, oder? Ist Ole wenigstens bei dir?«

»Mir geht es gut«, wich sie ihr aus. »Wirklich.«

Valentina klemmte sich das Telefon zwischen Schulter und Ohr, um beide Hände frei zu haben. Die brauchte sie, damit sie die ersten zwei Meter des Sisalseils wie eine Serpentinenstraße vor sich auf dem Küchentisch auslegen konnte.

»Mach dir keine Sorgen.«

Valentina zog den ausgebreiteten Strick in der Mitte zusammen, sodass sich rechts und links zwei Schlaufen zu einer liegenden Acht, dem Unendlichkeitszeichen, formten.

»Du machst es mir echt schwer, eine beste Freundin zu sein.«

»Bitte, bohr nicht nach. Es gibt einen Grund, weshalb ich dir nicht alles erzähle.«

»Du meinst, du sagst mir auf keinen Fall, wo ich dich finden kann?«

»Keine Chance!«

Valentina wickelte das längere, lose Seilende mehrfach um den Mittelpunkt der Acht.

»Du willst mich ausgerechnet jetzt nicht dabeihaben?«

»Ich liebe dich«, sagte Valentina und drückte ihre beste Freundin weg.

Zwei, drei Umwickelungen noch, dann war sie fertig.

Sie musste nur noch an der rechten Schlaufe ziehen, bis die linke verschwand. Und sich das Unendlichkeitszeichen praktisch in sein Gegenteil verwandelt hatte: in eine Henkersschlinge.

16. KAPITEL

HEUTE
JULIAN

Ein zweites Mal durfte er sich von Olivia nicht erwischen lassen!

Vorsichtig setzte Julian den nackten Fuß auf die Diele im Wohnzimmer, um zu testen, ob sie unter seinem Gewicht knarzte. Erst als er sich sicher war, kein Geräusch zu erzeugen, wagte er den nächsten kleinen Schritt. Schlich sich Zug um Zug quälend langsam durchs Wohnzimmer, um Olivia auf der Couch nicht wieder aus ihren unruhigen Träumen zu reißen.

Dabei half ihm der gegen die Scheiben fallende Regen. Ein rauschender Klangteppich, der die unvermeidbaren Knister-, Raschel- und Atemgeräusche komplett verschluckte.

Bei ihrem ersten Date hatte Olivia ihm erzählt, wie sehr sie als kleines Kind dieses Schmuddelwetter geliebt hatte. Wenn sie im Bett lag und sich beim Prasseln der Tropfen auf das Dach vorstellte, wie ein Riese Reiskörner auf die Dachschindeln streute. Heute, das hatte sie ihm vor wenigen Monaten erst gestanden, war das wohlige Gefühl nur noch eine vage Erinnerung aus der Vergangenheit. Sie dachte nicht mehr daran, wie entspannend ein gutes Buch sein konnte; drinnen, im behaglichen Heim, wenn die Welt durch die Fensterscheiben betrachtet vor den Augen zu einem Zerrbild verschwamm. Heute musste Olivia an ihre Patienten denken, deren Angstzustände mit jedem Donnergrollen intensiver und mit jedem Blitz dunkler wurden.

Julian verstand sie nur zu gut. Auch für ihn war der Winterregen einst die perfekte Ergänzung zu einem warmen Kachelofen gewesen. Heute sah er in ihm nur noch den Vorboten von Erkältungskrankheiten und Schüttelfrost.

Und Tod?

Er stand jetzt direkt an der Couch. Über ihr. Beobachtete ihren Brustkorb, der sich langsam hob und senkte. Vorhin hatte ihr Laptop auf dem Bauch gelegen. Jetzt ruhte dort der Schnellhefter, über dessen Lektüre sie erneut eingeschlafen war. Behutsam löste er ihre auf ihm ruhende linke Hand und nahm ihn an sich. Den Laptop fand er auf dem Couchtisch. Diesmal machte er nicht den Fehler und blieb im Raum. So leise, wie er gekommen war, schlich er sich mit Ordner und Notebook aus dem Zimmer in die Küche, wo er unter dem matten Licht der Abzugshaube zunächst den Schnellhefter durchblätterte.

Er bestand hauptsächlich aus Ausdrucken von Social-Media-Postings, in denen anonyme Trolle Olivia beleidigt und als schlechte Mutter diffamiert hatten. Entsetzt musste Julian feststellen, wie gut informiert dieser Abschaum war. Einer kannte sogar Almas Vornamen.

Auffällig waren Olivias handschriftliche Notizen, die hauptsächlich aus Schlagwörtern am Seitenrand bestanden.

Moderne Legende – Anonymer Internet-Hasser – Alma

Olivia hatte sie erst unterstrichen und dann wütende Kringel um sie herum gemalt. Auf dem Fotoausdruck des fränkischen Waldhauses hatte ihr Stift sich sogar durchgedrückt und das Papier beschädigt, als sie »Kalendermädchen – Haus – Bayern – Hat das irgendwas mit Alma zu tun???« darauf notiert hatte.

Er öffnete Olivias Notebook. 2209. Ihr Hochzeitsdatum. Sie hatte ihr Passwort noch nicht geändert, und kaum dass er die PIN eingegeben hatte, öffneten sich mehrere Browser-Fenster. Allesamt Suchergebnisse zu ein und demselben Begriff:

KALENDERMÄDCHEN.

Als Immobilienmakler war es Julian gewohnt, umfangreiche Dokumente wie Exposés, Kaufverträge oder behördliche Anträge querzulesen, um sich in Windeseile einen Überblick über den Sachverhalt zu verschaffen. Diese Fähigkeit kam ihm jetzt beim Studium der zum Teil dubiosen Artikel zugute, die größtenteils auf amateurhaften, pseudojournalistischen Sensationsseiten erstellt worden waren.

In nur wenigen Minuten hatte er sich die Kerninformationen aus den Berichten über das Kalendermädchen herausgezogen: jener Studentin, die sich in einem kleinen Dorf in Oberfranken angeblich auf ihr erstes juristisches Staatsexamen hatte vorbereiten wollen und dieses Unterfangen entweder mit ihrem Verstand oder sogar mit dem Leben bezahlte. Darüber waren sich die Berichterstatter uneinig.

Die Mehrheit ging davon aus, dass das »Kalendermädchen« tot war. Und dass die Geschehnisse, die sich angeblich in der Nacht zum vierten Advent abgespielt hatten, etwas mit einer schwarzen Kerze zu tun haben sollten, die die Studentin ins Küchenfenster gestellt hatte.

Und mit der sie den Tod anlockte.

Eine Minderheit war der Auffassung, die junge Frau würde noch leben und ihr Dasein in einer geschlossenen Nervenheilanstalt fristen. Auf dieser Hypothese bauten weitere Spekulationen auf. Die wildeste behauptete, jedes Jahr, immer in der Nacht zum vierten Advent, würde ein dem Kalendermädchen zugewandter Pfleger ihr heimlich die Zellentür aufschließen. Und dann würde das Kalendermädchen ihrerseits losziehen, um sich Opfer zu suchen. Männer, die ihre Frauen so quälten, wie das Kalendermädchen selbst gequält worden war. Sadisten, die ein teuflisches Vergnügen daran hatten, Frauen alles zu nehmen, was sie im Innersten einmal ausgemacht hatte. Das Kalendermädchen beraubte diese Täter ihrer Seele, bis sie nur noch eine leere Hülle waren. Bereit zum Wegwerfen wie ein Adventskalender, der nach Weihnachten für seinen Besitzer keinen Wert mehr besaß.

Verdammt, Olivia. Was hat das alles zu bedeuten?

Wieso interessierte sie sich für diesen Quatsch, ausgerechnet in einer Situation, in der sie doch alle Energie aufbringen müsste, das Leben ihrer Tochter zu retten?

Nachdem Julian den letzten Artikel überflogen hatte, fühlte er sich in seine Schulzeit zurückversetzt, in der er vor dem Klausurbogen mit den Mathematikaufgaben gesessen hatte, unfähig, die Gleichung auf dem Papier zu lösen.

Moderne Legende – Anonymer Internet-Hasser – Alma

Nachdenklich nahm er erneut den vergrößerten Ausdruck zur Hand.

Wieso interessierst du dich für dieses Haus?

Seit wann beschäftigen dich moderne Legenden auch privat?

Was gibt es sonst noch, das ich wissen sollte?

Auf dem Rückweg ins Wohnzimmer rotierten die Fragen in seinem Kopf wie bei einem verwirrten Autofahrer, der die Ausfahrt aus dem Kreisverkehr nicht fand.

So sachte wie möglich legte er den Hefter zurück auf Olivias Bauch, die im Schlaf Unverständliches murmelte. Während er den Laptop neben der Couch abstellte, fragte er sich bestimmt zum zehnten Mal, ob er etwas übersehen hatte. Etwas, was ihn und seinen Plan entlarvte. Doch weder wusste er, in was für eine Sache seine Frau hier verstrickt war, noch konnte er irgendeinen Hinweis darauf erkennen, dass er aufgeflogen und sie ihm mittlerweile auf die Schliche gekommen war.

17. KAPITEL

DAMALS
HAUS WALDPFAD
VALENTINA

Valentina fand in einem Küchenschrank eine Vase für die Amaryllis und stellte sie zusammen mit dem Weihnachtsstern ins Fenster. Die Krimskramsschublade neben der Spüle enthielt Zahnstocher, Kugelschreiber, mehrere Lieferservice-Flyer, Schnipsgummi und sogar Einweg-Sushistäbchen, jedoch keinen Tesafilm. Sie erinnerte sich an die durchsichtigen Blasenpflaster in ihrer Kosmetiktasche. Mit diesen befestigte sie die Tannenzweige und Beerensträucher direkt auf der Fensterscheibe.

Nicht schön, aber besonders.

Den Adventskranz stellte sie auf den Couchtisch.

Mit den Streichhölzern aus dem Sicherungskasten zündete sie drei der vier Kerzen an und spürte sofort eine wohlig wehmütige Nostalgie. Das kratzende Geräusch des Streichholzkopfs auf der Reibefläche und das sich anschließende Zischen der Stichflamme katapultierte sie in eine Vergangenheit zurück, in der sie noch unbeschwert und sorgenlos gewesen war. Der erst scharf metallisch, dann holzig-schwefelig duftende Rauch erinnerte sie an Mama und Papa, als die beiden mit ihr an den Adventswochenenden Lieder sangen, mit Kastanien bastelten, Plätzchen buken.

Bevor Mama krank und sie und die Finsternis beste Freunde wurden.

Magdalena Rogall. Ihre gütige, stets leise sprechende, trotz Schmerzen immer lächelnde und schmerzhaft lichtempfindliche Mama. Anfangs störte Magda nur das Morgenlicht nach dem Aufwachen, später dann der Schein des Fernsehers oder ihres Handys. Niemand kannte die Ursachen ihrer Photophobie, und kein Mittel half, sie aufzuhalten oder wenigstens abzumildern.

Am Ende hatte ihre Mutter in einem völlig abgedunkelten Schlafzimmer gelegen, die Fenster mit blickdichten Plissees zugezogen.

Am liebsten hätte Valentina damals losgeheult, sobald sie das nach Schweiß und Schmerzen riechende Schlafzimmer betrat und ihre Mutter (einst eine anerkannte Naturfotografin!) in der nahezu vollkommenen Dunkelheit aufstöhnen hörte, weil sie wie so oft versuchte, doch noch einen Blick auf ihre geliebte Tochter zu erhaschen. Aber Valentina riss sich zusammen, ließ sich ihre Traurigkeit nicht anmerken, setzte sich zu ihrer Mutter auf die Bettkante und begann zu erzählen. Von den Sonnenblumen draußen im Garten. Den Schmetterlingen, die, vom Sonnenstrahl geküsst, wie vom Wind bewegte Federn sanft umherschwirrten. Und vom Sommerregen, dessen Tropfen das Licht in einzelne Farben auffächerten. Dreizehn Jahre nach ihrer Geburt hatten Valentina und Magda die Rollen getauscht. Die Tochter war für ihre Mutter zur Geschichtenerzählerin geworden. Nur dass diese nicht von Feen oder Riesen oder sprechenden Maulwürfen handelten, sondern von dem, was den Alltag der Fotografin einst besonders gemacht hatte: der Sonne, die sich in einem Waldsee spiegelte, dem Licht zwischen den Blättern eines Alleebaums oder dem goldgelben Schein einer von der Winterzugluft bewegten Kerzenflamme.

Für Valentina hätten die Tage ewig so weitergehen können, immer mit der festen Routine, direkt nach der Schule die Haustür aufzuschließen, das von Papa bereitgestellte Mittagessen aufzuwärmen und es Mama ans Bett zu bringen.

Doch dann kam sie eines Tages von einer Klassenfahrt wieder, und Mamas Bett war leer.

»Sie ist gestern friedlich eingeschlafen«, hatte ihr Vater gesagt.

Valentina hatte es gehört, verstanden, aber nicht akzeptiert.

Mit Mamas Tod war auch etwas in ihr gestorben. Valentina veränderte sich, errichtete einen Panzer um sich herum wie ein Schneckenhaus, in das sie sich zurückzog. Sie redete kein Wort mehr, sprach mit niemandem über den Ozean der Trauer, der in ihr wütete, und begann, sich selbst zu verletzen. Die Schnitte in ihrer Haut waren wie die Lamellen einer Lüftung. Sie ließen den Schmerz entweichen. Aber sie brachten neues, sehr viel größeres Leid. Ihr Vater war überfordert, und seine neue, viel zu früh nach Mamas Tod eingezogene Freundin war ihm keine Hilfe. Sie bestätigte ihn nur darin, dass Valentina in einem Internat besser aufgehoben wäre, zumal er jetzt doch wegen seiner Beförderung mehr reisen müsse. Valentinas Vater war mittlerweile Vertriebsleiter einer Firma von Automobilzubehör und pendelte ständig zwischen den Fabriken in Deutschland, China und Südostasien, weswegen er sich auch das teure Internat Schloss Lobbeshorn leisten konnte. Papas Freundin hatte ihm zu der Institution geraten, die als erste Adresse für intelligente, aber stark verhaltensauffällige Kinder galt.

»Kann ich nicht bitte, bitte bei dir bleiben?«, hatte Valentina ihren Vater bestimmt eintausendmal gefragt. Immer nur in Gedanken. Und im Traum. In der Realität hatte sie stumm zur Rasierklinge gegriffen und dem Blut zugesehen, wenn es über ihre Unterarme rann.

Am Tag des Abschieds, direkt vor den Toren des Internats, hatte ihr Vater sich nicht getraut, ihr ins Gesicht zu sehen, als er sie mit den Worten zurückließ: *»Es geht nicht anders. Glaub mir. Es ist zu deinem Besten.«*

Zu meinem Besten?

Valentina blinzelte mehrmals hintereinander, dann griff sie

sich in den Nacken, der dazu neigte, hart wie ein Brett zu werden, wenn sie in düsteren Gedanken versank.

Tja, Papa. Wenn du meinst, gefoltert zu werden wäre zu meinem Besten gewesen …

Valentina drückte den Nackenmuskel noch fester und spürte, wie sich über den gesamten Rücken Gänsehaut ausbreitete. Sie hatte nicht bemerkt, wie fokussiert sie dabei in eine der Adventskerzen gestarrt hatte, deren Wachs bereits flüssig wurde. Rasch wandte sie sich ab. Sie wusste, würde sie noch länger in die Flamme schauen, könnte sie die Panikattacke nicht mehr stoppen.

Alles käme zurück.

Erst das Internat.

Dann Stella.

Die vierundzwanzig Türen.

Schließlich die Angst, die mit jedem Tag im Dezember größer geworden war. Mit jeder neuen Tür, die sie damals im Advent hatten öffnen müssen. Mit jeder weiteren Grausamkeit, die sich hinter ihr verbarg.

- »Reißt ein Haarbüschel aus!«
- »Verschluckt die Glasscherbe!«
- »Tötet das Kaninchen!«

Verdammte Vergangenheit.

An Weihnachten hatte sie die schönsten und zugleich schrecklichsten Erinnerungen. Und es gab keine Möglichkeit, die angenehmen zu reaktivieren und gleichzeitig die teuflischen zu unterdrücken.

Rasch ging sie zurück in die Küche. Fast ihr gesamter Einkauf war verbraucht. Bis auf die schwarze Kerze gab es nichts mehr, womit sie das Fenster noch weiter schmücken konnte. Sie war sich sicher, dass ihr Haus von außen armseliger aussehen mochte als die meisten anderen im Dorf. Aber darauf kam es nicht an. Sie wollte keinen Schönheitswettbewerb gewinnen.

Valentina wog die Stumpenkerze, die sie im Blumenladen erworben hatte, in der Hand wie eine Hantel. Sie war fast so groß wie die, die sie zu ihrer Kommunion bekommen hatte. Nur fehlte ihr natürlich der Bibelspruch, den ihre Mutter damals für sie ausgesucht hatte.

Gott ist Licht. Und in ihm ist keine Finsternis.

Übertragen auf ihr Internat war Schloss Lobbeshorn demnach ein lichtleerer, gottloser Ort. Vor allen Dingen der Hort.

Valentina hatte schon wenige Tage nach ihrer Ankunft im Internat davon gehört, was angeblich jene Kinder erwartete, die in den Ferien nicht von ihren Eltern nach Hause geholt wurden. Die wenigen, die im »Hort der Vergessenen« von Stella »betreut« wurden.

»Hüte dich vor Stellas Zorn, sonst bleibst du in Lobbeshorn«, raunten die älteren den jüngeren Semestern auf dem Schulhof zu, um ihnen Angst einzujagen.

Sie erzählten Schauermärchen. Dass die Schulleitung jene Kinder verachtete, die die Feiertage nicht mit ihren Eltern verbrachten. Der Umstand, dass weder Mutter noch Vater Sehnsucht nach ihnen hätten, bewiese, dass es sich bei den »Vergessenen« um missratene Menschen handeln müsse. Eine lästige Brut, die es zu züchtigen und für ihre Sünden zu bestrafen gelte. Zu diesem Zweck würde das Internat für die Verbliebenen zu einem Ort des Schreckens werden, sobald die Mehrheit der Schüler in die Ferien aufgebrochen war. Ganz besonders über Weihnachten. Dann würde sich Schloss Lobbeshorn in einen Adventskalender des Grauens verwandeln. Mit vierundzwanzig »geschmückten« Zimmern, deren

Türen die »Vergessenen« wie bei einem Adventskalender nach und nach öffneten. Nur dass in den Räumen dahinter weder Schokolade noch Spielzeug auf das Kind warteten, sondern immer größere Schrecken.

Valentina hatte die Gerüchte als morbide Legende, als dumme Spinnerei abgetan.

Doch tatsächlich stimmten sie.

Die Horrorszenarien, mit denen die Großen den Kleinen Angst einjagen wollten, kamen erstaunlich nah an das Grauen der Wirklichkeit heran.

»Schloss Lobbeshorn in der Schulzeit ist schon widerlich. In den Ferien aber ist es ein Ort, vor dem sich selbst die Sonne fürchtet«, hatte Ole zu ihr gesagt. Nach jener Nacht, in der sie gemeinsam Tür **3** hatten öffnen müssen.

Himmel, Ole. Wie haben wir das nur überlebt?

Ole war von der Oberstufe an ihr Sitznachbar gewesen. Ihr einziger, ihr bester Freund, mit dem sie so viele gemeinsame Erinnerungen verband. An das erste Händchenhalten. Den ersten Kuss. Die schicksalsschwere Nacht in der Turnhalle. Die verdammte PiDaNa-Medikamentenschachtel – die Pille danach!

Hätte ich sie nur nicht in den allgemeinen Hausmüll geworfen, wo Henriette sie gefunden hat. Dann wäre das alles nicht passiert.

»Der Teufel hat viele Gesichter!«, hatte Ole nach Tür **7** geröchelt. Voller Schmerzen im Blick und in der Stimme.

Das Schlimmste von allen gehörte ganz gewiss Stella Großmuth. Die hohlwangige, immer müde dreinblickende Internatsleiterin, die sich den Adventskalender des Wahnsinns ausgedacht hatte. Dicht gefolgt von Andrea, dem Monster mit den vollen Lippen und den dunklen haselnussbraunen Augen. Andrea war kein offizielles Schulmitglied. Und Valentina hatte Stellas rechte Hand nach jener Zeit im »Hort« nie wiedergesehen. Die Assistenz, die hinter jeder Tür gewartet und ihnen den Umschlag gegeben hatte, in dem beschrieben stand, was die nächste grässliche »Tagesaufgabe« war.

- »Opfert einen Zahn!«
- »Verbrennt etwas am Körper!«
- »Esst etwas Lebendiges!«

Stellas und Andreas Anblick hatte sich Valentina auf ewig ins Gedächtnis gebrannt. An die Gesichter ihrer zahlreichen Helfershelfer erinnerte sie sich hingegen nur noch verschwommen. An die, die weggesehen hatten, Mitschülerinnen und Mitschüler, sicher auch Teile des Kollegiums und des Personals, wie Hausmeister oder Schulsekretärin. Die schweigende Mehrheit. Obwohl viele ahnen mussten und einige ganz sicher wussten, was auf Schloss Lobbeshorn vor sich ging, fühlte sich niemand zuständig, einzuschreiten. Stella zu stoppen. Sie anzuzeigen.

Vielleicht aus Angst, selbst in den Fokus zu geraten, sollten die Ermittlungen im Sande verlaufen und Stellas sadistisches Misshandlungssystem danach weiter fortbestehen.

So richtig verübeln konnte Valentina das keinem. Je monströser ein Verbrechen, umso unwahrscheinlicher, dass den Opfern geglaubt wurde. Ihr Erlittenes war unfassbar; wer mit gesundem Geist sollte annehmen, dass so etwas wirklich geschah? Sie selbst hatten sich ja nicht getraut, sich jemandem anzuvertrauen; weniger aus Feigheit denn aus Scham. Es war, als hätte Stella ihnen nicht nur ihre Jugend gestohlen, sondern auch die Kraft, darüber zu sprechen. Bis heute hatten weder Ole noch sie eine Therapie gemacht, und in ihren Gesprächen sparten sie das Thema aus, sodass das Erlittene unverarbeitet in ihnen weitergärte.

Die vierundzwanzig Türen.

Die »Aufgaben«, die sich hinter ihnen verborgen hatten.

Die Grausamkeiten, die sie einander hatten antun müssen. Sie standen immer auf winzigen Postkarten in mintfarbenen Miniaturumschlägen und waren in Reimen formuliert, die sich an bekannte Weihnachtslieder anlehnten:

In der Weihnachtsbäckerei
gibt's 'ne Riesensauerei:
Zeigefinger links oder Daumen raus?
Welcher Fingernagel nimmt Reißaus?
In der Weihnachtsbäckerei …

Andrea hatte ihnen das Gedicht in Klartext übersetzt, wenn sie über den konkreten Befehl – wie bei diesem Reim – im Unklaren waren.

»Das heutige Opfer für eure Sünden ist ein Fingernagel. Wer gibt ihn her? Wer reißt ihn aus? Entscheidet selbst. Aber entscheidet. Erst wenn das Türchen erledigt ist, dürft ihr auf Toilette und bekommt Essen und Trinken.«

Valentina schüttelte sich in dem untauglichen Versuch, ihre Gedanken an das Grauen der Vergangenheit zu verdrängen. *Alles ist gut. Du bist nicht mehr im Internat. Du bist hier. Im Haus Waldpfad. Alles ist in Ordnung. Es ist alles so, wie du es wolltest,* sprach sie sich innerlich Mut zu.

Sie brauchte eine Weile, bis ihre Hand nicht mehr zitterte und sie die Kerze im Küchenfenster endlich anzünden konnte.

Als Nächstes ging Valentina durch das Wohnzimmer in den Flur und öffnete die Tür zum Badezimmer, das sich gegenüber vom Keller befand.

Der Geruch von Weichspüler und Waschmittel füllte Valentinas Nase. Das Bad war verblüffend geräumig und verfügte im Unterschied zu den anderen Zimmern über eine großzügige Raumhöhe.

Perfekt!

Neben der Toilette und einem Doppelwaschbecken fanden eine Waschmaschine-Trockner-Kombination und eine bodentiefe Dusche Platz. Letztere versteckte sich in der rechten Zimmerecke hinter einem planenartigen, mit Blumenmustern bedruckten Vorhang, der wie ein Raumtrenner wirkte.

Valentina zog den Vorhang beiseite und sah nach oben. Über der Dusche verlief ein Heizungsrohr, dessen weiße Farbe an mehreren Stellen abgeplatzt war. Sie sah sich um und entdeckte einen weißen Plastikstuhl. Nachdem sie ihn in die Dusche gestellt hatte und auf ihn gestiegen war, zog sie an dem Rohr. Prüfte, ob es ihr Gewicht tragen würde.

Nachdem der Test zufriedenstellend verlaufen war, stieg Valentina von dem Schemel und ging in den Flur zurück, wo sie die von ihr geknüpfte Galgenschlinge abgelegt hatte.

18. KAPITEL

HEUTE
OLIVIA

Olivia rieb sich die müden Augen und hatte gerade beschlossen, es doch noch einmal mit etwas Schlaf zu versuchen, da summte ihr Handy.

Verwirrt starrte sie auf das Display. Registrierte zuerst, dass es noch mitten in der Nacht war. Dann, dass der Teilnehmer, der sie um kurz nach zwei Uhr morgens zu erreichen versuchte, nicht in ihrem Adressbuch abgespeichert war. Normalerweise ignorierte sie unbekannte Anrufer, doch Alma war in weltweit allen Spenderdateien registriert, und man hatte ihr gesagt, dass eine positive Nachricht auch zur Unzeit eingehen konnte.

»Hallo?«

Die Hoffnung wandelte sich erst in Enttäuschung, dann aber sofort wieder zurück in eine erwartungsvolle Nervosität, als sie Elias Tudors Stimme hörte: »Sie glauben nicht, was passiert ist! Wir müssen uns sofort sehen.«

Ihr Student klang so, als wäre bei ihm in den wenigen Stunden seit ihrer Verabschiedung eine Erkältung ausgebrochen. Er krächzte mehr, als dass er redete.

»Geht es Ihnen gut?«

»Könnte nicht besser gehen«, hauchte er offenbar bester Stimmung.

Olivia beschlich der Verdacht, dass er betrunken war oder zu viele seiner Beruhigungstabletten eingenommen hatte. Wenn das der Fall war, durfte sie nicht länger die Zeit mit Small Talk verplempern. »Haben Sie Almas Adoptionsakte?«

»Nein!«

Olivia, die im stummen Gebet kurz die Augen geschlossen hatte, seufzte enttäuscht.

»Halt, warten Sie. Das ist eine wichtige Information, die uns weiterhilft.«

»Verstehe ich nicht.«

Er räusperte sich mehrfach, als wollte er einen Frosch im Hals lösen. »Ich bin spielend leicht in das System reingekommen. Auch in die relevante Datenbank. Aber da war nichts mehr. Mit der Betonung auf ›mehr‹.«

»Wollen Sie damit sagen, jemand hat die Akte gelöscht?«

Elias kicherte. »In der Tat. Und zwar heute erst. Exakt um 18:04 Uhr.«

Kurz nachdem ich das Amt verlassen habe, dachte Olivia. Und schon bestätigte Elias ihren Verdacht. Triumphierend krächzte er: »Dabei hat der liebe Herr Wallenfels digitale Spuren hinterlassen.«

Elias schickte sich an, ihr seine Vorgehensweise zu erklären, und wie es ihm gelungen war, die Löschung der Datei auf den Account des Amtsleiters zurückzuführen, aber Olivia stand nicht der Sinn nach technischen Ausführungen.

»Okay, das ist beeindruckend, wie Sie das geschafft haben, aber können wir die Akte wiederherstellen?«

»Nein!«

Langsam war sie verärgert, wie quälend langsam er sich die Informationen aus der Nase ziehen ließ. »Wieso rufen Sie mich dann mitten in der Nacht an?«

»Weil es eine Kopie der Akte gibt!«

»Wirklich?«

Sie setzte sich auf.

»Wallenfels hat sich Almas Akte an seine private E-Mail-Adresse geschickt. Nur zwei Minuten bevor er sie gelöscht hat.«

»Haben Sie diese Kopie?«, fragte sie aufgeregt. Olivia sah auf ihren vollgekritzelten Notizblock, auf dem sie unbewusst die Stichwörter »Akte gelöscht«, »Wallenfels« und »E-Mail« hinzugefügt hatte.

»Nein!«

Nein?

Sie starrte auf ihre Notizen und dachte, dass sich so ein Erdbebenwissenschaftler fühlen musste, in dessen Kontrollzentrum der Seismograf die allerersten, noch schwachen Ausschläge registrierte. Alle ihr zur Verfügung stehenden Informationen waren zu seltsam, um sie zu ignorieren, aber bei Weitem noch nicht aussagekräftig genug, um belastbare Schlussfolgerungen aus ihnen zu ziehen.

»Und wieso sollen wir uns dann sofort treffen?«

Mitten in der Nacht?

Elias' Stimme veränderte sich. Sie wurde leiser und war ein kaum noch zu verstehendes Flüstern. »Schhh … ich hoffe, er schläft.«

Olivia hielt vor Schreck die Luft an. Wieder formte sich ein Verdacht in ihrem Kopf, und wieder wurde er von Elias bestätigt, kaum dass sie ihm die bange Frage gestellt hatte:

»Großer Gott, wo zum Teufel stecken Sie?«

»In Wallenfels' Wohnung. Ich bin gerade auf dem Weg zu seinem Schlafzimmer.«

19. KAPITEL

Die Wohnsiedlung in Lichtenrade am südlichen Stadtrand Berlins erinnerte an ein amerikanisches Highway-Motel. Rostrot gestrichene, doppelstöckige Holzbaracken waren in Hufeisenform um einen großen Parkplatz angeordnet, sodass die Bewohner der unteren Einheiten ihren Wagen direkt vor der Haustür abstellen konnten.

Route-66-Charme. Leben dort, wo andere Urlaub machen, hätte Julian wohl im typischen Maklerdeutsch für eine Immobilienanzeige getextet.

Sie parkte vor Appartement Nummer sieben und schaltete die Standheizung an. Von all dem Schnickschnack, den der Minivan enthielt, war dies das einzige Ausstattungsmerkmal, das sie wirklich schätzte. Selbst Julian hatte früher gerne seinen geliebten Sportwagen stehen gelassen und sich ihren Wagen ausgeliehen, wenn die Temperaturen deutlich unter null lagen. Der Gedanke daran versetzte Olivia einen Stich, und sie nahm sich vor, ihn bei nächster Gelegenheit zu bitten, ihr den Ersatzschlüssel zurückzugeben.

Als sie ausstieg, löste sie den Bewegungsmelder einer Außenlaterne aus.

Elias hatte gesagt, Wallenfels wohne in Nummer neunzehn, der äußersten Einheit rechts oben. Doch sie kam nur bis zur Treppe, wo sie in der auf der untersten Stufe kauernden Gestalt ihren Doktoranden erkannte. Er saß im Schatten, die Arme fest um den Oberkörper geschlungen, und zitterte.

»Was ist passiert?«

Elias hob langsam den Kopf. Als sie ihm in die Augen sah, hatte sie das Gefühl, als würde sich ihr die dunkle Seite des Mondes zuwenden. Kaltschwarze Nacht lag in seinem Blick.

Seine Zähne waren ihr noch nie so weiß vorgekommen, wohl weil sie sie noch nie in einem so bizarren Kontrast gesehen hatte.

Elias' Gesicht war von schwarzrotem, ölig glitzerndem Blut überzogen.

»Himmel, was ist mit Ihnen?«

»Gut, mir geht es gut. Aber er … er …«

Elias ließ wie apathisch den Mund offen stehen, ohne ein weiteres Wort zu sagen.

Großer Gott, was hat er getan?

Eilig rannte sie nach oben, immer zwei Stufen auf einmal nehmend.

Die Tür der Nummer neunzehn stand offen. Die überraschend geräumige Wohnung war hell erleuchtet, als wäre es Frühstückszeit und nicht erst halb drei Uhr morgens.

»Hallo?«, rief Olivia und trat in den Flur.

Ordentlich, notierte sie sich im Geiste.

Frische Blumen in der Vase, eine einzelne Jacke an der Garderobe, Auto- und Haustürschlüssel am Schlüsselbrett an der Wand.

Fast akribisch. Selbst in dieser Situation gelang es ihr nicht, ihre berufliche Marotte zu unterdrücken, automatisch suchte sie nach äußeren Merkmalen, die ihr etwas über das Innere eines Menschen verrieten. Und kaum etwas gab so viel Aufschluss über die Psyche wie die Art und Weise, in der sich jemand seinen Lebensmittelpunkt einrichtete.

Bewegungsmelder, notierte sie gedanklich. Er hing wie ein winziges Vogelhäuschen in der rechten oberen Ecke des Flurs direkt unter der Zimmerdecke. Wenig später entdeckte sie an der Wand zwischen dem Gäste-WC und einem Spiegel das Steuerungsgerät für die Alarmanlage. *Das gleiche Modell wie daheim.* Falsch. *Wie in unserem ehemaligen Heim!*

Auf dem Gerät, mit dem man den Alarm für unterschiedliche Bereiche wahlweise ganz oder nur teilweise ein- und ausschalten konnte, prangte der weiß-grüne Aufkleber einer Sicherheitsfirma, der auf dem Bedienteil selbst keinen Sinn ergab. Normalerweise klebte er für Einbrecher gut sichtbar an der Haustür, damit diese wussten, dass sie im Fall des Falles einen Alarm auslösten, der von einer Sicherheitsleitstelle registriert wurde.

Olivia trug dünne Wollhandschuhe, was es etwas schwerer machte, die Deckklappe des Bedienteils zu öffnen – ohne den Einsatz von Fingernägeln.

OFF/AUS

Die Einstellung im Display erklärte, weshalb Elias weder eine Sirene ausgelöst hatte, noch ein Sicherheitsmitarbeiter aufgetaucht war. Wallenfels hatte sie nicht scharf geschaltet, nicht einmal den Nachtmodus, in dem man sich in der Wohnung frei bewegen, aber weder Türen noch Fenster öffnen durfte.

Olivia wusste, dass sie all die Handlungen und Beobachtungen nur anstellte, um das Unvermeidliche hinauszuzögern. Den Gang dorthin, wo etwas so Grauenhaftes passiert sein musste, dass ihr Doktorand blutüberströmt und verzweifelt im Dunkeln auf der Treppe kauerte.

Also gut, weiter!

Olivia ging durch den Flur an Küche und Wohnzimmer vorbei. Der dicke Teppich verschluckte jeden ihrer Schritte.

Sie sah zu Boden, wo die dunklen Abdrücke großer Schuhe auf den Ausgang der Wohnung zuliefen.

Elias?

An den Wänden hingen gerahmte Kunstdrucke, wie man sie in Möbelhäusern und Baumärkten kaufen konnte. Austauschbare Massenware, immer wieder unterbrochen von persönlichen Familienfotografien. Den Anfang machte Wallenfels neben einem Kinderwagen. Daneben eine erschöpft dreinblickende Frau, die etwas abseits stand, als habe sie mit ihrer Familie nichts zu tun.

Je weiter Olivia den Flur voranschritt, desto mehr fühlte sie sich an ein Bild in einer Kunstgalerie erinnert, auf dem das porträtierte Gesicht eines Musikers beim Vorbeigehen Zug um Zug alterte. Ebenso veränderte sich das Kind auf den gerahmten Fotos. Er verwandelte sich vom kleinkindlichen Jungen im Marvel-Schlafanzug über den Zahnspange tragenden Schüler mit Schultüte bis zum Teenager mit Oberlippenbärtchen. Olivia blieb vor der letzten Aufnahme stehen, die (wie die zwei zuvor) nur noch den Jungen und Wallenfels ohne Mutter zeigte, und wieder wusste sie, dass sie nur feige versuchte, Zeit zu schinden, indem sie das Foto einer sportlichen Siegerehrung betrachtete, anstatt sich zu vergewissern, dass sie sich den Geruch nicht nur einbildete. Nach Eisen, passend zu der Stelle vor der angelehnten Schlafzimmertür, wo die Teppichfasern wesentlich dunkler waren als an allen übrigen Stellen.

Als hätte jemand Rotwein verschüttet.

Oder Blut.

20. KAPITEL

Die Spuren zogen sich bis zum Bett.

Olivia hatte sich keinen Millimeter aus der Lache herausbewegt, aber die Schlafzimmertür mit ihren behandschuhten Fingern weit aufgestoßen.

Himmel.

Wenn Verzweiflung einen Geruch hatte, dann konnte sie ihn in Wallenfels' Schlafzimmer sogar schmecken. Eine Mischung aus dem Schweiß einer schlaflos verbrachten Nacht, abgestandenem Atem und den waidwunden Ausdünstungen frisch operierter Wunden, wie man sie sonst aus Krankenhauszimmern kannte.

Beide Nachttischlampen und die Deckenspots leuchteten, somit gab es keinen gnädigen Schatten, der Olivia im Ungewissen gelassen hätte, was sich hier abgespielt hatte.

Ein Blutbad.

Es war unmöglich, zu sagen, welche Farbe das Bett ursprünglich einmal gehabt hatte, bevor jemand darauf regelrecht abgeschlachtet worden sein musste. Olivia ging davon aus, dass sie den Ort betrachtete, auf dem ein Mensch unter größten Qualen seinen letzten Atemzug getätigt hatte. Hundertprozentig sicher konnte sie sich dessen nicht sein. Denn das Laken war zwar blutüberströmt, von einer Leiche jedoch fehlte jede Spur. Der Täter hatte auf seiner Flucht Spritzer auf der hellen Auslegeware hinterlassen, die sich vom Bett bis zur Tür zog, bis zu der Lache, in der Olivia eben noch gestanden hatte.

Und wieder waren dort Schuhabdrücke, die unter Garantie von Elias stammten, als er panisch aus der Wohnung gerannt war. Damit sie selbst nicht für neue Blutspuren sorgte, zog sie den Reißverschluss ihrer Stiefel auf und schlüpfte aus den Schuhen. Auf Socken ging sie ins Schlafzimmer, darauf bedacht, nur auf die hellen, fleckfreien Stellen der Auslegeware zu treten.

Großer Gott. Entsetzt schlug sie sich die Hand vor den Mund, als sie nur noch eine Armlänge vom Bett entfernt stand.

Wäre sie an einem Filmset, hätte man der Ausstattung den Vorwurf gemacht, bei der Einrichtung der Kulisse stark übertrieben zu haben. Zu großflächig waren die Flecken, zu übertrieben das Chaos mit dem heruntergerissenen Lampenschirm und dem umgekippten Nachttisch. Vielleicht hatte Wallenfels ihn selbst verschoben, um an den weißen, bierdeckelgroßen Kasten heranzukommen, der sich neben dem Kopfteil des Bettes befand.

Er sah aus wie ein Lichtschalter, nur dass er das gleiche Logo trug wie das Bedienteil der Alarmanlage, was darauf hindeutete, dass es – wie bei ihr zu Hause – ein Paniktaster war, der einen stillen Alarm auslöste, sobald man ihn betätigte.

Offenbar hatte der Amtsleiter es nicht geschafft. Sonst wäre das Haus längst von Einsatzkräften der Polizei gestürmt worden.

Olivia drehte sich zum Ausgang und schrie auf. Elias stand in der Tür.

»Herrgott, was ist hier los?«, herrschte sie ihn an. Die Situation überforderte sie vollends. Ihre Verwirrung, Anspannung und Angst entluden sich mit jedem Wort, das sie Elias an den Kopf warf. »Sind Sie komplett durchgedreht? Warum sind Sie hier eingedrungen? Und was ist geschehen?«

Der Student schüttelte den Kopf und schob Olivia beiseite.

»Ich versteh das alles nicht«, jammerte er mit starrem Blick auf das blutverschmierte Bett. Dabei presste er sich beide

Hände gegen die Ohren wie ein ängstliches Kleinkind, das seinen streitenden Eltern nicht länger zuhören will.

Unwillkürlich wich Olivia einen Schritt zurück und sah zu den Fenstern, während sie sich fragte, ob sie es wagen konnte, aus dem ersten Stock zu springen.

Sie sah zu Elias, zu dem blutigen Bett, dann wieder zu dem Doktoranden.

»Waren Sie das etwa?«, fragte sie ihn bang. War Elias nicht nur ein wunderlicher Kauz, sondern ein Psychopath? Hatte sie über die Jahre hinweg alle Anzeichen übersehen?

»Das ist unmöglich«, sagte er, ohne ihre Frage zu beantworten. Er krächzte wie vorhin am Telefon, als er versucht hatte, leise zu sprechen, damit Wallenfels ihn nicht bemerkte.

»ELIAS!«, schrie Olivia, um ihn aus der Paralyse zu locken, in die er offenbar zu verfallen drohte. Seine Bewegungen wurden immer langsamer, seine Stimme immer leiser.

»Woher kommt das Blut in Ihrem Gesicht?«

Er schüttelte den Kopf. »Ich kann es mir nicht erklären.«

»Nein, nein, nein, Sie reden sich hier nicht mit einer Schock-Amnesie raus. Erinnern Sie sich!«

»DAS TU ICH DOCH!«, schrie er zurück, kurz danach schlug er sich die Hand vor den Mund. »Und ich verstehe es nicht.«

Danach sagte er einen grauenhaften Satz, bei dem Olivia sich gewünscht hätte, sie hätte sich die Ohren zugehalten.

»Ich hab überlegt, ob ich zu ihm ins Bett steige!«

Herr im Himmel, er ist wirklich ein Psychopath.

»Dort!«, schrie er und zeigte mit aufgeregt fuchtelndem Zeigefinger aufs Bett.

Sie wagte es nicht, seinem Blick zu folgen, und behielt ihn im Auge. »Sie wollten in sein Bett?«

»Ja. Auf ihn draufsteigen. Um besseren Halt zu haben.«

Dann, als Olivia gerade überlegte, wie sie es an Elias vorbei zu ihrem Auto schaffen konnte, ohne von ihm überwältigt zu werden, sagte er einen Satz, der sie einerseits grenzenlos erleichterte. Und andererseits ihre Verwirrung noch einmal steigerte.

»Für die Herzdruckmassage. Aber ich weiß ja gar nicht genau, wie das geht. Und ich hatte Angst. Ich hab ihn nur kurz angefasst. Mir das Blut aus Versehen ins Gesicht gewischt, ich schwöre, das war so eklig. Also bin ich weg und hab draußen auf Sie gewartet!«

Olivia starrte ihn mit offenem Mund an. »Moment mal. Wollen Sie mir etwa sagen, dass…?«

Wieder deutete Elias energisch fuchtelnd aufs Bett, und diesmal folgte sie seinem Fingerzeig. »Ja doch. Gerade noch hat seine Leiche dort gelegen.«

21. KAPITEL

DAMALS
HAUS WALDPFAD
VALENTINA

Valentina legte sich den Strick um den Hals, während sie zurück zum Badezimmer ging.

Der Boden im Flur bestand aus alten Granitplatten, von denen eine Kälte ausging, die sie bis in die Waden spürte, trotz der dicken Sportsocken, die sie sich zusätzlich über ihre Strumpfhose gezogen hatte.

Erneut stieg sie auf den wackligen Plastikstuhl. Ihre Arme zitterten, als sie das lose Ende des Stricks über das Heizungsrohr führte und es danach mehrfach umwickelte.

Passt!

Sie testete gerade, ob sich die Schlinge um ihren Hals problemlos auf- und zuziehen ließ, als es energisch an der Haustür klopfte.

Valentina hielt inne, überlegte, ob sie den unerwarteten Besuch ignorieren sollte, doch das Klopfen hörte nicht auf. Im Gegenteil. Es wurde lauter und schneller.

»Moment!«, rief sie, nahm die Schlinge vom Hals, stieg vom Plastikstuhl und zog den Duschvorhang hinter sich zu, sodass der Strick nicht mehr zu sehen war.

Nervös strich sie sich die Haare glatt, ging zur Haustür und öffnete sie. »Guten Tag?«

Vor ihr stand ein älterer Mann, der seine besten Jahre ganz offensichtlich lange hinter sich hatte. Vielleicht war sein Haar einmal dicht und schwarz gewesen, jetzt zeigten sich nur wenige graue Strähnen, als er stumm zur Begrüßung den grünen Filzhut lupfte. Er hatte eventuell einmal strahlend blaue Augen gehabt, heute wirkten sie altersstumpf und trübe, und Valentina fragte sich, ob er ohne seine zerkratzte Brille überhaupt etwas sehen konnte. Möglicherweise war er als junger Mann sogar von stattlicher Statur gewesen, doch nun erschwerte ihm allein schon sein Rundrücken, ihr direkt ins Gesicht zu schauen. Mit grimmiger, lebensunlustiger Miene versuchte er an ihr vorbei einen Blick ins Innere des Hauses zu erhaschen.

»Kann ich Ihnen helfen?«, fragte Valentina irritiert, reflexartig seinem Blick folgend, doch der Flur war leer, mit Ausnahme ihrer Winterschuhe, die sie unter dem Sicherungskasten abgestellt hatte.

Der Alte hustete in seine Armbeuge, dann sagte er mit erstaunlich tiefer Stimme. »Mir ist nicht mehr zu helfen.«

»Wie war das?«

»Aber Ihnen!«

Eine eisige Windböe schaffte es durch die Cordhosenbeine des Alten hindurch an Valentina vorbei ins Haus hinein. Sie fröstelte und machte den Fehler, auf die seltsame Bemerkung des Unbekannten einzugehen.

»Wie meinen Sie das?«

Der Alte knurrte und bleckte die Zähne wie ein angriffslustiger Hund, bevor er Valentina anherrschte. »Ich weiß, was in diesem Haus vor sich geht! Was die Frauen hier durchmachen!«

»Ich verstehe kein Wort.«

»Sie sollten besser gleich wieder abreisen. Oder wenigstens die Tür verriegeln, auf keinen Fall aber die Kerze brennen lassen.«

»Bitte?«

»Ich an Ihrer Stelle würde sie aus dem Fenster nehmen, bevor es zu spät ist.«

Er schob den Fuß in die Tür. Valentina fiel auf, dass er zwei verschiedene Schuhe trug. Einen schwarzen Budapester, dessen Spitze vorne aufgerissen war. Und einen Baustiefel mit Stahlkappe. Mit Letzterem verhinderte der verstörende Kauz, dass sie die Tür zuziehen konnte.

Sie drückte sie dennoch unmissverständlich gegen seinen Fuß. »Entschuldigen Sie bitte, ich möchte nicht unhöflich sein. Aber ich würde diese Unterhaltung gerne beenden.«

»Ich mache Ihnen Angst? Gut. Das war mein Ziel.«

Er leckte sich über die Lippen. Ihr Herz begann schneller zu schlagen.

»Haben Sie eine Ahnung, was Sie getan haben?«

Sie schüttelte den Kopf, weniger als Antwort auf seine Frage, sondern weil sie nicht wusste, wie sie mit dieser Situation umgehen und den Alten loswerden sollte.

»Das Fenster. Sie haben es geschmückt. Man kann es sehen. Jeder kann es sehen, der vorbeikommt. Das ist eine Einladung!«

»Wozu?«, entfuhr es ihr.

»Dann wissen Sie es nicht?« Er schüttelte energisch den Kopf. »Großer Gott, Sie wissen es nicht. Sie …«

»Hartmut?«

Valentina erschrak ebenso heftig wie der seltsame Besucher angesichts der unerwartet lauten Frauenstimme, die aus dem Nichts zu kommen schien. Sie hatte keine Schritte gehört, und es dauerte noch eine kleine Weile, bis sich das Gesicht der Person zeigte, zu der sie gehörte. Eine kräftige Frau mit rundem Gesicht und dichten, blaustichigen Haaren. Statt eines Mantels trug sie eine Schürze, und ihre Hände waren mit Mehl und Teig bekleckert. Sie roch auch so, als habe sie gerade das Plätzchenbacken unterbrochen, um hinter einer Tanne zwischen Scheune und Garage hervorzutreten.

»Hier bist du ja, Hartmut.« Sie drehte sich zu Valentina. »Entschuldigen Sie bitte. Mein Vater läuft mir manchmal davon.«

Die Nachbarin, die Valentina auf Mitte fünfzig schätzte, zeigte auf ein kleines Häuschen, den Hang hinauf. Valentina erkannte einen Trampelpfad, der die beiden Grundstücke verband und den sie offenbar genommen hatte.

»Wir sind die Lackners. Wir wohnen da oben. Mein Name ist Brigitta, aber alle nennen mich Gitte.«

Sie streckte Valentina die Hand hin, die sie reflexhaft ergriff und schüttelte.

»Hat er Sie belästigt? Achten Sie nicht auf sein Gerede. Er ist nicht mehr ganz bei sich.«

Sie zischte ihrem Vater etwas zu, das Valentina nicht verstand, als hätte sie mit ihm in einer fremden Sprache gesprochen. Was es auch war, es brachte Hartmut dazu, grußlos kehrtzumachen und den Trampelpfad zurück nach oben zu stapfen.

»Er hat heute zu wenig getrunken«, sagte die Nachbarin und fasste Valentina freundschaftlich bei der Hand, die ob der plötzlichen Wärme angenehm erschauerte.

»Sehr schön übrigens. Ein großes Lob. Das hat es lange nicht mehr gegeben. Ich glaube, wenn ich es recht überlege, noch nie.«

»Entschuldigung, wovon reden Sie?«, fragte Valentina, deren Verwirrung wuchs.

»Vom lebendigen Adventskalender.«

Gitte lächelte breit. Valentina sah ihre Zähne aufblitzen. Nicht jedoch ihre Augen.

»Wir sind sehr stolz darauf, die einzige Gemeinde in der Region zu sein, die diesen Brauch noch pflegt. Es beteiligen sich immer weniger Menschen daran. Wissen Sie, noch vor Jahren gehörte es zum guten Ton, beim lebendigen Adventskalender mitzumachen und sich eine grüne Kerze ins Fenster zu stellen. Man war ein Außenseiter im Dorf, wenn man seinen Mitmenschen das Willkommenszeichen verweigerte.

Früher hieß es sogar, dass man an jedem Tag sein Haus für Kaffee und Kuchen und Adventssingen öffnete, nicht nur an den Wochenenden, so wie heute.«

Die Kerze! Ein Willkommenszeichen!

Langsam dämmerte Valentina, dass in der wirren Ansprache Hartmuts nicht alles komplett ohne Sinn gewesen war.

»Das Fenster. Sie haben es geschmückt. Man kann es sehen. Jeder kann es sehen, der vorbeikommt. Das ist eine Einladung!«

Sie fröstelte. »Du meine Güte, das war mir nicht bewusst. Ich bin hier nur zum Lernen und gar nicht auf Besuch eingestellt. Deswegen hab ich nur das Nötigste für mich allein eingekauft.«

»Sie sind hier allein?«

»Ja.«

»Aha.« Ähnlich wie Ursel im Blumenladen veränderte sich auch Gittes Gesichtsausdruck. Misstrauen hatte sich in ihren Blick geschlichen, als sie sich zur Seite beugte, um an Valentina vorbei auf den Steinfußboden zu schauen.

»Allein, ja?«

»Wieso fragen Sie?«

Valentina drehte sich um und hatte das unwirkliche Gefühl, als ob sie sich in das Versuchskaninchen eines Illusionskünstlers verwandelt hätte, der mit ihr einen Trick veranstaltete.

Wie war das möglich?

Bis eben noch hatte in der Diele nur ihre eigene Winterjacke gehangen. Die hölzerne Kleiderhakenleiste an der Wand des Treppenaufgangs war ansonsten leer gewesen.

Doch jetzt hing direkt neben ihrer schwarzen Kunstdaunenjacke ein dunkelbrauner, mit hellem Lammfell gefütterter Ledermantel. Er war ihr mindestens drei Nummern zu groß und alleine schon deswegen nicht zu übersehen, weil sich unter ihm eine Pfütze gebildet hatte. Tauwasser tropfte von seinem Saum auf den Steinboden.

So, als wäre er nach einer langen Wanderung durch den Schnee gerade erst von seinem Besitzer hier aufgehängt worden.

22. KAPITEL

Das Erstickungsgefühl war wieder da. Als hätte sie etwas viel zu Großes für ihre viel zu kleine Speiseröhre verschluckt. Und es wurde schlimmer mit jedem Meter, den sich Gitte in ihrem Rücken entfernte, während Valentina auf den Mantel starrte, als wäre er ein Tier, von dem eine lebensgefährliche Bedrohung ausging. Bereit, sie anzuspringen und sie in einer tödlichen Umarmung umklammert zu halten, sobald sie sich nur einen Millimeter bewegte.

Ich muss ihn übersehen haben.

Es gab keine andere Erklärung. Der etwas altersfleckige, nach Febreze und nassem Leder riechende Mantel mochte dem Eigentümer oder einem Vormieter gehören, der ihn hier vergessen hatte. Zwar erklärte das nicht die Pfütze. Alleine die hätte Valentina ins Auge springen müssen. Aber die Alternative zu der These, dass sie den Mantel schlichtweg übersehen hatte, war noch weitaus weniger glaubhaft. Es würde nämlich bedeuten, dass sich ein Eindringling a) Zugang verschafft und sich b) hinterrücks angeschlichen hatte, während sie sich erst mit Hartmut, dann mit Gitte unterhielt, und c) keiner der beiden etwas dazu gesagt hatte, dass jemand in ihrem Rücken lautlos einen schweren Männermantel aufhängte.

Obwohl …

Hartmut hatte mehrfach misstrauisch an ihr vorbeigestarrt. Und vielleicht war Gitte deshalb so wütend von dannen gezogen? Weil sie einen fremden Mann hinter Valentina gesehen hatte und aus diesem Grund davon ausging, dass Valentina sie anlog, als sie ihr erzählte, sie wäre hier allein?

Ich würde auch keine Nachfragen anstellen, wenn bei meiner neuen Nachbarin jemand im Hintergrund durchs Haus huscht.

Sie zog die Haustür zu.

Der Gedanke, ein Fremder könnte sich unbemerkt eingeschlichen haben, ließ Valentina wie versteinert innehalten. Sie starrte auf das Blatt der dunkelbraunen, von Gebrauchsspuren übersäten Holztür, die ihr plötzlich wie ein Gefängnistor vorkam, sollte sie den Schlüssel von innen herumdrehen und abschließen.

Andererseits hatte Gitte sie eben erst über den Brauch des lebendigen Adventskalenders unterrichtet. Schon bald würde sich gewiss weiterer Besuch auf den Weg zu ihr machen, nachdem sie offenbar mit der Fensterdekoration das Adventswochenende der offenen Tür ausgerufen hatte. Und Valentina hatte keine Lust, dass seltsame Gestalten wie Hartmut sich das nächste Mal, ohne anzuklopfen, einfach in ihr Wohnzimmer stahlen.

Sie löste sich aus der Starre und schloss ab.

Dann griff sie nach dem Mantel am Haken. Er fühlte sich klamm an, viel kälter, als es im Haus war. Sie berührte das vergilbte Innenfell, und sofort stellte sich ein Juckreiz bei ihr ein. Es war, als ob sie Glaswolle anfasste, von der eklig kratzenden Sorte, die im Internat zur Abdichtung in den Löchern hinter der Heizung gesteckt hatte.

Sie tastete die Taschen ab und stieß auf eine Zeitmaschine in Form eines kreditkartengroßen, mintfarbenen Briefumschlags, wie er oft als Grußkarte an Blumensträußen oder anderen Aufmerksamkeiten hing.

Hüte dich vor Stellas Zorn, sonst bleibst du in Lobbeshorn.

Der Miniaturumschlag katapultierte sie von einer Sekunde auf die andere zurück in die schlimmste Zeit ihrer Kindheit, zurück ins Internat.

Mit vor Anspannung vibrierenden Fingerspitzen zog sie eine Karte aus ihm hervor.

Wie damals. Wenn es darum ging, die neue Bußaufgabe zu erfahren. Nur diesmal war die Karte …

Leer.

Kein Text, kein Reim. Keine Anweisung.

Hektisch sah sie sich um, als könnte die Person, die hierfür verantwortlich war, in der Nähe stehen.

Nachdem sie sich vergewissert hatte, dass der Mantel außer seiner schieren Existenz keine weiteren Geheimnisse barg, ließ sie ihn hängen. Vorerst. Zwar störte sie sein Anblick, aber jetzt war sie in Eile.

Ihr Hals war trocken. Ihr Körper vibrierte wie eine angeschlagene Klaviersaite. Ihr war übel, und sie legte sich eine Hand auf den Bauch.

Sie wusste, wenn sie jetzt nicht gegen ihre Nervosität ankämpfte, steuerte sie auf eine Panikattacke zu. Dann war es zu spät. Dann war sie zu keiner zielführenden Handlung mehr fähig. Der Zeitpunkt war jetzt. Jetzt musste sie sich vergewissern, dass es keinen zweiten Eingang zu Haus Waldpfad gab. Keine Hintertür, die von Menschen in Wildledermänteln genutzt werden konnte, um sich von ihr unbeobachtet ihrer Garderobe zu entledigen.

Jetzt!

Vor dem Kontrollgang ging Valentina noch einmal ins Wohnzimmer, wo sie ihren Trekking-Rucksack abgestellt hatte. Ein für sein Volumen fast schon unnatürlich leichtes Ungetüm, das sich wie ein Rollkoffer ziehen ließ, sollte er auf längeren Wanderungen doch einmal zu schwer werden. Sie hatte ihn für eine Südamerika-Rundreise mit Ole gekauft, die sie allerdings nie angetreten hatten. Nun war er mit dem Allernötigsten gefüllt für die kurze Zeit, die sie hier verbringen wollte: Wechselwäsche, einem bequemen Trainingsanzug (den ihre Mama als »Hausanzug« bezeichnet hätte), Kosmetik- und Drogerieartikeln, einem Paar Sneaker … und natürlich ihrem ledernen Etui, in dem sie ihre Schreibutensilien aufbewahrte.

Es war nicht größer als ein Buch, in Leder gebunden mit Reißverschluss. Eilig zog sie es auf und kontrollierte den Inhalt: Stifte und Malwerkzeuge auf der rechten Seite (Wachs, Kreide, Edding, Bleistift, Karten und Umschläge) – alles vollzählig.

Valentina atmete tief durch, wühlte erneut in ihrem Rucksack und griff nach der Kosmetiktasche, die sie für ihren Aufenthalt akribisch bestückt hatte. Sie war beinahe im selben Grauton gehalten wie der Rucksack, ebenfalls aus wasserdichtem Nylon. Um sie zu öffnen, musste Valentina sie wie den Besteckbeutel eines Chirurgen nach beiden Seiten ausrollen. Der Anblick der silbern funkelnden Instrumente hatte eine beruhigende Wirkung. Valentina spürte, dass ihr Herz nicht länger wie ein galoppierendes Pferd unter den Rippen schlug. Und auch wenn das beengte Gefühl im Hals nicht verschwunden war, so ließ es sich doch ein wenig besser ertragen, jetzt, wo sie sich entscheiden konnte, ob sie sich lieber mit dem Pfefferspray, dem Skalpell oder der Pistole bewaffnete.

23. KAPITEL

HEUTE
OLIVIA

Elias und Olivia verzichteten darauf, Wallenfels' Wohnung abzusuchen. Zum einen, um nicht noch mehr Spuren am Tatort zu hinterlassen, als sie es ohnehin bereits getan hatten. Hauptsächlich aber hatte Olivia Angst, der Täter könnte den Amtsleiter nur bis in den nächsten Raum verschleppt haben und irgendwo im Dunkeln auf sie lauern. Die Vorstellung, sie könnte aus einer Kammer heraus angesprungen werden und sich selbst mit einem Messer in den Eingeweiden wiederfinden, lähmte sie für einen Moment.

Sie blieb, ihre Stiefel in der Hand, wie festgewurzelt auf ihrem Platz vor dem Bett stehen.

Rasch überschlug sie ihre Optionen und stellte fest, dass es nur eine einzige gab.

Wenigstens gibt es keinerlei Weihnachtsschmuck in seiner Wohnung!, dachte Olivia, während sie mit der freien Hand ihr Handy aus ihrer Jacke zog.

Der Gedanke war absurd, kam ihr aber gerade recht. Lenkte ihre Santaclausophobie Olivia doch zumindest für wenige Sekunden von der Atmosphäre des Todes ab, der sich mit ihr und Elias im selben Raum befand. Wie der fehlende Leichnam.

Unsichtbar, aber doch vorhanden.

Vielleicht hätte eine Lichterkette im Fenster oder ein Tannenzweig auf der Kommode die morbide Aura im Schlafzimmer tatsächlich noch einmal verstärkt. Das leere, blutüberströmte Bett, der umgestürzte Nachttisch – all das wäre vor adventlicher Kulisse ein noch verstörenderes Stillleben gewesen.

Wenigstens nahm Olivia den eisenhaltigen Blutgeruch nicht mehr wahr, was für sie der einzige Lichtblick in diesem Horror war. Offenbar konnte man sich selbst an den Tod gewöhnen.

»Hey, was wird das?«, fragte sie Elias, als sie gerade ihr Handy entsperren wollte. Der Student, der die letzte Minute kein Wort von sich gegeben und nur überfordert auf das Bett geglotzt hatte, hatte ihr das Telefon aus der Hand gewunden.

»Was haben Sie vor?«

»Was wohl? Ich will die Polizei rufen!« Olivia forderte ihren Doktoranden auf, ihr das Handy wiederzugeben.

Elias tippte sich gegen die blutverschmierte Stirn und zeigte ihr tatsächlich den Vogel. »Auf gar keinen Fall. Was wollen Sie der denn sagen?«

»Dass sie sich schleunigst auf die Suche nach einem schwer verletzten, womöglich sterbenden Mann machen sollen, der in seinem eigenen Bett Opfer eines offensichtlich brutalen Angriffs wurde.«

»Ach ja, und wie erklären wir der Polizei unsere Anwesenheit am Tatort?« Elias zeigte auf das Schlachtfeld in der Zimmermitte. Dann auf sein Gesicht.

Sie musterte seine rotfleckige Hand und seufzte. »Sorry, Elias. Aber das ist Ihre Sorge, nicht meine. Sie sind hier eingebrochen. Nicht ich!«

Zudem hatte er überall seine Fuß- und Fingerabdrücke verteilt.

»Machen Sie sich keine Sorgen, ich werde Sie natürlich nicht im Stich lassen. Ich erkläre der Polizei, dass ich Sie gebeten habe, mir bei der Suche nach Almas Eltern zu helfen. Alles wird sich aufklären.«

Wenn du denn wirklich die Wahrheit sagst.

»Sie denken zu kurz!«, maßte Elias sich an, ihr zu widersprechen. Er klang verblüffend selbstsicher und überhaupt nicht panisch. Tatsächlich traf er mit seiner nachfolgenden Argumentation einen Punkt: »*Ich* bin nicht derjenige, der sich Sorgen machen muss. Ich habe keinerlei Motiv, Wallenfels etwas anzutun. *Sie* hingegen sind für die Polizei durchaus verdächtig. Immerhin hatten Sie gestern Nachmittag persönlichen Kontakt mit ihm.«

Stimmt. Und der war nicht gerade herzlich verlaufen.

Wenn Olivia genauer darüber nachdachte, hatte sie ihm beim Abschied sogar mehr oder weniger den Tod an den Hals gewünscht. *Verdammt.* Ganz sicher war sie bei ihrer wütenden Abschiedstirade so laut gewesen, dass es dafür Ohrenzeugen in den Nachbarbüros gab.

Trotzdem. Hier war ein Verbrechen geschehen. Wallenfels' Leben hing eventuell davon ab, dass sie jetzt das Richtige taten.

»Geben Sie mir mein Telefon zurück!«

Elias ignorierte Olivias Befehl. »Hören Sie, Frau Rauch. Das bringt nichts. Wenn wir jetzt die Polizei anrufen, erreichen wir damit nur, dass wir uns mindestens wegen Hausfriedensbruchs ans Messer liefern. Dann verbringen wir die Nacht mit sinnlosen Vernehmungen auf einem Revier. Wallenfels ist damit nicht geholfen.«

Olivia verstand die Logik hinter dieser Argumentation, wollte ihr dennoch nicht folgen. »Was schlagen Sie denn vor? Einfach abhauen, als wäre nichts passiert? Und Wallenfels, der vielleicht irgendwo hilflos verblutet, seinem Schicksal überlassen?«

Ihr Doktorand kratzte sich am Hinterkopf und murmelte scheinbar sinnlose Sätze, die sie wieder einmal an Elias' Verstand zweifeln ließen. »Schade, dass es seit November 2022 keine Münzfernsprecher mehr gibt. Ich glaube, einer steht noch in Lübars, aber das ist viel zu weit weg, und wer weiß, ob das neunzig Jahre alte Ding überhaupt noch funktioniert.«

»Was faseln Sie da?«

»Früher hätten wir von einer Telefonzelle aus einen anonymen Notruf absetzen können. Heute geht das nicht mehr.«

Ah. Daher weht der Wind.

»Und in Internetcafés hängen meistens Kameras, sodass wir es auch schwer haben, die Online-Wache der Polizei zu informieren, ohne Spuren zu hinterlassen. Bleibt also nur der Späti, um uns ein Prepaid-Handy zu kaufen. Kommen Sie.«

»Nein!«

Er sah sie fragend an.

»Das dauert mir zu lange!«

Olivia ging um das Bett herum und bückte sich. »Ich weiß etwas Besseres.« Mit diesen Worten drückte sie den Paniktaster mit der Direktleitung zur Polizei.

24. KAPITEL

DAMALS
HAUS WALDPFAD
VALENTINA

Valentina wählte das Pfefferspray. Die Verteidigungswaffe, mit der sie sich am besten auskannte.

Für die Pistole ist es noch zu früh.

Sie war das finale Mittel. Ihr Gefühl sagte ihr, dass die Zeit noch lange nicht gekommen war, um sich mit ihr zu bewaffnen. Aber auch, dass sie sie nicht so offen in ihrem Rucksack herumliegen lassen sollte. Also zog Valentina sich in der Küche einen Stuhl heran, kletterte auf die Arbeitsplatte und legte die Pistole zusammen mit ihrer »Instrumententasche« auf den Küchenschrank neben dem Kühlschrank.

Valentina hatte sich geschworen, nie wieder schutzlos zu sein. Nie wieder ein ausgeliefertes Opfer.

Diese Lehre hatte sie aus den grauenhaften Vorweihnachtstagen auf dem Internat gezogen; die Geburtsstunden qualvoller Erinnerungen, die auch heute noch, Jahre später, wie wetterfühlige Narben beim kleinsten Auslöser zu schmerzen begannen.

Aus diesem Grund hatte sie nach dem Abitur gemeinsam mit Ole einen Selbstverteidigungskurs besucht, Übungsstunden auf einem Schießstand in Storkow absolviert und sich von einem zwielichtigen, aber höchst erfahrenen »Straßenkampftrainer« in einem Neuköllner Hinterhof zeigen lassen, wie man eine Reizgas-Sprühdose so benutzte, dass man sich nicht als Erstes selbst ausschaltete. Von ihm hatte sie auch gelernt, dass das Zeug eigentlich Paprikaspray heißen müsse. Es verdankte seinen Namen einem Übersetzungsfehler, da das englische »pepper« sowohl für Pfeffer als auch für Paprika stand. Sollte der Besitzer des Wintermantels durchs Haus schleichen, würde Valentina ihm eine Dosis mitten ins Gesicht jagen.

Bevor sie sich auf die Suche nach dem möglichen Eindringling machte, wühlte sie noch einmal zwischen der Unterwäsche im Rucksack, bis sie die Sporttaucherbrille fand. Der einzig wirksame Selbstschutz in geschlossenen Räumen.

Gut, dass ich daran gedacht habe …

Das Gummiband ziepte ihr an den Haaren, als sie die Brille aufsetzte. Die Augenmuscheln saßen etwas zu fest und würden furchentiefe Abdrücke hinterlassen, aber das war besser, als selbst mit zugeschwollenen Augen durch das Haus zu irren.

Valentina umfasste die handliche schwarze Dose, und ihre nervöse Anspannung entlud sich zum Teil in einem Lächeln, als sie in dem gläsernen Vitrinenschrank neben der Wohnzimmertür ihr albernes Spiegelbild sah.

Eine bizarre Gestalt, die mit ausgestrecktem Arm und einer Taucherbrille über den Augen durch die Zimmer schlich.

Zuerst ging sie in die Küche, obwohl sie schon durch die offen stehende Wohnzimmertür gesehen hatte, dass ein erwachsener Mensch sich dort nur versteckt halten konnte, wenn er auf die Arbeitsplatte gesprungen wäre. Aber auf der hockte oder stand natürlich niemand. Das Badezimmer war ebenfalls leer. Keine weiteren Spuren. Auch nicht in den oberen Räumen, weder in dem Schlafzimmer mit der niedrigen Decke oder dem kleinen WC noch in dem mansardenartigen Arbeitszimmer, von dem aus man den Zutritt zu der Dachterrasse über der Garage hatte.

Valentina öffnete das bodentiefe Fenster. Sofort beschlug ihre Taucherbrille, die sie hektisch absetzte, voller Angst, der Fremde könnte sie genau in diesem Moment angreifen. Doch auch hier war keine Menschenseele, *zum Glück*.

Beruhigenderweise gab es auch keine Fußstapfen in der unversehrten Schneedecke. Wie Zuckerguss zog sie sich unbeschädigt über die Aufdachterrasse.

Wir sind allein allein. Allein allein, summte sie in Gedanken den Ohrwurm lang zurückliegender Zeiten, in denen sie noch unglücklicher gewesen war als heute.

Nun denn. Es ließ sich wohl nicht vermeiden.

Nachdem sie zuvor bereits alle Schränke geöffnet, unter das Bett geschaut, jeden Vorhang beiseitegezogen und auch den leeren Spitzboden kontrolliert hatte, blieb jetzt nur noch ein Ort, den Valentina überprüfen musste. Den nächstliegenden, an den sie sich am wenigsten traute.

Aber ich habe keine Wahl.

Valentina schloss die Terrassentür, rieb an ihrer Jeans den Dunst von den Gläsern der Taucherbrille, setzte sie wieder auf – und machte sich auf den Weg.

Die Treppe hinunter zum Kellereinstieg.

25. KAPITEL

Allein die Tatsache, dass es einen Keller gab, war eine kleine Sensation. Ein bauliches Wunderwerk hier in der Gegend, vor allem, wenn man sich vor Augen führte, dass die erste urkundliche Erwähnung von Haus Waldpfad auf das Jahr 1905 zurückdatiert werden konnte. In dieser Zeit hatte es keine Presslufthämmer, Schlagbohrer oder anderes schweres Gerät gegeben. Und dennoch war es den Arbeitern gelungen, einen stollengleichen Tunnel in das Granitfundament des Hangs zu schlagen.

Valentina hatte die hölzerne Tür gegenüber dem Badezimmer geöffnet, die sie bei der ersten Hausbegehung zunächst für die Abdeckung eines Einbauverschlags gehalten hatte. Sie war kleiner als die Tür der Hundehütte, in der der tierquälerische Hausmeister von Schloss Lobbeshorn seine Dogge selbst bei widrigsten Wetterbedingungen das ganze Jahr über an einer kurzen Leine gehalten hatte.

Der Geruch gestockter Wäsche, die zu lange in der Waschmaschine im eigenen Wasser gelegen hatte, schlug ihr entgegen. Sie leuchtete mit einer Stabtaschenlampe (die sie ebenfalls aus Berlin mitgenommen hatte) die steinernen Granitstufen hinab. Sie führten zu einem gewölbeartigen Schacht. Vorsichtig stieg sie hinunter. Die Taschenlampe brauchte sie hier unten nicht mehr, denn aus irgendeinem Grund gab es hier – und nicht direkt oben am Eingang – einen Lichtschalter, der tatsächlich eine staubige Glühbirne anschaltete, die schirmlos an einem lebensgefährlich aussehenden Kabel schaukelte.

Valentina ließ den Blick durch den einzigen Raum gleiten und hörte unweigerlich Oles Stimme in ihrem Kopf. Von den vielen Weisheiten, mit denen er sie früher geprägt hatte, war ihr eine besonders im Gedächtnis geblieben.

»*Wenn du wissen willst, mit was für einem Menschen du es zu tun hast, schau dir drei Orte an: das Badezimmer, das Auto – und den Keller*«, hatte er zu ihr gesagt, als sie das erste Mal zusammenzogen.

»*Der Zustand dieser drei Orte gibt dir Aufschluss über den Körper, die Seele und das Unterbewusstsein des Menschen.*

Je ordentlicher das Badezimmer, desto mehr achtet dein Gegenüber auf seinen Körper. Fährt er jeden Sonntag zur Waschanlage, verleiht er auch seinen Gedanken gerne eine Struktur.«

»*Verstehe. Und der Keller steht für das Unbewusste.*«

Ole hatte genickt.

»*Wenn jemand in seinem Keller lauter unnützes Zeugs hortet, dann kann ich mir sicher sein, dass der Mensch im Unterbewusstsein einen Haufen seelischen Ballast mit sich schleppt?*«, hatte sie damals kombiniert, und zu ihrer Verwunderung hatte Ole lächelnd den Kopf geschüttelt.

»*Nein, im Gegenteil. Der Mensch ist ein emotionales Wesen und baut oft selbst zu seelenlosen Dingen eine Beziehung auf. Weswegen es uns schwerfällt, uns von Sachen zu trennen, mit denen wir eine Erinnerung verbinden. Es ist also völlig normal, wenn wir Gegenstände aus unserem Sichtfeld nur in die Dunkelheit des Kellers verbannen, in der beruhigenden Gewissheit, sie nicht der Müllkippe anvertraut zu haben. Hab also keine Sorge vor Menschen, deren Keller wie die Vorstufe einer Messie-Wohnung aussieht.*«

»*Sondern?*«, hatte sie ihn gefragt und sich nicht zum ersten Mal über seine Art geärgert. Hatte sie ihn anfangs für seine klugen Beobachtungen bewundert, empfand sie ihn, je älter sie wurden, immer öfter als belehrenden Besserwisser.

»*Hab Angst vor den Akribischen. Den zwanghaft Ordentlichen. Sie täuschen dir vor, das Chaos des Lebens im Griff zu haben. Dabei tobt in ihnen ein Sturm dunkelster Gedanken auf der Suche nach einem Ventil. Bereit, sich mit aller Gewalt zu entladen!«*

Valentina hatte Oles gewagte These nie hinterfragt, aber wenn sie zutraf, dann war das Unbewusste jener Person, die hier unten ihr Hab und Gut abgestellt hatte, psychisch hochgradig belastet.

Sie hatte noch nie einen so ordentlichen Keller gesehen. Oben schon war alles sauber und aufgeräumt gewesen. Hier unten aber war alles wie geleckt. Nirgends lag Dreck auf dem Betonboden. Kein Staubkorn, weder auf den millimetergenau übereinandergestapelten Plastikkisten noch auf den hochglanzpolierten Edelstahlregalen.

An der Wand hing ein gerahmter Plan. Ein Grundriss des Kellers, auf dem exakt die Standorte der jeweiligen Kisten, Koffer und Truhen verzeichnet waren. An dem Rahmen baumelte ein DIN-A4-Hefter mit Blättern, die den jeweiligen Behältnissen zugeordnet waren. Weihnachtsschmuck. Hygienevorräte. Elektronik & Kabel.

Valentina öffnete eine Kiste und stellte wenig verwundert fest, dass das entsprechende Papier exakt den Inhalt der Box auflistete. Hier führte jemand ganz genau Buch über die Vorräte.

Das Einzige, was zu diesem ungewöhnlich antiseptischen Keller nicht passen wollte, war der Geruch. Es roch wie auf einer stillgelegten, zuvor aber nie gereinigten öffentlichen Toilette. Der unangenehme Gestank wurde im wahrsten Sinne atemberaubend, als Valentina sich dem Weinregal näherte.

Es war leer und ließ sich leicht zur Seite schieben.

Dadurch legte Valentina eine emaillierte Revisionsklappe in dem Mauerwerk frei, die sie nur mit einem Vierkantschlüssel hätte öffnen können, wenn sie nicht bereits einen Spalt offen gestanden hätte. Sie hatte die Größe einer Ofentür und leistete einigen Widerstand, als Valentina sie aufzuziehen versuchte.

Nachdem sie es mit einiger Mühe endlich geschafft hatte, wurde der Kot- und Uringeruch intensiver.

Hustend presste sie Mund und Nase in die Armbeuge, zeitgleich griff sie ihre Taschenlampe und leuchtete durch das Loch in der massiven Wand. Einen Wimpernschlag lang hatte sie eine Wahrnehmung, die sie regelrecht überrollte und ihren Verstand für mehrere Atemzüge aussetzen ließ.

Für einen kurzen Moment hatte sie gedacht, ein menschenähnliches Wesen wäre mit den Bewegungen einer krabbelnden Spinne von ihr weggekrochen. Sie nahm die Taucherbrille ab und wischte sich etwas Schweiß von der Stirn.

»Mist, verdammter!«, fluchte sie, als ihr klar wurde, dass sie wegen ihrer Sinnestäuschung die Klappe so panisch zugeschlagen hatte, dass sie sich mit bloßen Händen jetzt nicht mehr öffnen ließ.

Nun musste sie nach oben gehen und Werkzeug suchen, wenn sie genauer wissen wollte, was sie da überhaupt entdeckt hatte. Den Weg, auf dem der schwere Ledermantel von ihr unbemerkt ins Haus gelangt war, gewiss nicht. Die Revisionsklappe schien kaum groß genug, dass ein Kleidungsstück hindurchpasste; auf keinen Fall konnte ein Mensch durch sie hindurch in den Keller klettern.

Seelisch erschöpft schloss Valentina die Augen und dachte über ein Zitat der Schulpsychologin nach, der sie sich damals hatte anvertrauen wollen, die ihr aber (wie so viele) keinen Glauben geschenkt hatte, als sie von den Misshandlungen im Internat erzählte. Obwohl Dr. Silby eine ausgemachte Mistkuh gewesen war, hatte sie mit einer Bemerkung recht gehabt: »*Wir sehen nur das, was wir fühlen!*«

Das Auge war für die Realität blind. Erst das Gehirn erzeugte die Bilder, die wir für die Wirklichkeit hielten. Und die hing davon ab, in welcher Emotionslage wir uns befanden: Je nachdem, ob wir fröhlich, traurig oder ängstlich waren, sahen wir in einer einsamen Gestalt an der Bushaltestelle einen Gesprächspartner, einen Seelenverwandten oder eine Bedrohung.

Valentina fühlte sich elend. Kein Wunder, dass sich ihr ein albtraumartiges, stinkendes Trugbild gezeigt hatte, das sie erst hatte riechen, dann sehen können. Und nun, seit die Klappe geschlossen war, *hörte* sie es sogar.

Erschrocken schlug sie die Augen auf und sah zur Kellerdecke hinauf.

Nein, das war keine akustische Täuschung.

Das Wesen im Schacht hatte sie sich gewiss eingebildet. Aber diese Geräusche hier waren echt und jagten ihr eine fast ebenso große Angst ein wie damals die Kalendertüren in Schloss Lobbeshorn.

Dabei waren die Laute an sich völlig harmlos.

Allerdings kamen sie von oben. Über ihr.

Die Schritte!

Jemand lief mit schweren Schuhen durch Haus Waldpfad.

26. KAPITEL

Es war nicht nur eine Person. Den Geräuschen nach hielten sich mindestens drei Menschen im Erdgeschoss auf. Valentina presste sich die Faust direkt aufs Herz, als könnte sie es damit zwingen, langsamer zu schlagen. Tatsächlich beruhigte sie der Gegendruck auf den eigenen Brustkorb. Ihre Atmung verlangsamte sich, und das Rauschen in den Ohren, das mit den Stimmen eingesetzt hatte, wurde leiser.

Es waren eine Frauen- und zwei Männerstimmen. Obwohl sie laut und ungeniert durcheinandersprachen, konnte Valentina auf ihrem Weg die Treppe hinauf kein Wort der Unterhaltung verstehen. Die Holztür war zugefallen und die Akustik im Keller erbärmlich. Valentina öffnete die Tür einen Spalt, um sich ein Bild von der Lage zu machen, und stieß sie jemandem gegen die Füße. Dieser Jemand schrie erschrocken auf und gab sich damit als Frau zu erkennen. Etwas, was sie in den Händen gehalten haben musste, zerschellte klirrend auf dem Boden. Valentina sah weiße Keramikscherben und merkte, wie sich eine dunkle Flüssigkeit in ihre Richtung zur Kellertreppe hin ausbreitete.

»Verdammte Hacke!«, keuchte die Frau und bückte sich. »Hast du mich erschreckt!«

Himmel, und du mich erst!

Vor Valentina, die noch mit eingezogenem Kopf auf der Treppe stand, tauchte ein sommersprossiges, oval geformtes Gesicht mit absurd blauen Augen und einem Schmollmund auf, dessen lila gefärbte Lippen sich zu einem spitzen Schrei öffneten: »Hey!« Kaugummiatem wehte Valentina an, als das Mädchen, das sie ein wenig jünger schätzte als sich selbst, rief: »Ansgar, Bruno? Ich hab sie gefunden!«

Die junge Frau reichte Valentina eine schlanke Hand, an deren Gelenk eine Vielzahl von Freundschafts- und Bettelarmbändern baumelte. Valentina, die instinktiv zu spüren glaubte, dass von dieser Person keine Gefahr ausging, ergriff sie und ließ sich von ihr aus dem Kellerabgang in den Flur hineinziehen.

»Puh, ich hoffe mal für dich, das ist nicht dein Standardgeruch, sondern du hast die Gülle von da unten mitgeschleppt«, sagte die Unbekannte mit einem frechen Lächeln. Sie hatte eine platinblonde, helmartige Kurzhaarfrisur, sodass ihr Kopf an den einer Playmobilfigur erinnerte.

»Typisch Camilla«, hörte Valentina links von ihr. Der Flur war so eng, dass die junge Frau ihr die Sicht zum Eingang nahm. »Wie ich sehe, hast du Tollpatsch dem Gott des Fußbodens unseren Glühwein geopfert.«

»Würde dich mal erleben wollen, Ansgar, wenn sich auf einmal neben dir eine Geheimtür in der Wand öffnet«, frotzelte Camilla. Sie sprach so schnell, als würde sie dafür bezahlt, so viele Wörter wie möglich pro Sekunde auszuspucken. »Dann müsste dein lieber Bruno jetzt nach unten kraxeln, um dir ein Paar frische Unterhosen aus eurer Bude zu holen.«

»Was muss ich?«

Die dritte Stimme meldete sich zu Wort. Sie kam von weiter weg, ihr Besitzer stand offenbar im Wohnzimmer.

Valentina, die sich langsam gesammelt hatte, drängte sich an Camilla vorbei und sah nun endlich die anderen Besucher.

Ansgar, der beim Treppenaufgang stand, war zweifellos der Älteste der drei, wobei sein Vollbart ihm sicher ein paar Bonusjahre verschaffte. Braune, schulterlange, gepflegte Haare fielen ihm leicht gelockt auf eine lederne Fliegerjacke. Er war hochgewachsen und so kräftig gebaut, dass das Haus einige Nummern zu klein für ihn schien. Valentina hatte Angst, dass es sich mit ihm mitbewegen könnte, wenn er den Kopf beim Gehen nicht weiter einzog.

Links von ihm, im Übergang zwischen Flur und Wohnzimmer, stand sein optischer Gegenentwurf, Bruno. Dürr, raspelkurze Haare, vielleicht einen Kopf kleiner als Valentina, wirkte der Schmalhans so, als müsste er in das Haus Waldpfad erst noch hineinwachsen.

»Was macht ihr hier?«, fragte Valentina.

»Wir haben die Kerze im Fenster gesehen!«, antwortete Bruno entschuldigend.

Valentina nickte nervös. Das hatte sie sich schon gedacht. Gitte hatte ihr ja den Adventsbesuch angekündigt. Aber das war nicht ihre Frage. »Ich meine, wie seid ihr hier reingekommen?«

»Die hat offen gestanden.« Ansgar zeigte zur Tür.

Valentina wurde heiß. Mit einem Mal fühlte sie sich so kraftlos wie nach einer intensiven Laufeinheit. Müde und hungrig, aber zu schwach, um sich ins Bett zu legen oder etwas zu essen.

»Sie war offen?«

Das kann nicht sein. Ich habe die Haustür nach dem Besuch von Hartmut und Gitte abgeschlossen. Hundertprozentig.

»Offene Türen sind ja wohl die Grundvoraussetzung für einen lebendigen Adventskalender«, lachte Camilla hinter ihr. »Ich frag noch mal: Hast du was zum Aufwischen?«

Valentina hatte die Frage beim ersten Mal nicht gehört, so sehr war sie von der Information überfordert, dass die Tür nicht verschlossen gewesen sein sollte.

»Kehrschaufel, Besen und ein Lappen wären super.«

Sie winkte ab. »Ich mach das später weg, kein Ding.«

»Nein, nein, das geht nicht. Auf keinen Fall.«

So energisch, wie Camilla es formulierte, fühlte sich Valentina gemaßregelt wie ein kleines Kind, das von ihrer Mutter aufgetragen bekommt, das Zimmer sofort und nicht erst später aufzuräumen.

»Es hat Zeit. Ihr seid zum Adventskaffee gekommen. Nicht zum Aufräumen.«

Camilla seufzte. »Sorry, ich will nicht unhöflich sein. Äh, wie heißt du eigentlich?«

Valentina nannte reflexhaft ihren Namen.

»Okay, Valentina. Kennst du dich ein wenig mit Feng-Shui aus?«

»Camilla, lass das bitte«, protestierte Ansgar. »Das nervt!«

Offenbar hatte er sich schon des Öfteren Vorträge über die dreitausend Jahre alte chinesische Philosophie anhören müssen, laut der es im Leben auf einen positiven Energiefluss ankam. Das solle man schon beim Bau, spätestens aber bei der Inneneinrichtung bedenken, damit nichts die Harmonie zwischen Heim und Mensch störte.

Ole hatte sich gern über die Leichtgläubigen lustig gemacht, die meinten, nur weil die Wand in einer falschen Farbe gestrichen war oder das Fenster zur falschen Himmelsrichtung zeigte, sei das Qi gestört, was zur Folge habe, dass die Bewohner ständig krank würden oder unter chronischem Geldmangel litten.

»Lass uns doch ein Glockenspiel über die Tür hängen und abwarten«, hatte Ole gesagt. *»Wenn wir in drei Wochen keine Schulden mehr haben, bin ich überzeugt.«*

Es war eine von Oles altklugen Behauptungen, denen Valentina nicht bedingungslos zustimmen konnte. Zwar hielt sie sich selbst für einen realistischen Menschen, dennoch war sie sich nicht so sicher, ob an der Lehre nicht doch etwas dran sein könnte. Manche Dinge ließen sich wissenschaftlich nicht erklären. Wie das Gefühl, das sie vor einem guten Vierteljahr in ihrem Berliner Stammcafé regelrecht überfallen hatte. Schon in der Tür hatte Valentina gespürt, dass ihr gleich etwas Schlimmes, Lebensveränderndes widerfahren würde.

Es war bestimmt ihr hundertster Besuch in zwei Jahren gewesen. Nahezu an jedem Werktag holte sie sich an der Theke einen koffeinfreien Cappuccino und ein belegtes Vierkornbrötchen. Nie zuvor hatte sie ein so negatives Gefühl beim Betreten des kleinen Ladencafés gespürt. Sich nie zuvor überhaupt Gedanken über die dortige Aura gemacht. Bis sie die Hand gesehen hatte. An dem Latte-macchiato-Glas. In diesem Moment hatte es sich so angefühlt, als wäre ihr Körper eingefroren. Sie zitterte, ihr Magen zog sich zusammen, und dort, wo sie bis eben noch die Zunge gespürt hatte, steckte jetzt ein Eiszapfen, der sofort aus ihrem Mund brechen würde, sollte sie versuchen, auch nur ein Wort zu sagen. Dabei hätte Valentina am liebsten laut geschrien, als ihr klar geworden war, wer die Person war, die seelenruhig und unbehelligt ihren Frühstückskaffee trank.

»Ich glaube an Feng-Shui«, unterbrach Camilla Valentinas Gedankenfluss, der sie wie ein Stück seelisches Treibgut direkt in die Kloake ihrer Vergangenheit gespült hatte. »Ihr könnt es belächeln, aber ich spüre es. Hier in der Bude ist echt viel negatives Qi. Dunkle Energien. Und diese Pfütze hier, direkt vor einer Kellertür, Himmel! Die zerstört jeden Flow. Sieh doch nur, wie der Fleck aussieht.«

Valentina sah zu Boden, aber sie erkannte nicht, was die esoterisch veranlagte Frau ihr begreiflich machen wollte. Auch nicht, als diese sich niederkniete und mit den Fingern die Konturen der Glühweinlache nachzeichnete.

»Das ist ein Vogel.«

»Hm, wenn du meinst, aber …«

»Nicht irgendein Vogel, Valentina. Ein Rabe.«

»Camilla, bitte«, stöhnte Ansgar von der Treppe her.

»Noch dazu als blutrote Lache.«

Sie sah zu Valentina hinauf, die an die Vision von der spinnengleichen Gestalt unten in dem Schacht denken musste, die sich auf allen vieren von ihr wegbewegt hatte, obwohl der Platz dafür viel zu klein war.

Wir sehen das, was wir fühlen.

»Sorry, Schätzchen. Das ist ein Symbol des Todes. Deutlicher als ein Totenkopf. Ich muss das wegmachen, bevor hier etwas noch Schlimmeres passiert, als sich ohnehin einmal in diesem Haus abgespielt haben muss.«

27. KAPITEL

»Was hast du vorhin damit gemeint?«, fragte Valentina, die nun vor dem Herd in der Küche stand.

Sie hatte zusammen mit Camilla die Scherben und die Glühweinlache beseitigt, und jetzt saßen ihre merkwürdigen Gäste sich am Küchentisch gegenüber. Valentina hatte sich entschuldigt, keine Ahnung von dem Brauch des lebendigen Adventskalenders gehabt und die Gäste mit der Kerze im Fenster nur zufällig angelockt zu haben. Weswegen es jetzt nicht einmal Kekse gab. Soweit sie sich erinnern konnte, hatte die akribisch geführte Vorratsliste im Keller keine haltbaren Lebensmittel umfasst. *Zum Glück*, sonst hätte sie noch einmal hinabsteigen müssen. Wenn Camilla schon hier oben eine negative Energie spürte, wollte sie nicht wissen, wie ihr Esoterik-Pendel dort unten ausschlagen würde. Wenigstens hatte sie in einem Küchenschrank eine Packung Filterkaffee gefunden, der nun gluckernd durch die Maschine lief.

»Wie kommst du darauf, dass in diesem Haus etwas Schlimmes passiert ist?«, hakte sie nach.

»Fehler! Großer Fehler!« Bruno lachte und fing sich einen düsteren Blick von Camilla ein, was ihn nicht davon abhielt, weiter zu lästern. »Jetzt hast du die Büchse der Pandora geöffnet, und sie wird dich pausenlos zutexten mit ihrem Chop-suey-Kram.«

»Es heißt Feng-Shui, du Ignorant. Gerade du müsstest auf meiner Seite sein, oder verkaufen sich deine Bilder nicht besser, seitdem ich in eurer Wohnung die Möbel umgestellt habe?«

»Zufall«, murmelte Ansgar.

»Ach, leckt mich doch alle. Was wisst ihr schon? Hier in dem

Haus ist etwas passiert. Alles andere wäre auch unwahrscheinlich. Ich meine, wie alt ist es? Hundertzwanzig Jahre? Hier können ja nicht nur gute, friedliebende Engel gelebt haben.«

»Das bezweifelt ja niemand. Es ist nur unmöglich, die traumatische Vergangenheit dieses Hauses zu erfühlen.«

»Für einen Empathiekrüppel wie dich vielleicht«, frotzelte Camilla und gab Ansgar einen freundschaftlichen Knuff auf den Oberarm, um ihre Beleidigung abzumildern. Sie wandte sich wieder an Valentina. »Ich spüre hier jedenfalls sehr viel Leid und Kummer. In diesem Haus gab es Krankheit, Schmerzen, und es wurde viel geweint. Ich könnte dir anbieten, es mal gehörig auszuräuchern.«

»Aber bitte nicht mit dem Zeugs, das du selbst inhalierst.« Bruno lachte und fing sich ebenfalls einen Knuff ein.

»Was erzählst du da für einen Mist? Ich hasse jede Form von Drogen. Ich muss mich entschuldigen.« Sie stand auf und nahm Valentina ein kleines Tablett mit Tassen ab, die sie zum Tisch hatte tragen wollen. »Du musst ja einen völlig albernen Eindruck von uns haben. Erst brechen wir bei dir ein, zerdeppern den Glühweinkrug und streiten dann wie die Marktweiber. Am besten, wir beginnen noch mal von vorne mit der Vorstellungsrunde.«

Erstaunt registrierte Valentina, dass sie dieses seltsame Trio, das sie kaum zu Wort kommen ließ – allen voran ihre esoterische Wortführerin –, wohltuend ablenkte. Ohne ihr Auftauchen hätte sie weiterhin ihren morbiden Gedanken nachgehangen und sich mit alten Männermänteln oder dem stinkenden Keller beschäftigt.

Valentina teilte die Tassen aus und stellte die mittlerweile gefüllte gläserne Kaffeekanne nebst Löffeln, Zucker und einem Tetrapack H-Milch in die Tischmitte.

Ansgar goss für alle ein, während sich Valentina setzte, das Weihnachtsfenster mit der flackernden Kerze im Rücken.

»Im Dorf nennt man uns die ABC-Truppe«, plapperte Camilla weiter. »Ansgar, Bruno und Camilla. Gar nicht mal so einfallslos für die Ureinwohner hier. Apropos. Wie du an unserem Akzent hörst, den wir nicht haben, kommen wir nicht von hier. Wir sind Fischköppe. Ich bin in Hamburg geboren, du kommst vom Darß, oder, Bruno? Egal. Jetzt leben wir gegenüber, siehst du den Bach?« Sie zeigte durchs Küchenfenster den Hang zur Landstraße hinunter. Valentina drehte sich der Höflichkeit halber um, ohne etwas Bestimmtes zu fixieren.

»Daneben, den Weg rauf, neben der ehemaligen Bäckerei? In dem Haus dahinter hab ich die Gartenwohnung, die beiden das Dachgeschoss. Ansgar und Bruno sind seit drei Monaten verheiratet, und, Mann, es war echt die genialste Hochzeitsfeier, auf der ich jemals sein durfte. Warst du schon mal in Ravello?«

»Nur fürs Protokoll, auf wie vielen Hochzeiten warst du denn schon vor unserer?«, wollte Ansgar von ihr wissen, bevor Valentina antworten konnte.

Camilla rollte mit den Augen und wandte sich wieder an Valentina. »Jetzt weißt du, weshalb er bei der Bank arbeitet, der Spießer.«

Sie zeigte auf Bruno. »Er macht wenigstens etwas Künstlerisches, wie ich.«

»Er fotografiert«, lachte Ansgar nicht unsympathisch. »Du biegst Zahnspangen.«

»Die müssen millimetergenau sitzen, Schätzchen. Das ist Kunst!«

Sie streckte Ansgar die Zunge raus, dann sah sie wieder zu Valentina: »Und was machst du so? Halt, nein, sag nichts. Lass mich raten.«

Camilla griff nach ihrer Hand, und Valentina hätte sie beinahe zurückgezogen. Nicht, weil es ihr unangenehm war. Im

Gegenteil. Die unerwartete Zärtlichkeit dieser harmlosen Berührung hatte sie für eine Sekunde überfordert. Es war lange her, dass ihr jemand Fremdes in friedlicher Absicht so nah gekommen war.

»Kurz geschnittene Fingernägel. Tiefe Schatten in den Augenwinkeln. Du arbeitest im Gesundheitswesen. Pflege, Krankenschwester? Viele Nachtschichten?«

»Nie im Leben!«, protestierte Ansgar. »Sie ist eine Studentin. Sie will hier über die Feiertage lernen.«

»Ach ja, und wo sind dann ihre Bücher? Ich sehe keinen Laptop auf dem Tisch!«

»Vielleicht arbeitet sie oben? Sie ist doch gerade erst angekommen, Sherlock.«

»Ich bleibe bei Pflege, Watson.«

»Quatsch. Da herrscht um diese Jahreszeit Komplettnotstand. Da kriegt niemand frei, wenn er nicht aus den Augen blutet. Außerdem fährt niemand zum Urlaub alleine raus in die Einöde.«

»Hast du doch auch gemacht?«

»Weil die Bank mich versetzt hat. Ich hatte meine Kündigung schon im Drucker liegen, als ich Bruno auf dem Wochenmarkt kennenlernte.« Liebevoll griff Ansgar nach der Hand seines Mannes. Es sah aus, als würde sich ein Schaufelradbagger um eine Kastanie schließen. »Um ein Haar hätten wir uns verpasst, und ich wär nach Düsseldorf zurück.«

»Ja, ja, ja, hätte, hätte, Herrentoilette. Jetzt sag doch mal, Valentina. Was hat dich hierher verschlagen? Shit. Es ist doch nicht etwa Liebeskummer?«

Wieder griff sie nach ihrer Hand, und diesmal musste Valentina sie ihr entziehen, sonst hätte sie die Tränen nicht mehr zurückhalten können. Es gelang ihr zwar, die Finger zu lösen, nicht aber ihren Blick.

Valentina starrte in die karibikblauen Augen Camillas und

drohte sich in ihnen so sehr zu verlieren, dass sie beinahe mit der Wahrheit herausgerückt wäre. Viel hätte nicht gefehlt, sie hatte schon den Mund geöffnet, die Lippen geschürzt, das *»Ich bin hier, weil …«* lag ihr auf der Zunge, dann war der Moment mit einem Knall vorbei.

»Ich glaube, wir wissen alle sehr gut, weshalb diese Person hier ist«, dröhnte es vom Kaminzimmer her, und diesmal war es Valentina, die vor Schreck beinahe ihre Tasse zu Boden geschmissen hätte.

Verachtung lag in dem Blick des alten Mannes, der sich ihr vom Wohnzimmer her näherte.

»Und wenn uns Weihnachten heilig ist, dann verbietet der Anstand uns allen, über die Absicht dieser Frau heute auch nur ein einziges Wort zu verlieren!«

28. KAPITEL

Ich glaube, wir wissen alle sehr gut, weshalb diese Person hier ist!«

Eine Stimme, als würden Steine auf ein Wellblechdach geworfen. Jedes einzelne Wort war hart, spitz und mit einem Respekt einflößenden Nachhall. Zweifellos hatte der Mann sie in seinem langen Leben oft benutzt, um Befehle zu erteilen. Ein Fabrikbesitzer oder Richter vielleicht, in jedem Fall jemand, der davon ausging, dass alle aufsprangen, wenn er grußlos einen Raum betrat. Der Alte stützte sich auf einen Wanderstock. Er trug einen schweren, dunkelblauen Mantel und eine schief sitzende, pechschwarze Strickmütze. Der Kopf, den sie wärmte, thronte auf einem viel zu schmal wirkenden Hals, was Valentina befürchten ließ, der Schädel könnte abfallen und ihr in der Küche vor die Füße kullern, sollte der Neuankömmling nicken. Erst auf den zweiten Blick nahm sie die Dame neben ihm wahr, auf deren schmale Schulter sich der Alte mit der freien Hand stützte, als wäre sie eine zweite Gehhilfe. Dabei war sie nicht weniger betagt. Valentina fragte sich, wie die beiden überhaupt den Weg hier herauf bewältigt hatten. Noch dazu mit der großen Tasche, die die zierliche Frau schleppen musste.

»Nur um keine Missverständnisse aufkommen zu lassen. Wenn es nach mir ginge, wäre ich nicht gekommen. Aber meine Frau Edeltrud hat einen starken Willen.«

Er nickte seiner Frau zu, die gutmütig lächelte. Offenbar suchte sie mit Freundlichkeit das ungehobelte Auftreten ihres Mannes auszugleichen.

»Sie sagt, wir müssen das Fest ehren.«

Er löste sich von Edeltrud und ließ sie hinter sich, als er die

Küche betrat. Valentina roch sein dunkel-hölzernes Aftershave. Der Geruch war unpassend angenehm, als hätte der Alte den Wald von draußen mit reingebracht. Er stellte sich vor den Herd. Von dort aus fuchtelte er mit dem Gehstock in Valentinas Richtung. »Sind Sie die Mieterin meines Hauses?«

Meines Hauses?

Valentina erhob sich aus ihrem Stuhl, reckte selbstbewusst das Kinn und entschied, dass sie keinerlei Veranlassung hatte, die Fragen dieses selbstherrlichen alten Mannes zu beantworten, der sie ansah, als wäre sie ein Stück Dreck an seiner Stiefelspitze.

»*Sie* sind der Eigentümer?«

Das wäre höchst erstaunlich. Im Reisebüro hatte man ihr gesagt, man bekäme den Vermieter nie zu Gesicht. Alles müsse im Vorfeld geregelt und im Voraus bezahlt sein. Die Vormieter des Ferienhauses hatten in ihren Bewertungen ebendies als höchst praktisch und als ein weiteres Argument für Einsamkeit Suchende gelobt, die ungestört bleiben wollten.

»Nicht im juristischen Sinne«, antwortete Edeltrud für ihren Mann, der die Stirn krauszog. Offenbar gefiel es ihm gar nicht, dass jemand anderes sich für ihn zu Wort meldete, und sei es die eigene Frau.

»Wir sind die Weigerts aus dem Kirchweg. Wie schön, dass Sie die Nachbarschaft zum Advent einladen. Sie müssen meinen Mann entschuldigen. Bernhard hat Haus Waldpfad verkauft. Vor Jahren schon. Aber sein Herz hängt noch immer sehr daran, und es war nicht leicht für ihn, hier raufzukommen. Zu viele Erinnerungen …«

»Papperlapapp. Hätte ich gewusst, was die für ein Sündenbabel daraus machen, hätte ich mich nie von meinem Elternhaus getrennt. Ich hätte …«

Bernhard verzog das Gesicht, als würde er sich selbst verbieten, weiterzusprechen, so wie er zuvor allen anderen Anwesenden mit seinen ersten Sätzen verboten hatte, über den Grund für Valentinas Aufenthalt zu reden.

»*Wir wissen alle sehr gut, weshalb diese Person hier ist …*«

»Was meinen Sie mit Sündenbabel?«, fragte Camilla. »Wir sind Ansgar, Camilla und Bruno. Gleich gegenüber haben wir eine Art WG, direkt am Bach. Also nicht weit entfernt. Wir sind zwar erst seit einem Jahr hier, haben aber nichts Auffälliges mitbekommen.«

Ein »*leider*« schwang unverhohlen in ihrer Stimme mit.

»Wie kann man denn *das* nicht mitbekommen?«, fragte Bernhard mit einem Gesichtsausdruck, der Valentina an Klaus Kinski erinnerte, der sein Publikum beschimpfte. »Schauen Sie sich die Gäste an, an die mein gutes Heim vergeben wird. Nie an Familien. Nur an Frauen. Und alle haben eine Gemeinsamkeit, die …«

»Bernhard, bitte!«, unterbrach ihn seine Frau. »Das ist doch jetzt nicht der Moment.« Edeltrud stellte mit einem gequälten Lächeln ihre Tasche auf den Küchentisch und packte einen Stollen aus, der servierbereit auf einem Teller lag.

»Er ist mit Rosinen und Marzipan. Ich habe ihn selbst gebacken. Wenn Sie Besteck und Teller hätten, dann …«

Bernhard ignorierte ihren erneuten Versuch, sein Fehlverhalten zu übertünchen, und setzte noch einen drauf.

»Alles junge Dinger, die so hässlich nicht waren, als dass sie ohne Mann sein müssten. Aber sie waren alleinstehend, so wie Sie hier …«

Ein kleiner Hustenanfall verhinderte, dass er weitersprach. Er schlug sich die Hand vor den Mund, mit der er eben noch auf Valentina gezeigt hatte.

»Na ja, was ist denn an Single-Frauen so schlimm? Und wie können die hier sündigen, wenn sie alleine sind?«, nutzte Camilla die Gelegenheit zum Nachhaken. Entweder sie war wirklich an einer Antwort interessiert, oder sie wollte den Alten einfach nur reizen. *Vermutlich beides,* vermutete Valentina.

»Die haben sich doch nicht *hier* vergangen!«, fauchte Bernhard, als sein Husten sich gelegt hatte. »Diese Wände hier waren zum Glück nicht Zeuge ihrer Sünden. Anders als bei Ihnen!« Er starrte unverhohlen erst Ansgar, dann Bruno an, die sich nicht provozieren ließen, sondern sich breit grinsend demonstrativ an den Händen fassten. Bernhard schüttelte angewidert den Kopf. Das war der Tropfen, der das Fass zum Überlaufen brachte. Valentina beschloss, dem homophoben Widerling seine Grenzen aufzuzeigen.

»Ich danke Ihnen, dass Sie sich die Mühe gemacht haben, zu mir zu kommen«, sagte sie an Edeltrud gerichtet, dann fror ihr Lächeln in der Stimme ein, und sie sah direkt den Alten an: »Aber ich denke, es ist besser, wenn Sie sich und Ihren faltigen Arsch jetzt zurück ins Dorf bewegen.«

Irgendjemand, Valentina sah nicht, wer, sog hörbar die Luft ein. Camilla gab seltsam kichernde Laute von sich, wie jemand, der versuchte, einen Lachkrampf zu unterdrücken.

Einen kurzen Moment sah der Alte aus, als wäre er nicht mehr lebendig und seine Hülle nur noch aus Wachs, ohne jegliche Regung. Dann riss er wütend den Mund auf: »Siehst du!« Bernhard fuchtelte mit dem Stock in Richtung seiner Frau. »Ich hab es dir gesagt. Du wolltest nicht auf mich hören. Aber jetzt hast du das asoziale Gesocks mit eigenen Augen gesehen und erlebt.«

Und mit den Worten »Komm, Edeltrud. Wenigstens haben wir unsere Christenpflicht erfüllt« stapfte er aus der Küche. Hatte es bei seiner Ankunft noch so ausgesehen, als bräuchte er sie als Stütze, so zog er seine Frau beim Abgang hinter sich her, aus dem Wohnzimmer dem Ausgang entgegen.

»Himmel, was für eine Freakshow!« Camilla prustete los, nachdem die Tür hinter den beiden ins Schloss gefallen war.

»Seine Frau kann einem leidtun«, meinte Bruno, der sich mit der Hand ein Stück aus dem Stollen brach. »Hmm. Schlechter Geschmack bei Männern. Hervorragender bei Stollen! Der ist köstlich!«

Valentina, die noch immer ins Wohnzimmer starrte, aus dem die beiden gerade wieder verschwunden waren, hörte nicht richtig hin. Alles, was sie tat, tat sie rein mechanisch. Wie unter Schock trat sie an die Küchenschränke, holte Teller und Besteck heraus und brachte alles zum Tisch.

»Na, dann komm schon, Valentina. Spann uns nicht auf die Folter.« Camilla leckte sich lasziv über die Lippen und klopfte auf den Stuhl neben sich. Mit übertrieben geschauspielerter Verruchtheit in der Stimme fragte sie: »Setz dich und beichte. Wie und woran hast du schlimmes Ding dich denn versündigt?«

»Was, wie bitte?«, fragte Valentina, was das Trio zum Lachen brachte. Sie glaubten wohl, sie tue nur so, hätte nicht zugehört, um sich vor einer peinlichen Antwort zu drücken, dabei hatte sie die Frage wirklich nicht richtig verstanden. Auf ihren Ohren lastete auf einmal ein Druck, als befände sie sich in einem Flugzeug im Landeanflug. Die Worte ihrer Gäste hörte sie nur noch dumpf wie aus weiter Ferne.

»Sorry, ich bin etwas durch den Wind«, gab sie offen zu und setzte sich. Diesmal war es Bruno, der ihre Hand nahm, mit einem etwas festeren Griff als Camilla, aber ebenso angenehm und fürsorglich.

»Hey, mach dir doch um den alten Knacker keine Gedanken. Der ist aus der Zeit gefallen und keine Sekunde deines Lebens wert, dass du dich mit ihm beschäftigst.«

»Außerdem hast du es dem alten weißen Mann ganz ordentlich gegeben«, lobte Ansgar.

Valentina lächelte, was ihr extrem schwerfiel. Am liebsten hätte sie die seltsame Adventsgesellschaft verlassen und wäre ins Badezimmer gerannt, um sich eiskaltes Wasser ins Gesicht zu schütten.

Um sich zu beruhigen. So weit, dass sie in der Lage war, zwischen Einbildung und Realität zu unterscheiden.

Liegt es an mir? An meinem Zustand?

Ist das eine Nebenwirkung, dass ich womöglich Dinge sehe, die ich mir nur einbilde?

Dabei war es nicht das Auftreten des Alten, dem sie auf den Grund gehen wollte. Es war etwas anderes, das ihre Gedanken beherrschte, seitdem er verschwunden war. Eine winzige Beobachtung, unwirklicher als der Moment des Aufwachens aus einem schlimmen Traum. Sie hatte es weniger gesehen als gespürt. Exakt in der Sekunde, in der Valentina Bernhard beleidigt hatte und dieser wutentbrannt aus der Küche gestapft war.

Das Lächeln.

Das sich verändert hatte. Nur für den Bruchteil einer Sekunde. Von beschämt zu zufrieden. Von unterwürfig zu diabolisch.

Aber vielleicht, vielleicht … habe ich es mir auch nur eingebildet, dachte Valentina.

Vielleicht habe ich gar keinen siegessicheren Teufel in Edeltruds Augen aufblitzen sehen, als ihr Mann sie zum Gehen aufforderte.

Sie hatte ihren Gedanken kaum zu Ende gedacht, als in Haus Waldpfad die Hölle losbrach.

29. KAPITEL

HEUTE
OLIVIA

Die gepolsterten Sitznischen in der Autobahnraststätte erinnerten an einen amerikanischen Diner, was auf eine schräge Art dazu passte, dass Olivia gerade erst aus einer Wohnanlage hatte fliehen müssen, die einem US-Motel nachempfunden war. Es gab sogar Miniatur-Jukeboxen auf den Resopaltischen, die allerdings reine Deko waren.

»Ich habe nachgedacht!«, sagte Elias und quetschte sich ihr gegenüber auf die Bank. Seinen Parka legte er neben sich. Kragen und Ärmel seines Winterpullis waren nass. Die sichtbare Folge des erfolgreichen Versuchs, sich auf dem Klo der Raststätte das Blut von Gesicht und Händen zu waschen. Es war Olivias Idee gewesen, dafür auf den Tank- und Rastplatz bei Mittenwalde an der A10 zu fahren. Zum einen hatte der so spät noch geöffnet. Außerdem befanden sich die Waschräume in einem hinteren, separaten Teil der Anlage. Sie hatten direkt davor geparkt und eine Zeit lang den Eingang zu den WCs beobachtet, bis sie sicher waren, dass die Toilette von niemand anderem benutzt wurde, der sich darüber wundern konnte, dass Elias wie der Hauptdarsteller eines Horrorfilms aussah.

Im Nachhinein hätte Elias anstandslos durch den Haupteingang schlendern können, wie es Olivia getan hatte. Es gab nur einen einzigen Angestellten, und der hatte einen ähnlichen Elan wie die Bockwürste, die sich auf der Theke gelangweilt in einem Wärmebehältnis um sich selbst drehten.

Die junge Aushilfskraft hatte nicht einmal vom Handy aufgesehen, als Olivia durch die elektrischen Schiebetüren ins Restaurant getreten war. Wenn sie sich nicht irrte, hatte er das auch nicht beim Kassieren der beiden Kaffees getan, mit denen sie sich zu den hintersten Tischen zurückgezogen und auf Elias gewartet hatte.

»Und ich habe mir etwas überlegt«, fuhr der Doktorand fort, während er sich misstrauisch umsah.

Gemessen an der Zahl der Laster und Sattelschlepper, die sich auf dem Parkplatz stauten, hätte das Lokal brechend voll sein müssen. Außer ihnen saß allerdings nur ein einziger Lkw-Fahrer mit einer Volvo-Baseballkappe an einem Ecktisch außer Hörweite und hielt sich müde an einem Energydrink fest. Angesichts seiner ausbleibenden Reaktionen, als sie den Restaurantbereich betreten hatte, war es gut möglich, dass er im Sitzen schlief.

»Ich habe einen Plan«, sagte Elias.

»Interessiert mich nicht«, fauchte Olivia ihn an. »Du hörst mir jetzt ganz genau zu, denn ich sag es nur ein Mal. Und ja, ich werde dich ab sofort duzen. Denn seit deiner hirnverbrannten Aktion bei Wallenfels bin ich mir sicher, dass dir noch einiges an Reife fehlt, um dich wie einen Erwachsenen zu behandeln.«

»Darf ich kurz etwas sagen?«

»Nein, ich stelle jetzt die Fragen. Und es gibt nur eine einzige, die mich wirklich interessiert: Warst du es?«

»Was?«

»Hast du Wallenfels etwas angetan?«

»Ich?« Elias blinzelte heftig und hob wild gestikulierend die Hände. »Nein, auf keinen Fall. Ich hab nur versucht zu helfen!«

Von dem Mimikresonanzexperten Dirk Eilert, dessen Seminare Olivia zu Fortbildungszwecken besuchte, wusste sie, dass es nicht das eine Merkmal gab, an dem man einen Lügner erkennen konnte. Nicht der Blick nach rechts oben oder das Reiben der Nase, wie es in Hollywoodfilmen behauptet wurde. Es gab keine verräterische Pinocchio-Nase. Lügenerkennung war sehr viel schwieriger und setzte einiges an Wissen über die Abläufe im menschlichen Gehirn voraus. Stark vereinfacht, half es, sich zu vergegenwärtigen, wie man normalerweise das Abc aufsagte. Die meisten Erwachsenen hatten keine Schwierigkeiten, dabei mit den Füßen zu stampfen, die Stirn krauszuziehen oder heftig zu zwinkern. Bat man die Probanden jedoch, das Abc rückwärts zu rezitieren, war das der Mehrheit nicht mehr möglich. Mimik und Gestik froren spätestens nach dem X ein. Die simple Erkenntnis dahinter: Das, worüber Menschen nicht groß nachdenken mussten – wie über das Abc (oder die Wahrheit!) –, hatte keine Auswirkung auf ihre gewohnte Körpersprache. Sobald sie sich aber gedanklich anstrengten – wie beim Rückwärtsaufsagen des Abc (oder bei dem Ausdenken einer Lüge!) –, fehlte ihrem Gehirn die Kraft, sich auf die Mimik zu konzentrieren. Die Körpersprache fror ein.

Elias hatte bei seiner Antwort eben mehrfach gezwinkert und wild gestikuliert und dabei wie ein Wasserfall geredet. Neben seinem aufrichtigen, klaren Blick war das für Olivia das wichtigste Indiz, ihm zu glauben.

Er hatte Wallenfels nicht verletzt oder ihm gar Schlimmeres angetan.

»Okay. Ich glaube dir. Auch wenn ich nicht verstehe, was wir da gerade erlebt haben.«

»Ich …«

»Ruhe! Ich bin nicht fertig. Stell dich auf einen längeren Monolog ein.«

Elias nickte und zog den Kopf ein wie ein geprügelter Hund.

»Ich hab dir geholfen, indem ich nicht die Polizei gerufen

habe. Das war vielleicht das Zweitdümmste, was ich in meinem Leben getan habe.«

Nach dem Dümmsten, dich zu bitten, mir Almas Adoptionsakte zu besorgen, indem du dich in die Berliner Adoptionsstelle hackst.

»Ich habe, wie du weißt, eine kranke Tochter daheim. Und die braucht jetzt all meine Zeit. Zeit, die ich – wie du ausnahmsweise richtig festgestellt hast – nicht auf einem Revier verbringen will. Aber noch weniger will ich sie mit dir auf einer Autobahnraststätte verplempern. Weswegen sich jetzt unsere Wege trennen. Jetzt, wo du nicht mehr wie Frankenstein aussiehst, bestell ich dir ein Uber oder ein Taxi oder irgendetwas, das dich um diese Zeit abholen kommt, und wir fahren getrennt nach Hause. Und dann brechen wir für eine sehr lange Zeit den Kontakt ab. Mindestens so lange, bis wir hundertprozentig sicher sein können, dass wir auf keiner Überwachungskamera drauf sind und niemand uns irgendwie mit Wallenfels' Verschwinden in Verbindung bringt. Derweil hoffen wir das Beste, dass er entgegen aller Wahrscheinlichkeit schon bald munter und unversehrt wieder auftaucht!«

Sie drückte sich an der Tischplatte hoch, in der Absicht, aufzustehen.

»Okay«, sagte Elias. »Aber wollen wir es uns nicht zuvor wenigstens ansehen?«

»Was ansehen?«

»Das hier.«

Er griff nach seinem Parka neben sich und zog mehrere DIN-A4-Seiten aus der Innentasche, die zu einer Rolle gewickelt waren. »Das hab ich in Wallenfels' Drucker gefunden.«

Irritiert setzte Olivia sich wieder hin. »Was ist das?«, fragte sie und rollte die Blätter aus. Mit nur einem Blick auf die Überschrift der ersten Seite des Ausdrucks hatte sie ihre Antwort.

Sie hielt Almas Adoptionsakte in den Händen.

30. KAPITEL

Wenigstens einen Teil davon. Sie war viel zu dünn, das fühlte Olivia schon beim Ausrollen der Blätter.

»Was steht da drin?«, fragte Olivia, um herauszufinden, ob Elias die Akte bereits durchgegangen war, doch der zuckte mit den Achseln. »Hatte noch keine Gelegenheit, sie zu lesen. Ich hab sie nur mitgenommen, da Sie ja explizit danach gefragt haben.«

»Verstehe.«

Wobei »lesen« ohnehin eine etwas zu hochgestochene Vokabel gewesen wäre. Auf den wenigen Seiten gab es kaum Buchstaben und Wörter, das meiste bestand aus Streifen und Balken.

»Was ist das für ein Mist?«, fauchte sie Elias an und fuchtelte mit den Blättern vor seiner Nase herum, als hätte ihr Doktorand persönlich all die Zeilen geschwärzt.

Sie schob die Kaffeetassen zur Seite und breitete die Seiten nebeneinander auf dem Tisch aus.

»Ich finde das sehr aufschlussreich«, sagte Elias allen Ernstes.

»Ach ja?«, fragte Olivia spöttisch und verkniff sich eine Bemerkung, die auf einen möglichen Balken vor seinem Kopf anspielte. Sie wollte nicht ungerecht sein. Es war nicht seine Schuld, dass sie so enttäuscht war. Für einen kurzen Augenblick hatte sie tatsächlich die Hoffnung gehabt, Almas Lebensrettung einen Schritt näher gekommen zu sein.

»Auf den Seiten hier ist so viel geschwärzt, da dürfte kaum noch Tinte in Wallenfels' Drucker sein. Aber bitte, ich bin gespannt, was du hieraus ablesen kannst.«

»Ich finde alleine die Tatsache bemerkenswert, dass überhaupt so viel unkenntlich gemacht wurde. Als wäre Almas Akte ein Dokument von nationalem Sicherheitsinteresse. Man könnte fast glauben, Ihre Tochter wäre eine Spionin, deren Herkunft verschleiert werden muss, wäre sie nicht gerade mal elf Jahre alt.«

»Danke für die Erinnerung«, sagte Olivia, musste Elias aber zustimmen.

»Auffällig ist außerdem, dass der Amtsleiter selbst keinen Zugriff auf eine unzensierte Akte hat«, fuhr Elias fort.

»Was uns zu der Frage bringt: Wieso hat er sie überhaupt ausgedruckt?« Olivia hatte mehr zu sich selbst als zu ihrem Studenten gesprochen und zog die Blätter wieder zu sich.

Seltsam.

Das Datum des Anschreibens im Sommer vor elf Jahren, der Name der Behörde, die Anschrift, Ansprechpartner und Durchwahlen waren noch lesbar. Ebenso die Inhaltsangabe, auf der die wesentlichen Bestandteile der nachfolgenden Akte aufgeführt waren: Adoptionsantrag, Bewerbungsschreiben, amtliche Gutachten et cetera. Diese jedoch hatte Wallenfels gar nicht ausgedruckt, sondern er war nach dem Deckblatt gleich zu Seite sieben gesprungen, ab der die Angaben zum Adoptivkind und dessen leiblichen Eltern folgen sollten. Doch der Bereich des amtlichen Dokuments, in dem Almas Herkunfts- und Lebensgeschichte hätte stehen sollen, war bis auf eine Handvoll Sätze zensiert.

Die wenigen nicht bearbeiteten Stellen lasen sich für Olivia weitestgehend wie Hieroglyphen. Sie stammten allesamt aus frühen ärztlichen Untersuchungsprotokollen der Mutter.

So hieß es an einer Stelle:

`Der verantwortliche Arzt wünscht Kontakt und Terminabsprache nur über die Zentrale!`

Daneben fand sich als handschriftliche Notiz:

üürpeüewirü

Olivia überflog zwei Seiten weiter einen längeren lesbaren Absatz.

> Adoptionsgebende Mutter, 26 Jahre alt, benennt in ihren zusammenhanglosen Aussagen konkrete Personen. Allen voran eine Frau namens »Andrea« sowie eine »Stella«. Erste Misshandlungen durch diese Täter sollen bereits in der Schulzeit erfolgt sein. Stichwort: Bußkalender. Zehn Jahre später wurde die Patientin erneut von Stella und Andrea heimgesucht. Nachforschungen müssen mit äußerster Vorsicht erfolgen.

»Interessant. Almas Mutter ist bereits in ihrer Schulzeit gequält worden!«, murmelte Olivia und las Elias auf seine Bitte hin die entsprechende Passage vor.

»Das ist ziemlich unwahrscheinlich, oder?«, fragte er sie. »Ich meine, dass der Blitz zweimal einschlägt. Einmal in der Schulzeit und dann ein Jahrzehnt später ein zweites Mal?«

Olivia schüttelte den Kopf. »Im Gegenteil. Das ist sogar sehr wahrscheinlich. Wenn du meine Dissertation gelesen hättest, würde es dich nicht wundern. Es gibt zahlreiche viktimologische Studien, die sich mit dem Opfertypus auseinandersetzen. Dabei gilt als anerkannt, dass einige Menschen eher Gefahr laufen, Opfer einer Straftat zu werden, als andere«, referierte sie. »Alte, gebrechliche, wehrlose Menschen zum Beispiel. Prostituierte, die allein wegen ihres Berufs als minderwertig diskriminiert werden. Hautfarbe triggert Rassisten. Doch auch das eigene Verhalten, irgendeine Andersartigkeit im Wesen, kann archaisch in den Tätern verankerte Gewaltimpulse auslösen.«

Olivia tippte auf die Akte. »Vor allem in der Schulzeit. Stichwort Mobbing. Hier will sich die herrschende Clique gegenüber dem Außenseiter dominant zeigen.« Sie seufzte. »Nicht selten wird dadurch ein Teufelskreis in Gang gesetzt. Dem Opfer, das in der Schulzeit Quälereien ausgesetzt war, merkt man seine seelischen Verletzungen oftmals schon an Körperhaltung, unsicheren Gesten oder der eingeschränkten Kommunikationsfähigkeit an. Es sendet also noch stärkere Signale aus, anhand deren Täter eine leichte Beute erkennen.«

Sie schüttelte den Kopf. »Nein, ich finde es also überhaupt nicht seltsam, dass bei der Patientin der Blitz zweimal eingeschlagen hat, wie du es nennst. Vermutlich tut er das oft sogar häufiger.«

Olivia las weiter.

Die nächsten Absätze waren wieder unkenntlich gemacht. Dann hieß es:

`Auch der gesundheitliche Zustand der Mutter erlaubt in Zukunft keinerlei Kontaktaufnahme des Adoptivelternteils. Das Amt befürwortet eine vordringliche Bewilligung des Antrags, da mit einer fortschreitenden Entwicklung die Geschäftsfähigkeit der leiblichen Mutter infrage gestellt werden wird, was eine Verfahrensänderung zur Folge hätte.*`

»Geschäftsunfähigkeit?«, hörte sie Elias fragen.

Misstrauisch hob sie den Kopf. Ihr Doktorand saß ihr gegenüber, sie hatte den Absatz nicht laut vorgelesen. »Du hast doch eben behauptet, du hättest keine Zeit gehabt, da reinzuschauen?«

»Ich kann Dokumente auf dem Kopf lesen«, sagte er lapidar in derselben Betonung, wie sie gesagt hätte: *»Ich kann mir die Schuhe binden.«*

Scheinwerferlicht sorgte für eine taghelle Beleuchtung, als ein silbergrauer VW-Kombi in den Parkhafen direkt vor der Fensterfront des Restaurants einbog. Olivia musste für den Moment, den es dauerte, bis der Motor abgestellt war, die Augen zusammenkneifen, und das, obwohl der rechte Scheinwerfer einen Defekt hatte und nur im Standlichtmodus leuchtete.

»Sie haben Almas biologische Mutter nie kennengelernt?«

Olivia wandte den Blick von dem Kombi, dessen Fahrer den Motor abgestellt hatte, aber noch nicht ausgestiegen war.

»Nein. Damals ist alles sehr schnell gegangen«, sagte sie. »Es gab keinen …«

Sie zögerte. Sie hätte ihm erzählen können, dass damals nur anderthalb Jahre vergangen waren, nachdem Julian und sie bei der Adoptionsvermittlungsstelle einen Antrag gestellt hatten, bis dieser bewilligt und vom Familiengericht genehmigt worden war. Knappe achtzehn Monate, in denen das Jugendamt ihre wirtschaftlichen Verhältnisse, ihre Wohnsituation, die Erziehungsvorstellungen sowie ihre psychologische Eignung überprüft hatte. Letzteres vor allem unter dem Aspekt, ob Olivia es seelisch bereits verarbeitet hatte, dass sie seit dem Autounfall in ihrer Kindheit unfruchtbar war.

Sie hätte Elias sagen können, dass alles akribisch geprüft worden war: ihr Bewerbungsschreiben, die Geburtsurkunden und natürlich das Gesundheits- und ihr polizeiliches Führungszeugnis, bevor sie nach zahlreichen Gesprächen mit Sozialarbeitern und anderen Entscheidern den behördlichen Eignungstest bestanden. Und dass sie Sorge gehabt hatte, wegen ihrer Santaclausophobie aus dem Pool potenzieller Adoptiveltern aussortiert zu werden. Diese hatte sie zwar verschwiegen, aber vielleicht war ihre Neigung zu Panikstörungen bei einer der Besprechungen trotzdem irgendwie aufgefallen? Bis dann eines Tages das Telefon klingelte. Ob Julian und sie sich die Inkognito-Adoption eines Babys vorstellen könnten? Sie würden die biologischen Eltern nie zu Gesicht bekommen und niemals die konkreten Umstände erfahren, die zur Adoption geführt hatten.

All dies hätte sie Elias auf seine Frage antworten können, inklusive der Tatsache, dass ihr die Adoptionsbedingungen völlig gleichgültig gewesen waren, Hauptsache, ihr sehnsüchtiger Kinderwunsch wurde erfüllt; noch dazu mit einem Baby, das sie von Anfang an als ihre echte Mutter akzeptieren und niemals infrage stellen würde.

Aber wieso sollte sie das tun?

Elias war vielleicht ihr Lieblingsstudent, aber er war weder ein Freund noch ein Vertrauter, deshalb antwortete sie ihm nur so knapp wie nötig: »Nein, es hat nie einen Kontakt zu Almas leiblicher Mutter gegeben, und langsam dämmert mir auch, wieso.«

Ihr Blick wanderte nach draußen. Wenn der Fahrer des Kombis mittlerweile ausgestiegen war, hatte sie es verpasst. Möglicherweise hatte er für ein Nickerchen den Sitz nach hinten geklappt. Im Innenraum war es so dunkel, dass sie niemanden sehen konnte.

»Und weshalb?«, hakte Elias nach. »Was dämmert Ihnen?«

»Wallenfels hat mir gestern gesagt, er dürfe mir den Namen der leiblichen Eltern nicht verraten, weil dies das Leben der Mutter gefährden könnte.«

»Was bedeutet das?«

»Das war mir zunächst auch nicht klar. Aber jetzt habe ich eine Idee. Schau, hier steht es schwarz auf weiß.« Sie deutete auf den Absatz. »Almas Mutter litt unter starken gesundheitlichen Problemen. Solche, die schon vor elf Jahren aktenkundig wurden. Und was können das für Gesundheitsprobleme sein, die sich beim Kontakt mit dem eigenen Kind verschlechtern?«

Elias hatte kein Problem, diese Erstsemester-Einstiegsfrage zu beantworten: »Psychopathologische.«

»Ganz genau. Und welche kämen da infrage?«

»Hm, Wochenbettdepressionen vielleicht?«

Olivia schüttelte den Kopf. »Unwahrscheinlich. Hier steht, dass mit einer Verschlechterung des Geisteszustands bis hin zum Verlust der Geschäftsfähigkeit zu rechnen war. Eine solch drängende Prognose wäre bei der postpartalen Depression höchst gewagt. Zudem zeigt eine PPD sich meist schleichend, und die meisten Frauen sind dennoch in der Regel in der Lage, sich um das Kind zu kümmern. Alma war zwei Tage alt, als sie zur Adoption freigegeben wurde. Die Ursachen der psychischen Erkrankung der Mutter müssen schon vor der Geburt bestanden haben oder durch ein massives Geburtstrauma ausgelöst worden sein, das von einer regulären PPD abzugrenzen ist. Auch ist die Begegnung von Mutter und Kind in dieser Phase eher für das Kind gefährlich, wenn sich in extremen Ausnahmefällen die Mutter mit dem Gedanken trägt, ihrem Baby etwas anzutun. Hier geht es aber anscheinend darum, dass das Kind schlechte Auswirkungen auf die Mutter hat. Aber schließlich, und das spricht am meisten dagegen, habe ich noch nie davon gehört, dass eine solche Phase elf Jahre andauert.«

Olivia war automatisch in ihren Vorlesungsduktus verfallen. Sie hatte so laut gesprochen, dass sich der Lkw-Fahrer mit der Volvo-Mütze zu ihnen umdrehte.

»Was ist dann Ihre Theorie?«, wollte Elias wissen, der im Unterschied zu ihr beinahe flüsterte.

»Wahnvorstellungen. Almas Mutter sieht in ihrem Kind nicht ihre eigene Tochter. Ihr Anblick triggert eine Horrorvision, an der die Mutter zerbricht.« Olivia unterdrückte ein Gähnen. Wenn sie auf dem Rückweg nicht in einen Sekundenschlaf fallen wollte, musste sie wohl oder übel einen weiteren Schluck von dem ungenießbaren Kaffeeimitat zu sich nehmen.

»Aber vielleicht irre ich mich auch, was weiß ich schon«, sagte sie erschöpft. »Für mich gibt es nur eine Gewissheit: Ich will die leiblichen Eltern finden. Es ist zwar äußerst unwahrscheinlich, dass einer von ihnen kompatibel ist, sofern sie überhaupt noch leben. Aber ich will nichts unversucht lassen.« Sie griff nach ihrem Handy.

»Muss das sein? Wieso können Sie mich nicht fahren?«, fragte Elias, der offenbar auch Handydisplays auf dem Kopf lesen konnte, was angesichts der Größe des Taxi-App-Logos allerdings keine allzu große Kunst war.

»Das dauert mir zu lange. Du wohnst nicht auf dem Weg, und ich will so schnell wie möglich …«

Olivia stockte, weil ihr »nach Hause« nicht über die Lippen kommen wollte. »Zu Alma«, schloss sie den Satz.

Auch wenn das bedeutete, zurück zu Julian fahren zu müssen. Doch sie wollte nicht schon wieder verschwunden sein, wenn ihre Tochter aufwachte. Schweißgebadet, verängstigt, Blut hustend. Wenn sie ihr schon keine Stammzellen spenden konnte, dann wenigstens Liebe und Zuneigung. Außerdem hatte Alma bestimmt viele Fragen, was die Adoption anging, die sie ihr so lange verschwiegen hatte.

Mindestens genauso viele Fragen wie ich in Bezug auf den von den Toten auferstandenen Opa Wilhelm.

Sie sah auf die Uhr. 4:23 Uhr. Die Vorlesungen heute würde sie absagen und die für den Rest der Woche am besten gleich mit. Vielleicht bekam sie noch eine Mütze Schlaf auf dem Sofa, bevor Alma aufstand, aber sie bezweifelte es. Die Fragmente der Adoptionsakte würden sie wach halten. Olivia würde sich zu Hause mit einer Lupe bewaffnen, um vielleicht doch etwas in dem Geschwärzten zu entdecken.

»Was hat es mit der Fußnote auf sich?«

»Hm?« Olivia sah von ihrem Handy hoch.

»Das Sternchen am Satzende. Ich glaub, es verweist auf die Fußnote, die ich auf Seite elf gefunden habe.«

Olivia legte ihr Handy weg und zog das entsprechende Blatt zu sich. Es war vom Tintenstrahldrucker schief eingezogen worden, weswegen die unterste Zeile nicht vollständig abgedruckt war. Sie bestand im Wesentlichen aus einer Zahlenfolge:

`* 95129`

»Ist das ein Aktenzeichen?«, fragte Elias.

Olivia schüttelte den Kopf. Dazu war es zu kurz und hatte keine Buchstaben, Sonderzeichen und Schräg- oder Bindestriche. »In Deutschland würde keine Verwaltung, die etwas auf sich hält, so ein einfaches Vorgangszeichen haben. Könnte eher ein Code sein. Eine Formularnummer vielleicht.«

Ihr Handy auf dem Tisch gab ein Vibrationsgeräusch von sich, das sich wie eine sterbende Wespe anhörte.

Mist. Das nächste Taxi, das die Fahrt annehmen wollte, war fünfzig Minuten entfernt. Brachte sie es übers Herz, Elias so lange hier alleine warten zu lassen? Wieder nagten die Selbstvorwürfe an ihr, dass es schließlich auch ihre Schuld war, sie hatte ihn getriggert, zu Wallenfels zu fahren. Wo er zuerst … *Moment mal.*

Wie schon in dem blutbesudelten Schlafzimmer des Behördenleiters sah sie sich auch jetzt wieder nach einer Fluchtmöglichkeit um.

»Wie bist du eigentlich in seine Wohnung gekommen?«,

fragte sie bang, nachdem sie das Notausgangsschild neben den Glücksspielautomaten entdeckt hatte.

»Bei Wallenfels? Die Tür war nicht abgeschlossen. Ich konnte einfach eintreten.«

Misstrauisch suchte sie seinen Blickkontakt und wartete auf eine mimische Abweichung von seinem Normalverhalten. Aber ihr Doktorand blinzelte so schnell wie eh und je und fuhr sich nervös durch die Haare, als sie ihm die nächste, im Moment alles entscheidende Frage stellte, bei der er den Kopf nicht so ohne Weiteres aus der Schlinge würde ziehen können: »Wieso bist du weiter ins Schlafzimmer? Du hattest mit der Adoptionsakte im Arbeitszimmer doch schon alles gefunden, wonach du gesucht hast?«

Elias schluckte schwer. Legte den Kopf schief. Sah zu dem Lkw-Fahrer hinüber, der jetzt aufstand und in Richtung Toiletten schlurfte.

Leise, als würde es sonst noch jemanden geben, der sie belauschen könnte, sagte er: »Weil ich die Geräusche gehört habe.«

»Welche?«

»Stöhnen, einen Schrei.«

Olivia strich sich nervös eine Strähne hinters Ohr. »Wallenfels hat geschrien?«

»Nein.«

Sie sah Elias zum ersten Mal einen Schluck seines Kaffees trinken, der längst kalt sein musste. Sein nächster Satz ließ sie sich allerdings fühlen, als hätte er ihr ohne Vorwarnung eine kochend heiße Tasse ins Gesicht geschüttet.

»Nicht Wallenfels. Es war eindeutig eine Frau, die in seinem Schlafzimmer geschrien hat!«

31. KAPITEL

DAMALS
HAUS WALDPFAD
VALENTINA

Kurz nach dem theaterreifen Abgang der Weigerts brach in Haus Waldpfad die Hölle los. Die Nachricht musste sich wie ein Lauffeuer im Dorf verbreitet haben. Die von der Kerze im Küchenfenster angelockten Nachbarn gaben sich auf einmal die Haustürklinke in die Hand.

Zuerst kam eine vierköpfige Familie, von denen Valentina sich lediglich die Namen der beiden Kinder (Elaina und Marek) merken konnte, die die meiste Zeit damit beschäftigt waren, ein Wettrennen vom Flur über die Treppe bis zum oberen Schlafzimmer und zurück zu veranstalten. Die Eltern hatten an Apfelsaft für die Kleinen und Eierlikör für die Erwachsenen gedacht. Letzterer schmeckte vor allem Tante Gerbera (*»wie die Blume, nur schöner«*, hatte sie sich vorgestellt), wobei Valentina bis zu ihrem Abschied zwei Stunden später nicht wusste, wessen Tante die bestimmt Sechzigjährige gewesen sein sollte. Überhaupt hatte sie von den meisten, die sich am lebendigen Adventskalender beteiligten, nicht in Erfahrung bringen können, aus welchem Teil des Dorfes sie kamen und in welcher Beziehung sie zueinander standen. Anders als die ABC-Gang schienen sie nicht befreundet, waren jedoch so vertraut, dass sich die überwiegende Mehrheit mit Vornamen ansprach. Yuri, der Bäcker. Owe, der Tankwart. Sarah, die Aushilfe im Skiladen. Karl und Gustav, die beiden bestimmt siebzigjährigen Brüder, die das *Café Heider* am Dorfplatz führten, Gunther vom *Gasthof Fels* sowie Cem mit seiner Frau Tina, die das einzige Taxiunternehmen am

Ort leiteten. Sie aßen ihre mitgebrachten Lebkuchen und Dominosteine, knackten Nüsse auf und tranken wohlwollend Valentinas dünn gebrühten Kaffee. Nur vom Absinth, den Camilla mitgebracht hatte, wollte keiner probieren. Die grüne Flasche mit dem hochprozentigen Schnaps wanderte ungeöffnet in den Kühlschrank. Der Stimmung tat das keinen Abbruch.

Sie sangen sogar zusammen, nachdem es Valentina mit Cems Hilfe gelungen war, den Ofen in Gang zu setzen.

Erst »O du fröhliche«, dann – auf Wunsch der Kinder – »In der Weihnachtsbäckerei«.

Wenn das der Querschnitt der Rabenhammerer Bevölkerung war, könnte dies ein Ort sein, an dem sie sich normalerweise gerne länger aufhalten würde, hatte Valentina noch gedacht und für einen Moment tatsächlich vergessen, weshalb sie hier war. Bis Elaina auf einmal schrecklich zu weinen begann. Das unschuldige kleine Mädchen hatte etwas entdeckt, das sie niemals hätte sehen dürfen.

Kurz bevor das Drama seinen unaufhaltbaren Lauf nahm, befand sich Valentina in einer Unterhaltung mit Gert Tibelius. Er hatte sich ihr als Allgemeinmediziner vorgestellt. Ein kleiner, rundlicher Mann mit Schnauzer. Der Einzige, der seine Schuhe nicht vor der Tür ausgezogen hatte. Mittlerweile waren Gerts Sohlen trocken, im Unterschied zu seiner Kehle. Irgendjemand hatte einen Sechserpack Bier in den Kühlschrank gestellt. Die Hälfte davon hatte er sich bereits schmecken lassen, und sein Pils-Durst schien noch immer nicht gelöscht.

»Wie geht es Ihnen denn?«, fragte er Valentina, die vierte angebrochene Flasche in der Hand.

»Gut, danke!«

»Das war keine Höflichkeitsfrage. Ich bin Arzt.«

»Das sagten Sie bereits.«

Er grinste augenzwinkernd. »Also können Sie es mir anvertrauen. Ich muss es für mich behalten.« Er sprach leise, obwohl alle sich so lautstark unterhielten, dass es unmöglich war, dass sie einander gleichzeitig belauschen konnten. Der lebendige Adventskalender hatte sich zu einer Stehparty entwickelt. In Wohnzimmer, Küche und Flur standen die Nachbarn dicht an dicht. Valentina musste dringend ein Fenster aufmachen, die Luft wurde stickig, nicht zuletzt wegen des Kaminofens.

»Kommen Sie«, sagte Gert und trank einen weiteren Schluck. »Alle hier wissen davon, aber keiner traut sich, den Elefanten im Raum zu benennen.«

»Ich hoffe, Sie spielen hier nicht auf mein Gewicht an«, versuchte Valentina die Situation mit einem Scherz zu entschärfen. Sie war offensichtlich nicht übergewichtig. Eher hätte sie etwas mehr auf den Rippen vertragen können. Wenn sie jetzt krank werden würde, hätte ihr Körper keine Reserven, um einem Virus oder einer bakteriellen Infektion etwas entgegenzusetzen.

»Sie wollen also nicht darüber sprechen?« Er sprach noch eindringlicher. »Ich gebe Ihnen einen Rat. Die Leute hier tun alle scheißfreundlich. In Wahrheit sind sie nur gekommen, um sich ein Bild von dem Haus zu machen. Um zu überprüfen, ob die Gerüchte stimmen.«

»Welche Gerüchte?«

Er nahm einen großen Schluck aus der Bierflasche. »Ach, kommen Sie! Wie sind Sie denn auf diese Hütte hier gestoßen? Ich finde es recht ungewöhnlich für eine junge Frau aus der Großstadt, hier in die Einöde zu fahren und dann ausgerechnet im Haus Waldpfad zu landen.«

Valentina machte Ansgar Platz, der sich mit einem Becher Kaffee an ihr vorbei Richtung Flur kämpfte.

»Ich muss mich auf mein juristisches Staatsexamen vorbereiten.«

Gert nickte. »Das ist die offizielle Version, klar. Aber nehmen Sie es mir nicht übel, mein Sohn hat auch Recht studiert. Die letzten Monate vor dem Examen hat er bis zum Umfallen gebüffelt. Allerdings selten allein. Wenn er sich zurückgezogen hat, dann meistens mit seiner Lerngruppe.«

»Ich bin gerne für mich«, sagte Valentina und überlegte, wie sie den aufdringlichen Mediziner loswerden konnte, ohne allzu brüsk die Unterhaltung zu beenden.

»Entschuldigen Sie, ich will Sie nicht in Verlegenheit bringen. Gestatten Sie mir dennoch eine letzte Frage: Wer hat Ihnen den Tipp gegeben? Meines Wissens ist Haus Waldpfad auf kaum einer Ferien-Immobilienseite eingetragen. Man muss also schon wissen, wonach man sucht.«

Wenn Valentina ihn in ihr Geheimnis eingeweiht hätte, hätte sie ihm von dem Reisebüro erzählt, das sich auf Frauen mit einer ganz speziellen Vergangenheit spezialisiert hatte. Und das von dem vielleicht schlimmsten Menschen geleitet wurde, dem sie je in ihrem Leben begegnet war. Aber sie hatte keine Veranlassung, die schreckliche Wahrheit einem Fremden auf die Nase zu binden, also sagte sie nur: »Eine Freundin hat von hier geschwärmt.«

»Ach ja? Wissen Sie, was daran seltsam ist?«

Der Alkohol hatte Gert ganz offensichtlich nicht nur redselig werden lassen, sondern leider auch sein Gespür für Distanzwahrung beeinträchtigt. Er stand jetzt so nah, dass sein Schnauzer ihr Ohrläppchen berührte, als er flüsterte: »Es sind immer alleinstehende Frauen. Sie kommen nie zu zweit. Nie mit Partner. Und alle haben den Gesichtsausdruck, den Sie auch haben. Eine Mischung aus Angst, Schmerz und Scham.«

Er machte eine kurze Pause, und genau in dieser Sekunde hörte Valentina das Weinen.

Elaina.

Die Gäste im Flur hatten Platz gemacht auf dem Weg, den das kleine Mädchen vom Badezimmer zu ihren Eltern zurücklegen wollte, die sich gerade in der Küche aufhielten.

Valentina wusste sofort, was ihr eine solche Angst eingejagt hatte.

O verdammt …

Sie hatte nicht mehr daran gedacht, seitdem der alte, etwas wirre Hartmut mit seiner Tochter Gitte an ihre Tür geklopft hatte. Und die, die das Badezimmer benutzt hatten, hatten es übersehen, weil sie – anders als Elaina – nicht den Blümchenvorhang zur Seite gezogen hatten, um sich zum Versteckspielen in die Dusche zu stellen.

Weswegen das Mädchen die Erste war, die die um das Heizungsrohr gewickelte Henkersschlinge entdeckt hatte.

32. KAPITEL

Nach diesem Zwischenfall dauerte es nicht einmal mehr zehn Minuten, und alle Gäste hatten sich verabschiedet. Übertrieben höflich, mit lobenden Dankesworten, gesegneten Adventswünschen und dem Versprechen, wiederzukommen, sollte auch am nächsten Tag eine Kerze im Fenster brennen.

Dabei war Valentina sich nicht sicher, ob sie ihr ihre Notlüge abgekauft hatten: »Ich habe keine Ahnung, was das für ein Seil ist. Das muss ein makabrer Scherz der Vormieter sein. Ich sehe es ebenfalls zum ersten Mal!«

Doch rasch hatten die Gäste das Geschirr eingepackt, auf dem sie ihre Mitbringsel hergeschafft hatten, die Jacken und Mäntel aufgesammelt und ihre Schuhe angezogen. Der Allgemeinmediziner hatte sich am meisten Zeit gelassen, doch schließlich stand auch er in der Tür, um sich von Valentina zu verabschieden. »Ich glaube nicht, dass der Strick der Frau gehört, die vor Ihnen hier war!«, sagte Gert mit alkoholschwerer Zunge. »Ich hab ihre Wunden untersucht. Sie machte auf mich nicht den Eindruck einer Lebensmüden. Im Gegenteil. Sie war heilfroh, diesem Haus hier entkommen zu sein.«

»Von wem sprechen Sie?«, rutschte es Valentina heraus, obwohl sie den Arzt am liebsten so schnell wie möglich loswerden wollte.

»Die Vormieterin. Ist die Treppe heruntergefallen, weil sie sich so erschreckt hatte. Wollte mir aber nicht sagen, wovor. Werden Sie es tun?«

»Was?«

Er sah sie an wie ein Schachspieler seinen Gegner, kurz bevor er den spielentscheidenden letzten Zug tätigt. »Mir sagen, was passiert ist, sollten Sie demnächst meine Hilfe benötigen?«

Mit diesen Worten ließ Gert sie stehen und verschwand mit einem Bier in der Hand in die kalte Dunkelheit.

Valentina verschloss die Tür, legte den Kopf gegen die kühle, eingelassene Glasscheibe und lauschte mit geschlossenen Augen dem eigenen Atem.

O verdammt.

Hatte sie es versaut? Sollte sie ihren Plan aufgeben und alles abbrechen? Zweifel, so groß wie Felsbrocken, lasteten auf ihr und drohten sie zu erdrücken.

Valentina, du dumme Kuh. Was hast du dir nur dabei gedacht?

Jetzt war sie im Dorf bekannt wie ein bunter Hund, und alle würden sich das Maul zerreißen. Wenn es noch schlimmer kam, würden sie irgendwann nach ihr schauen kommen oder womöglich sogar den psychiatrischen Notdienst verständigen, und dann war es vorbei mit ihrem Plan!

Wütend schlug sie mit der Faust in Kopfhöhe gegen den hölzernen Rahmen und brachte so die gesamte Tür dröhnend zum Schwingen.

Sie öffnete die Augen wieder, drehte sich zur Garderobe und bemerkte es mit dem nächsten Atemzug.

Sie blickte zur Haustür zurück. Drehte sich im Kreis. Und suchte alles ab. Erst unten im Flur, später dann in jedem einzelnen Zimmer. Sie spähte sogar in den Kellerabgang hinein, auch wenn das völlig unwahrscheinlich war. Am Ende ihres zweiten Kontrollgangs gab es für Valentina keine Zweifel mehr.

Er ist nicht mehr da!

Der schwere, braune Wildledermantel mit dem hellen Lammfellfutter war verschwunden. Weder lag er in einem Zimmer, noch hing er an der Garderobe, an der nunmehr wieder nur noch ihre eigene schwarze Kunstdaunenjacke baumelte.

Das aber war es nicht, was erneut den Fluchtinstinkt auslöste.

Der Mantel mochte verschwunden sein. Und es war theoretisch noch denkbar, dass jemand unter den Gästen ihn bei einem seiner früheren Besuche vergessen und nun wieder an sich genommen hatte. Oder ein hilfsbereiter Nachbar ihn als das Exemplar eines Freundes erkannt hatte und ihm zurückbringen wollte. Bei dieser Witterung undenkbar war allerdings, dass sich jemand mit nur einem einzelnen Schuh bekleidet auf den Rückweg gemacht hatte, den verschneiten Hangweg hinab.

Und dennoch stand er auf einmal da, in dem Flur des leeren, anscheinend von allen Besuchern verlassenen Hauses: ein einzelner, übergroßer Stiefel aus glänzendem Glattleder. Frisch geputzt, als wäre er zum Nikolaustag hinausgestellt worden.

Es war absurd, nahezu aberwitzig, doch Valentina konnte dem Impuls nicht widerstehen. Sie nahm den schweren, nach Bienenwachs riechenden Stiefel in die Hand, und weil sie sich nicht in seinen Schaft hineinzufassen traute, drehte sie ihn auf den Kopf.

Himmel!

Obwohl sie beinahe damit gerechnet hatte, konnte sie den spitzen Aufschrei nicht unterdrücken, als sich aus dem Inneren des Stiefels tatsächlich etwas löste und ihr vor die Füße fiel.

Sie hob ihn auf.

Den winzigen, mintfarbenen Miniaturumschlag, der bereits in der Innentasche des Ledermantels gesteckt hatte. Doch in der Zeit, in der es ihm gelungen war, aus dem einen Kleidungsstück zu verschwinden, um in einem anderen wieder aufzutauchen, hatte er sich verändert.

Auf seiner Vorderseite prangte jetzt die Ziffer **1**. Mit dickem, weinrotem Filzer notiert, von der Sorte, wie sie ihn selbst mitgebracht hatte.

Mit dem kantigen Strich wie damals. In Lobbeshorn.

Ist das meine Handschrift?

Valentina riss den Umschlag an einer Seite ein, so fahrig waren die Bewegungen, mit denen sie ihn öffnete. Sie entnahm ihm die kleine Karte, die sich – wie bei einem Zaubertrick – nun ebenfalls verwandelt hatte. Von einem leeren Blatt in ein mit winzigen Druckbuchstaben beschriftetes Dokument.

Ist das real – oder wieder eine Schreckensvision wie der Schatten unten in dem stinkenden Keller?

Sie prüfte die Kanten der Karte mit dem Daumen und fügte sich einen winzigen Schnitt zu. Das Blut, das sie schmeckte, als sie den Finger in den Mund steckte, war wie ein zusätzlicher Zeitmaschinen-Katalysator, der sie noch schneller zurück in die Vergangenheit katapultierte.

Sie fühlte sich, als wäre sie wieder sechzehn, als sie zum ersten Mal gezwungen gewesen war, einen Adventskalender der ganz besonderen Art zu öffnen. Einen Kalender, der nicht mit Schokolade, Lebkuchen oder Gummibärchen, sondern mit Dunkelheit, Angst und Schmerzen gefüllt gewesen war. Und dessen Inhalt sich hinter jeder Tür stets mit einem Gedicht ankündigte. Verse, die sich in etwa so wie die auf der Karte lasen, die sie sich nun mit zitternden Händen vor die Augen hielt:

Tür 1:

Wenn du das liest, ist es zu spät.
Ich bin der, der nicht mehr geht.
Bevor die Ordnung hergestellt,
Bleib ich bei dir, von ihr bestellt.

Nicht Tag um Tag,
Nicht Stund um Stund.
In eignem Rhythmus
Tu ich dir kund,

Welch Türen du zu öffnen hast.
Welch Opfer du musst bringen.
Für dein Verbrechen, deine Sünd'
Dich selbst zu überwinden.

Willst du die Nacht noch überleben?
Wenn auch halb tot, im Blute liegend,
Doch atmend, sehend, frei?
Dann such sofort auf allen Wegen
Nach Türchen Nummer **2**.

Valentina biss sich in die Finger der rechten Hand. Damit verhinderte sie, laut loszuschreien. Die entsetzlichen Erinnerungen an damals, zehn Jahre zuvor, konnte sie damit nicht unterdrücken.

33. KAPITEL

ZEHN JAHRE ZUVOR
SCHLOSS LOBBESHORN

Jeder nannte sie nur »die Baracke«. Die Schüler, die Lehrer und selbst die Eltern – in den seltenen Fällen, in denen sie auf den nassgrauen Steinbau zu sprechen kamen, der abseits des Hauptgebäudes hinter einem kleinen Birkenwald stand. Bis in die Fünfzigerjahre hinein hatte er als Spital gedient, heute war der sogenannte Hort in ihm untergebracht.

Fünf klassenzimmergroße Räume mit bestimmt sehr viel mehr als vierundzwanzig Türen, wenn man alle Schränke und Tische mitrechnete. Die vergitterten Fenster ausgenommen. Die waren ohnehin wie das Haupttor und der Notausgang verschlossen. Für die beiden einzigen »Gäste« des Horts, Ole und Valentina, gab es kein Entkommen. Und keine Möglichkeit, sich in der Baracke bemerkbar zu machen. Bei wem auch? An einigen Tagen hörten sie Baustellenlärm vom Haupthaus herüberschallen. Die Tischler, Dachdecker und anderen Arbeiter bekamen sie jedoch nie zu Gesicht. Außer Andrea verlor sich niemand zu ihnen heraus. Heute hatte Stellas rechte Hand ihnen einen Schuhkarton mitgebracht und war zum ersten Mal sofort wieder gegangen, nachdem sie ihn auf dem Boden jenes Raums platziert hatte, den sie zum Schlafen nutzten.

Schwarz, mit silberfarbenem Stift beschriftet, stand er vor ihnen. Wie immer befand sich ein kleiner, mintfarbener Umschlag direkt neben der Zahl, die diesmal auf dem Deckel des Kartons stand. Eine **8**!

Sieben Prüfungen haben wir schon hinter uns?, fragte sich

Valentina und rieb sich den Kopf an der Stelle, an der ihr das kleine Büschel fehlte. *Seit Tür Nummer* **5**.

Es verging keine wache Stunde, in der sie nicht über Flucht nachdachten. Die Baracke verfügte im Eingangsbereich über eine Doppeltür. Man betrat das Gebäude erst durch die Außentür, zog sie zu und schloss danach eine zweite auf. Ursprünglich sollte der Windfang dafür sorgen, dass im Winter nicht allzu viel Wärme beim Herein- und Hinausgehen entwich. Heute nutzte Stella die Doppeltür als Schleuse. Sobald Andrea das Gebäude betreten hatte, schloss sie die Außentür wieder. Ihr Wachhund selbst hatte offenbar nur den Schlüssel für die innere Eingangstür.

»Was steht drauf?«, fragte Valentina, die es eigentlich nicht wissen wollte. Ole, der den Umschlag geöffnet hatte, las die Karte vor:

O du fröhliches, o du seliges
Gnadenbringendes Telefon.
Ein Anruf dir gegeben.
Wen wirst du anwählen?
Wähle, wähle dich zur Freiheit.

Sie tauschten einen kurzen, verwirrten Blick aus, dann nahm Valentina den Deckel vom Schuhkarton.

Auf zerknülltem Seidenpapier, als wäre es ein Geschenk, lag ein dunkler Gegenstand, in dessen gläserner Oberfläche sie sich spiegelte.

»Ist das ein Handy?«, fragte Ole verblüfft.

»Ja.«

Und es war nicht irgendein Mobiltelefon. Sondern ihr eigenes, wie Valentina erkannte, als sie es aus dem Karton holte.

Sie hatten Stella ihre Telefone geben müssen, und jetzt hielt sie ihres wieder in der Hand.

Das Display leuchtete auf, als sie die Seitentaste drückte.

Ein rotes Batteriesymbol blinkte in der rechten oberen Bildschirmecke. Nur noch drei Prozent Akkuleistung.

»Ruf die Polizei!«, forderte Ole sie auf.

Sie nickte, ebenso aufgeregt wie er. Ihr war klar, dass Stella mit ihnen spielte oder sie in eine Falle locken wollte, vermutlich beides. Aber vielleicht hatte sie sich in ihren Allmachtsfantasien verkalkuliert und ihnen tatsächlich gerade eine Chance zur Rettung auf dem Silbertablett serviert. Valentina beschloss, das Risiko einzugehen, und wählte die 110.

Die Enttäuschung folgte stehenden Fußes.

Nichts. Kein Freizeichen.

Valentina sah aufs Display. »Wir haben kein Netz. Nur das Schul-WLAN!«

»Ich weiß nicht, wie man die Polizei über das Internet anwählt«, sagte Ole und raufte sich die Haare.

Sie sah ihn ängstlich an. »Meinst du, wir haben mit dem 110-Versuch unsere einzige Chance schon verbraucht?«

Ein Anruf dir gegeben.
Wen wirst du anwählen?

Sie sahen beide zur Tür, in Sorge, Andrea könne jeden Moment zurückkommen und ihnen das Handy wieder abnehmen.

»Keine Ahnung«, sagte Ole. »Versuch's einfach noch mal.«

Seine Stimme war eine halbe Oktave höher als sonst.

Noch zwei Prozent Akku.

Valentina überlegte kurz, dann wählte sie den Kontakt an, an den sie ihre letzte Textnachricht geschickt hatte.

Es dauerte quälend lange, bis sich die Verbindung aufbaute, aber immerhin hörte sie es klingeln. Und tatsächlich ging jemand ran, kurz nachdem Ole ihr gesagt hatte, sie solle ihr Handy laut stellen.

»Papa?«

Atmosphärisches Rauschen, ein Knacken.

Dann: »Valentina, bist du das?«

Gott sei Dank!

Ole gab ihr ein euphorisches Daumen-hoch-Zeichen.

»Papa, bitte!« Valentina hielt die Luft beim Sprechen an. Spürte einen immensen Druck auf der Brust. »Du musst kommen und uns helfen. Die Direktorin ist wahnsinnig. Sie quält uns.«

»Moment mal, Schatz«, hörte Valentina ihren Vater sagen und lernte in der nächsten Sekunde, dass damit nicht sie gemeint war. »Geh schon mal vor zum Strand. Ich bring die Sonnenmilch mit.«

Himmel, ihr Vater war gar nicht in Deutschland. Vermutlich nicht mal in Europa. Um diese Jahreszeit lag der nächste Badeort, an dem man Sonnenschutz brauchte, mindestens sechs Flugstunden entfernt.

»So, was ist los, Valentina?«, fragte er, nachdem er ganz offensichtlich mit seiner neuen Freundin kommuniziert hatte.

Ein Prozent Akku.

»Sie foltert uns.« Valentinas Stimme überschlug sich. »Wir müssen uns gegenseitig Schmerzen zufügen und irgendwelche Bußkalender-Aufgaben erledigen, bitte, Papa.«

»Halt, halt, halt mal!« Ihr Vater räusperte sich. »Ich kenne deine überschäumende Fantasie, Valentina. Du bist Meisterin darin, dir Geschichten auszudenken. Mama hat das immer sehr gemocht. Aber bei mir zieht das nicht, ich bin Realist. Also bleib bitte bei der Wahrheit!«

»DAS IST DIE WAHRHEIT!!! WIR MÜSSEN IN EISWASSER BADEN, UNS HAARE AUSREISSEN, ALS BUSSE FÜR …«

Valentina musste husten.

»Ach, Valentina«, hörte sie ihren Vater sagen. »Frau Dr.

Großmuth hat mir deinen Anruf angekündigt. Aber ich stehe voll und ganz hinter ihren Disziplinarmaßnahmen.«

»Das sind keine Disziplinarmaßnahmen, sie ist eine Wahnsinnige, die …!«

Sie hörte die Veränderung in der Verbindung und wusste, es hatte keinen Sinn mehr, den Satz zu vollenden.

Tot!

Das Display war so dunkel wie das Gefühl der Hoffnungslosigkeit, das von ihr Besitz ergriffen hatte.

Den Tränen nah sank sie auf eine der Luftmatratzen, die ihr und Ole als Bettlager dienten.

»Scheiße! Das darf doch nicht wahr sein!«, schrie sie ihren Frust, ihre Wut, ihre Enttäuschung und all ihre Verzweiflung heraus. »Wie kann das sein? Er glaubt mir nicht? Mein eigener Vater …«

Ole ließ sich neben ihr nieder, umarmte sie und drehte ihren Kopf zu sich, als wollte er sie küssen.

»Konerak Sinthasomphone«, flüsterte er.

Valentina begriff nicht, dass er einen Namen zitierte. In ihren Ohren klang es wie ein unheimlicher Zauberspruch, mit dem ihr Freund den kläglichen Versuch startete, das Böse von ihnen abhalten zu wollen.

»Ein vierzehnjähriger Junge«, begann er mit seiner Erzählung. »Er wurde von einem erwachsenen Mann in dessen Appartement gelockt und dort mit Schlaftabletten gefügig gemacht. Nachdem der Mann ihn vergewaltigt hatte, bohrte ihm der Psychopath ein Loch in den Schädel.«

Valentina schüttelte den Kopf. »Wieso erzählst du mir das?«

Sie bat Ole, aufzuhören, doch seine Schilderungen wurden noch sehr viel schlimmer. »Danach spritzte der Mann dem Jungen Salzsäure durch das Loch ins Gehirn. Der Killer wollte ihn nicht töten, sondern zu einem Zombie machen. Einem lebenden, willenlosen Toten, den er nach Belieben missbrauchen konnte. Nachdem er den Vierzehnjährigen lobotomisiert hatte, ging der Mann Alkohol kaufen. In dieser Zeit gelang Konerak die Flucht. Er saß nackt auf der Straße vor der Wohnung des Monsters. Sabberte, blutete, lallte. Nachbarn hatten bereits die Polizei geholt. Weißt du, was dann geschah?«

Valentina schloss die Augen. »Was hat das mit uns beiden hier zu tun?«

Statt zu antworten, setzte Ole seine schreckliche Erzählung fort. »Die Polizisten brachten ihn zurück in die Wohnung seines Mörders. Dort spritzte der ihm erneut Salzsäure in den Kopf, was den Jungen tötete.«

»Ist das eine wahre Geschichte?«, begann es Valentina zu dämmern, und sie öffnete die Augen. Und lag in dieser Geschichte etwa die Antwort auf ihre Frage, wie es sein konnte, dass ihr eigener Vater ihr nicht zu Hilfe kam?

»In einem Psychothriller würde sie dir keiner glauben«, sagte Ole und nickte. »Natürlich ist sie wahr! Viele Menschen weltweit kennen den Namen des Täters. Jeffrey Dahmer. Kaum einer kennt den Namen des Opfers.«

Konerak Sinthasomphone.

Sie schlug sich die Hand vor den Mund. »Meinst du, Stella ist wie Dahmer?«

Ein geisteskranker Serienkiller?

Eine vom Winterwind aufgewirbelte Plastiktüte wehte gegen die Fensterscheibe und verweilte dort für einen Moment, bis sie von einer heftigen Böe fortgerissen wurde.

Nicht einmal der Müll will in unserer Nähe bleiben, dachte Valentina bitter.

»Ich weiß nicht, wozu Stella und Andrea fähig sind«, antwortete ihr Ole. »Ich weiß nur, dass uns niemand glauben wird, was sie uns antun. Weder jetzt noch in Zukunft.«

So wie damals bei Dahmer, dachte Valentina denselben Gedanken, den Ole laut aussprach, bevor er seine entsetzliche Schilderung mit den Worten enden ließ: »Das Ausmaß des Grauens sprengte die Vorstellungskraft der Polizisten. Sie verschlossen die Augen vor der Wahrheit, weil sie unglaublich war. Glaubten lieber dem Mörder, der ihnen sagte, sein volljähriger Freund hätte nur zu viel getrunken. Hätten die Beamten einen Blick in das Schlafzimmer der nach Verwesung riechenden Wohnung geworfen, hätten sie darin übrigens die seit Tagen vor sich hin modernde Leiche eines weiteren Opfers gefunden!«

Valentina schüttelte sich vor Ekel. Aber sie hatte verstanden.

Hätte sie ihrem Vater erzählt, ein Schüler würde sie mobben und misshandeln, hätte er vielleicht zugehört. Aber indem sie ihm die Wahrheit gesagt hatte, hatte sie ihre Glaubwürdigkeit verspielt. Dass sie in den Fängen einer geisteskranken Schulleiterin war, befand sich so jenseits aller Vorstellungskraft, dass nicht einmal ihr eigener Vater es als Wahrheit in Betracht zog. Stella hatte gewusst, wie sinnlos ein Hilferuf war, den sie in ihrer perversen Art Valentinas Vater ja bereits angekündigt hatte.

Wie hoffnungslos.

Der Schrecken hinter Tür **8** hatte erstmals nicht in einem weiteren körperlichen Schmerz bestanden. Die Schulleiterin hatte ihnen eine grausame seelische Wunde zugefügt, indem sie sie gelehrt hatte, wie allein, hilflos und verlassen sie waren. Stella hatte ihnen auf perfide Art und Weise vor Augen geführt, weshalb sie ihnen gefahrlos das Handy hatte überlassen können. Und ihnen gleichzeitig den Beweis geliefert, weshalb so viele Opfer ihre Peiniger nicht zur Anzeige brachten.

Je monströser ein Verbrechen, umso leichter kann es begangen werden!

Und als ob es noch eines weiteren Beweises für diese albtraumhafte Wahrheit bedurft hätte, hörte sie, wie sich draußen am Eingang erneut ein Schlüssel herumdrehte.

Andrea war zurück.

Mit der Absicht, ein neues Türchen des Grauens zu öffnen.

34. KAPITEL

ZEHN JAHRE SPÄTER
HAUS WALDPFAD
VALENTINA

Willst du die Nacht noch überleben?
Wenn auch halb tot, im Blute liegend,
Doch atmend, sehend, frei?
Dann such sofort auf allen Wegen
Nach Türchen Nummer **2**.

Valentina griff nach dem Pfefferspray in ihrer Hosentasche. Die gesamte Zeit, während das halbe Dorf zu Gast gewesen war, hatte sie die Dose an der Leiste gespürt. Der Druck durch die enge Jeans hindurch hatte sie beruhigt und ihr ein Gefühl von Sicherheit in Gegenwart der vielen Fremden verliehen. Jetzt, wenige Minuten nachdem die Letzten gegangen waren, reichte es nicht mehr aus, eine Selbstverteidigungswaffe am Körper zu wissen. Sie musste das Spray fest in der Hand spüren, den Finger auf dem schwarzen Druckknopf.

Auf die Taucherbrille musste sie verzichten. Die lag unten im Keller, wo sie sie abgelegt hatte, als sie Camilla und ihre Freunde im Flur hörte. Keinesfalls wollte sie noch einmal in die Katakomben steigen. Im Gegenteil.

Sie ging ins Wohnzimmer und sah ihren Rucksack in einer Ecke neben dem Sofa stehen. Der Zipfel eines T-Shirts lugte aus dem geöffneten Reißverschluss hervor wie die Zunge aus einem Mund, der ihr zuzurufen schien: »Du schaffst es nicht! Du bist der Sache nicht gewachsen.«

Du hast recht, pflichtete sie dem Fantasiemund bei. Am

liebsten hätte sie ihre Sachen gepackt und wäre abgehauen. Nichts wie raus hier.

Doch Valentina ging zurück in den Flur, ohne zu wissen, weshalb. Wütend stieß sie den Stiefel zur Seite.

Verdammt, nur ein simpler Schuh. Aber der genügte, um ihr die eigene Selbstüberschätzung vor Augen zu führen.

Mist, Mist, Mist.

Ein Vierteljahr Vorbereitung. Hunderte Planungsstunden, Gespräche und noch sehr viel mehr Tränen. Alles für die Katz.

»Du kannst nicht vor deiner Vergangenheit davonlaufen!«, hörte sie Ole ihr zurufen. Doch genau das wollte sie jetzt am liebsten tun. Zum Bahnhof rennen. Den ganzen langen und eisigen Weg zurück. Zu Fuß, ganz egal, um den nächsten Zug nach Hause zu nehmen, wo immer das auch war.

Und diese Fluchtreaktion war keineswegs paranoid, auch wenn bei Lichte betrachtet ihr bislang kaum etwas angetan worden war. Doch sie wusste natürlich, was noch kam. Sie hatte das alles so ähnlich schon einmal erlebt. Unter anderen Vorzeichen, mit anderen Voraussetzungen, aber im Grunde hatte es damals genauso begonnen.

Valentina starrte auf ihre Jacke. Alles in ihr drängte sie dazu, nach ihr zu greifen. Sie anzuziehen. Die Haustür zu öffnen.

Mich nicht mehr umdrehen …

Da klingelte ihr Handy. Kathi.

Schicksal? Zufall?

Nein, nein, nein.

Wenn sie da jetzt ranging, wäre alles vorbei. Würde sie jetzt mit Katharina sprechen, gäbe es kein Halten mehr, und sie würde unverrichteter Dinge heimfahren. In Kathis Arme fallen, sich bei ihr ausheulen und ihr alles erzählen. Alles, was passiert war. Und alles, was noch hatte passieren sollen.

Sie drückte ihre beste Freundin weg und hatte eine Eingebung.

Sie war nicht in der Verfassung, mit Kathi zu sprechen. Wohl aber mit Ole. Ihm musste sie es beichten.

Sie schloss die Augen. Um seine Nummer zu wählen, musste Valentina nicht hinsehen. Das Muster der Ziffernabfolge hatte sich ihr in den Verstand tätowiert, so oft hatte sie sie schon gewählt. Es klingelte dreimal, dann hörte sie ihn mit wohltemperiertem, klugem Timbre sagen: »Das ist eine Mailbox. Du weißt, was zu tun ist.«

Sie öffnete die Augen wieder.

Da sah sie die Zahl. Allein ihr Anblick löste einen körperlichen Schmerz aus, als wäre ihr ein glühend heißes Sandkorn ins Auge geflogen. Sie musste mehrfach blinzeln, die Augen zusammenkneifen und eine Weile warten, bis sie unter Tränen noch einmal hinsehen konnte. Es war noch immer da.

Eine Zahl.

Die **2**!

Willst du die Nacht noch überleben?
(…)
Dann such sofort auf allen Wegen
Nach Türchen Nummer ***2****.*

Sie hatte nicht danach gesucht und es trotzdem gefunden!

Entmutigt, von jeglicher Zuversicht verlassen, starrte sie auf den Ausgang, der im wahrsten Sinne des Wortes das zweite Türchen eines Adventskalenders verkörperte, den sich ein kranker Geist für sie ersonnen hatte.

So wie damals. Im Internat.

Mit schwarzem Edding in geschwungener Linie auf die Innenseite der Glasscheibe in der Tür gemalt stand dort:

2

Das untere Ende der Ziffer lief schwungvoll aus wie ein Pfeil.

Nein, nicht wie. Es *war* ein Pfeil.

Ein Wegweiser. Er deutete auf den Türrahmen. Rechts oben. Folgte man der Verlängerung der Linie, zeigte sie auf einen weiteren kleinen Umschlag, der dort mit Tesafilm an die Tür geklebt war.

Er sah genauso aus wie der, den sie zuerst in dem Mantel und zuletzt im Stiefel gefunden hatte. Wieder zerriss sie den Umschlag beim Öffnen, und wieder stieß sie auf eine bedrohliche Botschaftskarte in seinem Inneren.

Tür 2

Horch, du willst nach draußen fliehn?
Holleri, vor dem Tod!
Dort wirst du nicht die Fallen sehn.
Bleib drin oder stirb sofort.

Sie las den Text einmal, zweimal, und erst als sie einen durchdringenden Sinuston im rechten Ohr hörte, wurde ihr bewusst, dass sie noch immer mit der Mailbox verbunden gewesen war. Sie sah auf das Display. Tot. Die Verbindung war offenbar wegen Zeitüberschreitung gekappt worden.

Hatte sie das psychotische Adventsgedicht nur in Gedanken gelesen oder es laut auf die Mailbox gesprochen?

Vielleicht.

Möglich.

Hoffentlich.

Dann würde er wissen, was hier los war. Aber das allein würde ihm an Informationen nicht genügen, um sich auf den Weg zu machen und ihr zu Hilfe zu kommen.

Valentina drückte auf Wahlwiederholung und eilte zurück in die Küche. Während sie, das Handy zwischen Schulter und

Nacken eingeklemmt, auf die Mailbox wartete, stützte sie sich mit einem Knie auf der Arbeitsplatte ab. Mit der freien Hand tastete sie die Küchenschränke ab.

Nichts.

Nur Staub und ein loses Kabel.

Nein! Nein, nein, nein …

Sie zog sich hoch, stand nun mit beiden Beinen auf der Platte, um es mit eigenen Augen zu sehen.

Tatsächlich! Die Pistole, die sie dort deponiert hatte, war … verschwunden.

Zusammen mit ihrer Instrumententasche.

Valentina wankte. Musste sich am Griff eines Küchenschranks festhalten, um nicht nach unten zu stürzen.

Dann hörte sie den Signalton für den Beginn der Sprachaufzeichnung.

»Ole? Ich bin's noch mal, Valentina«, keuchte sie, nachdem sie das Gleichgewicht wiedergefunden hatte. »Du musst sofort kommen, bitte. Wenn du das hörst, brich deine Auszeit ab. Du weißt, wo ich bin. Und es läuft alles schief. Ich weiß, du wolltest nicht, dass ich es mache. Und du hattest recht. Sie ist da.«

Ihr ganzer Körper begann zu zittern, und sie musste eine Pause machen.

Erschöpft, verwirrt und zutiefst verängstigt ließ sie sich auf den Boden gleiten. »Bitte. Ich weiß nicht, was ich tun soll«, sprach sie weiter.

Wartete da draußen eine Falle?

Oder saß sie bereits hier drinnen in einer fest?

Sie schaffte es, nicht zu weinen, tatsächlich klang ihre Stimme mit jedem Wort fester, obwohl sie sich immer schwächer fühlte, als sie sagte: »Bitte komm und hilf mir, Ole. Ich habe es geschafft. Sie ist im Haus. Aber sie ist mir immer einen Schritt voraus.«

35. KAPITEL

HEUTE
OLIVIA

Sie saßen wieder in Olivias Auto. Sie hatte davon Abstand genommen, Elias ein Taxi zu rufen, und fuhr ihn nun selbst nach Hause. Seine letzte Bemerkung war wie ein Weckruf für sie gewesen.

»Nicht Wallenfels. Es war eindeutig eine Frau, die in seinem Schlafzimmer geschrien hat!«

Kaum hatte er das gesagt, war sie aufgesprungen und hatte den Studenten regelrecht aus der Raststätte nach draußen zum Parkplatz gezerrt, wo ihr Wagen stand.

»So, jetzt noch einmal von vorn.«

Olivia ordnete sich rechts ein und fuhr konstant hundert hinter einem Wohnmobil.

»Was war das für eine Frau bei Wallenfels?«

»Keine Ahnung, ich hab sie nicht gesehen. Ich bin aber sowieso davon ausgegangen, dass er Damenbesuch hatte.«

»Weshalb?«

»Es standen zwei Gläser in der Küche, eines mit Lippenstift verschmiert. Vor seinem Bett lagen hochhackige Damenschuhe. Die, die vorne ein Loch haben. Wie heißen die noch mal?«

»Peeptoes? Willst du mich veralbern?«

Das Wohnmobil vor ihnen bog am Autobahnkreuz, das sie gerade passierten, rechts ab. Vielleicht, um das riesige, hell beleuchtete Hotel an der B69 anzufahren, das aussah, als hätte es mehr Zimmer als das *Adlon* am Brandenburger Tor.

»Haben Sie die Schuhe denn nicht gesehen, Frau Rauch? Auch nicht den Damenslip?«

»Ernsthaft?«

»Ja. Er hat ebenfalls neben dem Bett gelegen. Zusammen mit einem Männerpyjama-Oberteil.«

»Ich habe nichts dergleichen bemerkt«, sagte sie, wusste aber, dass das kein Gegenargument war. Nach dem Schock des ersten Eindrucks vom Schlachtfeld im Schlafzimmer hatte sie nicht auf Details wie Gläser, Schuhe oder Slips geachtet.

»Du meinst also, es sind zwei Personen aus Wallenfels' Wohnung verschwunden?«

Das könnte das viele Blut erklären. Vielleicht hatte der Täter Wallenfels beim Techtelmechtel gestört und für zwei Opfer gesorgt.

Erstens Wallenfels und zweitens …

Sie passierten das Hinweisschild einer großen Hamburger-Kette, das dafür warb, vor dem nächsten Autobahnkreuz rechts abzufahren. Für Olivia, die sich nichts aus Industrie-Fast-Food machte, war es eher eine Warnung, dies nicht zu tun.

»Ist er verheiratet?«, fragte sie Elias.

»Ja, zumindest laut Akte. Ein Kind, Matthias. Er ist volljährig.«

Olivia musste an die Familienfotos an der Wand denken, auf denen später die Frau an Wallenfels' Seite gefehlt hatte.

Sie ordnete sich für die nächste Abfahrt bei Ludwigsfelde auf die B101 ein.

»Kennst du von hier aus den Weg?«, fragte sie ihn.

»Sie wollen mich hier rauslassen?« Elias sah bang aus dem Beifahrerfenster auf ein dunkles Feld zu seiner Rechten.

»Quatsch. Ich kenn nur deine genaue Adresse nicht. Ich wusste noch, wie man nach Großbeeren kommt.«

Sie sah, wie er erleichtert ausatmete, dabei aber den Kopf schüttelte. »Nein.«

Nein. Natürlich fand der vermutlich Begabteste unter ihren hochbegabten Studenten von der Hauptzufahrt der Gemeinde aus nicht den Weg zu seinem Wohnheim.

»Aber deine Adresse weißt du schon?«, fragte sie knapp und musste nun ihrerseits lächeln, als er mit der Postleitzahl begann.

»14979 Groß…«

»Meinem Navi reichen Straße und Hausnummer, ich …«

Plötzlich erstarrte der rechte Zeigefinger, mit dem sie gerade den Touchscreen ihres Bordbildschirms bedienen wollte, direkt vor der Eingabezeile für die Zieladresse.

Sie musste äußerste Willensanstrengung aufbringen, um ihn zu bewegen. Es war, als benötigte sie sämtliche ihrem Körper zur Verfügung stehende Energie dafür, den Gedanken, der sie gerade regelrecht überfallen hatte, noch einmal zu denken.

»Elias?«, krächzte sie mit trockenem Mund.

»Was ist?«, fragte er verunsichert. Er musste eine Veränderung an ihr bemerkt haben, die sich auch darin ausdrückte, dass sie unwillentlich langsamer fuhr.

»Lies mir noch einmal die Fußnote von Seite elf vor«, sagte sie und schaltete über ihrem Kopf die Innenbeleuchtung an.

»95129«, antwortete Elias prompt, ohne dafür noch einmal auf die Seiten schauen zu müssen.

Fünf Ziffern. Kein Aktenzeichen. Kein Code, sondern ganz simpel …

Eine Postleitzahl!

»Bingo!«, lachte Olivia auf, als es ihr gelungen war, die Ziffern in das Eingabefeld ihres Navigationssystems zu tippen. Mittlerweile fuhren sie so langsam, dass selbst ein Hobbyradrennfahrer kaum Probleme gehabt hätte, sie zu überholen. Vor ihnen tauchte eine Nothaltebucht auf, in die sie den Wagen ausrollen ließ.

»Was machen wir hier?«, fragte Elias.

»Nachdenken!«, antwortete Olivia, die mit einem neuen Gedankenfluss kämpfen musste, den es zu regulieren galt.

»Wollen wir uns da mal umsehen?«, fragte Elias und zeigte auf den Navigationsbildschirm. »Ich meine dort. Den Ort, den Sie eingegeben haben!«

Olivia griff nach ihrem Handy. Tippte RABENHAMMER ein. Das kleine Nest, das das Navi in Verbindung mit der Postleitzahl ausgespuckt hatte. »Keine Ahnung. Ich weiß ja noch nicht einmal genau, wo das liegt!«

»Was wollen Sie denn über die kleine Gemeinde im Frankenwald wissen?«, fragte Elias.

Ihr Kopf schnellte wie von einem Gummiband gezogen nach rechts. Mit offenem Mund hörte sie ihrem Doktoranden dabei zu, wie der offenbar aus dem Kopf einen Wikipedia-Artikel zu zitieren begann.

»Circa zweihundertfünfzig Einwohner, sechshundertzwanzig Meter über dem Meeresspiegel, ein beliebtes Wander- und Wintersportgebiet in Bayern. Im Nordosten Frankens.«

O Gott.

Er klang so normal. Keinerlei Regung in seinem jungenhaften Gesicht.

Olivia spürte eine Hitzewallung, die unmöglich von der noch immer auf voller Auslastung bullernden Heizung ausgehen konnte. Die Angst, die sie von einer Sekunde auf die nächste erfasste, war wie ein Schlag in die Magengrube, mit allen körperlichen Auswirkungen. Alles unterhalb des Rippenbogens verkrampfte sich. Sie musste aufschreien, gleichzeitig war ihr speiübel. »Flucht« war ihr einziger Gedanke, und fast hätte sie es nicht geschafft, sich abzuschnallen und die Tür aufzureißen und aus dem Wagen zu springen.

»Wo wollen Sie hin?«, rief Elias.

»Bleib mir vom Leib!«, schrie sie ihn an.

»Was ist denn los?«

»Du, du …« Sie war zu panisch, um sich zu erklären.

Wenn Angst ein Gericht war, dann speiste sich ihre aus zwei Zutaten: Die erste hatte ihr Doktorand mit dem Wort »Frankenwald« geliefert, die zweite mit »Bayern«. Die Ursprungsregion einer Legende, die laut Wallenfels' eingeschüchterter Amtskollegin mit Almas Adoption im Zusammenhang stehen sollte.

»Haben Sie schon mal etwas vom Kalendermädchen gehört?«

»Hau ab!«, schrie Olivia ihren Studenten an, der ebenfalls ausgestiegen war. Kein Auto weit und breit. Niemand, der zu Hilfe kommen konnte, wenn er eine Waffe zog.

Elias, der sich in ihr Privatleben gedrängt, bei Wallenfels blutüberströmt auf sie gewartet und ihr die Akte auf dem Rasthof präsentiert hatte. Weil er etwas im Schilde führte. Ihr war nicht klar, was. Sie wusste nicht, welche Rolle er spielte, an wessen Fäden er hing oder ob er diese selbst spannte.

Aber dass er so genau über einen völlig unbekannten Ort in Bayern Bescheid wusste, dessen Postleitzahl auf Almas Adoptionsakte in einer Fußnote vermerkt war, konnte kein Zufall sein.

Nicht heute. Nicht hier und nicht jetzt.

Das Bild des Waldhauses blitzte vor ihr auf, das ein Troll auf ihrem Social-Media-Kanal gepostet hatte. Auf dem ein Wegweiser mit einer Landkarte abgebildet war. Julian hatte die Region identifiziert:

»Das Haus liegt eindeutig in Bayern!«

Und wer hatte sie auf dieses Foto aufmerksam gemacht? Nachdem er angeblich jeden Hasskommentar des Shitstorms ausgewertet hatte, der nach dem verunglückten Podcast-Auftritt über sie hereingebrochen war!

Elias.

»Woher weißt du das?«, schrie sie ihn an. Zum Glück kam

Elias nicht näher, sonst wäre sie gezwungen gewesen, auf das dunkle Feld hinauszurennen.

»Ich war mal auf Klassenfahrt in Schwarzenbach am Wald. Landkreis Hof. Damals habe ich für ein Referat alle Orte in der Region auswendig gelernt.«

»Und den Schwachsinn soll ich dir abkaufen?«, schrie Olivia.

»Ja. Das mach ich bei jedem Urlaubsort so.«

Es war das Letzte, was er sagte, bevor das Chaos ausbrach.

Zuerst hörte sie das Motorengeräusch.

Es war bestimmt noch vierhundert Meter entfernt, doch der Abstand verkürzte sich immer schneller, weil auch der Wagen immer mehr beschleunigte.

O Gott.

Obwohl es dunkel war, konnte Olivia Farbe und Marke des Autos erkennen. Es war ein silbergrauer VW-Kombi. Dessen rechter Scheinwerfer kaputt war und nur im Standlichtmodus leuchtete, während er mit aufheulendem Motor auf sie zuraste.

36. KAPITEL

Der kommt direkt auf uns …«

Ein einziges, kleines Wort hatte noch gefehlt. Dennoch konnte Olivia den Satz nicht mehr vollenden.

Nicht einmal mehr eine Silbe Zeit blieb ihr, um zu realisieren, dass der VW-Kombi direkt auf sie zuhielt.

Wenn sie als Kind von einem Lawinenopfer in einem Skigebiet gehört hatte, hatte sie sich gefragt, weshalb die Unglücklichen nicht versucht hatten, nach rechts oder links auszuscheren, raus aus dem Radius der tödlichen Walze? Im ersten eigenen Skiurlaub war ihr dann bewusst geworden, dass die Zeit dafür nicht ausreichte. Wenn eine todbringende Gewalt mit aller Macht auf einen zukam, gab es keine Chance. Weder zur Seite noch nach vorne.

So wie jetzt, in diesem Moment, als der Kombi mit wild aufheulendem Motor nach rechts in die Nothaltebucht schoss, als wäre er von einem Katapult abgefeuert worden.

Olivia verlor kostbare Sekunden, in denen Elias bereits losgerannt war. Hatte er etwas geschrien? Ein letztes Wort an sie gerichtet? Sie wusste es nicht.

Sie löste sich einen Sekundenbruchteil später aus der Hypnosestarre, die die beiden ungleich leuchtenden Scheinwerfer in ihr ausgelöst hatten.

Olivia drehte sich um. Rechnete jeden Moment damit, voll erfasst mit gebrochenem Rücken dem Feld entgegengeschleudert zu werden, auf das sie jetzt zurannte.

Hinter ihr brach eine Kakofonie aus.

Röhren, Kreischen, Knirschen.

Sie hörte Metall auf Metall; Glas, das zerbrach.

Drehte sich wieder um, reflexartig, sie konnte nicht anders, als nach hinten zu blicken, auch wenn sie damit kostbarste Millisekunden verschenkte. Dadurch sah sie, dass ihre Lage noch aussichtsloser war als befürchtet, denn jetzt kamen gleich zwei Wagen auf sie zu.

Der Kombi. Und ihr eigener.

Der Minivan musste von dem Amokfahrer erfasst und zur Seite gedrückt worden sein.

Olivia wollte seitwärts hechten. Stolperte, fiel auf den steinharten Erdboden. Ihre Sinne waren derart geschärft, dass sie selbst in dieser Situation den Schnee und die Erde auf dem Feld roch.

Also sterbe ich nicht in der Haltebucht, sondern auf einem Brandenburger Rübenfeld, dachte sie.

»Alma!«, schrie sie auf, weil ihr letzter Gedanke auf Erden nicht so banal sein, sondern ihrer Tochter gelten sollte.

Am Boden kauernd wunderte sie sich, wie lange sich im Angesicht des Todes die Zeit dehnen konnte. Es schienen mehrere Sekunden vergangen zu sein, in denen noch nicht ihr Rückgrat gebrochen, noch nicht Gehirn unter den Reifen des Angreifers aus dem Schädel gequetscht worden war.

Sie spürte einen Lufthauch, spürte mit geschlossenen Augen einen Schatten an sich vorbeifliegen, öffnete die Lider und begriff, dass der Sturz das Beste gewesen war, was ihr hatte passieren können. Die beiden Wagen hatten sich direkt vor ihr v-förmig geteilt. Wäre sie zur Seite gesprungen, hätte einer von beiden sie zermalmt.

So trudelte ihr touchierter Wagen nach rechts, während der VW mit heulendem Motor an ihr vorbei weiter aufs Feld raste. Weiter und weiter, bis er – von mehreren schlaglochgleichen Bodenwellen ausgebremst – in einen Jäger-Hochsitz krachte. Es gab ein helles, knirschendes Geräusch. Olivia, noch immer am Boden liegend, hörte Holz splittern, Metall aufreißen. Der Kombi bockte auf – wie ein Rodeo-Pferd mit den Hinterbeinen –, und während der Hochstand kartenhausgleich in sich zusammenstürzte, wurde der Wagen unter den Balkentrümmern begraben.

Olivia stand auf und sah sich um.

»Elias?«, rief sie, doch der war weit und breit nicht zu sehen und gab auch keine Antwort.

Sie rappelte sich hoch und blickte aus einiger Entfernung auf den VW. Die Kofferraumabdeckung war aufgesprungen. Da die Rücklichter noch leuchteten, sah es aus, als würde sie von einem blutigen Maul angestarrt.

»ELIAAAS?«

Noch immer keine Reaktion.

Der Student war verschwunden, und aus irgendeinem Grund machte sie das wütend. Olivia neigte in außergewöhnlichen Stresssituationen zum Jähzorn. Das war eines der Dinge, die sie bei der Selbstanalyse im Studium über sich erfahren hatte. Als Studentin war sie auf dem Alexanderplatz von einer Gruppe Jugendlicher umstellt worden, die ihr die Handtasche rauben wollten. Ohne auch nur eine Sekunde zu zögern, hatte sie den Stärksten im Rudel der Halbstarken ausgemacht und ihm erst eine schallende Ohrfeige verpasst und dann zwischen die Beine getreten. Der Angreifer war wortlos in die Knie gesackt, und sein Anhang suchte blitzschnell das Weite. Erst daheim war Olivia klar geworden, wie viel Glück sie gehabt hatte und wie böse ihre blinde Wutattacke für sie hätte enden können, wenn sie an den Falschen geraten wäre.

Ihr Professor hatte ihr ein seelisches Überlaufventil diagnostiziert, das sich unter Druck öffnete, um aufgestaute, längst vergessen geglaubte Aggressionen aus der Kindheit freizusetzen.

Und jetzt, um kurz vor fünf Uhr morgens, in der winterlichen Dunkelheit auf einem Feld kurz vor Großbeeren, entriegelte es sich wieder. Es war, als verpasste ihr die sich entladende Wut einen Rückstoß, der sie antrieb und sie mit immer schnelleren Schritten aufs Feld rennen ließ. Zu dem umgestürzten Hochsitz und dem Autowrack darunter. Sie wusste, dass es unvernünftig und lebensgefährlich war, sich unbewaffnet und ohne Hilfe im Dunkeln ausgerechnet dem Fahrzeug zu nähern, dessen Fahrer sie vor wenigen Sekunden noch hatte umbringen wollen. Aber sie konnte nicht anders. Die Amygdala, das Alarmsystem ihres Gehirns, hatte die Kontrolle übernommen und verhinderte jede vernünftige Entscheidung.

»Wer bist du?«, hörte Olivia sich selbst den noch immer unsichtbaren Fahrer des Todeswagens anschreien. Kurz vor dem Ziel stolperte sie erneut, einen Meter vor der geschlossenen Fahrertür.

Auf Knien robbte sie weiter und musste lachen. Wieder eine unvernünftige Reaktion, doch für einen Moment hatte sie sich gefragt, wie sie diese absurde Situation Julian erklären sollte, dann war ihr eingefallen, dass Julian nicht länger der Mann war, dem sie sich anvertraute, und dann hätte sie am liebsten geheult, was ihre Wut noch weiter anwachsen ließ. Ihre glutheiße, alles verbrennende, lupenreine Überlebenswut; zehntausendmal stärker als damals auf dem Alexanderplatz. Niemals hätte sie geglaubt, dass sie sich noch steigern ließe. Doch dann riss sie die Fahrertür auf, die nicht verklemmt und frei zugänglich war, und sah das Lenkrad. Den Fahrersitz. Die von einem Balken nur leicht eingedrückte, ansonsten unbeschädigte Fahrerkabine – und zweifelte an ihrem Verstand.

Leer?

Niemand da, den sie identifizieren, herauszerren und verantwortlich machen konnte?

Olivia traute ihren Augen nicht. Wie war das möglich?

Es schien so, als wäre das Auto ferngesteuert gewesen.

Vom Todesfahrer war nichts zu sehen.

Aber der Motor lief, und das Armaturenbrett leuchtete. Das Autoradio dudelte leise, *Last Christmas*, ausgerechnet. Olivia hätte sich am liebsten schreiend die Ohren zugehalten, die Bildschirmansicht hielt sie davon ab.

Ihr Atem ging stoßweise, keuchend. Kondenswolken schlugen gegen das illuminierte Display. Die Anzeige glich der, die sie zuletzt in ihrem Auto gesehen hatte. Auch hier war der Navigationsbildschirm aktiviert.

Das kann nicht sein. Das ist nicht real.

Zum ersten Mal im Leben glaubte sie jenen Halluzinationen zu erliegen, die ihr betroffene Patienten so oft geschildert hatten.

Wham schien lauter zu singen, ihr Atem noch schneller zu rasen, was in dieser Sekunde nur sehr wenig mit ihrer Santaclausophobie zu tun hatte, sondern …

… mit der Adresse. 95129 Rabenhammer.

So stand es rechts unten im ersten Splitscreen. Weiß auf Dunkelblau. Zusammen mit dem Hinweis einer noch verbleibenden Fahrzeit von 3 Stunden und 14 Minuten.

Alma – Kalendermädchen – Elias – Frankenwald – Wallenfels – Rabenhammer

Das kann doch alles kein Zufall sein.

Olivias Wut ebbte ab.

Sie wünschte sich nur noch fort, zurück zu ihrer Tochter, weg von diesem Ort, der immer finsterer zu werden schien. Ihre Santaclausophobie gewann für einen kurzen Moment die Oberhand in ihrem Gefühlschaos und schlug gnadenlos zu.

Und nicht nur die.

Olivia fühlte noch, dass die Dunkelheit um sie herum schwerer und tiefer wurde, so wie wenn sich in der Nacht plötzlich Wolken vor den Mond schoben. Dann legte jemand den Hebel um. Das Knacken erinnerte sie an den alten Schalter bei ihr zu Hause im Waschkeller, nur klang es etwas trockener, als ein Gegenstand auf ihren Schädel traf.

Jemand fotografierte sie, und der Blitz tat weh und war viel zu hell, und kurz bevor ihr klar wurde, dass ihr eigenes Unterbewusstsein das womöglich letzte Bild kurz vor ihrem Tode geschossen hatte, versank sie in ein traumloses Nichts.

37. KAPITEL

DAMALS
HAUS WALDPFAD
VALENTINA

Es war 19:44 Uhr, und sie brannte natürlich noch immer. Die schwarze Stumpenkerze hatte kaum an Höhe verloren. Ihr Wachs tropfte gemächlich am Schaft hinab. Die gelbgoldene Flamme tanzte im Zugwind des schlecht isolierten Küchenfensters, hinter dem sich eine fast kitschige Winterlandschaft erstreckte.

Es hatte wieder zu schneien begonnen. Dicke, federförmige Flocken fielen auf die Äste der immergrünen Fichten des Frankenwalds. Die meisten Nadelbäume in den Gärten waren mit elektrischen Christbaumkerzen geschmückt. Im Stockdunkel des Abends funkelten ihre Lichter wie helle Sterne am Nachthimmel.

Schön, wenn man Familie hatte.

Traurig, wenn man allein war.

Entsetzlich, wenn man wusste, welche Erinnerungen sie bei Valentina triggerten.

An meine Schulzeit. Ans Internat.

Die meisten ihrer Nachbarn hatten sich große Mühe gegeben, ihre Grundstücke und Häuser im weihnachtlichen Glanz erstrahlen zu lassen. Die Fenster waren geschmückt. Mit beleuchteten Krippenspielen, Eisblumen und selbst gebastelten Weihnachtssternen. Festlich herausgeputzt, so wie das Fenster von Valentina. Es gab nur einen Unterschied.

In keinem Fenster flackerte eine Kerze.

Nur in meinem.

Valentina trat dichter an die Scheibe heran, in der sich erschreckend deutlich ihr Gesicht spiegelte. Sie hätte lieber nicht gesehen, wie tief ihre Augen in den Höhlen lagen. Wie strähnig und stumpf ihr das Haar auf die Schultern fiel.

Sie streckte die linke Hand über der Flamme aus. Senkte sie langsam ab und wartete, dass sich das Gefühl veränderte. Dass die wohltuende Wärme zu einem unangenehmen Ziehen wurde und schließlich in ein unerträgliches Brennen überging.

Mit dem Schmerz war es so wie mit fast allem im Leben: Es musste erst schlimmer werden, bevor es besser wurde.

Das war ausnahmsweise mal keine Lebensweisheit von Ole. Das hatte sie selbst gelernt, in Lobbeshorn.

Tür **17**.

Die Haut würde erst Blasen schlagen und dann sehr schnell so wehtun, dass man sich die Hand am liebsten vom Körper trennen wollte. Bis es zu spät war und der Schmerz einen noch ewig begleitete, selbst wenn das Feuer längst erloschen war. Tage und Wochen, in denen das unerträgliche Ziehen der anfangs brühend roten, später dann eitrigen Wunde in einen alle Sinne beherrschenden Juckreiz überging. So lange, bis irgendwann der Schorf abfiel und am Ende eine hässlich wulstige Narbe als ewiger Zeuge der ausgestandenen Qualen bestehen blieb.

So weit war die Verletzung bei Valentina längst noch nicht fortgeschritten. Dazu war die Haut noch viel zu weit von der Flamme entfernt. Doch der Abstand wurde geringer. Mit starrem Blick senkte sie die Hand einen Millimeter tiefer, anstatt endlich den Docht mit Daumen und Zeigefinger zu greifen, um die Flamme zu löschen. Sie zwang sich, die Hitze weiter auszuhalten, in dem Bewusstsein, sich selbst zu bestrafen.

Für ihre Dummheit.

Für ihre anmaßende Selbstüberschätzung. Die Torheit, zu

denken, sie könnte sich ihrem fleischgewordenen Albtraum allein entgegenstellen und ihn sogar besiegen.

Du irrsinnig einfältige Kuh!

Wobei … Teil eins ihres wahnwitzigen Plans war aufgegangen!

Sie war nicht allein.

Valentina hatte ihre Endgegnerin hierhergelockt.

Ins Haus Waldpfad.

Genauso, wie sie es Ole vorgeschlagen hatte. Es war drei Monate her – der Tag, an dessen Morgen sie das Monster in ihrem Lieblingscafé gesehen hatte: Dr. Stella Großmuth. Die ehemalige Internatsleiterin. Sie hatte allein an einem kreisrunden, schmiedeeisernen Kaffeetisch gesessen; sie hatte sich über eine ausgebreitete Tageszeitung gebeugt und sich vermutlich unbeobachtet gefühlt. Die knochigen Ellenbogen auf dem Tisch, das hohlwangige Gesicht von den grauen Locken verdeckt, die nach vorne fielen. Dennoch hatte Valentina sie sofort erkannt.

Dazu hatte sie nur Stellas Hand sehen müssen. Mit dem Siegelring, den das Wappen von Schloss Lobbeshorn zierte. Ein fliegender Adler vor einer hochgezogenen Zugbrücke. Die Direktorin trug ihn noch immer, obwohl das Internat vor Jahren geschlossen worden war. Die Umstände hatten bundesweit für Aufsehen gesorgt und wurden immer wieder in den Medien zitiert, als Sinnbild für den katastrophal maroden Zustand deutscher Lehranstalten.

Ernüchternderweise war das Internat zwei Jahre nach Valentinas Abitur nicht wegen der Misshandlungen von Schutzbefohlenen in die Schlagzeilen gekommen, wie seinerzeit etwa die Odenwaldschule. Die Anstalt wurde wegen zu großer Schadstoffbelastung geschlossen. Blei im Trinkwasser und Asbest im Dach.

Ahhh …

Das Brennen war kaum noch auszuhalten.

Valentina biss trotzig die Zähne zusammen und starrte auf das einzige komplett dunkle Nachbarhaus, wenige Meter den Abhang hinab.

Sie wusste, ihr Verlangen, Schmerzen zu spüren, war ein Übel, das seinen Ursprung ausnahmsweise nicht in Lobbeshorn hatte. Sie hatte sich schon nach dem Tod ihrer Mutter zu ritzen begonnen. Seitdem schärfte Schmerz ihre Sinne. Half ihr, klarer zu denken.

Und Klarheit in den Gedanken war das, was sie jetzt bitter nötig hatte.

Was soll ich nur tun?

Hier in meiner selbst gewählten Falle sitzen bleiben?

Oder in jene laufen, die ihr draußen angekündigt war?

Ole war ihr keine Entscheidungshilfe. Normalerweise checkte er seine Mailbox wenigstens dreimal am Tag, auch wenn er sich für seine Auszeit zurückzog. Doch er hatte auf ihren Anruf nicht reagiert und nicht zurückgerufen, was sie sehr beunruhigte. Wie die bedrohliche Ruhe, die in den letzten fünfzehn Minuten in Haus Waldpfad eingekehrt war.

Die Ruhe vor dem Sturm?

Valentina hatte keine Zeichen mehr entdeckt. Keine Mäntel oder Schuhe im Eingang. Keine Zahlen auf Umschlägen oder Türen; keine Karten mit Unheil androhenden, teuflischen Reimen. Sie hatte keine Schritte über sich gehört; kein Kratzen, Schaben oder Keuchen. Weder vom Dachgeschoss noch aus dem Keller, den sie noch nicht abschließend inspiziert hatte, aber in den sie sich bis auf Weiteres auch nicht mehr hineinwagen würde.

Dennoch konnte kein Zweifel daran bestehen, dass sie nicht allein war. *So wie beabsichtigt.*

Genau darauf hatte sie ja spekuliert.

Sie hatte alles darangesetzt, das Objekt ihrer Rache, Stella Großmuth, zu sich zu locken. Sie hatte sie verfolgt von dem Café bis zu ihrer neuen Arbeitsstelle in der Wilmersdorfer Güntzelstraße.

ProBonita
Das Reisebüro für Frauen in
komplizierten Lebenslagen

Das hatte über dem Ladengeschäft des altehrwürdigen Wohn- und Geschäftshauses gestanden, in dem Stella verschwunden war. Valentina hatte den Namen gegoogelt und nicht glauben können, was sie da las.

ProBonita.

Es war unmöglich, im Grunde unvorstellbar. Stellas neue Tätigkeit war in etwa so, als hätte man einen sadistischen Serienkiller zum Leiter eines Frauenhauses gemacht.

So gut, wie die Psychopathin damals ihre wahnsinnigen »Erziehungsmethoden« vertuscht hatte, so offen hatte sie jeden Besucher der Schule von ihren strengen Glaubensgrundsätzen in Kenntnis gesetzt. Es war kein Geheimnis, dass Stella bereits Kondome für Mord hielt. Und Abtreibungen? Die waren unter keinen Umständen zulässig – selbst dann nicht, wenn die arme Frau vergewaltigt worden war!

Und jetzt vermittelte sie Betroffenen nach Schwangerschaftsabbrüchen eine »seelische Kur«? Reisen an Orte, an denen Frauen »ihr körperliches wie psychisches Wohlbefinden nach dem belastenden Eingriff« wiederherstellen konnten? So lautete es auf der Homepage von ProBonita.

Unvorstellbar!

Drei Tage nach der Begegnung im Café hatte Valentina im Büro von ProBonita ihrer ehemaligen Peinigerin gegenübergesessen. Sie war sich sicher, dass Stella sie sofort erkannte, doch die hatte sich nichts anmerken lassen. Beide taten so, als wären sie einander niemals zuvor begegnet. Dabei log Valentina, dass sich die Balken bogen. Sie hätte studieren und Geld verdienen müssen und ihr Baby aus Karrieregründen in der vierzehnten Woche in Holland abgetrieben; weit über der Zeit, in der das in Deutschland legal noch möglich gewesen wäre. Valentina war überzeugt, Stella *(die sich laut ProBonita-Homepage jetzt Eva nannte – wie passend!)* mit dieser Schilderung bis zur Weißglut zu reizen. Aber der ehemaligen Direktorin gelang es, weder ihren Zorn noch sich selbst zu verraten. Und ihrer neuen Kundin zuckersüß lächelnd eine Auszeit im »Haus Waldpfad« zu empfehlen.

»Hier werden Sie in Ruhe wieder zu sich selbst finden!«

Natürlich. *Du sadistische Mistmade!*

Ole hatte ihr dringend davon abgeraten.

»Du denkst, wenn du dort hinfährst, dann wird Stella dir folgen, Valentina?«

Genau das.

Und so war es passiert.

Valentina hatte sich informiert und natürlich gewusst, welchen Ruf Haus Waldpfad in der Region hatte. Weshalb ausschließlich alleinstehende Frauen dort »Urlaub« machten.

Wieso Bernhard Weigert es als Sündenpfuhl bezeichnete.

Sie konnte sich denken, weshalb die vermutlich ebenfalls strenggläubige Blumenhändlerin ihr ins Gesicht gespuckt hatte: weil auch sie Abtreibungen für eine unverzeihliche Sünde hielt.

Valentina hatte sich für ihre Reise in den Frankenwald bewaffnet: einen Strick mitgenommen, an dem sie Stella hängen sehen wollte – so wie Ole damals unter der Decke im Schlafsaal des Internats gehangen hatte.

*Tür **23**.*

Sie hatte gedacht, sie wäre vorbereitet gewesen. Für ihre Rache an Stella.

Selten hatte sie sich so geirrt.

Denn eines hatte sie nicht bedacht: den lebendigen Adventskalender! Valentina hatte nicht gewusst, was sie mit der Kerze im Fenster anrichtete. Sie hatte sich darauf eingestellt, dass Stella sich im Dunkel der Nacht anpirschen würde. Heimlich. Sie hatte nicht damit gerechnet, dass sie schon tagsüber kam. Dass Stella sich im Trubel der unerwarteten Adventsgäste unbemerkt ins Haus schlich.

Dass sie es war, die auf einmal die Regeln änderte und den Ablauf diktierte. Dass sie ihr mehr als nur einen Schritt voraus war und offenbar vorhatte, den Schrecken von damals zu wiederholen.

Und jetzt?

Valentina war sich ihrer selbst so sicher gewesen. Hatte geglaubt, sich der Dämonin der Vergangenheit stellen zu können. Jetzt musste sie erkennen, sie hatte zu wenig Kraft, eine Gegnerin zu besiegen, die über all die Jahre hinweg nichts von ihrer Übermacht eingebüßt zu haben schien.

Verdammt, Valentina, reiß dich zusammen, schimpfte sie in Gedanken mit sich selbst.

Ihre Hand über der brennenden Kerze fühlte sich an wie ein nicht mehr zu ihr gehöriger Körperteil, jedoch – es funktionierte. Langsam sorgten die Schmerzen für die Klarheit, die sie brauchte.

»Okay, gut. Du hast allen Grund, dich zu fürchten«, sprach sie sich selbst Mut zu. »Aber du musst nicht fliehen. Du musst dich nicht verstecken. Halte dich an deinen Plan! Du wusstest, sie würde ein harter Gegner werden. Du bist vorbereitet. Trotz allem. Geh den nächsten Schritt. Du wirst jetzt als Nächstes …«

O Gott!

Der Schreck war ihr in die Glieder geschossen.

»HIMMEL!«

Etwas Dunkles war gegen das Fenster geweht und hatte sie zurückzucken lassen.

Ein Ast? Ein Vogel?

Sie hatte es in dem Angstmoment nicht erfasst, aber so oder so, was immer sie auch vom Fenster und damit von der Kerze weggetrieben hatte – sie wertete es als Zeichen. Nicht ohne Grund war es in der Sekunde geschehen, in der sie sich antreiben wollte, nicht länger in Schockstarre zu verharren und wie das Kaninchen vor der Schlange in die Flamme zu starren.

Dein Plan! Deine Rache! Halte daran fest!

Valentina würde nicht aufgeben. Sie würde versuchen, sich Stella zu stellen, wo immer sie auf sie wartete. Was immer sie für sie vorbereitet hatte.

Eilig drehte sie sich um und ging durchs Wohnzimmer zurück in den Flur. Dabei rieb sie ihre verletzte Hand auf der Jeans, als hätte das irgendeinen Zweck. Doch sie konnte sich nicht beherrschen. Wegen ihrer unvernünftigen Selbstkasteiung war die Linke nun selbst zu einer Flamme geworden. Sie brannte wie Feuer, und das umso heftiger, je weiter sie sich von der Kerze entfernte.

Wasser, dachte sie ihren ersten zielführenden Gedanken. In der Absicht, die nächsten Minuten eiskaltes Wasser über die lädierte Hand laufen zu lassen, eilte sie Richtung Badezimmer, nur um nach wenigen Schritten erneut wie hypnotisiert in der Bewegung innezuhalten.

Ihr Körper mochte erstarrt sein. Ihre Gedanken rasten dafür mit Höchstgeschwindigkeit.

Habe ich das vorhin übersehen?

Oder war es schon die ganze Zeit da gewesen, seitdem die Gäste gegangen waren?

Das handgeschriebene Zeichen.
Auf der Tür.
Zum Badezimmer.
Blutrot auf weißem Holz.
Die Zahl **3**.
Als Nächstes hörte sie das

38. KAPITEL

Kichern.

Liebenswert, wenn es aus einem Kindermund kam.

Ärgerlich, wenn es von Zeugen eines Missgeschicks geäußert wurde.

Furcht einflößend, wenn es aus einem abgeschlossenen Badezimmer drang; in einem Haus, in dem sich niemand sonst aufhalten dürfte.

Außer mir.

Valentina hatte all ihren Mut zusammengenommen und, so sachte und langsam es nur irgendwie ging, die Klinke heruntergedrückt. Das Kichern wurde lauter. Exakt in dem Moment, in dem sie begriff, dass die Tür von innen abgeschlossen und ihr Versuch, sie zu öffnen, nicht unbemerkt geblieben war.

Von Stella.

Deren brüchiges Stakkato-Meckern sich anhörte, als würde im Bad eine Kettenraucherin in eine Blechdose husten.

Blitzschnell ließ Valentina die Klinke los, als hätte sie sich an ihr nun auch noch die rechte Hand verbrannt. Sie schnappte mit einem lauten Klacken zurück, das wie ein Schuss durchs Haus knallte.

Sie musste an ihre Pistole denken.

Hätte ich den Mumm, blind durch das laminierte Holz zu schießen? Die Zahl **3** zu durchlöchern, so lange, bis das Magazin leer und hoffentlich jedes Leben im Badezimmer ausgelöscht war?

Sie bezweifelte es, und es war auch sinnlos, diesem Gedanken nachzuhängen, denn ihre Pistole war verschwunden, so wie all ihr Mut und jegliche Zuversicht.

Valentina wich einen Schritt zurück, fixierte das Schloss, das von außen genauso aussah wie das der Toiletten in den Gemeinschaftswaschräumen auf Schloss Lobbeshorn. Wenn es einen Notfall gab (oder man den Mitschülern einen Streich spielen wollte), konnte man einen Schraubendreher oder ein Geldstück von außen in den quer stehenden Schlitz stecken und so den Innenriegel zurück in die Geöffnet-Position drehen.

Ich habe keine Münze. Kein Werkzeug. Und nicht die Absicht, hineinzugehen.

Andererseits saß Stella dort in der Falle.

Das Badezimmer hatte nur ein kleines, von außen vergittertes Fenster. Unmöglich, dass ein erwachsener Mensch dort hinausklettern konnte.

Valentina zog ihr Pfefferspray aus der Jeans und überlegte, ob es eine Möglichkeit gab, die Tür von außen zu verriegeln und Stella einzusperren. Ihr fiel nichts ein.

Es gab kein Möbelstück, das sich verrücken ließ, und da die Tür nach innen aufging, brachte es auch nichts, einen Stuhl unter die Klinke zu klemmen.

Okay, dann blieb nur eins!

Abhauen!

Alles andere ergab keinen Sinn.

Valentina war verängstigt, erschöpft, verletzt und unbewaffnet. Abgesehen von dem Pfefferspray, doch das fühlte sich lächerlich unzureichend an. Als würde sie mit einer Wasserpistole in einen Krieg ziehen wollen.

Ich hau ab …

RATSCH!

Sie zuckte zusammen.

Auf dem Weg zur Garderobe glaubte sie im ersten Moment wirklich, ihr gedanklicher Entschluss hätte eine Entsprechung in der Außenwelt gefunden. Wie in einem Comic, in dem ein

Blitz den genialen Einfall des Zeichentrickhelden visualisierte. Nur dass es bei ihr eine akustische Bestätigung war, die ihr zu signalisieren schien, mit der Flucht aus Haus Waldpfad die richtige Entscheidung getroffen zu haben.

Das RATSCH hatte sich ein wenig so angehört wie das einer zurückschnappenden Türklinke. Nur heller, reißender, kratziger.

Valentina hielt inne, drehte sich um, einen Arm bereits in ihrer Winterjacke, und begriff, was das Geräusch verursacht hatte.

Der Schlitz im Türschloss hatte sich gedreht.

Das Badezimmer war nicht länger verschlossen.

Die Tür bewegte sich. Ging einen Spalt nach innen auf.

Valentina registrierte, dass kein Licht hindurchfiel. Dafür fiel etwas aus dem Dunklen heraus. Flog regelrecht hinaus auf den Steinfußboden. Kullerte ihr vor die Füße und drehte sich dort einmal um die eigene Achse.

Ihre Pistole blieb exakt in dem Moment mit der Mündung auf sie ausgerichtet liegen, in dem das Kichern wieder einsetzte.

39. KAPITEL

HEUTE
OLIVIA

Q *gleich eins, zwei ist w, e ist drei und ü gleich null.«* Das Dröhnen kam von allen Seiten. Von drinnen wie von draußen.

Sie war in einen Mahlstrom geraten, der sowohl innerhalb wie außerhalb ihres Körpers zu wüten schien. Mit schier unmenschlicher Kraftanstrengung gelang es Olivia, die Lider zu öffnen, was sich rasch als Fehler erwies. Sie sah nur eine sanfte Lichtspitze, aber bereits die fühlte sich an, als würde ein stumpfer Bohrer auf ihrem bloßen Sehnerv herumstochern.

O Gott!

Sofort kniff sie die Augen zusammen, doch das beschleunigte nur den Prozess. Als hätte sie die Türen zu einem Kessel geschlossen, aus dem die stechenden Blitze, die in ihm wüteten, nun nicht mehr entkommen konnten. Sie nutzten Olivias Schädelknochen als Banden, prallten von ihnen ab und nahmen sowohl an Intensität wie auch an Geschwindigkeit zu.

Gottverdammt, ich fühle mich, als würde ich mit der schlimmsten Migräne meines Lebens Kopfstand üben.

Was die Lage nicht besser machte, war, dass sie ein stetiges Brummen hörte und ihr Schädel vibrierte, als hielte ihr jemand eine Massagepistole direkt an die Schläfen.

Sie fasste sich an den Kopf, tastete ihn von außen ab. Von den Augen (es tat gut, als sie die mit kalten Fingern berührte) über den Haaransatz bis zu einer riesigen Beule am Hinterkopf. Da fiel es ihr wieder ein:

Die Fahrt mit Elias. Die Nothaltebucht vor Großbeeren.

Der VW-Kombi, der auf sie zuraste.

Niemand in dem Autowrack.

Nur *Last Christmas* im Radio … und Rabenhammer auf dem Navigationsbildschirm.

Dann … *schwarz.*

Bis sie erwacht war. Im absoluten Gegenteil einer Finsternis und mit einer vertrauten Stimme im Ohr.

»R gleich vier, fünf ist t, und z zählt nicht.«

Olivia hatte Angst, die Augen noch einmal zu öffnen. Was, wenn es da draußen genauso gleißend hell war wie in ihrem Kopf? Wenn auch nur ein flüchtiger Blick ausreichte, ihre Netzhaut auf immer zu verbrennen, und sie im Bruchteil einer Sekunde erblindete?

»U ist sechs, i gleich sieben, und acht der Buchstabe O.«

Andererseits war sie nicht allein. Jemand war in ihrer Nähe, und der traute sich zumindest, den Mund zu öffnen, ohne dass ihm die Zunge verbrannte. Was er sagte, war einwandfrei zu verstehen, auch wenn das, was er vor sich hin murmelte, keinerlei Sinn ergab.

»Elf Buchstaben, aber nur zehn Zahlen. Z zählt nicht!«

Die seltsam bekannte Stimme klang wie unter Trance. Als würde der Mann ein Gebet rezitieren, dessen Sinn sich nur ihm selbst erschloss.

Q gleich eins, zwei ist w, e ist drei und ü gleich null.

Also gut, ich versuch's.

Olivia blinzelte. Einmal, zweimal. Bilder ihrer Umgebung zeigten sich ihr wie Schnappschüsse: ihre Knie vor einem Stück gebogenem, schwarzem Plastik; eine Klappe darunter mit Griff; rechts von ihr eine Tür mit einem Fach, in dem eine Wasserflasche stand.

Ihre Augen tränten, doch für den Moment war der Schmerz auszuhalten, solange sie nur flach atmete.

Langsam nahm sie die rechte Schläfe von dem, was sie jetzt als die Scheibe eines Seitenfensters erkannte.

Sie saß in einem Auto. *Halt*, nicht in irgendeinem, sondern in ihrem eigenen. Auf dem Beifahrersitz. Direkt neben ihr, hinter dem Steuer des Minivans war …

»Elias?«

Er erschrak, als sie ihn ansprach, und das hatte zur Folge, dass er das Lenkrad kurz verriss. Neben ihm hupte ein Wagen, der gerade dabei gewesen war, ihn zu überholen.

»Sorry, sorry«, entschuldigte sich der Student hastig, wobei Olivia nicht klar war, bei wem und wofür. Bei dem Autofahrer, dem er auf seiner Spur gefährlich nahe gekommen war, oder bei ihr, seiner Professorin, die er offensichtlich gerade entführte.

»Wohin zum Teufel bringst du mich?«, sagte sie. Froh, dass die Erregung sie für einen Moment von ihren Schmerzen ablenkte.

»Wir, äh, Moment …« Elias krampfte die Hände so fest um den Lenker, dass die Fingerknöchel unter der Haut wie weiße Kuppeln hervorstachen. »Keine Sorge«, fuhr er fort. »Das Auto ist verbeult, rechts hinten hängt die Stoßstange, und ich glaube, eine Tür klemmt. Aber es fährt prima.«

Ihr fiel wieder ein, dass sie kurz vor dem Auftauchen des Amokfahrers ausgestiegen war, weil sie sich vor ihrem Doktoranden gefürchtet hatte.

Tue ich das noch immer?

In ihrem Zustand konnte sie sich diese einfache Frage nicht beantworten.

»Ich habe nur das Auto gesehen, Frau Rauch. Es wollte uns offenbar rammen. Ich bin weggerannt, auf die andere Straßenseite in ein kleines Wäldchen. Als ich mich wieder raustraute, habe ich Sie gesucht und bewusstlos auf dem Feld gefunden. Direkt neben dem umgestürzten Jägerhochstuhl oder wie man das nennt.« Er verzog abfällig das Gesicht. Vielleicht grinste er auch.

Olivia konnte sich denken, dass Elias nicht um ein Bauwerk trauerte, das zum Töten von Wildtieren errichtet worden war. Er war Veganer und absolut tiervernarrt. In einem ihrer wenigen privaten Gespräche hatte er ihr anvertraut, dass er bei seiner Oma aufgewachsen war. Die hatte ihm verboten, Haustiere zu halten, und ihn jeden Sonntag gezwungen, Fleisch zu essen. Was mit ein Grund war, weshalb er seit seinem Auszug nur noch sporadisch Kontakt zu ihr hatte.

»Hast du jemanden in der Nähe des Kombis gesehen?«, fragte sie ihn.

»Nein. Und auch der Amok-Wagen ist nicht mehr da gewesen.«

»Sag das noch mal!«

Elias fuhr sich nervös durch die Haare. »Ich bin erst aus dem Wald, als ich die Rücklichter gesehen habe. Der Fahrer muss Sie überfallen, bewusstlos geschlagen und sich dann vom Acker gemacht haben.«

Buchstäblich, dachte Olivia und wunderte sich, dass das Fahrzeug noch fahrtüchtig gewesen sein sollte, nachdem es ihren Wagen touchiert und in den Hochsitz gerast war. Andererseits musste der ziemlich morsch gewesen sein. Die Fahrerkabine war ja kaum in Mitleidenschaft gezogen gewesen, selbst die Airbags hatten nicht ausgelöst.

»Ich habe Sie dann in Ihren Wagen getragen und bin los.«

»Wohin los?«, wiederholte sie noch einmal ihre Frage nach dem Ziel ihrer Fahrt, *die nun schon seit …*

Sie sah auf die Uhr.

Es war 7:46 Uhr. Sie war knapp zweieinhalb Stunden nicht bei Bewusstsein gewesen.

Ihr nächster Blick fiel auf die Tankanzeige. Sie stand bei zwei Dritteln. Olivia hatte erst tags zuvor vollgetankt, und ihr

Auto verbrauchte nicht viel. Ein Hinweisschild flog am Seitenrand vorbei. Rastplatz Parforceheide. Was bedeutete, sie fuhren stadtauswärts Richtung Potsdam auf der A115. Was wiederum nur bedeuten konnte …

»Sind wir die letzten Stunden im Kreis gefahren?«

»Keine Ahnung. Ich hab nicht drauf geachtet.« Elias warf ihr einen Blick zu. »Mein Therapeut sagt, ich muss, wenn ich unter Stress stehe, in einen Alpha-Modus gehen. Das heißt …«

»Mir ist schon klar, was das heißt«, erinnerte sie ihren Doktoranden an ihre Expertise als Psychologieprofessorin. Genau zwischen Schlaf und Wachsein lag der Alpha-Zustand, in dem der menschliche Geist am effektivsten arbeiten konnte. Wenn die Gehirnwellen zwischen acht und vierzehn Grad schwangen, war man zwar wach, konnte aber gleichzeitig auf alle Informationen des Unterbewusstseins zugreifen. In diese Gemütsverfassung gelangte man am besten, wenn man die Gedanken schweifen ließ. Etwa beim Baden, Kochen, Spazierengehen, Musikhören oder, wie offensichtlich in Elias' Fall, beim Fahren einer Autostrecke, auf die er sich nicht besonders konzentrieren musste.

»Also, ich bin rumgefahren und hab nachgedacht, um in einen Alpha-Modus zu kommen«, sagte Elias.

Olivia öffnete ihr Handschuhfach und fand glücklicherweise noch die Packung 800er Ibuprofen. Zwei Stück waren noch in einem Achter-Blister. Den Rest hatte sie vor Wochen nach einer Wurzelkanalbehandlung genommen. Sie spülte eine davon mit zwei Schlucken aus der Wasserflasche im Türfach hinunter.

»Du hast also nachgedacht, Elias? Dabei ist dir nicht die Idee gekommen, mich nach Hause zu bringen? Oder zur Polizei, in ein Krankenhaus oder sonst etwas Naheliegendes?«

Sie erhob nur leicht die Stimme, aber das reichte, um die Wellen in ihrem Kopf sofort in eine Presslufthammer-Frequenz zu treiben, die bei etwa hunderttausend Hertz liegen musste.

»Ich, äh, nein. Ich war abgelenkt, tut mir leid.«

»Abgelenkt? Jemand hat versucht, uns zu töten. Hat mich niedergeschlagen und ist abgehauen. Kurz nachdem, wenn ich dich erinnern darf, wir selbst von einem blutüberströmten Tatort geflüchtet sind. Was zum Geier kann dich in so einer Situation ablenken?«

»Die Akte. Almas Akte. Ich bin sie im Geiste noch mal durchgegangen. Da hab ich ein Muster gefunden.«

»Ein Muster?«

»Erinnern Sie sich noch an die Zeilen ›Der verantwortliche Arzt wünscht Kontakt und Terminabsprache nur über die Zentrale‹?«

Sie atmete tief durch. »Was, nein … Ja, doch, vielleicht.«

»Daneben stand die handschriftlich hinzugefügte Notiz: üürpeüewirü.«

»Und?«

»Erkennen Sie das Muster?«

Olivia trank den letzten Schluck aus der Flasche. »Ich erkenne nur, dass ich dringend nach Hause will. Zu meiner Tochter!«

Elias nickte. »Ja, klar. Gerne, gleich. Ich nehme die nächste Ausfahrt und drehe um. Zuvor bitte ich Sie nur, Ihr Handy zu öffnen.«

»Wieso?«

»Bitte. Sie werden es gleich verstehen.«

Olivia seufzte. »Meinetwegen!« Sie war schon zufrieden, dass sich ihr Telefon überhaupt noch in ihrer vom Sturz auf dem Feld verdreckten Jacke befand. Der Akku ihres Handys entsprach dem Inhalt ihres Autotanks. Sie sah aufs Display.

Kein Anruf in Abwesenheit. Keine Textnachricht.

Zum Glück ging Julian nicht vor zehn Uhr ins Büro, sie hatte also noch Zeit, Alma bei ihm abzuholen.

»Öffnen Sie eine Funktion, in der Ihnen die Tastatur zur Verfügung steht«, bat Elias. »E-Mail, Browser, ganz egal.«

Sie öffnete ihr Notizbuch. »Und?«

»Wechseln Sie mal schnell zwischen den Tastaturen hin und her.«

»Hä?«

»Links unten. Tippen Sie auf die Taste, die mit 123 beschriftet ist, dann auf die gleiche, auf der jetzt ABC steht. Was passiert?«

»Die Tastatur wechselt«, sagte sie und rieb sich die Augen, was nur wenig Linderung brachte, aber immerhin.

»Genau. Je nachdem, ob man Buchstaben eingeben oder Zahlen und Sonderzeichen tippen will.«

»Schön, und was willst du mir damit sagen?«

»Dass das ein geniales Decodier-System ist.«

»Du meinst …«

»Q gleich eins, zwei ist w, e ist drei und ü gleich null.«

Sie erinnerte sich an die Selbstgespräche, die Elias geführt hatte, während sie aus ihrer Bewusstlosigkeit erwacht war.

Er hatte recht. Wollte man einen Satz decodieren, musste man nur zwischen den Tastaturmodi wechseln. Der oberste linke Buchstabe in der Buchstabenansicht war q. Die oberste linke Zahl in der Zahlenansicht die Eins.

»Q gleich eins!«

»Ich sehe, Sie haben es erfasst.«

»Und was kommt raus?«, fragte Olivia aufgeregt.

üürpeüewirü – verbarg sich tatsächlich etwas Sinnhaftes hinter dieser zusammengewürfelt wirkenden Zeichenfolge?

»In der Tat. Ich bin draufgekommen, weil das Ü so häufig ist. Beim Tastaturwechsel liegt das Ü auf der Zahl Null. Das R auf der Vier. Z muss man bei diesem Kodier-System außer

Acht lassen, denn es gibt elf Buchstaben, aber nur zehn Zahlen …«

»Bitte!«, flehte Olivia. »In meinem Schädel benutzen Stepptänzer meine Synapsen als Trampolin. Kannst du mir nicht einfach das Ergebnis mitteilen?«

»üürpeüewirü ist in Zahlen übersetzt: 00493032740.«

»Eine Berliner Telefonnummer?«

»Vom Park-Klinikum!«, bestätigte ihr Elias und setzte den Blinker, um einen Smart zu überholen.

»Du hast da angerufen?«

»Nicht nur da. Und ja, ich hab einen Termin für Sie vereinbart.«

»Wie war das?«

Olivia merkte, dass die Tablette wirkte. Die Schmerzen ließen nach, derweil wuchs ihre Verwirrung.

»Du hast einen Termin für mich im Krankenhaus ausgemacht?«

»Ja, logisch«, sagte Elias, als wäre es das Selbstverständlichste von der Welt. »In dem Aktenvermerk steht doch, der verantwortliche Arzt wünscht den Kontakt nur über die Zentrale. Und 00493032740 ist die Nummer der Zentrale einer Privatklinik.«

Vom Vordermann aufgewirbeltes Streusalz zwang Elias dazu, die Scheibenwischanlage zu betätigen.

»Almas Akte wurde vor elf Jahren angelegt«, erinnerte Olivia ihn. »Das ist über ein Jahrzehnt her.«

»Ja. Aber wir wissen ja nicht, von welchem Datum die letzte Überarbeitung ist. Vielleicht ist sie erst seit Kurzem dort.«

Das Kalendermädchen …

Sie nahmen eine Ausfahrt, die in einen Kreisverkehr mündete.

»Auf jeden Fall weiß man dort sicher Bescheid, falls sie in eine andere Anstalt verlegt wurde.«

Oder auf den Friedhof.

»Bei wem habe ich den Termin?«

»Beim psychiatrischen Akut-Notfalldienst. Die einzige Stelle, bei der man vor Weihnachten noch außer der Reihe drangenommen wird. Selbst als Privatpatient.«

Nicht nur vor Weihnachten, dachte Olivia. So viele Menschen in Deutschland warteten vergeblich auf einen Therapieplatz und mussten alleingelassen oft monatelang mit ihren inneren Dämonen einen hoffnungslosen Kampf ausfechten.

»Und du denkst, wir spazieren da einfach so rein, erkundigen uns nach einer Patientin, die vor elf Jahren ein Kind bekam, welches sie zur Adoption freigab, und erwarten, dass die Ärztinnen und Ärzte dort sofort die ärztliche Schweigepflicht brechen und uns ihren Namen verraten? Vorausgesetzt, wir sind da überhaupt an der richtigen Stelle?«

»So in etwa, ja.«

Olivia wollte energisch den Kopf schütteln, dachte aber rechtzeitig an die Schmerzen, die das auslösen würde.

»Du hast vorhin gesagt, du hättest auch noch woanders angerufen?«, erinnerte sie sich an das, was Elias ihr eben in einem Nebensatz verraten hatte.

»Ach ja. Das ist unglaublich«, antwortete er ihr aufgeregt. »Im Grunde ist es fast unmöglich.«

»Was?«

»Nun, ich denke, das sollten Sie am besten selbst hören«, sagte Elias, stellte sein Telefon laut und drückte auf Wahlwiederholung, nachdem er es Olivia in die Hand gelegt hatte.

40. KAPITEL

Guten Tag, wie kann ich Ihnen helfen?«

Olivias Unterkiefer klappte herunter, als wäre er bislang von einer Feder zusammengehalten worden, die urplötzlich ihre Spannung verloren hatte.

Unmöglich! Sie musste daran denken, was ihr Vater ihr vor so vielen Jahren erklärt hatte:

»Es gibt ein schreckliches Wort, Olivia. Wenn du es hörst, spukt es in deinem Kopf herum, und wenn du es da nicht mehr herausbekommst, dann besteht die Gefahr, dass es all deine Träume zerstört. Weißt du, welches ich meine?«

Sie konnte sich noch an alles erinnern. Wie sie im Kinderzimmer auf dem Schoß ihres Vaters saß, der ihr gerade eine selbst ausgedachte Geschichte erzählt hatte von einem Riesen, der sich in eine kleine Maus verliebte.

Gott, wie habe ich das geliebt.

Den Geruch seines würzigen Aftershaves; seine kratzige Wange, auf der sich schon Minuten nach dem Rasieren wieder ein Bartschatten zeigte; die warme, tiefe Stimme, zu der sie so gerne einschlief.

»Es ist das Wort ›unmöglich‹*!*«, hatte ihr Vater ihr erklärt.

Sie hatte genickt und sich in Papas Armbeuge gekuschelt, ohne zu verstehen, was er ihr sagen wollte.

»Glaub niemals jemandem, der dir weismachen will, dass das, was du vom Leben willst, unmöglich wäre. Versprichst du mir das?«

Sie tat es. Doch es hatte nichts genutzt. Jahre später hörte sie es aus dem Mund ihres Frauenarztes, den sie aufsuchte, nachdem ihre erste Periode so schmerzhaft gewesen war. *»Das ist leider unmöglich, Olivia.«*

Mit diesen Worten erfuhr sie im Alter von dreizehn Jahren, dass sie wegen des Unfalls keine eigenen Kinder würde bekommen können.

Seitdem schien dieses verfluchte, dreisilbige, erbarmungslose Wort ihr gesamtes Dasein zu bestimmen:

Es ist unmöglich, dass ich Kinder gebären kann.

Es ist unmöglich, Alma ohne Spender zu retten.

Es ist unmöglich, dass mir die Identität ihrer leiblichen Eltern verraten wird.

Und es war vollkommen unmöglich, dass sie diese Stimme über die Freisprechanlage hörte, nachdem Elias einen Berliner Festnetzanschluss angewählt hatte.

»Guten Tag, wie kann ich Ihnen helfen?«

Unmöglich.

Sie erkannte die Stimme. Der angenehme Klang eines sehr unangenehmen Menschen mit viel zu großen Oberarmen und viel zu kleinem Herzen.

Olivia räusperte sich, unschlüssig, was sie sagen sollte. Unschlüssig, ob sie überhaupt etwas sagen sollte.

»Hallo?«

»Ja, äh, hallo. Mit wem bin ich verbunden?«, fragte sie, obwohl sie es wusste.

»Mit der Senatsverwaltung für Bildung, Jugend und Familie, Abteilung Adoptionsvermittlung. Mein Name ist Wallenfels, worum geht es denn?«

Wallenfels …

Elias drückte eine Taste am Lenkrad und beendete die Verbindung. Perplex sah sie zu ihm hinüber. Sein Gesichtsausdruck zeigte ihr, dass er sich das ebenso wenig erklären konnte wie sie.

»Deshalb sagte ich ja, Sie sollten es mit eigenen Ohren hören«, erklärte ihr Elias. »Ich habe, während Sie schliefen, im Internet die aktuellen Polizeiberichte durchforstet. Es gab in dieser Nacht nicht einen einzigen Mordversuch in Lichtenrade, keine Messerstecherei, nicht einmal in den angrenzenden Bezirken.«

»Aber das Blut? Das viele Blut auf dem Bett und …« Sie fuhren die Avus stadteinwärts. Olivia wandte den Blick von den Rücklichtern eines Bundeswehrfahrzeugs, auf die sie sich zu konzentrieren versucht hatte, und sah zu Elias. »Du hast doch gesagt, du hättest dich über ihn gebeugt, und er wäre tot gewesen?«

»Dachte ich auch!« Elias seufzte. »Ich war aufgeregt. Ich bin kein Arzt.«

Nein. Aber vielleicht ein Lügner?

Sie beobachtete ihn aus den Augenwinkeln und spürte, wie die Angst zurückkehrte.

Alma. Wallenfels. Das Kalendermädchen. Der VW-Kombi. Das alles konnte kein Zufall sein.

Oder wollte sie nur, dass es keiner war?

Als Professorin der Psychologie hatte sie gelernt, dass das Gehirn Zufälle ablehnte. Sie zu akzeptieren würde bedeuten, die Tatsache anzuerkennen, dass wir alle nur ein Spielball des Schicksals waren, ohne große Chancen, unser Leben selbstbestimmt in die Hand nehmen zu können. Kurioserweise galt das vor allem für die schlechten Ereignisse. Einen Lottogewinn hinterfragten die wenigsten. Wenn jedoch ein Virus die Welt lahmlegte, durfte das nicht zufällig von einem halb garen Fledermaussnack in China auf den Menschen übergesprungen sein. Hier musste ein Plan dahinterstecken. Motive gaben uns Sicherheit. Der Zufall erinnerte uns stets an das Unvorhersehbare und damit an die eigene Sterblichkeit, mit der niemand gerne konfrontiert werden wollte.

Daher konnte Olivia nicht ausschließen, dass sie sich nach einem Drahtzieher sehnte, weil sie mit seiner Hilfe womöglich Alma retten könnte, sobald sie ihn enttarnte. Und dass sie deshalb all die scheinbar unzusammenhängenden Ereignisse der letzten Stunden in einen logischen Zusammenhang pressen wollte:

- Die Legende vom Kalendermädchen.
- Ihr toter Vater, der aus dem Jenseits heraus Alma ihre Adoption verraten hatte.
- Das Schlachtfeld in Wallenfels' Schlafzimmer und …

… der silbergraue VW-Kombi mit dem Sprung in der Windschutzscheibe und der zerbeulten Front, dessen Motorhaube nur mit einem Gummiseil festgebunden war.

Exakt das Modell, das in dieser Sekunde neben ihnen die Ausfahrt Dreilinden nahm. Während sie die Stadtautobahn weiter Richtung Funkturm fuhren.

41. KAPITEL

DAMALS
HAUS WALDPFAD
VALENTINA

Die Badezimmertür schabte mit der Unterkante auf den Fliesen, als Valentina sie – die Pistole in der Hand – mit dem Fuß aufstieß.

Das Deckenlicht war ausgeschaltet, die Sonne hinter dem kleinen Fenster längst untergegangen. Sie stand im Schein der Flurlampe und fühlte sich, wie eine Schauspielerin sich fühlen musste, die auf der Bühne von jedem gesehen wurde, selbst aber nur schemenhafte Gestalten im Publikum ausmachen konnte. Wenn überhaupt.

Im ersten Moment entdeckte Valentina nichts Lebendiges vor sich. Keinen Körper; keinen Umriss; nicht einmal einen Schatten, der auf ein atmendes Wesen schließen lassen könnte.

Die Konturen des Waschbeckens, der Toilette und des Duschvorhangs schälten sich langsam aus dem Schwarz der Dunkelheit. Ohne hinzusehen, die Waffe ins Nichts gerichtet, tastete Valentina nach dem Kippschalter für das Badezimmerlicht, der sich ihrer Erinnerung nach zu ihrer Rechten in Schulterhöhe befand.

Es knackte, dann war es »migränetreibend hell«, wie ihre Mutter gesagt hätte.

So muss Mama sich gefühlt haben, wenn ich beim Betreten des Schlafzimmers zu lange die Tür zum Flur aufgelassen habe.

Das Badezimmer schien leer. Bis auf das Summen der gerade aktivierten Leuchtstoffröhre war nichts zu hören. Kein Kichern mehr, kein Atmen.

Von der Person, die die Tür aufgeschlossen und ihr die Pistole zugeworfen hatte, war nichts zu sehen. Es gab nur eine Möglichkeit, wo Stella sich befinden konnte: in der Dusche hinter dem zugezogenen Vorhang. Direkt vor ihr.

Eckstein, Eckstein, alles muss versteckt sein.

Valentina musste an den Witz eines Comedians denken, der sein Publikum Folgendes gefragt hatte: »*An alle, die in Hotelzimmern immer den Duschvorhang beiseiteziehen, um sicherzugehen, dass sich dahinter kein Serienkiller versteckt hält – was genau ist euer Plan, wenn euch doch mal ein Axtmörder anspringt?*«

Gute Frage. Valentina hatte keinen Plan. Nur eine Waffe (die sich geladen anfühlte, so schwer, wie sie in der Hand lag); eine Waffe allerdings, die ihr das kichernde Ungeheuer selbst ausgehändigt hatte (was dafürsprach, dass die Patronen entfernt worden waren und sie sich die Schwere nur einbildete).

Sie nahm all ihren Mut zusammen. Zog den Vorhang beiseite und … zuckte zusammen, schrie sogar auf. Obwohl sie es gewusst hatte. Obwohl ihr klar gewesen war, dass es keine andere Möglichkeit gab. Dass dort – und nur dort – sich jemand verstecken würde. Doch als sie die Bestätigung bekam, konnte sie nichts gegen den Schrecken tun, der ihr in die Glieder schoss. Jäh und mit der Intensität eines Stromstoßes, der beim zweiten Hinsehen sogar noch intensiver wurde. Denn auch wenn sie mit der Anwesenheit eines Eindringlings gerechnet hatte – auf das Bild, das sich ihr bot, war sie nicht im Geringsten vorbereitet.

»Was zum Teufel …?«, entfuhr es ihr.

Die Person, die auf gar keinen Fall Stella sein konnte (dafür war sie viel zu breitschultrig), lauerte nicht etwa sprungbereit in der Dusche. Sie stand auf dem Plastikstuhl, der ihr vorhin als Tritt gedient hatte. Den Kopf in der von Valentina geknüpften Schlinge.

»Da bist du ja endlich. Ich nehme an, die Schlinge sollte für mich sein, deshalb war ich so frei und hab sie gleich mal ausprobiert.«

Andrea!

Eindeutig.

Nicht Stella, sondern Andrea. Die unbarmherzige rechte Hand der Internatsleiterin. Die Jahre waren ins Land gezogen, die kurzen Haare an den Schläfen lichter, ihr Braun heller geworden; doch sie erkannte Andrea sofort. Genauso kräftig wie früher, und noch immer in viel zu enge Kleidung gepresst. Wie damals war es ein Rollkragenpulli und eine Röhrenjeans, in denen Arme und Schenkel aussahen, als wären sie vakuumverpackt.

»Hast du gut gemacht, die Schlinge passt perfekt.«

Hätte Valentina noch einen weiteren Beweis benötigt, wen sie vor sich hatte, sie hätte ihn gerade bekommen.

Diese Stimme!

Die Zornesfalte zwischen den Augen war ausgeprägter, die Schatten darunter tiefer, aber an der Stimme war die Zeit spurlos vorübergegangen. Sie klang noch immer so, als wären sämtliche Stimmbänder mit einer Nagelfeile bearbeitet worden. Hell, rau. Knorrig wie morsche Rinde, die sich von einem staubtrockenen Baum löste.

»Die Regeln sind einfach: Ihr öffnet die Kalendertürchen und erledigt die Aufgabe des Tages«, hatte Andrea damals zu ihnen gesagt. Heute, zehn Jahre später, hörte sie dieselbe Stimme amüsiert fragen: »Wolltest du mich erst betäuben und dann unter der Decke aufhängen, oder wie hast du dir das gedacht, Valentina?«

Ja, so in etwa. Wie damals. Bei Tür **23**.

Als Stella ihnen befohlen hatte, sich den Strick um den Hals zu legen.

Andrea lachte. Der Plastikstuhl knarrte bedrohlich unter

der ungewohnten Belastung. Vielleicht war es dieses unangenehme Geräusch, das Valentina triggerte, vielleicht gab es auch keinen singulären Auslöser für das, was sie als Nächstes tat – intuitiv, ohne darüber nachzudenken, in blinder, hoch konzentrierter Wut.

Sie lief ins Bad hinein, blitzschnell, holte aus und trat mit voller Wucht gegen das rechte vordere Stuhlbein, auf dem das meiste Gewicht lastete.

Wieder knirschte es, diesmal sehr viel lauter und an zwei Stellen gleichzeitig.

Einmal, weil das Stuhlbein nicht nur abknickte, sondern regelrecht abriss und quer durch den Raum flog. Vor allem aber, weil nun ein nicht gerade zierlicher Fünfundachtzig-Kilo-Körper an dem knirschenden Heizungsrohr unter der Decke baumelte. Andrea strampelte mit beiden Beinen. Versuchte, das Seil über dem Kopf mit den Händen zu packen, sich an ihm hochzuziehen, während sich die Schlinge unbarmherzig enger und enger um den Hals zog.

Valentina wandte sich ab. Sie hatte noch nie einen Menschen sterben sehen. Es war schrecklich, selbst wenn die Person den Tod verdient hatte.

Moment, was ist das?

Bei dem Versuch, das Seil über dem Kopf zu fassen zu kriegen und sich an ihm hochzuziehen, war Andrea etwas aus der Hand gefallen.

Valentina bückte sich und hob es auf.

Wieder ein Umschlag. Von derselben Sorte wie die zwei, die sie bereits geöffnet hatte. Auch er enthielt eine Mini-Postkarte. Die Schrift auf ihr schien fahriger, die Worte hastig heruntergeschrieben, anders als das lange, in sauber gezeichneten Druckbuchstaben verfasste Gedicht in Umschlag Nummer zwei. Der Reim war kürzer, sein Inhalt grausamer:

Jingle Bells, Jingle Bells,
Ole ist bei mir.
Öffne schnell den Spiegelschrank,
Sonst siehst du ihn nie mehr.

Ole?

Mein bester Freund? Mein erster und einziger Mann? Mein Verlobter ist in der Gewalt dieses Monstrums?

Valentina fuhr herum. Drehte sich zum Waschbecken. Erschrak über ihr ausgezehrtes Spiegelbild in der Tür jenes Hängeschranks von der Sorte, die ihr Vater »Allibert« genannt hatte.

Noch schlimmer als Valentinas blutunterlaufene Augen und die eingefallenen Wangen war allerdings Andrea im Hintergrund. Das Gesicht angeschwollen wie bei einem lebensbedrohlichen Allergieschock. Die Haut brühend rot, die Bewegungen wie eingefroren. Der Strick schnitt die Schlagadern und damit die Sauerstoffzufuhr ab. Andreas verzweifelter Überlebenskampf wurde von kehligen, röchelnden Erstickungsgeräuschen begleitet, von denen Valentina wusste, dass ihr Klang, wenn sie die Nacht überlebte, fortan zum meistgespielten Soundtrack ihrer Albträume werden würde.

Gott, mach, dass es schnell vorbei ist, dachte sie und riss den Spiegelschrank auf. Dann schrie sie los, so groß war das Entsetzen über das, was aus ihm herausfiel und direkt vor ihr im Waschbecken landete: ein Zeigefinger.

Fein säuberlich direkt am Mittelhandknochen abgetrennt. Blutleer, weswegen er auf der weißen Emaille wie ein Scherzartikel aus Wachs wirkte.

Lieber Gott, lass es nicht wahr sein! Lass mich aufwachen und über diesen Albtraum lachen können.

Ein Wunsch, der ihr nicht gewährt wurde. Valentina war bei vollem Bewusstsein und wusste, zu wem dieser Finger gehörte. Sie hatte ihn sofort erkannt – an Oles verkrüppeltem schwarzem Fingernagel, der nach der Aufgabe von Tür Nummer **19** nie wieder richtig nachgewachsen war.

Schreiend drehte sie sich um. »Was hast du mit ihm gemacht? Wo ist er?«

Andrea röchelte wie zuvor, doch diesmal klang es in Valentinas Ohren wie ein Kichern. Als wollte der Teufel aus ihrer Kindheit sie noch im Todeskampf auslachen.

Jingle Bells, Jingle Bells,
Ole ist bei mir.
Öffne schnell den Spiegelschrank,
Sonst siehst du ihn nie mehr.

Sie sah wieder auf die Karte, dann auf den blutleeren, leichenblassen Finger im Waschbecken.

Verdammt, es konnte keinen Zweifel geben! Deshalb hatte er nicht zurückgerufen!

Ole war in der Gewalt dieses Monsters. Und er würde irgendwo unentdeckt verrotten, falls Andrea starb und das Geheimnis seines Aufenthaltsorts mit ins Grab nahm.

»Scheiße!«, fluchte Valentina laut. In Gedanken wiederholte sie das Schimpfwort in Endlosschleife.

Wieso nur habe ich die Geister der Vergangenheit gerufen?

Ole hatte recht gehabt. Sie hatten Lobbeshorn überlebt, wem nützte es, Rache zu nehmen? Sie hatte nicht auf ihn hören wollen, und jetzt musste er für ihren Starrsinn bezahlen.

»Haaaaa!« Die Wut, die sie gegen den Stuhl hatte treten lassen, richtete sich nun gegen sie selbst.

Alles in ihr sträubte sich, die Person, die sie hatte hängen sehen wollen, jetzt vom Galgen zu retten, doch sie hatte keine Wahl. Zu hoch war das Risiko, dass Ole irgendwo verblutete und sie ihn ohne Andreas Hilfe nicht finden würde.

Aber wie soll ich das Monster, das den Tod verdient hat, vom Galgen bekommen?

Andrea brauchte dringend festen Boden unter den Füßen. Den Stuhl aber hatte Valentina soeben zerstört, und sie selbst war viel zu schwach, um Andrea hochzuheben und das Seil von dem Gewicht zu entlasten.

Valentina überwand ihren Widerwillen und packte Andrea bei den Füßen. Ließ sich nach unten fallen. Nutzte ihr gesamtes Körpergewicht, doch das Heizungsrohr war zu stabil. Es bog sich, gab aber nicht nennenswert weiter nach, geschweige denn, dass es aus der Wand riss. Trotz der Doppelbelastung.

Himmel, was soll ich denn jetzt tun?

Sie wünschte, die Pistole in ihrer Hand würde sich in ein Teppichmesser verwandeln.

Obwohl, halt!

Die Pistole!

Andrea strampelte kaum noch, die Lebensgeister entwichen mit jeder voranschreitenden Sekunde. Trotzdem ließ Valentina sich Zeit. Atmete so ruhig und gleichmäßig, wie es ihr möglich war; setzte den Lauf direkt an – und schoss. Einmal. Zweimal. Beim dritten Mal hatte sie das Seil durchtrennt, und Andrea fiel.

Nach unten und gleichzeitig vornüber und begrub Valentina wie ein gefällter Baum unter sich.

Mühsam schob sie den reglosen Körper von sich weg, drehte ihn einmal um die Achse. Lockerte das Seil. Fühlte nach dem Puls an Andreas Halsschlagader.

Nichts.

Voller Abscheu kniete sie sich hin. Verschränkte die Finger, legte beide Handflächen auf den Brustkorb und begann mit der Herzmassage. Biss die Zähne zusammen. Ignorierte den Schmerz, der von ihrer verbrannten Handfläche ausging.

Das darf nicht wahr sein.

Ich rette meinem größten Feind das Leben!

Und das erfolgreich. Andrea hustete und schlug die Augen auf. Dann folgte die Faust.

Valentina fühlte sich wie von einem Bügeleisen getroffen. Dem harten Treffer folgte ein glühender Schmerz. Ein Feuerwerk explodierte hinter ihren Augen, ihr Mund öffnete sich zu einem gellenden Schrei, doch ihm schien kein Laut zu entweichen, sondern eine schwarze, alles einhüllende, undurchdringliche Wolke, in der sie versank. Tiefer und tiefer, bis alles um sie herum in einem kohlenschachtartigen Nichts verschwunden war.

42. KAPITEL

HEUTE
OLIVIA

Olivias Telefon klingelte, als sie sich gerade ins Wartezimmer gesetzt hatten. Den Blick starr auf einen Wandkalender mit einem nächtlichen Bergmotiv gerichtet, damit sie von dem kleinen Plastikweihnachtsbaum neben der Tür nicht getriggert wurde.

»Wo bist du?«

Julian.

Ihr Ex schaffte es trotz dieser brüsken Begrüßung freundlich zu klingen.

Sie sah zu Elias, der mit seinem Handy gerade einen Aufkleber an der Wand abfotografierte, auf dem ein QR-Code prangte. Vermutlich, um das kostenlose WLAN der Klinik zu benutzen.

»Das geht dich nichts an«, lag ihr auf der Zunge, aber das wäre nicht nur unhöflich, sondern auch falsch gewesen. Immerhin hatte sie nicht nur Julians Haus, sondern damit auch Alma verlassen.

»Im Park-Klinikum«, antwortete sie wahrheitsgemäß, nachdem ihr kein Grund eingefallen war, weswegen sie ihm das verheimlichen sollte.

»Ist dir was passiert?«, fragte er sorgenvoll.

Seine Fürsorge freute und ärgerte Olivia gleichermaßen. Sie stellte immer wieder fest, wie sehr sie Julian vermisste und wie gut es tat, zu spüren, dass sie ihm nicht gleichgültig geworden war. Andererseits wusste sie, dass sie sich einer Illusion hingab, wenn sie darin ein Zeichen von Wiederannäherung erkennen wollte. Abgesehen davon, dass sie ihm seine Doppelaffäre wohl kaum je verzeihen könnte, war seine Anteilnahme vermutlich ohnehin nicht mehr als ein Reflex aus vergangenen Ehejahren.

»Mir geht's gut. Es ist schwer zu erklären, du musst mir vertrauen. Ich suche nach Almas Mutter.«

»Glaubst du, sie hat etwas mit diesem Kalendermädchen zu tun?«

»Vielleicht ja.«

»Okay, du bist erwachsen, wir leben getrennt, ich will dir nicht reinreden. Aber es ist etwas passiert.«

»Alma?« Ihr Puls beschleunigte sich.

Erleichtert hörte sie ihn sagen: »Ihr geht es gut. Zumindest den Umständen entsprechend. Sie duscht gerade. Aber ich muss dich sehen.«

»Wie? Jetzt?«

»Am besten noch schneller.«

»Frau Rauch?«

Die Dame vom Empfang der psychiatrischen Abteilung stand mit einem Klemmbrett in der Tür und nickte ihr mit einem professionellen Service-Lächeln zu. Laut Namensschild hieß sie Barbara Klein, was in Anbetracht ihrer Körpergröße von bestimmt ein Meter neunzig auf flachen Schuhen ein denkbar unpassender Nachname war.

Elias steckte sein Handy ein und wollte aufstehen, aber Olivia bedeutete ihm, sitzen zu bleiben.

Bei dem, was jetzt kam, wollte sie allein sein.

»Julian? Hör zu, ich rufe dich nach meinem Termin an.«

»Was für ein Termin denn?«

Sie drückte ihren Ex weg und folgte Frau Klein einen Flur entlang, dessen Wände mit Schwarz-Weiß-Fotografien von Berliner Wahrzeichen geschmückt war. Zwischen dem Brandenburger Tor und der alten Kongresshalle klopfte Barbara an eine angelehnte Tür und ließ Olivia den Vortritt, nachdem ein Mann mit freundlich auffordernder Stimme »Ja, bitte!« gerufen hatte.

Sie kannte ihn – so wie jeder, der sich hierzulande beruflich mit der menschlichen Seele beschäftigte.

Dr. Martin Roth war der vielleicht bekannteste Psychiater Deutschlands. Und vermutlich der einzige Mensch, der über Informationen verfügte, die Alma retten könnten.

43. KAPITEL

Dr. Roths Büro sah nach allem aus, nur nicht nach einem Chefarztzimmer. Es hingen keine Urkunden und Diplome an den Wänden, stattdessen waren sie von Kinderhänden mit bunten Filz- und Bleistiften vollgekritzelt. Um einige Wandmalereien hatte Roth ganz einfach einen leeren Bilderrahmen gehängt, sodass der etwas verunglückte Fisch mit dem Luftballon im Maul tatsächlich wie moderne Kunst wirkte.

»Setzen Sie sich bitte!«

Auf dem Schreibtisch, vor dem sie Platz nahm, türmten sich die obligatorischen Akten und Fachbücher. Es gab keine persönlichen Gegenstände, abgesehen vielleicht von dem farbenfrohen Blumenstrauß, der bedrohlich nah an der Tischkante balancierte und so aussah wie das Gestrüpp, das man hektisch an der Tankstelle kaufte, wenn man den Mutter- oder Valentinstag vergessen hatte.

»Danke, dass Sie mir einen Termin gewährt haben«, sagte Olivia zu dem Arzt, den sie wegen seines jugendlichen Gesichts und seiner glatten, komplett bartlosen Haut auf höchstens Ende dreißig geschätzt hätte. Von den Kongressen, auf denen sie seinen fachkundigen Vorträgen gelauscht hatte, wusste sie, dass die Koryphäe deutlich älter war.

»Ich fürchte, das ist kein Termin.« Er lächelte sanft. »Ich bin nur neugierig.« Er schob die Vase zur Seite, um sie besser sehen zu können.

»Auf mich?«

»Darauf, wie es Alma geht.«

Olivia schnappte nach Luft. Sie hatte der Dame am Empfang reinen Wein eingeschenkt. Dass sie selbst kein Notfall sei, aber ihre Tochter. Dass sie dringend Almas leibliche Eltern ausfindig machen müsse in der Hoffnung, in ihnen vielleicht den dringend benötigten Stammzellenspender zu finden. Und dass sie Grund zur Annahme habe, dass die Mutter sich hier in Behandlung befunden habe oder sogar noch befände.

Dr. Roth war also im Bilde, nur über eine einzige Sache hätte er nicht Bescheid wissen dürfen.

»Woher kennen Sie Almas Namen?« Den hatte sie Frau Klein nicht genannt.

Der Arzt lächelte sie an. »Ups«, sagte er augenzwinkernd und gab ihr damit zu verstehen, dass sie richtiglag. Es *gab* einen Zusammenhang zwischen Almas Mutter und dieser psychiatrischen Klinik hier, und ihr Leiter wollte ihr helfen, ohne seine Schweigepflicht zu verletzen.

»Ehrlich gesagt habe ich schon lange damit gerechnet, dass jemand kommt und Fragen stellt. Das Internet ist ja voll mit Blogs, True-Crime-Podcasts und Verschwörungstheorien. Es wundert mich daher, dass sich nicht schon sehr viel früher jemand nach dem Kalendermädchen erkundigt hat.«

Hätte Dr. Roth gerade *Jingle Bells* angestimmt, hätte Olivia kaum weniger intensiv reagiert. Sie begann vor Aufregung zu schwitzen, ihr Atem ging schneller, und die Hand, die sie vor den Mund führte, zitterte.

Ich hatte recht. Das Kalendermädchen existiert. Und es besteht eine direkte Verbindung zu Alma.

»Ich bin die Erste, die nach ihr fragt?«

»Ja.«

»Darf ich sie sehen?«

»Oh, ich fürchte, ich habe mich falsch ausgedrückt. Ich habe mit Nachfragen zum Kalendermädchen gerechnet, weil die Gerüchte im Internet ins Kraut schießen. Damit wollte ich aber nicht sagen, dass ich diese etwaige Patientin persönlich in meiner Obhut habe.«

Sie seufzte. Und verstand.

Dr. Roth spielte mit seinem Job, womöglich sogar mit seiner Zulassung. Sie sah es ihm an, dass es ihn reizte, ungewöhnliche Wege zu gehen. Er war kein Mitläufer, der Dienst nach Vorschrift tat und sich bedingungslos anpasste. Davon zeugte bereits die Wandbemalung seines Büros. Aber er war sicher auch niemand, der die Grundwerte seines Berufsstands für eine unangekündigt aufgetauchte Kollegin verriet.

»Ich weiß, dass Sie mir keinen Zugang verschaffen dürfen«, sagte sie. »Weder zu Ihren Akten noch zu Ihren Patienten. Es würde mir aber schon reichen, wenn Sie mir sagen, ob an der Legende vom Kalendermädchen überhaupt etwas dran ist.«

Er zog bedauernd die Schultern hoch. »Ich beschäftige mich grundsätzlich nicht mit dem Wahrheitsgehalt unwissenschaftlicher Schauermärchen.«

»Bitte, helfen Sie mir!«

Roth seufzte. Sein Blick wurde tieftraurig. »Es tut mir leid. Ich bin selbst Familienvater.«

Seine Worte erinnerten Olivia an das, was Wallenfels' Mitarbeiterin vor dem Amt zu ihr gesagt hatte.

Ich bin auch eine Mutter.

Der Psychiater drehte sich um und sah durch das Fenster auf den winterlich verschneiten Park der Klinik. »Ich hatte einmal einen Patienten, der viele Jahre glaubte, seine Tochter für immer verloren zu haben. Ich weiß, welchen Schmerz Sie fühlen, Frau Rauch.«

Er blickte ihr wieder tief in die Augen.

»Helfen Sie mir, bitte!«

Er atmete tief aus. Sagte eine Zeit lang gar nichts. Dann wechselte er überraschend das Thema. »Ich habe Ihre Dissertation gelesen!«

Olivia war verblüfft. Als Psychologin war sie es gewohnt, dass Psychiater – zumal so berühmte wie Dr. Roth – auf

Nichtmediziner herabsahen und die Psychologie für eine medizinische Disziplin zweiter Klasse hielten.

»Ich fand Ihre Arbeit inspirierend.«

»Das ist sehr freundlich.«

»Nein, es ist die Wahrheit. Ihre Fragestellung, inwieweit erlittene Gewalt Gehirnströme verändert, hat mich dazu veranlasst, eigene Untersuchungen anzustellen. Tatsächlich gibt es einige Fälle, in denen schlimmste Gewalterfahrungen in der Kindheit dazu führen, dass Synapsen überschrieben und sogar neue Nervenzellen gebildet werden.«

Sie rieb sich nervös die Hände. Das mochte alles sehr spannend sein, und manch ein Kollege hätte vermutlich den kleinen Finger für ein derartiges Gespräch mit Roth geopfert, aber sie war im Moment ganz und gar nicht an wissenschaftlichen Ausführungen interessiert.

»Die Gewalt gräbt neue Wege im Verstand und kann – so, wie Sie es beschrieben haben, Frau Rauch – dazu führen, dass das frühere Opfer nicht mehr von diesem Pfad abweichen kann.«

»Und später selbst zum Täter wird«, ergänzte sie in der Hoffnung, seinen Monolog abzukürzen.

Er nickte. »Allerdings nur im Ausnahmefall, hier stimme ich Ihnen zu!«

Das Gute ist die Regel. Das Böse die Ausnahme.

Olivia nickte. Jetzt verstand sie, weshalb Dr. Roth so zugänglich war. Er sah sie als wissenschaftliche Kollegin auf Augenhöhe an. Dennoch verschaffte ihr das in Bezug auf den Grund ihres Besuchs hier keinen Vorteil.

»Dr. Roth, es ehrt mich sehr, und unter anderen Umständen würde ich mich sehr gerne fachlich mit Ihnen austauschen, aber die Zeit drängt, meine Tochter …«

Er hob die Hand. »Wie gesagt, ich kann Ihnen bei der Überprüfung moderner Legenden nicht behilflich sein. Aber vielleicht, wenn Sie schon mal da sind, könnte ich Ihr Augenmerk auf einen Fall lenken, der mich in letzter Zeit sehr beschäftigt hat und der Ihr Forschungsgebiet der Opferpsychologie tangiert.« Er sah ihr in die Augen.

Und jetzt verstand Olivia.

Wie die Mitarbeiterin auf der Adoptionsstelle wollte auch er ihr einen Hinweis geben, ohne seine Pflicht zu verletzen.

Ich bin selbst Familienvater.

»Ich habe aktuell eine Patientin, die kurz nach der Entbindung ihr Baby zur Adoption freigab. Vor elf Jahren etwa.«

Alma.

Olivia nickte. Und schwieg in angespannter Erwartung.

»In ihrer Schulzeit war sie selbst Opfer schlimmster Misshandlungen geworden. Später geriet sie offenbar in die Fänge eines Sadisten.«

Das Kalendermädchen.

»Ich habe bei der Patientin neurobiologische Veränderungen im Gehirn nachweisen können. Und dennoch …«

»Was?«

»Dennoch ist es ihr gelungen, einen freien Willen zu entwickeln.«

»Wie meinen Sie das?«

»Sie hat alle Voraussetzungen in sich getragen, selbst zur Täterin zu werden. Schon damals, vor elf Jahren. Aber sie hat ihr Kind weggegeben.«

»Weil sie mental nicht in der Lage war, es zu betreuen?«, fragte Olivia.

»Das war nicht der auslösende Beweggrund. Die Patientin war damals noch voll geschäftsfähig, sonst hätte sie die Adoptionspapiere ja gar nicht unterzeichnen können.«

»Was gab dann den Ausschlag, das Kind wegzugeben?«

»Sie kennen die Antwort. Sie haben darüber geforscht, Frau Rauch.«

Olivia dachte nach. Sah sich im Zimmer um, ließ den Blick durch das Fenster nach draußen wandern, und plötzlich stand es ihr so klar und mächtig vor Augen wie die blätterlose Linde im Klinikpark.

»Sie hatte Angst vor sich selbst«, sagte sie. »Angst, selbst zur Täterin zu werden. Sie gab ihr Kind weg, weil sie sich nicht in Versuchung führen wollte, es so zu quälen, wie sie einst selbst gequält wurde!«

Roth nickte und stand auf.

Erstaunt beobachtete Olivia, wie er den Blumenstrauß aus der Vase zog, ihn kurz abtropfen ließ und ihn ihr überreichte.

»Was bitte soll ich damit?«

»Ich will nicht länger Ihre Zeit in Anspruch nehmen. Es ist …«

Roth sah auf seine Uhr. »Es ist kurz vor zehn, gleich beginnt die Morgenvisite. Vielleicht wollen Sie vorher Ihrer Patentante auf Station elf noch schnell einen Besuch abstatten?«

44. KAPITEL

DAMALS
HAUS WALDPFAD
VALENTINA

Valentina war schon öfter bewusstlos gewesen. Das erste Mal, an das sie sich erinnern konnte, im Alter von sieben Jahren, als sie beim Versuch, einen Federball aus einer Astgabelung zu holen, im heimischen Garten vom Apfelbaum gefallen war. Drei Jahre danach, fast auf den Tag genau, wegen einer Blinddarmoperation. Später dann in Lobbeshorn unfreiwillig und häufiger. Und jedes Mal – unabhängig davon, ob die Ohnmacht absichtlich oder aus Versehen eingeleitet worden war – war sie beim Erwachen zunächst in einer Zwischenwelt gefangen gewesen, einem diffusen Stadium zwischen Traumschlaf und Wachtraum, aus dem sie sich regelrecht hinaus hatte kämpfen müssen, zurück in die Gegenwart.

Diesmal war es anders.

Diesmal erwachte sie mit einem Ruck, als wäre sie eine Maschine, bei der der Power-Schalter auf ON gedrückt worden war.

Sie spürte lediglich ein leichtes Drücken unter der Stirn, und ihre Zunge war trocken, aber ihr war weder schummrig, noch hatte sie Gleichgewichtsstörungen.

Leider.

Hätte Valentina die Wahl gehabt, hätte sie sich gewünscht, noch eine Zeit lang von den Eindrücken verschont zu bleiben, die auf sie einwirkten. Dabei schien auf den ersten Blick alles harmlos und friedlich, und genau das war das Verstörende.

Es begann damit, dass sie keine Handschellen trug, keine Kabelbinder um die Fußgelenke. Nichts.

An Andreas Stelle hätte Valentina die Zeit, in der sie bewusstlos gewesen war, genutzt, um sie zu fesseln.

Stattdessen erwachte sie im Wohnzimmer von Haus Waldpfad, die Beine fürsorglich mit einer Wolldecke verhüllt, den Kopf an die rechte Lehne eines bequemen Ohrensessels gelehnt, mit Blickrichtung zum Ofen. Ihr gegenüber saß Andrea und lächelte sie freundlich an. Die Pistole war nicht zu sehen, Valentina vermutete aber, dass sie griffbereit unter einem Sofakissen lag.

»Na, wieder zurück im Leben?«, flötete Andrea, kaum dass sie die Augen aufgeschlagen hatte.

Zwischen ihnen stand ein kleiner Beistelltisch, auf dem sich ein Teller mit fingerdick geschnittenen Christstollen-Scheiben und zwei gefüllte Teetassen drängten.

»Was soll das hier?«, fragte Valentina. Die Antwort verschlug ihr die gerade erst zurückgewonnene Sprache.

»Ich will mich entschuldigen.«

Valentina hob die Arme, um zu überprüfen, ob sie nicht doch an einem unsichtbaren Seil hingen, doch sie konnte sie problemlos bewegen. Ihre Handgelenke fühlten sich nur etwas taub an, als wären sie eingeschlafen, weswegen sie sie zu reiben begann.

»Es tut mir aufrichtig leid!«

»Hör auf mit deinen Spielchen«, sagte Valentina.

»Genau darum geht es mir ja«, erwiderte Andrea und rieb sich die Stellen des Halses, wo der Strick sich mit roten Striemen eingegraben hatte. »Das war albern von mir, aber ich konnte nicht widerstehen, dich zu irritieren. Sorry, das war nur Spaß. Aber ja, du hast recht. In Zukunft keine Spielchen mehr. Ich schwöre, ich lege mir keine Schlinge mehr um den Hals und werfe dir auch keine Waffen zu. Ab sofort betreiben wir die Angelegenheit hier mit etwas mehr Ernsthaftigkeit.«

»Was willst du?«

»In erster Linie Zeit gewinnen. Ich weiß nämlich noch nicht genau, wie das mit uns hier weitergehen soll. Im Unterschied zu dir habe ich keinen Plan.«

Valentina blinzelte, als wäre ihr ein Staubkorn ins Auge geflogen.

»Aber, wie gesagt, bis ich weiß, was ich mit dir mache, kann ich die Zeit nutzen, um mich bei dir zu entschuldigen.«

»Wofür?«, wagte sie es, die Stimme zu erheben. »Du hast so viel verbrochen, du würdest Jahre für deine Beichte brauchen.«

»Das halte ich für etwas übertrieben.«

»Übertrieben?« Valentina lachte gequält auf. »Du bist krank. Pervers. Sadistisch. Du hast es geliebt, uns als Kinder zu quälen. Ich weiß nicht, was zuerst da war. Der religiöse Wahn, der dich zu deinen Untaten angetrieben hat. Oder versuchst du, deine Verbrechen im Nachhinein mit deinem kranken Glauben zu rechtfertigen?«

»Du irrst.«

Das Sofa knarzte, als Andrea das Gewicht verlagerte und sich in ihre Richtung beugte. »Zunächst einmal: Ich bin nicht wahnhaft religiös. Ich bin nicht wie Stella. Die hat an den ganzen Quatsch geglaubt, von wegen Unbefleckter Empfängnis, Auferstehung, Wasser zu Wein und was weiß ich. Das hatte sie von ihrem Vater. Der war ein Schläger, ob daheim oder in der Kneipe. Ein Narziss, wie er im Handbuch der geschlossenen Psychiatrie steht. Nach außen der respektable Akademiker. Von innen verrottet wie ein von Maden zerfressener Fisch in der Sonne. Dreckskerl. Er hat sich den Bußkalender ausgedacht und ihn an seiner Tochter angewandt.«

Andreas Stimme veränderte sich, wurde tiefer, männlicher.

»Diese verweichlichten Adventskalender machen keinen Sinn, Stella. Der Heiland wurde geboren, um uns zu retten. Aber niemand, der täglich beschenkt wird, muss gerettet werden. Wenn du dich richtig auf die Geburt Jesu Christi vorbereiten willst, dann musst du vierundzwanzig Tage lang bis Heiligabend leiden. Und nicht mit Schokolade oder Lebkuchen beschenkt werden.«

Andrea räusperte sich und wechselte in die gewohnte Tonlage. »Später hat Stella diesen Schwachsinn übernommen. Ist regelmäßig zu Ostern nach Rom gepilgert. Immer in der Hoffnung, eine Audienz beim Papst zu erhalten. Sie war sogar davon überzeugt, dass italienisches Blut in ihren Adern fließt, aber in Wahrheit hatte sie polnische Vorfahren. Vielleicht hat sie auf diesen Fahrten zu viel Weihrauch eingeatmet, ich weiß es nicht.«

Valentina brachte es fertig, sich mit verächtlicher Miene an die Stirn zu tippen. »Und welche Rechtfertigung hast du? Willst du mir jetzt auch die Ohren vollheulen wegen deiner ach so schlimmen Kindheit?«

»Keineswegs. Ich würde nie um mildernde Umstände betteln«, antwortete Andrea und schnalzte mit der Zunge. »Ja, ich wurde auch misshandelt, als ich klein war. Aber das würde ich nie als Ausrede benutzen. Ich glaube nicht, dass das Böse ein Staffelstab ist, der von Generation zu Generation weitergereicht wird. Das würde ja bedeuten, man könnte es bis zum Anbeginn der Menschheit zurückverfolgen; bis zu einem Urknall des Schreckens. Das widerspricht jeder Wahrscheinlichkeit. Es können wohl kaum all meine Vorfahren Schläger und Mörder und Psychopathen gewesen sein, so wie ich es heute bin.«

Andrea lachte über Valentinas Blick. »Ich sehe, du wirkst verwundert, weil ich es zugebe, aber ja: Ich bin mental gestört. In diesem Punkt hast du recht: Ich bin pervers. Mir ist schon klar, dass es krank war, was wir euch damals in der

Schule angetan haben. Obwohl«, Andrea griff zu der Teetasse vor sich, dabei sah Valentina den Lauf der Pistole in der Sofaritze aufblitzen, »ich nie handgreiflich geworden bin. Kein einziger Schlag, ich habe euch nicht mal angeschrien. Ich habe nur hinter den Türen auf euch gewartet und die Umschläge überreicht.«

»Nur? Du hast uns erpresst.«

Erst wenn die »Kalender-Aufgabe« erledigt gewesen war, hatten Ole und sie zur Toilette gehen dürfen und etwas zu essen und zu trinken bekommen.

Bei Tür **17** hatten sie sich geweigert, bis die Entbehrungen sie fast in den Wahnsinn getrieben hatten.

»Nun, ich verstehe deinen Zorn auf mich. Aber ich war damals im Grunde ebenso ein Opfer wie du. Denn auch mir hätte Stella damals die Nahrung gestrichen, hätte ich meine Aufgabe nicht erledigt.«

»Das entschuldigt gar nichts!«, sagte Valentina.

»Sag ich doch«, antwortete Andrea. »Dieses Eingeständnis macht mich nicht besser. Der Mitläufer ist genauso ein Täter wie der Drahtzieher. Vielleicht sogar noch schlimmer. Ohne Menschen wie mich wären Diktaturen nicht möglich. Schreibtischtäter wie Stella machen sich in den seltensten Fällen die Hände schmutzig.«

Valentina sah an Andreas Kopf vorbei durch das Fenster zum Hintergarten. Ein einziges, kaltes Licht einer Außenbeleuchtung des Nachbarn leuchtete wie ein einsamer Stern. »Was willst du von mir?«, fragte sie.

»Empathie.«

»Du bist wahnsinnig.«

Andrea lachte. »Sagte ich doch schon, ja. Aber du kennst die Bedeutung dieses Fremdworts womöglich nicht. Die meisten verwechseln Empathie mit Mitgefühl, dabei meint es lediglich Einfühlungsvermögen.«

»Das ist mir schon klar, aber …«

»Wunderbar. Dann weißt du, dass ich kein Verständnis von dir verlange. Ich will nur, dass du dich in mich hineinversetzen kannst. Wie ein Profiler in einen Killer oder ein Psychiater in einen Geisteskranken. Du sollst meine Taten nicht billigen, sie aber verstehen.«

»Wozu soll das gut sein?«

»Es dient meiner Lustbefriedigung.« Andrea leckte sich lasziv die Oberlippe und klang seltsam entrückt.

Sie war sich sicher, dass ein Psychiater eine tiefgreifende Persönlichkeitsstörung allein aufgrund des teilnahmslosen Tonfalls der Stimme diagnostizieren könnte.

»Ja, krank, ich weiß, Valentina. Keine Ahnung, wieso. Aber es macht mir einfach mehr Spaß, einen Menschen zu töten, wenn ich weiß, dass er mich versteht und meine Beweggründe kennt.«

45. KAPITEL

Hinter Valentina fiel mit einem hörbaren Rutsch ein ausglühender Ofenholzstapel in sich zusammen. Sie wandte sich nicht um. Zu groß war die Angst, Andrea aus den Augen zu verlieren. Zudem musste sie zugeben, dass das, was ihr Gegenüber an wirren, geisteskranken Theorien von sich gab, eine morbide Faszination auslöste.

»Ich persönlich halte alles, was mit Religion zu tun hat, für Nonsens, den sich die Menschen ausdenken, um nicht an der Erkenntnis zu zerbrechen, dass unsere Existenz sinnlos ist und wir nach dem Tod nicht ins Paradies oder in die Hölle kommen, sondern ins Nichts.«

Valentina schluckte und ertappte sich bei der Überlegung, was schlimmer war: ein einem Irrglauben verfallener Wahnsinniger oder ein irrsinniger Atheist.

»Willst du wissen, woran ich glaube?«

Sie ließ die rhetorische Frage unbeantwortet.

»Ich sag es dir: an die Familie.«

Ein Luftzug ließ die Holzfenster erzittern. »Die einzig existierende wahre Religion ist der Glaube an die Familie. Meinst du nicht? Das ist das Einzige, was zählt. Alles außerhalb der Familie ist egal. Alles innerhalb ist wichtig.«

Andrea lächelte selbstvergessen. »Denk an einen Obdachlosen unter den Brücken Berlins. Du fährst täglich an ihm vorbei. Du weißt, er wird eines Winters, früher oder später, elendig verrecken. Aber er interessiert dich schon an der nächsten Ecke nicht mehr. Der Gedanke an ihn verschafft dir keine schlaflosen Nächte in deinem warmen Daunenbett. Denn er gehört nicht zur Familie. So wie die verschleppten Frauen in den Nachrichten, das ertrunkene Kind im Swimmingpool der Großeltern, die Männer in den Schützengräben weltweit. Das mögen gute Menschen sein, liebenswerte vielleicht, aber nicht für dich. Sie berühren einen, wenn überhaupt, nur kurz. Weil sie keine Familienmitglieder sind. Umgekehrt gibt es in der Familie oft schlechte Menschen. Arschlöcher höchsten Ranges. Wie meinen Vater, den Drecksack, der hoffentlich bald an seiner Krankheit verreckt. Aber wenn es darauf ankommt, wenn sie von jemandem bedroht wird, dann steht die Familie zusammen. Egal, wie oft man ihr schon den Tod an den Hals oder Schlimmeres gewünscht hat.«

Der Monolog schien vorbei, also stellte Valentina die einzige Frage, die er für sie aufgeworfen hatte: »Was hat das mit mir zu tun?«

»Du bedrohst meine Familie.«

O Gott. Valentinas Augen weiteten sich, als sie die Erkenntnis traf.

»Du wolltest Stella hier rauslocken. Hast sie angelogen. Ihr von einer angeblichen Abtreibung erzählt.«

»Ist Stella deine Mutter?«, fragte Valentina.

Andrea nickte lachend. »Das ist sie. Einst die Leiterin von Schloss Lobbeshorn, später dann die Geschäftsführerin von ProBonita. Dem Scheinreisebüro, mit dem sie Sünderinnen anlockt, um sie dann an Orte wie Haus Waldpfad zu schicken. Die armen Mädchen denken, sie könnten hier zur Ruhe kommen, dabei ist dieses Haus mit einem geheimen Zugang durch den Keller ausgestattet, damit Menschen wie ich sich unbemerkt einschleichen und den Bewohnerinnen einen albtraumhaften Aufenthalt zur Strafe für ihre Abtreibung bereiten können.« Andrea grinste schief. »Wobei wir es bei den anderen, die vor dir hier waren, bei einem inszenierten Spuk belassen haben. Umstürzende Regale, eine Dusche, die mitten in der Nacht zu laufen anfängt. Einmal stand ich so lange neben dem Bett oben, bis die Tussi aufgewacht und schreiend vor Panik aus dem Bett gesprungen ist. Hat sich beim Treppenabgang ’ne Gehirnerschütterung zugezogen und musste zum Arzt.«

Valentina starrte Andrea ungläubig an. Und nun sah sie es, als hätte sich der Nebel vor ihren Augen aufgelöst. Sah es in den braunen Augen, an der leicht nach oben geschwungenen Nase, die auch bei Stella stets einen leicht arroganten Eindruck erweckt hatte. Schließlich der kalte, abschätzige Blick. Der sagte Valentina alles. Andrea und Stella waren verwandt.

Wieso ist mir das früher nicht aufgefallen?

Stella zählte zur Familie. War die Religion, für die Andrea zu töten bereit war.

»Okay, jetzt, wo ich es verstanden habe, erschießt du mich?«

Die Antwort jagte Valentina mehr Angst ein, als es ein simples Ja getan hätte.

»Ich stecke in einem Dilemma, Kleines. Meine Mama hat mich an ihrer Stelle hier rausgeschickt. Sie will dir nur einen Schrecken einjagen. Ich aber weiß, dass das nicht ausreichen wird, damit du dich auf Dauer von unserer Familie fernhältst.«

Andrea lehnte sich nach vorne und zog hinter dem Rückenkissen des Sofas Valentinas Schreibetui hervor.

»Jetzt, wo ich deinen mörderischen Plan kenne!«

Das Geräusch des Reißverschlusses, mit dem das Etui sich öffnete, weckte in Valentina die Assoziation einer Wunde, die mit Gewalt entlang einer frischen Narbe aufgerissen wurde.

Sie sagte nichts. Atmete flach, erneut gegen ihre Panikattacke ankämpfend.

»Wie fleißig du warst, meine Liebe«, säuselte Andrea und zog die Umschläge hervor. Klein, mintfarben, von der Sorte, wie sie manchmal an Blumensträußen oder anderen Präsenten hingen.

»Vierundzwanzig Stück. Das muss ja eine Ewigkeit gedauert haben, sich all die Reime auszudenken.«

Valentina fühlte sich, als hätte sie gerade eine schallende Ohrfeige verpasst bekommen. Sie hatte natürlich längst begriffen, dass Andrea die von ihr eigenhändig verfassten und aus Berlin mitgebrachten Karten im Haus verteilt hatte. Dennoch fühlte sie sich ertappt, hilflos und gegen ihren Willen beschämt. Am liebsten hätte sie den Kopf in den Händen vergraben, aber sie schaffte es nicht, den Blick von den Miniaturkarten abzuwenden, die Andrea herausgezogen hatte.

»Du entschuldigst, dass ich mich ihrer schon mal bedient habe? Die Verlockung, dir deine eigenen Gedichte für Tür Nummer eins und zwei zu präsentieren, war einfach zu groß. So wie einen deiner Ersatzumschläge für den Mantel zu nehmen. Nur für Türchen Nummer **3** musste ich mir schnell selbst was ausdenken. Keine deiner Strophen hat auf Ole gepasst.«

Valentina schwitzte weitaus mehr, als es die Nähe zum Ofen rechtfertigte, die Stimme des Wahnsinns weiterhin im Ohr.

Ihre Angst um sich selbst wurde nur noch von der um Ole übertroffen.

»Was hast du mit ihm gemacht?«

Andrea winkte ab. »Reden wir lieber über dich. Was für einen genialen Einfall du da gehabt hast! Kompliment. Du wolltest meine Mutter hierherlocken und sie töten, hab ich recht? Und dann, wenn du sie erschossen, erstochen, erhängt oder wie auch immer um die Ecke gebracht hättest, hättest du all diese Karten hier verteilt. Die Wände, Fenster, Türen und wer weiß noch was mit einem deiner Stifte hier bemalt. Damit die Polizei später, wenn sie dich blutüberströmt findet, denkt, du wärst in die Fänge einer geisteskranken Serienkillerin geraten.« Andrea lachte. »Hut ab, ich muss schon sagen. Stellas Bußkalender neu aufzulegen. Dir Würgemerkmale mit dem Strick beibringen zu wollen, dich mit diesem Skalpell hier selbst zu verletzen und das alles meiner Mutter in die Schuhe zu schieben. So viel Fantasie hätte ich dir gar nicht zugetraut.«

Und ich dir nicht diesen abgrundtiefen Hass. Ich dachte, du wärst nur ein Handlanger. Aber du bist so viel mehr. Nicht Stella, sondern du *bist die Spinne, die ihr Opfer ins Netz lockt. Stella war krank, aber sie wollte nie töten, dir hingegen bereitet es Lust und Vergnügen, dein Opfer zappeln zu sehen, bevor du es ermordest.*

All das dachte Valentina, während Andrea weiter monologisierte.

»Du wärst als Kalendermädchen zu einer morbiden Legende geworden. Und die Schuld meiner Mutter hätte niemand angezweifelt. Sie hat so viele Kinder damals in Lobbeshorn gequält. Auch wenn es nie zu einer offiziellen Anzeige kam, halten die Gerüchte sich doch hartnäckig. Man hätte die Uhr danach stellen können. Sobald Mama tot und in den Schlagzeilen gewesen wäre, wären all die schweigenden Opfer an die Öffentlichkeit getreten und hätten deine Version bestätigt.«

Valentina zuckte zusammen, als ihr Gegenüber mehrfach in die Hände klatschte. »Bravo, meine Liebe. Nur schade, dass ich dir einen Strich durch die Rechnung mache.«

»Wieso lebe ich noch?«, fragte Valentina die Frage aller Fragen.

»Wie gesagt, ich stecke in einem Dilemma. Mama will nicht, dass du stirbst. Ich sagte doch: Sie glaubt an diesen Quatsch. Sie wollte euch damals wirklich für eure Sünden bestrafen, würde aber niemals selbst die Todsünde des Mordes auf sich nehmen. Auch mir hat sie verboten, das fünfte Gebot zu brechen.« Andrea seufzte. »Aber schau, damals in Lobbeshorn war ich jung und meine Mama die ganze Zeit in meiner

Nähe. Ich bin mit der Zeit erwachsener geworden. Emanzipiert. Ich muss mich nicht länger an Stellas Regeln halten.«

»Was heißt das?«

»Ich sehe keinen Sinn mehr darin, Mutters Schwachsinn zu befolgen, und habe auch keine Angst mehr vor ihr. Deswegen: Ja, ich werde dich umbringen, Valentina. Ich weiß nur noch nicht, wie ich es vertuschen kann. Ich hab noch keine so geniale Exit-Strategie wie die, mit der du hier angereist bist.«

Da war sie. Die Antwort.

Deshalb war sie nicht gefesselt.

Deswegen wurde ich noch nicht erschossen. Andrea weiß nicht, was mit meiner Leiche geschehen soll, und bis dahin muss ich möglichst unversehrt bleiben.

Die Spinne war mit dem Plan gekommen, sie in einer weiteren grausamen Nacht das Fürchten zu lehren. Nun aber, da sie wusste, dass Valentina ihre Mutter hatte töten wollen, reichte das nicht mehr aus. Valentina musste sterben. Die Frage war nur: wie?

»Wenn ich dich töte, wird die Rechtsmedizin mir das nachweisen können. Man findet die Verbindung und weist mir ein Motiv nach. Ergo, ich bin am Arsch. Am besten wäre ein Suizid. Ich meine, offiziell hast du eine Abtreibung hinter dir, deine Gäste vom lebendigen Adventskalender haben den von dir geknüpften Strick schon hängen sehen. Hm. Das würde passen. Ich weiß nur nicht, wie ich dich dazu bekomme, ohne dass mir eine Fremdeinwirkung nachgewiesen werden kann. Aber ich bin mir sicher, da fällt mir bald etwas ein.« Andrea kratzte sich nachdenklich mit dem Lauf der Pistole die Schläfe.

»Ach übrigens!« Andrea fächerte in einer Hand alle Karten auf, die in Valentinas Schreibetui gesteckt hatten. »Ich zähle hier vierundzwanzig von dir vorbereitete Karten. Wenn ich mich recht erinnere, hat Mama euch damals nur durch dreiundzwanzig Türen gehen lassen. Die Vierundzwanzig war der Ankunft des Heilands vorbehalten.«

Valentina schüttelte den Kopf. »Nein, da irrst du dich. Ich musste auch Tür Nummer **24** öffnen.«

Die schlimmste von allen.

»Ach ja. Jetzt bin ich neugierig. Da war ich ja gar nicht dabei! Was ist dahinter geschehen?«

Valentina dachte nach und hätte fast angefangen zu weinen, so entsetzlich war die Erinnerung.

46. KAPITEL

LOBBESHORN
DER SOMMER NACH TÜR 23
VALENTINA

»Wieso?«, fragte Valentina und traute sich zum ersten Mal, seitdem die Internatsleiterin heute an ihre Zimmertür geklopft hatte, Stella Großmuth direkt anzuschauen.

Die Direktorin hatte ein Kleid angezogen, dazu passenden roten Lippenstift aufgelegt und die grauen Haare in einer bestimmt zeitaufwendigen Operation zu einer beeindruckenden Hochsteckformation frisiert. Zudem roch sie nach frisch aufgetragenem, blumigem Parfum, als wäre sie auf dem Weg zu einem Date – und nicht lediglich Valentinas Begleitung auf einer Taxifahrt ins Ungewisse.

»Wieso *was,* mein Kind?«

»Wieso haben Sie uns das angetan?«

»Wovon sprichst du?«

»Sie wissen es genau. Ich meine die dreiundzwanzig Türen.«

Es hatte kein vierundzwanzigstes Türchen gegeben.

Die von Stella vorbereiteten und von Andrea kontrollierten »Bußaufgaben« hatten nach dreiundzwanzig Tagen geendet; einen Tag vor Heiligabend.

Mit dem Seil.

Es hatte hinter der letzten Tür gehangen. Ein zur Henkersschlinge geknüpfter, um einen Dachbalken gewickelter Strick.

O Galgenbaum, o Galgenbaum,
Einer von euch muss hängen …
Wer traut sich dran, wer zählt die Zeit?
Nach drei Minuten ist's so weit.

O Galgenbaum, o Galgenbaum,
Einer von euch muss hängen …

Hätten sie gewusst, dass es die vorerst letzte Folter war, hätten Ole und Valentina sich vielleicht geweigert. Aber sie dachten ja, es käme noch eine weitere Tür, und die Wasserration vom Vortag war schon knapp gewesen. Noch einmal vierundzwanzig Stunden Durst hätten sie beide nicht ertragen. Dann doch lieber gleich den Strick.

Ole hatte sich nach kurzer Diskussion geopfert. Wie so oft, um das, was er liebte, zu schützen.

Er war es, der sich die Schlinge um den Hals legte. Sie hatte zu zählen begonnen. Hundertachtzig Sekunden. Erst nach drei Minuten durfte sie ihn abnehmen und wiederbeleben. Was ihr zum Glück gelang, wenn auch Ole danach nie wieder der Alte war. Sie hatte sein Herz zum Schlagen, seine Lunge zum Atmen gebracht. Das aber, was seine Lebensfreude angetrieben hatte, war für immer versiegt. Ole war siebzehn Jahre alt, als er zu lachen aufhörte.

»Ich verstehe noch immer nicht, was du meinst«, wiederholte die Direktorin auf dem Rücksitz neben Valentina. Sie sprach leise wie immer. Diesmal bestimmt auch, weil sie sich wegen der Ohren des Taxifahrers Sorgen machte.

»Wieso mussten Ole und ich uns gegenseitig quälen?«

»Ach so, *das*«, sagte Stella unbekümmert, als hätte Valentina sie gefragt, weshalb es freitags immer Fisch in der Schulkantine gab. Sie stritt es nicht ab, im Gegenteil. Sie bestätigte die Anwendung von Folter sogar, indem sie sagte:

»Hatte ich euch das nicht schon am ersten Tag in meinem Büro erklärt?«

Stella legte die Hand auf Valentinas prall gewölbten Bauch. Ein glühendes Plätteisen hätte sich nicht unangenehmer angefühlt.

»Ich habe die Medikamentenschachtel gefunden. Die Pille danach.«

Nach unserer Liebesnacht in der Turnhalle.

Gott, das war erst wenige Monate her, und es kam ihr wie ein halbes Leben vor. Damals waren Ole und sie gerade einmal sechzehn Jahre alt gewesen. Heute waren sie ein gebrochenes altes Paar.

»Ja, aber die Pille danach hat doch gar nicht funktioniert«, sagte Valentina. Eine Träne löste sich aus ihrem rechten Auge.

»Zum Glück. Bei einer gelungenen Kindstötung wäre eure Buße sehr viel schlimmer ausgefallen.«

Noch schlimmer?

Valentina bezweifelte, dass das möglich war, ohne dass einer oder gar beide von ihnen ihr Leben gelassen hätten.

Oder wir alle drei.

Sie schob Stellas Hand von ihrem Schwangerschaftsbauch. Seit dem siebenten Monat war er auch mit weiten Kleidern nicht mehr zu verheimlichen gewesen, und seitdem war er Schulgespräch. Doch anscheinend war es noch nicht an die Ohren ihres Vaters gedrungen. Wie auch? Sie hatten nur noch telefonisch Kontakt, seitdem er aufgrund seiner Beförderung ständig unterwegs war.

Valentina streichelte ihren Bauch mit kreisförmigen Bewegungen und freute sich über das tröstliche Gefühl. Die erste Zeit des Bußkalenders hatte sie das Baby, das sie in sich trug, verflucht. Doch dann war ihr klar geworden, dass dieses kleine Wesen am wenigsten Schuld an dem Horror trug, den sie erleben musste. Die trug einzig und allein Stella in ihrem Wahnsinn, der nichts, aber auch gar nichts mit Religion zu tun hatte. Im Gegenteil. Die Theorien und Taten der Internatsleiterin waren eine blasphemische Beleidigung aller Gläubigen. Von dem Moment an, als Valentina das begriffen hatte, wuchs die Sorge, dass die täglichen Qualen dem Ungeborenen schaden konnten. Wann immer es ging, hatte Ole deshalb die meisten Aufgaben übernehmen müssen.

»Wo sind wir hier?« Valentina sah aus dem Fenster. Eine kleine Straße in einer etwas größeren Stadt, etwa fünfundzwanzig Autominuten von Lobbeshorn entfernt.

Die Sonne blendete sie durch das Seitenfenster. Sie schwitzte, was nicht nur an den Temperaturen, sondern an ihrer Allgemeinverfassung lag. In den letzten Tagen brachte sie selbst das Binden ihrer Schnürsenkel in Wallung.

Plötzlich hielt der Fahrer, der eine Zeit lang offenbar angestrengt nach Hausnummern Ausschau gehalten hatte, an.

Stella reichte ihm einen Hunderteuroschein nach vorne, ließ sich das Wechselgeld und eine Quittung geben und stieg aus.

»Herrlich«, sagte sie und streckte sich mit hinter dem Kopf verschränkten Armen wie nach einer stundenlangen Autofahrt. Dann bedeutete sie Valentina, ihr zu einem Haus auf der gegenüberliegenden Straßenseite zu folgen.

»Wohin bringen Sie mich?«, fragte Valentina.

Erschrocken sah sie an dem Gebäude hoch. Es war ein herrlicher Sommertag, aber das Mietshaus sah aus wie der kälteste Winter. Mit seinem grauen, pockennarbigen Putz und den schiefen Fensterläden war es das einzige unrenovierte Haus der Straße. Kein Namens- oder Firmenschild befand sich am Eingang.

Valentina schnürte es die Kehle zu. Ihre Handinnenflächen wurden feucht. Angst flammte wie ein Kaminfeuer unter Zugluft in ihr auf.

Bitte nicht, nein!

Sie hatte gehofft, dass sie endlich zu einem Frauenarzt durfte. Sie war nun schon im neunten Monat schwanger, und es hatte nicht einen einzigen Ultraschalltermin gegeben. Keine Vorsorgeuntersuchung, nichts.

»Komm!«

Eine kleine, ausgetretene Treppe führte zu einer hölzernen Eingangstür, die den unterschiedlich abblätternden Farbschichten nach mindestens viermal gestrichen worden sein musste. Stella ging hinauf und klingelte.

Ähnlich wie bei einer Kneipe war in der Tür ein Guckfenster eingelassen, das allerdings verschlossen war und sich auch nach mehrmaligem Klingeln nicht öffnete.

Leider.

Valentina wünschte sich, sie könnte es mit eigenen Händen aufbrechen. Es abreißen und Stella gegen den Kopf schlagen. Einmal, zweimal, bis sie mindestens bewusstlos war und Valentina fliehen konnte. Trotz ihres dicken Bauchs und der geschwollenen Füße, die sie zu einer trägen Beute machten.

Aber sie tat natürlich nichts dergleichen, sondern starrte weiterhin wie hypnotisiert auf die Tür.

Auf die in ihr eingelassene Sichtklappe.

Und auf das, was mit Kreide auf ihr geschrieben stand.

Eine Zahl.

24

Dann öffnete sich die letzte Tür von Stellas perversem Adventskalender.

47. KAPITEL

HEUTE
OLIVIA

»Station elf?«

»Ja.«

»Konkreter ist Dr. Roth nicht geworden?«, fragte Elias.

Die Fahrstuhltüren der Park-Klinik öffneten sich, und sie traten in einen nach Zitrus-Reinigungsmittel duftenden Krankenhausflur.

Olivia zuckte mit den Achseln. Auf der einen Seite hatte Roth schon mehr Auskunft gegeben, als sie hätte erwarten dürfen. Aber angesichts der Fülle der möglichen Patientenzimmer konnte sie sich im Moment keinen Reim darauf machen, wie ihr der allgemeine Stationshinweis des Chefarztes nun weiterhelfen sollte.

Laut Klinikplan beherbergte Station elf die Neurologie und die Psychotherapeutische Abteilung des Krankenhauses. Beides konnte Olivia ohne konkrete Zimmerangabe wohl kaum nach ihrer »Patentante« durchforsten. Da half ihr auch der tropfende Tankstellen-Blumenstrauß nichts, den Roth ihr in die Hand gedrückt hatte.

»Wie gehen wir vor?«, wollte Elias wissen.

Der Gang machte einen Knick um neunzig Grad. Im Gegensatz zu ihren Winterstiefeln quietschten Elias' Kunstharz-Crocs beim Laufen kein bisschen auf dem Linoleum.

»Ich …« … *habe keine Ahnung,* hatte ihr auf der Zunge gelegen, als sie auf einmal ganz genau wusste, wo sich Almas Mutter befand.

»Alles klar. Jetzt verstehe ich«, murmelte Olivia tonlos. Sie begann vor Aufregung zu schwitzen, obwohl die Oberlichter im Gang offen standen und ein frischer Wind durch sie hindurchpfiff.

»Was verstehen Sie?«, fragte Elias. »Oh …«

Sie waren zwei Schritte weiter gelaufen, und nun hatte auch er ihn gesehen. Etwa zehn Meter vor ihnen saß der uniformierte Wachmann eines privaten Sicherheitsdienstes auf einem Metallstuhl und starrte gelangweilt auf sein Handy.

»Meinen Sie, das ist …?«

Olivia nickte. *Was sonst?* Das war kein Zufall.

Roth hatte einen Weg gewählt, sie zu ihrem Ziel zu führen, ohne seine Schweigepflicht verletzen zu müssen. Der Chefarzt wusste, dass sie eins und eins zusammenzählen konnte. Wer immer in diesem Zimmer lag, brauchte ganz offensichtlich einen Bodyguard vor der Tür.

»Wenn ich Ihnen jetzt einen Namen verrate, gefährde ich das Leben der Mutter«, fielen ihr Wallenfels' Worte von gestern wieder ein.

Verdammt, und nun?

Eilig griff sie nach Elias' Hand und bedeutete ihm, mit ihr zurück um die Ecke aus der Sichtweite des Wachmanns zu gehen. Sie entdeckte eine Tür mit der Aufschrift »Facility Management«. Wie erwartet, verbarg sich hinter der hochtrabenden Bezeichnung ein schnöder Hauswirtschaftsraum, die deckenhohen Regale ordentlich bestückt mit Klopapierrollen, Reinigungsmitteln, Putzlappen, Müllsäcken und anderen Utensilien.

»Glauben Sie, der sitzt vor dem Patientenzimmer, das wir suchen?«

»Auf jeden Fall.«

»Wieso wird sie bewacht?«

»Habe ich dir vom Kalendermädchen erzählt?«, fragte Olivia, die sich tatsächlich nicht mehr sicher war, ob sie mit Elias darüber in den letzten Stunden gesprochen hatte. Ihrer Erinnerung nach hatte sie ihn lediglich von Almas Leukämie in Kenntnis gesetzt und ihm erklärt, weshalb sie so dringend nach ihren leiblichen Eltern suchte.

»Kalendermädchen?«, wiederholte Elias ahnungslos.

»Es ist die moderne Legende einer jungen Frau, der vor elf Jahren Schreckliches in einem Waldhaus in Franken widerfahren ist.« Sie fasste rasch die Geschichte zusammen. Erzählte ihm vom lebendigen Adventskalender und davon, wie die Tradition von einem Psychopathen missbraucht worden war.

»Es heißt, dass das Kalendermädchen in dieser Nacht vierundzwanzig Türen öffnen musste. Vierundzwanzig Verletzungen wurden ihr beigebracht. Wenn auch nur ein Bruchteil der Legende stimmt, wurden ihr in dem Haus schreckliche Dinge angetan. Monate später bringt sie ein Kind zur Welt und gibt es sofort zur Adoption frei.«

»Ist das jetzt echt oder erfunden?«

»Gerade eben hat mir der Chefarzt indirekt bestätigt, dass es sich nicht nur um eine fiktive Gruselgeschichte handelt. Ich denke, es gibt das Kalendermädchen wirklich. Und sie liegt hier in dieser Klinik.«

Elias pfiff leise durch die schiefen Zähne. »Krass. Aber noch mal, wieso wird Almas biologische Mutter bewacht?«

»Die Frage muss eher lauten: Von wem ist das Baby?«

»Sie meinen …?«

»Ganz genau. Vierundzwanzig Türen. Vierundzwanzig Verletzungen und Misshandlungen. Was, wenn eine davon eine Vergewaltigung war?«

Von wem auch immer …

In der Adoptionsakte war mit Stella und Andrea lediglich von Täterinnen die Rede. Möglich wäre aber, dass hinter einer »Kalendertür« ein von den Psychopathinnen gedungener Mann gelauert hatte.

»Dann wäre Almas Vater ein …«

Ein Psychopath, ein Sadist, ein Vergewaltiger.

Olivia wagte nicht, es auszusprechen. Aber diese Hypothese ergab am meisten Sinn.

»Alma wurde in einer Nacht des Grauens gezeugt. Eine Nacht, die ihre Mutter garantiert nicht überleben sollte. Vielleicht gelang ihr die Flucht, vielleicht wurde der Täter gestört. Auf jeden Fall war der Killer mit ihr noch nicht fertig.«

»Weswegen Ihrer Theorie nach jetzt ein Wachmann vor ihrem Zimmer sitzt. Falls der Mörder zurückkommt, um das Kalendermädchen zu töten?«

Oder Alma. Ein weiterer Gedanke, den Olivia nicht laut auszusprechen wagte: Wenn Alma das Kind eines Vergewaltigers war, dann war der mit Sicherheit nicht daran interessiert, sich als Spender zur Verfügung zu stellen. Im Gegenteil, er würde Alma als lebendigen DNA-Beweis seiner Schuld lieber tot als lebendig sehen. Was zusätzlich erklären würde, weshalb das Kalendermädchen das Baby direkt nach der Entbindung zur Adoption freigab. Wenn der Killer sie ausfindig machte, sollte wenigstens das Kind in Sicherheit sein.

»Das ergibt Sinn«, sagte Elias, fast, als hätte er Olivias Gedanken mitgehört. »Aber ist das nicht alles schon viel zu lange her?«

Olivia nickte. Berechtigter Einwand.

Es war ausgeschlossen, dass das Kalendermädchen seit über elf Jahren ununterbrochen bewacht wurde. Viel wahrscheinlicher war, dass Olivias Nachfrage nach Almas Eltern auf dem Amt so viel Staub aufgewirbelt hatte, dass die Klinik seitdem erhöhte Schutzmaßnahmen für notwendig hielt. Sie dachte an das Blutbad bei Wallenfels und ihre Nahtoderfahrung mit dem VW-Kombi auf dem Feld bei Großbeeren. Alles Indizien, die ihre These untermauerten. Sie hatte die Geister der Vergangenheit geweckt und womöglich eine Tragödie in der Gegenwart heraufbeschworen.

»Was, wenn Sie sich irren? Ich meine, wir stapeln hier eine wilde Hypothese auf die nächste«, fragte Elias.

Olivia nickte. »Es gibt nur eine Möglichkeit, das herauszufinden. Ich muss an dem Wachmann vorbei ins Patientenzimmer kommen.«

48. KAPITEL

Ihr Plan war, sich auf ihre Intuition und ihr Können als einfühlsame Psychologin zu verlassen. Was bedeutete, dass sie keinen konkreten Plan hatte.

Elias und Olivia gingen im Gleichschritt. Der Wachmann sah erst auf, als sie direkt vor ihm und damit vor Zimmer 1113 stehen blieben.

»Kann ich Ihnen helfen?«, fragte er professionell distanziert.

Sein dichter Bart konnte nicht darüber hinwegtäuschen, dass er nicht sehr viel älter als Elias war, höchstens Mitte zwanzig. Er trug eine graue Flanellhose mit Bügelfalte und ein hellblaues Oberhemd zu einem dunklen Sakko, auf dessen Revers der Name der Sicherheitsfirma »Secura« gestickt war.

»Ich möchte meine Patentante besuchen«, sagte Olivia.

Sie schwenkte ihren Blumenstrauß, aus dem sich eine Tulpenblüte löste und langsam zu Boden schwebte.

Der Wachmann sah sie genauso gelangweilt an, wie er gerade eben noch auf seinem Telefon durch Anzeigen auf eBay gescrollt hatte.

»Tut mir leid«, sagte er ohne Bedauern und ohne aufzustehen. »Keine Besucher.«

Womit er mir bestätigt hat, dass in diesem Zimmer eine Frau liegt.

»Seit wann? Ich komme einmal im Monat her, was ist denn hier los? Weshalb wird meine Tante auf einmal bewacht?«

Mehr als ein Achselzucken konnte sie Mr Secura nicht entlocken.

Olivia bemerkte, wie Elias sich umsah, um sich zu vergewissern, dass sie noch immer allein auf dem Gang waren.

Weiter hinten, vor dem Treppenhaus, musste ein Aufenthaltsraum sein, sie hörten Gelächter und Tassenklirren. Jeden Moment konnte sich jemand auf dem Flur blicken lassen und an ihnen womöglich ein größeres Interesse zeigen als der gelangweilte Wachmann. Jemand, dem sie nicht weismachen konnte, schon häufig die Patientin in Zimmer 1113 besucht zu haben.

»Hören Sie. Ich will meine Tante nur kurz sehen. Untersuchen Sie mich vorher auf Waffen oder so etwas, wenn Sie meinen, ich wäre eine Gefahr.«

Sie hob die Arme nach oben wie bei der Sicherheitskontrolle auf dem Flughafen.

Der Mann schüttelte den Kopf. »Das geht nicht. Ich darf niemanden reinlassen.«

»Das glaub ich Ihnen nicht!«, widersprach Elias aufmüpfig. »Wenn die Pfleger oder der Reinigungstrupp kommen, dann lassen Sie die doch auch durch, oder nicht?«

Der Sicherheitsmann seufzte, als hätte er es mit Begriffsstutzigen zu tun, an die jedes erklärende Wort verschwendet war. Ohne weitere Entgegnung hielt er sich wieder sein Handy vors Gesicht, um es zu entsperren.

»Bitte!« Olivia fasste ihn sanft am Arm, aber der Mann sprang hoch, als hätte sie ihn gebissen.

»Fassen Sie mich nie wieder an!«, zischte er und streckte ihnen sein Telefon entgegen, als wäre er ein Priester, der mit dem Kruzifix in der Hand einen Vampir in die Flucht schlagen wollte. »Sonst rufe ich Verstärkung und lasse Sie entfernen.«

Olivia und Elias wichen parallel einen Schritt zurück, wobei sie ihm mit offenen Handflächen signalisierte, dass es ihr leidtat. »Kommt nicht wieder vor. Sorry. Tut mir echt leid. Gestatten Sie mir nur noch eine letzte Frage, bevor wir gehen?«

»Nein!«

»Wann kommt es denn?«, fragte sie dennoch.

»Wie?« Er sah sie an wie eine lästige Fliege.

»Der Nachwuchs. Sie werden doch Papa, oder?«

Die Verwandlung war verblüffend. Olivia war selbst immer wieder erstaunt, wie sich die Mimik eines Menschen veränderte, wenn man die richtigen Triggerpunkte drückte. Begabte Verkäufer wussten intuitiv, was Verhaltenswissenschaftler in zahlreichen Studien erforscht hatten: Wenn man sein Ziel erreichen und die Gegenseite dazu bringen wollte, etwas zu tun, was sie im Grunde nicht wollte, musste man etwas finden, was den Gegner emotional bewegte.

Es war offensichtlich, dass dem Wachmann sein langweiliger Niedriglohnjob egal war. Nicht aber seine Familie.

»Woher ...?« Er sah auf das Handy, das er ihnen bis eben noch entgegengestreckt hatte. Zum ersten Mal zeigte sich der Anflug eines Lächelns in den Augen des Mannes. Er hatte ihnen gerade die Anzeige für einen Neugeborenen-Autositz gezeigt.

»Mary ist in der dreiundzwanzigsten Woche«, sagte er ähnlich stolz, wie Olivia es war, einen Zugang zu ihm gefunden zu haben.

»Haben Sie schon einen Namen?«

»Wir wissen noch nicht, ob es ein Fritz oder Friedrich wird.«

»Schön.« Sie lächelte. »Schon alles fürs Kinderzimmer beisammen?«

Er schnaubte erschöpft. »Schön wär's.«

Das zu erraten war keine große Kunst. In Berlin unterboten sich die Sicherheitsfirmen mit Dumpingangeboten, um sich Aufträge zu sichern. Bei den horrenden Preisen für Babyausstattung würde Mr Secura hier allein für den Kinderwagen einen Monat lang rumsitzen müssen.

»Ich habe eine Idee«, schlug Olivia ihm vor. »Könnten Sie so lieb sein und auf das hier aufpassen?« Sie reichte ihm ihr Portemonnaie.

Sowohl Elias als auch der Wachmann kniffen misstrauisch die Augen zusammen.

»Nur solange ich bei meiner Patentante reinschaue. Es sind genau hundert Euro drin«, sagte sie, während sie für den Wachmann gut sichtbar vier Hunderterscheine aus dem Geldfach zog und sie sofort wieder zurückschob. »Ich verlasse mich darauf, dass nichts wegkommt.«

49. KAPITEL

Er hatte überlegt, wenn auch nicht lange. Olivia kannte diese Reaktion aus einem von ihr selbst durchgeführten psychologischen Experiment. In einem Seminar hatte sie ihre Studenten gefragt, ob sie ihrem Sitznachbarn die Hand abhacken würden, wenn sie damit irgendwo auf der Welt das Leben einer ihnen völlig unbekannten Person retten würden.

Es gab einige Scherzantworten, die alle eine Geldsumme nannten, die man ihnen zusätzlich bieten müsse. Auf konkrete Nachfrage aber bekannte sich niemand öffentlich dazu, einer ihm bekannten Person für einen Fremden zu schaden.

Danach formulierte Olivia ihre Frage neu: »Denken Sie an die Ihnen am nächsten stehende Person. Mutter, Vater, Partner, Kind, Freund oder Freundin. Unterstellen Sie, dass der wichtigste Mensch in Ihrem Leben dem Tod geweiht ist. Und jetzt gebe ich Ihnen die Garantie, dass diese Person überlebt – aber nur dann, wenn Sie Ihren Sitznachbarn verstümmeln. Wer von Ihnen würde es tun?«

Alle zögerten. Aber am Ende blieb keine Hand unten.

Wenn es um die eigene oder selbst gewählte Familie ging, heiligte der Zweck fast immer die Mittel. Man tat Dinge, von denen man wusste, dass sie falsch, ungerecht oder sogar illegal waren. Und die Mitmenschen, die sich nur vertraglich, nicht aber moralisch an ihre Pflichten gebunden fühlten, waren am schnellsten zu einer Regelverletzung bereit, wenn sie damit ihrem eigenen Fleisch und Blut einen Vorteil verschaffen konnten. So wie Mr Secura.

»Nur fünf Minuten. Aber der Vogel bleibt draußen«, hatte er noch gesagt und auf Elias gezeigt, dann hatte er die Tür hinter ihr geschlossen.

Und jetzt stehe ich hier.

Der Raum verfügte über die für ein Patientenzimmer übliche Einrichtung. Ein Krankenbett mit Haltegriff über dem Kopfende, ein rollbarer Nachttisch mit ausklappbarem Tablett, ein Fernseher unter der Zimmerdecke, ockerfarbene Einbauschränke.

Olivia ging weiter in den Raum hinein und rieb sich unwillentlich die Nase. Es roch nach Frühstück und Duschgel. Das Zimmer war klein, um nicht zu sagen winzig, weswegen es Olivia nicht schwerfiel, mit einem Blick zu erkennen, dass sich niemand in ihm aufhielt. Das höhenverstellbare Krankenbett mit der Gesundheitsmatratze war ebenso leer wie der schwarze Rollstuhl mit den silbernen Speichen vor dem Fenster.

»Hallo, können Sie mich hören?«, fragte sie dennoch, denn zur Linken rauschte es hinter der Badezimmertür. Offenbar ging es der Patientin gut genug, um ohne Hilfe zu duschen.

Olivia stellte den Strauß in eine leere Vase und nahm einen auf dem Nachttisch abgestellten Fotorahmen in die Hand.

Das Bild darin zeigte aller Wahrscheinlichkeit nach die Bewohnerin dieses Zimmers. Eine Frau, die in einem Rollstuhl saß und exakt hier aus dem Fenster schaute. Olivia fragte sich, wer es aufgestellt hatte, zumal es wenig vorteilhaft war. Der Zustand der Patientin, von der sie nur das Profil sehen konnte, war ähnlich trostlos wie ihr Ausblick.

Die Haare im gleichen verwaschenen Grauton wie die Betonwand des Nachbarhauses gegenüber. Die Augen trübe wie der schmutzige Winterhimmel über der Klinik.

Ihr Alter war unmöglich zu schätzen. Die fleckigen Hände, das abgemagerte Körperskelett, das man an den Handgelenken und an dem unter dem Nachthemd durchgedrückten Schlüsselbein erahnen konnte, deuteten auf eine betagte Frau hin. Vielleicht hatte ihre offensichtlich schwere Krankheit sie rapide altern lassen wie der Drogenmissbrauch einen Junkie.

Olivia stellte den Fotorahmen zurück und betrachtete das zerwühlte Bett. Am Fußende steckte ein Klemmbrett.

Valentina Rogall las Olivia in der obersten Namensspalte des Krankenberichts.

»Wer bist du?«, fragte sie leise murmelnd und warf noch einmal einen Blick auf das Foto.

Das Kalendermädchen?

Almas Mutter?

Sie zog die Akte aus der Halterung und begann zu lesen.

Schon nach den ersten Zeilen füllten sich ihre Augen mit Tränen.

Gut möglich, dass sie nach kurzer Suche schon an ihrem Ziel angekommen war. Alles sprach dafür. Die Hinweise in der Adoptionsakte, Dr. Roths Andeutungen. Wahrscheinlich handelte es sich bei der Frau unter der Dusche tatsächlich um Almas Mutter. Womöglich war sie das Kalendermädchen. Aber die erschütternde Wahrheit, die Olivia gerade lernen musste, war: Es spielte keine Rolle. Es war völlig egal.

Hoffnungslos.

Olivia hätte das Klemmbrett am liebsten durch das Fenster geschleudert. Es war ihr gelungen, in nur wenigen Stunden Almas leibliche Mutter ausfindig zu machen. Und doch hatte sie nichts erreicht.

Nicht das Geringste!

So ein verfluchter Mist.

Schon bei gesunden Eltern gab es lediglich eine geringe Wahrscheinlichkeit, dass diese mit ihren Kindern kompatibel waren. Doch die Frau hier war das Gegenteil von gesund. Das verriet schon die Pillenbox auf dem Nachttisch. Sieben Fächer, mit den einzelnen Wochentagen beschriftet. Gefüllt wie eine Schachtel Tic Tac. An Form und Farbe erkannte Olivia unter anderem die in dem Bericht genannten Haloperidol und Paroxetin. Natürlich hätte sie es sich denken können. Jemand, der so lange in stationärer psychiatrischer Behandlung war, musste unter dem Einfluss eines starken Medikamentencocktails stehen. Es war allerdings etwas völlig anderes, damit zu rechnen, als es mit eigenen Augen zu sehen.

Verdammt.

Olivia weinte. Um Alma. Um eine verlorene Chance.

Um meine kleine, todgeweihte Tochter!

Denn Valentina Rogall, selbst wenn sie einst kompatibel gewesen sein sollte, kam als Stammzellenspenderin für Alma nicht mehr infrage. Dazu hatte der jahrelange Konsum von Antidepressiva und anderen Psychopharmaka ihr Blutbild viel zu sehr beschädigt. Kein Hämatologe Deutschlands würde eine Transplantation auch nur in Erwägung ziehen.

Sie überlegte, ob sie unter diesen Umständen eine Begegnung mit Almas Mutter überhaupt ertrug oder ob sie besser gehen sollte, bevor sie ihr gleich in die Arme lief, da fiel ihr Blick auf das Kopfkissen. Im Unterschied zum Rest des Bettes war es aufgeschüttelt und lag exakt ausgerichtet mittig auf der Matratze. Auf ihm wiederum lag ein in der Mitte gefaltetes DIN-A4-Blatt. Es war ganz offensichtlich von Hand beschriftet und sah aus wie ein Brief.

Neugierig nahm Olivia das Papier in die Hand … und begann mit wachsendem Entsetzen zu lesen.

Lieber Herr Dr. Roth,

ich danke Ihnen sehr für Ihre kompetente Behandlung in den letzten Jahren. Seit meiner Überführung in Ihre Klinik habe ich große Fortschritte gemacht. Ich kann mich alleine anziehen, längere Spaziergänge machen, und die Medikamente machen mich nicht mehr so träge. Leider, bin ich versucht zu sagen. Sie sind ein hervorragender Psychiater. Sie meinten es gut. Indes, es war ein Fehler, mich aus der Geschlossenen zu entlassen und mir Privilegien zuzugestehen. Ich trage mich noch immer mit Gewaltfantasien. Mit Mordgedanken. Daran hat Ihre Behandlung nichts verändert. Es tut mir leid. Ich habe zu viel Zeit untätig ins Land ziehen lassen. Der Anblick dieses lächerlichen Aufpassers vor meinem Zimmer war wie ein Weckruf für mich.
Ich kann jetzt nicht mehr warten. Ich mache mich auf den Weg. Dorthin, wo ich schon vor elf Jahren fast gestorben wäre. Und wo es mir heute hoffentlich gelingt, den Grund für mein verpfuschtes Leben zu töten.

Leben Sie wohl

Valentina Rogall

50. KAPITEL

Großer Gott!

Olivia ließ das Blatt sinken. Sie schnappte nach Luft. Mit einem Mal meinte sie in dem kleinen Zimmer zu ersticken und wäre am liebsten sofort hinausgerannt, doch gleichzeitig lähmte sie das Gewicht der Erkenntnis, dass sie dabei war, das wichtigste Wettrennen ihres Lebens zu verlieren.

Wie konnte ich nur so blind sein?

Roth hatte es ihr auf dem Silbertablett präsentiert.

»Was gab dann den Ausschlag, das Kind wegzugeben?«

»Sie kennen die Antwort. Sie haben darüber geforscht, Frau Rauch.«

Wie oft hatte sie in ihren Vorlesungen ihre Studenten ermahnt, das Schwarz-Weiß-Denken abzulegen und nicht in Klischees zu denken: armes Opfer versus böser Täter.

Fast jeder Täter war einmal ein Opfer. Und in jedem Opfer steckte ein potenzieller Täter. So wie in Valentina Rogall. Dem Kalendermädchen mochte es einmal gelungen sein, diesen Kreislauf zu durchbrechen, indem sie ihr Kind zur Adoption freigab und es damit vor sich selbst schützte. Aber ihr Drang, jemanden zu verletzen, war damit nicht gebannt.

Entsetzt musste Olivia sich eingestehen, dass sie die Sachlage völlig falsch eingeschätzt hatte. Der Wachmann da draußen war nicht zu Valentinas Schutz abgestellt, sondern um zu verhindern, dass sie sich auf den Weg machte, ihre Peiniger zu töten.

Stella. Oder Andrea.

Oder, wenn es ihn denn gab, Valentinas Vergewaltiger.

Almas Vater.

Mit einem Ruck löste Olivia sich aus ihrer Körperstarre,

sprang regelrecht einen Schritt voran, dem Badezimmer entgegen, riss die Tür auf und sah das, was sie längst vermutet hatte: eine lediglich mit Wasserdampf gefüllte, leere Dusche.

Valentina Rogall war verschwunden.

»Danke«, sagte Olivia, als Mr Secura ihr nur wenige Minuten später mit einem verschwörerischen Blick ihr Portemonnaie zurückgab. Sie schloss die Tür von Zimmer 1113.

»Meine Tante hat sich nach dem Duschen hingelegt, sie ist sehr erschöpft und will eine Weile nicht gestört werden«, verabschiedete sie sich von ihm und hoffte, dass ihre Stimme sie nicht verriet. Jemand, der sie kannte, hätte das unsichere Zittern heraushören können.

Raus. Bloß weg von hier.

Olivia musste sich regelrecht dazu zwingen, nicht sofort den Gang hinunter zu den Fahrstühlen zu rennen. Erst als sie sicher war, dass der Wachmann sie nicht mehr sehen konnte, zog sie das Tempo an, bis sie atemlos an den Fahrstühlen ankam. Wo sie zweierlei feststellte: einmal, dass sie noch immer Valentina Rogalls Abschiedsbrief an Dr. Roth in der Hand hielt.

Und dass sie Elias nirgendwo entdecken konnte.

51. KAPITEL

DAMALS
HAUS WALDPFAD
VALENTINA

Diesmal war es anders. Es dauerte länger, bis Valentina sich aus den Tentakeln der Bewusstlosigkeit befreit hatte. Mit halb geöffneten Augen tastete sie umher und hatte das Gefühl, sowohl ihren Körper als auch ihren Verstand aus dem klebrigen Netz der Spinne befreien zu müssen.

Valentina konnte sich nicht erinnern, wieder ohnmächtig geworden zu sein, spürte aber ein sonnenbrandartiges Glühen im Genick. Als sie die Stelle berührte, ertastete sie zwei punktförmige Erhebungen, die sich wie die Folgen eines Zeckenbisses anfühlten. Einer der Pickel hatte eine Bluthaube, die sie aufkratzte, und nun wusste sie, was geschehen war.

Valentina war schon einmal getasert worden, damals bei Tür **6** in Lobbeshorn. Jetzt fiel es ihr wieder ein: Andrea hatte Zeit zum Nachdenken gebraucht. Um auf eine Idee zu kommen, wie sie getötet werden könnte, ohne dass Polizei und Staatsanwaltschaft misstrauisch wurden.

Wie spät ist es?

Sie kniff die Augen zusammen und spähte durch die Wohnzimmerfenster in den Hintergarten. Draußen war es stockdunkel, was um diese Jahreszeit alles bedeuten konnte. Früher Abend, späte Nacht. Nur einen kurz bevorstehenden Sonnenaufgang konnte sie ausschließen.

Sie hörte ein Klirren hinter sich und drehte sich um. Langsam, weil nicht nur ihr Hals, sondern ihr gesamter Körper noch immer unter den Folgen des Stromschlags stand, der ihr mit dem Elektroschocker verpasst worden sein musste.

Die Spinne, die sie in Haus Waldpfad gefangen hielt, hockte vor dem geöffneten Ofen. Valentina roch etwas, was sie an Lakritze erinnerte. An Anis, Fenchel, aber auch an den Duft von Fahrradreifen. Sie sah die grüne Absinth-Flasche, die die ABC-Gang mitgebracht hatte, in der Hand der Spinne, die den Inhalt gerade über einen Stapel Zündelholz kippte, auf dem …

O nein, wie entsetzlich …

Valentina hielt sich die Hand vor den Mund. Sie schmeckte Galle. Ihr wurde speiübel, als ihr klar wurde, was Andrea dort gerade verbrennen wollte.

Oles Finger lag sorgfältig ausgerichtet wie ein Mikadostab zuoberst auf den anderen Holzscheiten.

»Hör auf!«, krächzte Valentina.

Andrea fuhr herum. »Ah, da bist du ja wieder. Sorry für meine ruppigen Methoden. Aber ich musste dich ruhigstellen, um Zeit zum Nachdenken zu haben. Dich zu fesseln war mir zu anstrengend. Nun ja, praktischerweise hatte ich den hier mitgenommen.«

Valentina sah, wie die Spinne einen kleinen, aber offensichtlich höchst effektiven Elektroschocker aus der Hosentasche zog.

»Und es hat sich gelohnt.« Andrea sprach mit schwerer Zunge. Nicht lallend, aber zweifelsohne betrunken. Offenbar hatte der Absinth während ihrer Bewusstlosigkeit nicht nur als Grillanzünder hergehalten.

»Mir ist etwas eingefallen. Nicht ganz so genial wie dein Plan, aber auch nicht ohne. Steh auf. Ich zeig's dir.«

Valentina hatte keinerlei Energie, diesem von Andrea als Bitte formulierten Befehl nachzukommen. Sie war sterbensmüde, im wahrsten Sinne des Wortes. Ihre Knie keine feste Masse mehr, sondern Gelee. Sie erwartete, dass sie unter ihr wegknicken würden, sobald sie sich aus dem Ohrensessel stemmte. Erstaunlicherweise fand sie dann doch die Kraft dazu. Der plötzlich auf sie gerichtete Pistolenlauf leistete ganze Überzeugungsarbeit.

»Sieh nur hier!«

Andrea nahm die Waffe für einen Moment als Zeigestock und deutete auf die vom Feuer geschwärzte Ofenscheibe. Eine Zahl, die **19**, war gut sichtbar in den Ruß gemalt.

»Wo ist Ole?«, wollte Valentina wissen. Ihr Gehirn arbeitete mittlerweile wieder auf Halblast. Die Erinnerungen an die wesentlichen Dinge kamen zurück.

»Genau das ist die richtige Frage. Das ist mein Druckmittel«, antwortete Andrea und zog zu ihrer Verblüffung ein Handy hervor. »Du wirst jetzt exakt das tun, was ich von dir verlange. Das wird dir zwar völlig seltsam und bizarr vorkommen, aber du hast keine Wahl. Nur wenn du meinen Befehlen gehorchst, so sinnlos sie dir auch erscheinen, wird Ole überleben, und ich lasse ihn frei.«

52. KAPITEL

HEUTE
OLIVIA

»Du klingst überhaupt nicht gut, Olivia. Willst du mir nicht sagen, was los ist?«

Sie hasste es, aber sie musste zugeben, dass es sich gut anfühlte. Allein Julians Stimme zu hören verlieh ihr Sicherheit.

Und ihr Schutzbedürfnis war in der letzten halben Stunde noch einmal deutlich gewachsen. Spätestens, seitdem mit Elias ihr derzeit einziger Ansprechpartner verschwunden war. Ihr Student hatte weder beim Wachmann noch am Auto auf sie gewartet. Olivia hatte keine Zeit verschwendet, um nach ihm zu suchen. Wenn Valentinas Verschwinden bemerkt würde, wollte sie so weit weg wie nur möglich sein, aus dem gleichen Grund, weshalb sie schon bei Wallenfels das Weite gesucht hatte. Eine vermisste Patientin würde stundenlange Nachforschungen nach sich ziehen, mit ihr als Verdächtigte im Mittelpunkt. Die Zeit, die sie das kostete, stand weder ihr und am wenigsten Alma zur Verfügung. Also war sie in ihren Minivan gestiegen und sofort losgefahren. Die A115 zurück auf die A9 Richtung München.

»Wieso hattest du einen Termin im Park-Klinikum, Schatz?«, fragte Julian, und schon wieder kamen ihr die Tränen.

Schatz?

Er klang so vertraut. Wie früher.

Jahrelang war er ihr erster Ansprechpartner am Morgen und ihr letzter vor dem Zubettgehen gewesen. Ihr Geliebter, Freund und Mentor zugleich. Dabei hatte es oft gereicht, wenn er ihr zuhörte. Er musste ihr keine klugen Ratschläge erteilen, auf die kam sie ganz von selbst, allein dadurch, dass es ihm gelang, eine Wohlfühlatmosphäre zu schaffen, in der sie zur Ruhe kam und ihre Gedanken sich ordnen konnten.

Wieso war das alles vorbei? Weshalb hatte er ihre besondere Beziehung einfach so weggeschmissen?

Olivia räusperte sich mehrfach, dann erst antwortete sie ihm: »Wir reden gleich ausführlich, Julian, sag mir erst: Wie geht es Alma?«

»Gut. Sehr gut sogar. Sie ist aufgestanden und hat sich Cornflakes gemacht.«

»Schön, kann ich sie sprechen?«

»Natürlich, gleich.«

Sie hörte ihn husten, dann sagte er: »Erst muss ich mit dir reden!«

»Okay, schieß los!«

»Nicht am Telefon.«

»Ich sitze im Auto …«

»Das höre ich!«

»… und ich habe eine lange Fahrt vor mir. Sag mir einfach, was los ist.«

»Wohin willst du denn jetzt schon wieder?«

»Wenn ich es dir sage, wirst du mich davon abhalten wollen.«

»Hat das auch mit dem Kalendermädchen zu tun?«

»Ja. Ich glaube, ich habe sie gefunden. Sie heißt Valentina Rogall.«

»Und deswegen, lass mich raten, fährst du jetzt zu ihr?«

Olivia hörte im Hintergrund Tastaturklappern. Höchstwahrscheinlich googelte Julian in diesem Moment ihren Namen.

»Nicht direkt.«

»Was soll das heißen?«

»Im Grunde komme ich gerade von ihr. Sie war im Berliner Park-Klinikum in stationärer Behandlung.« Olivia gab ihm einen kurzen Abriss, wie sie Valentina Rogall mit Elias' Hilfe gefunden hatte, und erklärte ihm, weshalb das Kalendermädchen als Stammzellenspenderin wegen der Tonnen an Psychopharmaka im Blut nicht infrage kam.

»Außerdem ist sie weg. Abgehauen.«

»Wie war das?«

Olivia überlegte, ob sie ihm von Valentinas Abschiedsbrief erzählen sollte, aus dem hervorging, dass sich Almas Mutter auf einem Rachefeldzug befand.

Sie entschied sich dazu, die Wahrheit etwas abzumildern. Wenn Julian wusste, dass sie einer potenziellen Mörderin hinterherfuhr, würde er Himmel und Hölle in Bewegung setzen, um sie davon abzuhalten. Sie beließ es daher dabei, ihn mit der Halbwahrheit abzuspeisen: »Sie ist auf dem Weg dorthin zurück, wo alles begann. Ich vermute, sie will in das Haus, in dem sie vor elf Jahren diese grauenhafte Nacht erlebte.«

»Weshalb?«

»Ich denke, um Rache zu nehmen.«

»An wem?«

Stella? Andrea? Einem Vergewaltiger?

»Vielleicht an dem Vater von Alma«, nannte sie eine der Möglichkeiten.

»Wieso sollte der dort sein?«

»Keine Ahnung«, gestand sie. »Ich hoffe, Almas biologische Mutter weiß mehr als ich, und sie führt mich zu ihm.«

Bevor sie ihn umbringt und damit einen weiteren potenziellen Stammzellenspender tötet.

Wenn auch einen in mehrfacher Hinsicht sehr unwahrscheinlichen …

Sie fuhr über eine Brücke und musste das Lenkrad fester halten, weil ihr Wagen von Seitenwinden erfasst wurde.

»Hoffst du das wirklich?«, fragte Julian nachdenklich.

»Wieso fragst du?«

»Weil, wenn du recht hast …« Julians Stimme blieb oben, der Satz unvollendet. »Ich meine, selbst wenn du ihn findest, wie willst du einen psychopathischen Sadisten und Vergewaltiger dazu bringen, sich für Alma einer Transplantation zu unterziehen?«

Vorausgesetzt, seine Blutwerte stimmen überhaupt mit Almas überein.

»Ich habe keine Ahnung«, antwortete Olivia frustriert. »Ich weiß nur, dass ich nicht den kleinsten Strohhalm außer Acht lassen darf, wenn es um das Leben unserer Tochter geht.«

»Okay, und wohin fährst du jetzt genau?«

»Nach Rabenhammer.«

Sie griff nach hinten zur Rückbank, wo sie vor Stunden schon, als sie mitten in der Nacht zu Wallenfels aufgebrochen war, den Schnellhefter abgelegt hatte, den ihr Elias gegeben hatte. In ihm befand sich das Foto des Hauses am Waldrand, nach dem sie im Frankenwald suchen wollte.

»Wo soll das sein?«, fragte Julian verständlicherweise.

»In Bayern. Du lagst richtig. Das Haus auf dem Foto befindet sich in Franken. Ich vermute konkret im Kreis Schwarzenbach.«

»Wieso bist du dir da so sicher?«

Sie überlegte. Die ehrliche Antwort wäre: weil das auf eine völlig irrsinnige Art und Weise alles zusammenpasst! Das Hassposting des Waldhauses von jemandem, der Alma und ihre Krankheit kannte. Das sich im Frankenwald befand, in der Gegend, in der die Legende vom Kalendermädchen ihren Ursprung nahm. Die Postleitzahl in der geschwärzten Adoptionsakte. Das programmierte Navi in dem VW, der sie beinahe getötet hätte.

»Es ist eine lange Geschichte, aber es weist buchstäblich alles …« … *in dieselbe Richtung,* hatte sie sagen wollen, war aber auf einmal zu abgelenkt, um den Satz zu vollenden. Beim Griff nach hinten war sie auf Elias' Winterjacke gestoßen. Er hatte sie auf der Rückbank liegen lassen. War es möglich, dass er bei diesem Sauwetter nur im Pullover das Weite gesucht hatte?

Das ergab keinen Sinn.

Was, wenn ihm in der Klinik etwas zugestoßen war und sie ihn dort im Stich gelassen hatte?

Aber was könnte das sein?

»Okay, worüber wolltest du so dringend mit mir reden?«, wechselte sie das Thema.

»Ich weiß jetzt, wie Alma von ihrer Adoption erfahren hat«, sagte Julian.

»Wie?«

»Wusstest du, dass sie auf TikTok ist?«

»Nein!«

Olivia hatte Alma die Nutzung sozialer Netzwerke in so jungen Jahren noch nicht gestattet, aus Angst, sie könne dort schädlichen Einflüssen ausgesetzt sein. Ihre Sorge war offenbar absolut begründet, wie sie jetzt erfuhr.

»Sie hat heimlich ein Profil angelegt, in dem sie mit anderen über ihre Krankheit chattet. Eigentlich gibt es für Privatnachrichten eine Altersbeschränkung, aber die hat sie mit einer List umgangen. Schätze, deswegen hat sie nicht sofort mit der Sprache herausrücken wollen, wer Opa Wilhelm ist.«

»Und wer?«

»Ein Fake-Account. Jemand hat ihr mit dem Profilbild deines Vaters eine Direktnachricht geschickt.«

»Verdammt, wer sollte so etwas tun? Moment …«

Der Name ihres Mannes war auf dem Display ihres Armaturenbretts verschwunden. Stattdessen erschien der von Elias.

Gott sei Dank!

»Bitte bleib kurz dran, Julian«, sagte sie und legte ihn in die Warteschleife, um den anklopfenden Anrufer entgegenzunehmen.

»Wo in Gottes Namen steckst du?«

»In Schwierigkeiten«, antwortete Elias atemlos. Er klang, als würde er mit schwerer Ausrüstung einen Berg hinaufrennen. »Aber ich weiß jetzt, dass Valentina nicht vergewaltigt wurde. Wir sind auf der völlig falschen Spur.«

53. KAPITEL

Woher willst du das wissen?«

»Ich habe die Patientenakte von Valentina Rogall. Die vollständige der letzten elf Jahre.«

»Woher?«

Elias klang, als würde er in einer Blechschachtel sitzen. Seine Stimme war heller und hatte einen leichten Nachhall. »Während Sie im Zimmer waren, hab ich mich bei Dr. Roth reingeschlichen. Er war gerade auf Visite. Es war ein Kinderspiel, an die Akte ranzukommen.«

»Woher wusstest du, wonach du suchen musstest?«

Olivias Magen knurrte und erinnerte sie daran, dass sie seit dem gestrigen Mittag nichts gegessen hatte.

»Sie lag direkt auf seinem Schreibtisch. Ich hab Valentina anhand der Station und der Zimmernummer identifiziert.«

»Was steht drin?«

»Sie ist zu lang. Ich hab sie mitgenommen.«

»Du hast *was?*«

Ein Hinweisschild kündigte eine Raststätte in fünf Kilometern an. Olivia überlegte, ob sowohl ihr Tank als auch ihr Magen noch achtundsiebzig weitere Kilometer bis zur nächsten aushalten würden.

»Hier ist gerade Großalarm. Valentina ist weg, aber das wissen Sie vermutlich längst. Die durchkämmen das gesamte Krankenhaus. Es wird eine Weile dauern, bis Roth merkt, dass ihm auch ihre Akte abhandengekommen ist«, sagte er selbstsicher, schwächte es allerdings durch ein nachgeschobenes »hoffentlich« ab.

»Wo steckst du selbst?«, wollte sie von Elias wissen.

»In so einer Art Heizungskeller. Mir bleibt nicht viel Zeit, um die Akte zu analysieren, und ich hab hier nur in einer Ecke mikroskopisch kleinen Empfang. Aber wie ich schon sagte, eines hab ich bereits herausgefunden: Valentina kann in dieser Nacht nicht vergewaltigt worden sein.«

»Wieso nicht?«

Olivia war so angespannt, dass ihr gar nicht aufgefallen war, dass sie an Geschwindigkeit verlor. Hinter ihr gab ein wütender Fahrer Lichthupe, und sie beschleunigte.

»Erinnern Sie sich an den lesbaren Absatz in der Adoptionsakte, die sich Wallenfels ausgedruckt hat? Dort, wo von einer Andrea die Rede war?«

»Dunkel, ja.«

»Es gibt in der Anfangszeit unzählige Therapiesitzungen, in denen Valentina immer wieder erklärt, sie wäre von dieser Andrea schon in der Schulzeit gefoltert worden. Diese Frau soll im Auftrag ihrer Mutter Stella gehandelt haben. Sie hat Valentina vor elf Jahren im Haus Waldpfad in Rabenhammer heimgesucht.«

»Haben diese Frauen auch Nachnamen?«

»Fehlanzeige. Es heißt bislang immer nur Andrea oder Stella.«

Olivia stieß einen frustrierten Seufzer aus.

Erneut hatte sie die Bestätigung erhalten, dass ihre Recherche sie zu den richtigen Ergebnissen geführt hatte. Es *gab* das Kalendermädchen, sie *war* Almas Mutter, und das Haus, in dem sie gequält worden war, befand sich tatsächlich in *Rabenhammer*. All das Wissen war jedoch nutzlos. Es verlängerte Almas Leben nicht eine Sekunde.

Es war zum Heulen. Je näher sie der Wahrheit zu kommen schien, umso weniger Hoffnung hatte sie.

»Steht in der Akte nichts, was auf Almas Vater deutet?«, fragte sie Elias, während sie sich nervös durch die Haare fuhr.

»Doch. Genau deswegen rufe ich ja an. Es gibt eine Notiz,

aus der hervorgeht, dass Valentina Rogall nicht vergewaltigt wurde. Zumindest nicht damals in Rabenhammer.«

Olivias Kehle wurde trocken. Ihr Herz begann zu rasen.

»Wie lautet die Notiz?«

Elias räusperte sich, dann sagte er: »Valentina war bereits schwanger, als sie damals nach Haus Waldpfad reiste.«

54. KAPITEL

DAMALS
HAUS WALDPFAD
VALENTINA

Du wirst jetzt exakt das tun, was ich von dir verlange. Das wird dir zwar völlig seltsam und bizarr vorkommen, aber du hast keine Wahl. Nur wenn du meinen Befehlen gehorchst, so sinnlos sie dir auch erscheinen, wird Ole überleben, und ich lasse ihn frei.«

Valentina strich sich über ihren noch unverdächtig flachen Bauch, während Andreas Worte in ihrem Kopf wie ein Echo nachhallten.

»Wieso sollte ich dir glauben?«, fragte sie.

»Oh, das solltest du besser nicht. Wir wissen, ich bin ein gestörtes, sadistisches Arschloch. Aber mit Familiensinn!«

Und mit einer Waffe in der Hand.

Valentina bekam eine Vorstellung davon, weshalb dem Tod geweihte Menschen im Angesicht eines Erschießungskommandos ihr eigenes Grab aushoben. Das Leben war schön. Selbst wenn es entsetzlich war. Solange man atmete, hoffte man. Und die Hoffnung, die schlimmste Verräterin von allen, machte folgsam. Bis in den Tod hinein.

Andrea zeigte noch einmal auf die **19** auf der Ofenscheibe. »Ich hab mir all deine Karten angesehen und versucht, deine Handschrift zu imitieren. Ich bin richtig stolz. Der Schwung ist mir perfekt gelungen, oder? Na los. Komm.«

Valentina ging, wie befohlen, voraus in den Flur. Sie sah sofort die handtellergroße **5** auf der weißen Tür des Sicherungskastens. »Die Haustür hatte ich ja schon vorhin als Nummer zwei beschriftet, als ich dir einen Schrecken einjagen wollte. Sowie die Eins, die ich in den Stiefel gelegt habe. Das war zu meinem Vergnügen. Aber ich hab dir ja versprochen: keine Spielchen mehr. Ab jetzt ergibt alles Sinn.«

Andrea lachte und zwang sie die Treppe hoch ins Schlafzimmer. Oben angekommen, fühlte sich Valentina wie in einer sauerstoffarmen Bergregion. Ein zentnerschwerer Druck lastete auf ihren Lungen, der noch größer wurde, als sie das Doppelbett sah.

Hier waren die frisch aufgezogenen Laken mit dem roten Edding aus ihrer eigenen Schreibtasche beschmiert. Rechts mit einer **9**. Auf der linken Betthälfte mit der **17**.

Andrea lachte stolz: »Ich habe das gesamte Haus durchnummeriert. Fenster, Türen, Scheiben, Kästen. Von eins bis vierundzwanzig. Der gesamte Adventskalender. Und ich habe deine Gedichtkarten verteilt.«

»Wozu soll das gut sein?«

Weshalb setzt die Spinne meinen eigenen Plan um? Das ergibt überhaupt keinen Sinn.

»Warte ab. Das ist nur Teil eins meiner Strategie. Was jetzt kommt, ist brillant.«

Draußen rauschte ein Lkw auf der Landstraße vorbei. Valentina stellte sich vor, dass der Fahrer ein Thriller-Hörspiel hörte, ohne zu wissen, dass er gerade eine True-Crime-Liveaufführung passiert hatte.

»Hier!«

Andrea trat ganz nah an sie heran und hielt Valentina ihr eigenes Handy vors Gesicht.

»Entsperrt«, lachte die Spinne und bedeutete ihr, sich neben sie aufs Bett zu setzen.

»Was wird das?«

»Ich stell auf laut. Du kommst nie darauf, wen wir gleich gemeinsam anrufen werden.«

55. KAPITEL

HEUTE
OLIVIA

Olivia erreichte Rabenhammer mit stechenden Magenschmerzen, die in ihrer Intensität nur noch von der Schlagbohrmaschine in ihrem Kopf übertrumpft wurden. Ihre Krämpfe rührten von einer plastikverpackten Fast-Food-Salami; die einzige Mahlzeit, die sie sich bei einem Tankstopp auf einem Rastplatz genehmigt hatte. Der bittere Kaffee, mit dem sie das versalzene Teil hinuntergespült hatte, tat sein Übriges.

Die Kopfschmerzen waren einerseits Folge des Unfalls, kamen aber auch vom Grübeln. Die meiste Zeit waren ihre Gedanken um die Frage gekreist, wie sie es anstellen sollte, so schnell und so unauffällig wie möglich die genaue Adresse des Waldhauses in Erfahrung zu bringen.

An ihrer schlechten Verfassung änderte auch die idyllische Landschaft nichts, die sie begleitete, seitdem sie von der A9 bei Naila abgefahren war und von dort aus die B173 genommen hatte.

Majestätische, schneebedeckte Fichtenwälder schmiegten sich zu beiden Seiten an die frisch geräumte Landstraße, die schon geraume Zeit von einem kristallklaren Flüsschen begleitet wurde.

Als Olivia das Ortsschild von Rabenhammer passierte, blinkte ein elektronisches Piktogramm auf ihrem Armaturenbrett auf. Dem Symbol nach war ihr das Wischwasser ausgegangen, mit dem sie die gesamte Fahrt lang gegen das Salz auf der Windschutzscheibe angekämpft hatte. Sie war nicht abergläubisch, aber es fiel ihr schwer, ein Warnsignal ausgerechnet in diesem Moment nicht als schlechtes Omen zu werten.

Sie drosselte auf das vorgeschriebene Tempo 30, einmal, weil die sich durch den Ortskern windende Straße eine höhere Geschwindigkeit gar nicht zuließ – es sei denn, man wollte Gefahr laufen, in eines der nah am Straßenrand gebauten Häuser hineinzurutschen. Vor allem aber, weil sie nach etwas Ausschau hielt.

Es war kurz vor vierzehn Uhr, also Mittagszeit, weswegen sie schon damit gerechnet hatte, dass das Dorf wie ausgestorben wirkte. Als Großstädterin hatte Olivia nie verstanden, weswegen Kneipen und Restaurants in ländlichen Gegenden ausgerechnet dann eine Pause machten, wenn die meisten Menschen doch zu Mittag essen wollten.

Sie drückte sich selbst die Daumen, dass wenigstens eine Gaststätte geöffnet war. Wenn sie an Informationen gelangen wollte, dann an einem Ort, an dem sich die Einheimischen regelmäßig trafen.

Ihr Gebet wurde erhört.

Die Wirtschaft lag in einer haarnadelartigen Kurve, direkt an der Hauptstraße. Das erleuchtete Schild mit dem Landeswappen direkt neben dem Eingang hatte Olivia schon von Weitem sehen können.

Gasthof Fels.

Wie passend. Die Fassade sah tatsächlich so aus, als wäre ihre Verkleidung kürzlich erst aus einem der nahe gelegenen Schieferfelsen gehauen worden. Graue Wandplatten, graue Schindeln auf dem Dach und zwei Findlinge rechts und links der Eingangstür.

Olivia fuhr erst einmal vorbei, wendete im Kreisverkehr und stellte ihren Wagen auf dem als Parkplatz für Gäste gekennzeichneten Hinterhof ab. Hier gab es einen zweiten Eingang, der sie in einen rustikalen, verwaisten Mehrzweckraum führte, in dem vermutlich Tanzabende, Hochzeiten und andere Gruppenfestivitäten stattfanden.

Eine Tür weiter links schloss sich der Bar- und Restaurantbereich an. In ihm war es bullig heiß. Es roch nach Bier, Schweinebraten und Spülmittel.

An der Theke säuberte einsam und verlassen eine vielleicht dreißigjährige Blondine benutzte Gläser. Mit ihrem kantigen Kurzhaarschnitt, dem Nasenring und dem Strass-Piercing zwischen den Augenbrauen hätte Olivia die Barfrau eher hinter dem Tresen einer Disco vermutet. Ihre gelangweilte Ausstrahlung passte zu einer In-Kneipe im Prenzlauer Berg.

Ohne auch nur von Olivia Kenntnis zu nehmen, glotzte sie auf einen Fernseher. Er hing an der Wand gegenüber dem Tresen, schräg unter der Decke, ähnlich wie der in Valentina Rogalls Krankenzimmer. Im Moment lief eine Quizsendung.

Olivia sah sich um.

Wie zu erwarten, war der Restaurantbereich festlich geschmückt. Bunte Servietten mit Tannenzweigen lagen auf den Tischen, aufgesprühte Eissterne verzierten die Scheiben. Am meisten zu schaffen machte Olivia der erleuchtete Christbaum direkt neben dem Eingang. Bevor ihre Phobie sie lähmen konnte, wandte sie rasch den Blick ab und zählte die Gäste.

Es waren vier.

Drei Männer spielten an einem Rundtisch Karten. Ein vierter, der seine gesteppte Trekkingjacke trotz der Wärme nicht ausgezogen hatte, saß in einer fensterlosen Nische und strich über den Rand seines kaum noch gefüllten Bierglases, als wollte er einen Ton erzeugen.

Also dann, wer wagt, gewinnt, dachte sie, zog einen Barhocker zu sich heran und setzte sich der Blondine gegenüber. »Guten Tag.«

»Grüß Gott.«

Olivia fragte nach einem Fenchel- oder Salbeitee für ihren Magen und bekam als Antwort einen Gesichtsausdruck zugeworfen, als hätte sie sich nach dem Weg zum Strand erkundigt. Sie einigten sich auf ein stilles Wasser. Als die junge Frau es vor ihr abstellte, versuchte Olivia ihr Glück und zeigte ihr den Ausdruck mit dem Foto des Waldhauses.

»Könnten Sie mir sagen, wie ich dort hinkomme?«

Die Barfrau zog die frisch gezupften Brauen hoch. »Wieso willst du das wissen?«

»Kennen Sie es?«

»Kennen?« Die Bardame lachte. »Jeder kennt das hier.« Sie senkte die Stimme. »Bist du von der Presse?«

»Nein. Nein, ich …« Olivia überlegte, ob sie der Frau nicht einfach die Wahrheit sagen sollte, da begann diese wissend zu grinsen.

»Hey, hey, hey. Ich kenn dich doch.«

»Was? Das kann nicht sein. Ich bin zum ersten Mal hier.«

»Doch, doch, doch. Ich hab ein gutes Gesichtsgedächtnis. Ich hab dein Bild gesehen. In der Zeitung. Mann, du hast ja mächtig in ein Wespennest gestochen mit deiner ›Gläubige sind geisteskrank‹-These.«

Himmel.

Olivia rollte mit den Augen. Das konnte nicht wahr sein. Dieser verdammte Podcast zum Thema religiöser Fanatismus hatte ihr anscheinend auch in diesem Winkel Deutschlands zu zweifelhaftem Ruhm verholfen.

Die Barfrau grinste anerkennend und reichte ihr die Hand über den Tresen. »Camilla.«

Unwillkürlich griff Olivia danach und nannte auch ihren Vornamen.

»Untersuchst du den Fall des Kalendermädchens nach religiösen Aspekten?«

Das Kalendermädchen.

Ein Kribbeln überzog Olivias Arm, als krabbelte eine Horde Ameisen darüber. Offensichtlich war die Legende hier in Rabenhammer jedem bekannt.

»Nicht direkt«, wich Olivia ihr aus.

Die Blondine beugte sich vor und senkte vertraulich flüsternd die Stimme: »Bei mir bist du jedenfalls an der richtigen Adresse. Ich bin vielleicht die Letzte, die dieses arme Mädchen lebend gesehen hat.«

Das Kribbeln wurde stärker.

»Waren Sie bei ihr im Haus?«

»Mit der ganzen ABC-Gang, ja.«

»ABC was?«

»Ansgar, Bruno und ich, also Camilla. Meine Kumpels. Aber die sind längst weggezogen. Ich halte hier als Einzige die Stellung. Hätte besser ebenfalls abhauen sollen, spätestens, als das Labor pleiteging, in dem ich gearbeitet habe. Eigentlich bin ich Zahntechnikerin. Egal. Wir waren beim lebendigen Adventskalender dabei. Sie hatte eine Kerze ins Fenster gestellt, und das war ja das Zeichen, dass man eingeladen ist. Mann, die war echt seltsam. Ich kann mich noch gut an den Strick erinnern, der im Bad von der Decke baumelte. ’ne echte Henkersschlinge. Sie hat behauptet, die wäre von der Vormieterin. Nun ja, sagen wir mal so: Wir *wollten* es ihr glauben. Irgendwie wirkte sie auf mich verloren, aber nicht zerstört, wenn du weißt, was ich meine. Ich hab eine ganz gute Menschenkenntnis. Ich glaube nicht, dass sie sich selbst was antun wollte. Sonst hätte sie uns ja alle aus dem Haus geschmissen und nicht Hinz und Kunz reingelassen. Aber sie hatte so eine Aura, die hab ich gespürt. Irgendetwas schwang da mit, eine Agenda. Sie hatte was vor.« Camilla zog mit selbstkritischer Miene die Schultern hoch. »Na ja, schätze, ich will mich selbst beruhigen. Als es dann hieß, Polizei und Feuerwehr hätten in der Nacht das Haus sichern müssen, hab ich mir natürlich Vorwürfe gemacht, dass wir nicht noch mal nach ihr geschaut haben. Tja, kann ich jetzt nicht mehr ändern. Ich wüsste wirklich gerne, ob sie noch lebt. Aber es heißt, das Haus wäre leer gewesen. Nur Stunden nachdem wir dort alle Advent gefeiert haben. Und bis heute hat man nie wieder etwas von der Frau gehört. Klar, dass das die Gerüchteküche anheizt, Moment, der Chef. Bin gleich wieder da …«

Das, was Olivia nicht gelungen war, nämlich Camillas Redeschwall zu unterbrechen, hatte die tiefe Stimme eines Mannes bewerkstelligt, die aus der Küche heraus dröhnend ihren Namen rief.

Mit dem Bild von Haus Waldpfad in der Hand, das Olivia ihr gegeben hatte, verschwand die Barkeeperin durch eine Schwingtür im Küchenbereich.

Olivia wartete, bis die beiden Türhälften nicht mehr pendelten. Als Camilla nach einer weiteren Minute noch immer nicht zurückgekommen war, drehte sie sich auf dem Barhocker zum Fernseher herum.

Die Quizshow pausierte oder war beendet. Momentan lief eine Werbung für ein Medikament gegen Kopfschmerzen.

Das könnte ich jetzt gut gebrauchen, dachte Olivia noch, dann verschluckte sie sich am letzten Schluck Wasser.

Das gibt es doch nicht …

Sie stand auf.

In dem Spot priesen zwei »Freundinnen« sich offenbar gegenseitig die Vorzüge des Medikaments. Sie lachten und umarmten sich. Dann sah man, wie sie sich für eine Party in Schale warfen.

Das sind doch …

Olivia war so konzentriert, dass sie nichts mehr von ihrer Umgebung wahrnahm. Sie hatte nur noch Augen für die beiden schlanken, sportlichen Frauen in der Werbung, die sich jetzt lachend auf der Tanzfläche einer Disco im Kreis drehten.

Linda und Sina.

Hanni und Nanni.

Die Doppelaffäre ihres Mannes.

»Ich hab gehört, du hast dich verlaufen?«, hörte sie die drohende Bassstimme des Wirts hinter sich.

Schön, die beiden sind Fitnesstanten. Wieso sollten sie nicht in einem Werbespot mitspielen?, dachte sie noch, dann drehte sie sich zu dem Mann, der anstelle der Frau jetzt hinter der Theke stand.

»Hallo, äh, grüß Gott«, sagte sie zu dem beleibten Mittfünfziger, dessen Vollbart mit den Augenbrauen um die Wette wucherte.

»Ich denke, du gehst jetzt besser!«, sagte er barsch. Seine Augen funkelten unverhohlen feindselig, was Olivia einschüchterte.

Von Camilla war nichts mehr zu sehen.

»Meine Mitarbeiterin hat mir von deinem Podcast erzählt. Du denkst wohl, du kannst hier reinspazieren und alte Wunden wieder aufreißen? Glaub's oder nicht, wir sind eine ordentliche Gemeinde.«

»Das stelle ich überhaupt nicht in Abrede …«

»Im Gegensatz zu dir haben wir Werte. Glauben und Bräuche, die wir pflegen. Eine Gemeinschaft, die wir schützen – vor Subjekten wie dir, die hierherkommen und Unfrieden stiften wollen.«

Er trat zwei Schritte zur Seite und öffnete eine Tresenklappe, um zu Olivia zu kommen.

»Jahrelang habt ihr Spinner uns heimgesucht. Dreck und Lügen über uns erzählt. Dann wurde es ruhig, und so soll es jetzt auch bleiben.«

»Hey, lassen Sie das.«

Er hatte sie am Kragen ihrer Jacke gepackt und schob sie unsanft Richtung Ausgang. »Du verziehst dich jetzt mal sofort wieder in dein Hauptstadtloch, aus dem du gekrochen bist.«

Olivia versuchte, sich zu befreien. Sie befand sich nur noch wenige Schritte vor der Tür, durch die der Wirt sie auf die Straße komplimentieren wollte, als diese nach innen aufschwang.

Ein Mann betrat das Wirtshaus. Er trug eine metallisch glänzende, knallrote Thermodaunenjacke mit Kapuze.

»Hallo Gunther, was gibt es denn?«, begrüßte er den Wirt.

Der Mann sah müde aus, als hätte er eine lange Nacht hinter sich, in der er sich wegen eines unlösbaren Problems die braungrauen Haare gerauft hatte. Sein Atem roch nach Bier, obwohl er noch nichts bestellt haben konnte. In den Augen lag eine dunkle Traurigkeit, wie sie Olivias beruflicher Erfahrung nach nur Menschen kannten, denen ein schwerer Schicksalsschlag widerfahren war.

»Danke, dass du gekommen bist!«, sagte der Wirt, der den Mann offenbar angerufen hatte. »Die macht Schwierigkeiten …!«

»Mache ich nicht!«, protestierte Olivia.

»Ich kümmere mich drum, lass gut sein«, sagte der Mann leise. Offenbar verfügte er über so viel Autorität, dass der Wirt den Griff an ihrem Kragen lockerte.

»Sie ist ein Schmierfink«, sagte er. »Hat sich nach Haus Waldpfad erkundigt. Du weißt, was das bedeutet. Gerade du!«

Die beiden Männer sahen einander tief in die Augen, dann sagte der fünfte Gast einen Satz, der Olivia wünschen ließ, sie wäre noch immer in den Fängen des Wirts.

»Deswegen überlass sie mir, ja? Ich erledige das.« Darauf führte er Olivia mit noch sehr viel festerem Griff nach draußen in die Kälte.

56. KAPITEL

»Lassen Sie mich los!«

Der Schneeregen, der ihnen vor dem Gasthof ins Gesicht klatschte, war weniger unangenehm als der Schraubstockgriff des Fremden. Er war in etwa so groß wie sie, auch sonst von ähnlicher Statur, nur sehr viel kräftiger.

»Gleich«, sagte der Mann mit unerwartet ruhiger und angenehmer Stimme. »Sobald keiner mehr aus dem Fenster schaut.«

Sie wollte sich umdrehen, was zur Folge hatte, dass er ihren Oberarm noch enger packte. »Auf keinen Fall. Augen brav nach vorn!«

Wie eine grobe Mutter ihr quengelndes Kind schob und zog er auf diese Weise Olivia die Hauptstraße hinunter.

Ein Auto fuhr mit überhöhter Geschwindigkeit an ihnen vorbei. Wenn der Fahrer bei diesem Schmuddelwetter überhaupt Augen für Passanten gehabt hatte, hätte er in ihnen vermutlich ein eng nebeneinanderher laufendes Ehepaar vermutet.

»Sie können es mir glauben«, sagte er. »Gunther und all die anderen da drinnen drücken sich gerade an der Scheibe die Nase platt und hoffen, dass ich Sie aufs Revier bringe.«

Revier?

»Sie sind Polizist?«, fragte Olivia und schöpfte Hoffnung.

Ihr Atem schlug Wolken in der kalten Luft.

»Nein, Förster«, sagte er. Erst nach einer Weile entlarvte der Mann mit einem sympathischen Kichern seine Bemerkung als Scherz. Kurz danach bogen sie auf den Parkplatz des *Gasthof Fels*. Hier ließ er sie endlich los.

»Tut mir leid, wenn ich Sie etwas fest angepackt habe. Und

ja, ich bin Polizist, allerdings ist heute mein freier Tag. Gunther hat mich privat angerufen.«

Er zeigte ihr seinen Dienstausweis. Sie standen direkt unter einer Außenlaterne. »Roman Strachnitz« stand auf dem scheckkartengroßen Dokument. Das Bild stimmte überein.

Er strich sich eine nasse Strähne aus der Stirn, setzte aber nicht die Kapuze seiner Jacke auf, vermutlich, weil er unter dieser gewaltigen roten Haube nichts mehr hören würde.

»Gunther mag von der alten Schule sein, aber er hat recht. Sie sollten hier verschwinden. Schnüffler sind hier nicht willkommen.«

Sie wollte ihm erklären, dass sie keine Reporterin war, da fiel sein Blick auf ihren demolierten Van.

»Hatten Sie einen Unfall?«

Sie nickte und musste an den VW-Kombi denken, der sie beinahe getötet hätte, und ihr wurde flau im Magen.

»Krieg ich jetzt einen Strafzettel, weil meine Rücklichter defekt sind?«

»Nicht, wenn Sie sich sofort wieder auf den Rückweg machen.«

Der Polizist wollte sich verabschieden, doch sie hielt ihn zurück.

»Was hat der Wirt eben damit gemeint, als er sagte, gerade Sie wüssten, was es mit diesem Haus Waldpfad auf sich hat?«

Strachnitz lächelte melancholisch und schaffte es, sie zurechtzuweisen, ohne dass es unfreundlich klang. »Das geht Sie nichts an!«

»Kommen Sie. Ich bin keine Reporterin. Ich bin eine Mutter.«

»Was soll das bedeuten?«

»Meine Tochter Alma hat Leukämie. Wir sind verzweifelt auf der Suche nach einem Stammzellenspender.«

»Hier? In Rabenhammer?«

Sie nickte. Fröstelnd wegen des Schmuddelwetters, aber vor allem wegen des Themas.

»Es klingt irre, aber es könnte sein, dass das Kalendermädchen Almas Mutter ist.«

Er lachte wieder. »Sie haben recht, gute Frau. Das klingt ziemlich irre.«

Sie überlegte, ob sie die Katze aus dem Sack lassen sollte, und fand keinen Grund, es nicht zu tun.

»Und es spricht vieles dafür, dass sie auf dem Weg hierher ist.«

Der Polizist legte den Kopf schief, als wäre ihm gerade etwas Schneeniesel ins Ohr geraten, und fragte misstrauisch: »Weshalb denn das?«

»Sie ist aus der Psychiatrie abgehauen und hat dort einen Abschiedsbrief hinterlassen. Sie hat geschrieben, sie wolle dorthin zurück, wo sie vor elf Jahren schon einmal fast gestorben wäre.«

»Um was zu tun?«

»Um zu töten.«

Strachnitz riss die Augen weit auf. »Wen?«

Olivia zuckte mit den Schultern. »Vielleicht erhofft sie sich ein Zusammentreffen mit dem Täter, der sie damals fast ermordet hat. Oder mit der Täterin.«

»Wie meinen Sie das?«

»Sie hat in ihrer Krankenakte zu Protokoll gegeben, von einer Frau namens Andrea im Auftrag einer gewissen Stella gequält und beinahe getötet worden zu sein.«

»Eine Frau?« Strachnitz lachte. »Und wie soll die Ihnen bei der Suche nach einem Stammzellenspender für Ihre Tochter behilflich sein?«

Guter Punkt. Der Mann war nicht nur Polizist, sondern zudem von einer raschen Auffassungsgabe.

»Gar nicht. Ich hoffe, auf Valentina zu treffen und sie nach dem Vater ihres Kindes fragen zu können.«

»Wer ist denn jetzt Valentina?« Strachnitz seufzte. Er sah auf den Wagenschlüssel in der Hand, dann zu einem BMW, zwei Stellplätze von ihrem Wagen entfernt, in dem er offensichtlich sehr viel lieber sitzen wollte, als hier mit ihr herumzustehen.

»Valentina Rogall. So heißt das Kalendermädchen.«

Strachnitz fuhr sich durch seine mittlerweile regennassen Haare. »Das ist doch vollkommener Blödsinn. Das Kalendermädchen ist eine Legende.«

»Ist sie nicht. Es gibt sie. Sie war vor elf Jahren im Haus am Waldpfad hier in Rabenhammer und lag die letzten Jahre im Park-Klinikum in …«

»HALTEN SIE DEN MUND. ICH WILL ES NICHT HÖREN!«

Sein Wutgebrüll traf Olivia so unvermittelt, dass sie vor Schreck zu atmen vergaß.

Er hob die rechte Hand, atmete schwer. »Entschuldigung, tut mir leid. Ich bitte um Verzeihung.«

Noch immer erregt, aber auch verlegen wirkend, wandte er sich von ihr ab und öffnete mit einem Funkschlüssel seinen Wagen. Er machte die Tür auf und drehte sich noch einmal zu Olivia. »Sorry, wirklich. Ich wollte Sie nicht anschreien. Sie haben Gunther gehört. Ich trage das nun seit elf Jahren mit mir rum. Es hat mein Leben zerstört.«

»Warten Sie.«

Olivia kam näher. Der Schneeniesel hatte ihre Haare feucht und schwer gemacht, was sie als Erleichterung empfand. Die Kälte begann ihre Kopfschmerzen zu lindern. Vielleicht war es auch das Adrenalin, das ihr Körper ausschüttete, weil sie sich erneut auf einer richtigen Fährte wähnte.

»Ich bin keine Reporterin. Ich werde über das, was ich hier und heute erfahre, mit niemandem sprechen.«

Sie trat noch näher. Blickte Strachnitz tief in die Augen. Sah einen Menschen, der das tiefe Bedürfnis hatte, sich jemandem anzuvertrauen, aber mit sich selbst haderte aus Angst, einen nicht wiedergutzumachenden Fehler zu begehen. Es war nicht das erste Mal, dass sie einem Patienten gegenüberstand und wusste, was in ihm vorging. In diesem Polizisten gärte etwas, für das er verzweifelt nach einem Ventil suchte. Er war vielleicht selbst schon in Therapie gewesen, wusste um den Kampf, der in ihm tobte. Hatte vielleicht bereits die heilsame Wirkung eines Gesprächs gespürt und wollte es wiederholen. Nur war er zu klug und erfahren, um sich einer völlig Fremden anzuvertrauen. Sie musste seinem emotionalen Wunsch, sich zu öffnen, noch einen rationalen Schubs versetzen. Anders als bei dem beruflich leidenschaftslosen Wachmann konnte sie hier an seine Pflicht als Polizist appellieren. »Bitte, es geht um meine Tochter. Um ihr Leben. Sie müssen mir helfen.«

Er seufzte. Sah über ihren Kopf hinweg ins Leere und schlug mehrfach mit der flachen Hand auf das Dach seines Autos.

»Verdammt, warum musste ausgerechnet ich zur Stelle sein, als der Pizza-Notruf einging?«

»Pizza?«, fragte Olivia.

Er überlegte eine Weile, dann zuckte er mit den Achseln und nickte mit dem Kinn Richtung Beifahrertür. »Steigen Sie ein. Ich erzähl's Ihnen. Auch wenn ich jetzt schon ahne, dass ich das bitter bereuen werde.«

57. KAPITEL

DAMALS
VALENTINA

Notruf der Polizei, mit wem spreche ich?«

Valentina starrte auf ihr Handy, das zwischen ihr und der Spinne auf dem Bett lag, auf dessen Kante sie beide nebeneinander Platz genommen hatten.

Wie Freunde, die einen gemeinsamen Bekannten anrufen.

Nur dass mir dabei eine Waffe ins Gesicht gehalten wird.

Andrea nickte ihr aufmunternd zu und lächelte feixend, als würden sie gerade einen harmlosen Telefonstreich verüben und nicht einen Notruf tätigen.

»Ja, hallo. Ich würde gern eine Pizza bestellen«, sagte Valentina.

Wie verabredet.

Andrea hatte ihr vor wenigen Minuten mit irrem Grinsen im Gesicht den »brillanten Plan« erklärt.

»Ich soll eine Pizza bestellen?«

»Ja.«

»Bei der Polizei? Wieso?«

»Wart's ab!«

»Gute Frau, Sie haben den Notruf der Polizei gewählt«, sagte der Beamte mit der erwarteten Verärgerung im Ton. Er sprach mit leicht fränkischem Akzent, der sicher breiter werden würde, wenn sie ihn noch wütender machte.

»Genau. Mit Salami und Käse«, folgte sie der zweiten Anweisung, die die Spinne ihr erteilt hatte. Von da an sollte sie improvisieren.

Der Polizist am anderen Ende zögerte.

»Verstehe …«, sagte er. Jetzt klang er auf einmal angespannt, so, als hätte er sich auf seinem Stuhl kerzengerade aufgesetzt. »Sind Sie aktuell in Gefahr und werden bedroht?«

»Ja.«

Andrea gab ihr ein Daumen-hoch-Zeichen. Valentina schöpfte Hoffnung. Vielleicht war das psychopathische Monster jetzt komplett irre geworden? Vielleicht hatte die Spinne sich ihr letztes bisschen Verstand mit Camillas Absinth weggesoffen und erlaubte ihr in ihrem Wahn tatsächlich, Hilfe zu holen.

Weshalb dann aber so umständlich?

Wieso kann ich nicht einfach »Kommen Sie ins Haus Waldpfad!« in den Hörer schreien?

Das hatte ihr Andrea ausdrücklich verboten, doch am Ende lief es doch aufs Gleiche hinaus, *oder nicht?*

Der Beamte in der Leitstelle würde einen Streifenwagen informieren und einen Einsatz auslösen, wenn das Gespräch so weiterging.

»Sie sind nicht allein im Raum?«, fragte er.

»Ganz genau«, improvisierte sie.

»Sind es mehrere Täter?«

»Nein. Nur eine Pizza.«

Ein breiteres Grinsen. Ein weiteres Daumen hoch-Zeichen.

»Gut. Sie machen das sehr gut. Ist die Person bei Ihnen bewaffnet?«

Valentina sah der Spinne in ihre weit aufgerissenen, vergnügt aufblitzenden Augen. Andrea flüsterte selbst für Valentina kaum hörbar: »Die XXL-Größe bitte«, was sie wiederholte.

Auf diese Art ging der Notruf weiter.

Der Polizist fragte, ob und wie schwer sie verletzt sei und nach der Adresse und ihrem Namen, und jedes Mal gab Valentina eine Antwort, die Andrea ihr flüsternd, mit Gesten oder Zeichensprache vorsagte. Der vermutlich bizarrste Notruf aller Zeiten endete mit der Anweisung, der Pizzabote möge den Karton vor die Haustür legen, das Geld befände sich unter der Fußmatte.

Und jetzt?

Der einfühlsame, kluge Beamte am anderen Ende machte ihr Mut und versprach, Hilfe sei unterwegs. Dann wollte er offenbar verhindern, dass die Verbindung abriss, und forderte Valentina auf, folgenden Satz zu wiederholen: »Kein Problem, ich warte in der Leitung, bis Sie Ihren Lieferanten erreicht haben.«

Sie gehorchte auch hier, doch Andrea wollte offenbar nicht, dass damit das Gespräch beendet war, bedeckte das Handy mit einer Hand und flüsterte ihr zu: »Sag ihm, dein Freund Ole hat gewaltigen Hunger. Er kann es kaum erwarten!«

Ole?

»Moment, warten Sie. Ich soll noch sagen …«

O Gott!

Valentinas Herz sackte eine Etage tiefer. Tränen fluteten ihre Augen.

In dieser Sekunde wurde es ihr klar. Vielleicht, wenn sie nicht so angespannt, verzweifelt und so kurz hintereinander bereits zweimal bewusstlos gewesen wäre, vielleicht hätte sie es schon früher begriffen. Die unvorstellbare Dimension dieses diabolischen Plans.

Ich war so dumm.

Ich hab mir mit diesem Anruf mein eigenes Grab geschaufelt.

Ein Doppelgrab. In dem Ole bereits verweste.

»Nein, nein, das mach ich nicht«, wagte sie es noch, aufzubegehren.

»Hallo? Hallo? Sind Sie noch dran?«, hörte sie den Polizisten über den Lautsprecher fragen.

Dann spürte sie den Luftzug. Sie hatte erwartet, er würde

von einer Pistolenkugel stammen, aber irgendwie war es der Spinne gelungen, unbemerkt eine Rasierklinge erst aus der Tasche, dann mit derselben Bewegung Valentina durch die Kehle zu ziehen.

Sie schrie. Gequält.

Nicht, weil sie jetzt sterben würde. Sondern wegen der Erkenntnis dessen, was sie getan hatte.

Ole war längst tot. Natürlich. Würde er noch leben, könnte er Andreas Plan, ihn als Täter zu brandmarken, mit seiner Aussage zunichtemachen. Um das zu verhindern, hatte Andrea ganz sicher dafür gesorgt, dass Oles Leiche in irgendeinem Baustellenfundament auf Nimmerwiedersehen verschwunden war. Und nun würde die Spinne sie als nächstes töten und Ole den Mord anhängen. Den sie eben gerade verraten hatte. Ihren einzigen Freund. Den einzigen Mann, mit dem sie je intim gewesen war.

Denn auch wenn sie seinen Namen dem Beamten gegenüber nicht ausdrücklich genannt hatte, würden die Ermittler sich sehr rasch auf Ole als Verdächtigen einschießen.

- Das Opfer hatte beim Notruf nicht frei reden können.
- Ihr Mörder musste sie kennen, wenn er ihr erlaubte, eine Pizza zu bestellen.
- Mord war meistens eine Beziehungstat.

Und die einzige Beziehung, die sie je gehabt hatte, würde seit heute verschwunden sein und nie wieder auftauchen.

Tatsächlich. Der Plan war brillant.

Ganz sicher hatte Andrea bei Ole Hinweise platziert, die ihn als geistesgestörten Täter entlarvten. Man würde seine ehemalige Schulleiterin befragen, die jetzt sogar die Gelegenheit hätte, die Gerüchte, die sich um den Hort der Vergessenen in Lobbeshorn rankten, auf Ole zu projizieren.

»Der Apfel fällt nicht weit vom Stamm. Seine Eltern waren ja bereits verurteilte Verbrecher. Saßen jahrelang im Gefängnis. Und auch Ole zeigte von Anfang an kriminelle Züge. Schon im Internat hat er versucht, Valentina zu dominieren. Sie war abhängig von ihm, und er hat sie wie eine Sklavin behandelt. Hat ihr immer drastischere Aufgaben gestellt, die sie zu erfüllen hatte. Eine toxische Beziehung vom frühen Anfang an, die jetzt ein tragisches Ende gefunden hat.« Valentina konnte die Lügen förmlich hören, die Stella den Ermittlern auftischen würde.

Wie perfide!

Andrea hatte die Türen beschriftet und die Umschläge mit den Gedichtkarten verteilt, damit sich das, was sie für Stellas Ermordung geplant hatte, nun gegen Valentina selbst wendete.

Ich werde in die Geschichte moderner Legenden eingehen als Kalendermädchen, das von ihrem Freund in dieser Nacht gequält und ermordet wurde. Und das Traurigste dabei ist, dachte Valentina, während sie noch spürte, wie sie von Andrea in den geöffneten Bettkasten gestoßen wurde, *ich habe meine eigene Todeskarte selbst verfasst.*

58. KAPITEL

HEUTE
OLIVIA

Ich war in der Nähe, als der Pizza-Notruf eingegangen ist.« Sie saßen mit laufendem Motor in Strachnitz' Wagen auf dem Parkplatz des *Gasthof Fels*.

Der Polizist klappte die Sonnenblende herunter und fing mit der rechten Hand eine filterlose Zigarette auf. Olivia vermutete schon, er würde sich eine anstecken, aber er nutzte sie nur, um mit Fingerspielen seine Nervosität zu lindern. Fasziniert beobachtete sie, wie er die Zigarette durch die Finger wirbelte wie ein Schlagzeuger einen Drumstick.

»Pizza-Notruf, so haben wir ihn genannt«, setzte er seine Schilderung fort. »Eine junge Frau hatte die 110 gewählt und wollte sich eine Pizza liefern lassen. Der Beamte schaltete rasch, dass sie nicht frei sprechen konnte, und gab Alarm. Ich nahm den Einsatz an. Zusammen mit meiner Kollegin Samira. Die hat sich danach versetzen lassen und arbeitet irgendwo im Saarland, die Glückliche.«

»Was ist dann passiert?«

»Das wollen Sie nicht wissen.«

»Bitte!«

Er fuhr sich nervös durch die Haare. »Wir sind rein. Alles war vollgeschmiert. Zahlen, Zettel. Wir fanden Gedichte. Und einen Finger.«

»Einen Finger?«

»Im Ofen. Aber nicht nur das. Wir sind nach oben gegangen. Oben im Schlafzimmer habe ich alles abgesucht und dann das Bett geöffnet. Das war so ein Teil, wo man die Matratze anheben und den Bettkasten freilegen kann. Darin, ich will gar nicht daran denken …«

Er griff sich an den Hals.

»Was?«

»Darin lag eine Frau. Blutüberströmt. Sie sprang mich an. Sie hatte eine Rasierklinge … Es hat mich hier erwischt.«

Strachnitz deutete rasch blinzelnd auf eine Stelle oberhalb seines Adamsapfels.

»Ich kann es mir nur so erklären: Der Täter, den Sie für eine Frau namens Andrea halten, hat mitbekommen, dass sie keine Pizza bestellt hat, sondern die Polizei anrief. Daraufhin hat er ihr die Kehle durchgeschnitten. Er dachte wohl, die Verletzung wäre tödlich. Er stopfte sie in den Bettkasten und verlor dabei die Rasierklinge oder das Messer, mit dem er sie aufgeschlitzt hat. Als wir das Bett dann öffneten, bekam das völlig verängstigte Mädel Panik. Dachte vermutlich, der Killer wäre zurück, und hat uns in vermeintlicher Notwehr angegriffen.«

»Was dann?«, wollte Olivia wissen.

»Tja, danach nichts.«

»Wie meinen Sie das?«

»Danach bin ich vor die Hunde gegangen.«

»Ich verstehe nicht.«

»Da haben wir was gemeinsam.« Strachnitz lachte bitter. »Ich bin am Tag danach im Krankenhaus wieder zu mir gekommen. Mein Vater stand am Bett. Er war Polizist wie ich, Gott hab ihn selig. Und er hat mir gesagt, ein Hund hätte mich angefallen.«

»Wie bitte?«

»Ja. Es hätte keine Frau gegeben. Keine Zahlen, keine Gedichte, keinen Finger im Ofen. Das hätte ich mir alles nur eingebildet. Aber das habe ich nicht. Ich habe es mit eigenen Augen gesehen. Und das hier«, Strachnitz deutete wieder auf seinen Hals, »ist auch nicht der Biss eines Streuners. Es kommt von einer Klinge.«

Er wirbelte die Zigarette wieder durch die Finger, doch diesmal entglitt sie ihm und fiel in den Fußraum.

»Ich war drei Monate in Reha, dann durfte ich zurück in meinen Job.«

»Was, glauben Sie, ist damals in Haus Waldpfad passiert?«

Er nickte, den Blick starr nach vorne gerichtet. »Nun, ich hab natürlich viel überlegt. Nachgeforscht. Ermittlungen angestellt. War wie besessen von dem Thema. Eine Zeit lang gab es für mich keine andere Beschäftigung.« Er schluckte.

»Es ist natürlich einiges durchgesickert. Es kam erst zum Dorftratsch und dann, na ja, Sie wissen ja. Schätze, die Legende vom Kalendermädchen hab ich wohl selbst losgetreten. Eigentlich müsste Gunther mich aus dem Ort jagen und nicht Sie. Egal, ich hab nichts Konkretes herausfinden können. Und bis heute ist niemand mit der Wahrheit rausgerückt. Aber über die Jahre habe ich eine Theorie entwickelt.«

»Die wäre?«

Bitte sag mir jetzt nicht, du hättest unter Drogen gestanden, dein Vater hatte recht, und du hast dir das alles nur eingebildet, dachte Olivia. Immerhin hatte er sie gerade eben noch angeschrien, das Kalendermädchen wäre nur ein Märchen. Offenbar hatte er das gesagt, weil er zu diesem Zeitpunkt die Unterhaltung so schnell wie möglich hatte beenden wollen.

Jetzt fasste er das, was er wohl wirklich dachte, in einem Wort zusammen: »Opferschutz.«

»Sie meinen …?«

»Das Kalendermädchen hat es geschafft, ihrem Angreifer zu entkommen, aber sie hatte Angst, er kommt zurück.«

Er warf ihr einen Seitenblick zu, dann sah er wieder durch die Windschutzscheibe auf die Schieferwand. »Sorry, ich bin immer von einem Mann ausgegangen. Am besten ins Täterprofil würde ihr Freund Ole passen, mit dem sie auch zur Schule gegangen ist. Er wird seit elf Jahren vermisst. Sehen Sie es mir also nach, wenn ich weiterhin von einem Er rede.«

»Sie sagten, Sie haben eine Theorie?«, fasste Olivia mit sanfter Stimme nach. Sie hatte gelernt, dass Menschen, die sich anvertrauen wollten, durch lange Zwischenfragen oder gar eigene Einwürfe unnötig in ihrem Redefluss gestört wurden.

Strachnitz nickte. »Meine Theorie: Ich glaube, mein Vater hat das mit dem Staatsanwalt arrangiert, damit der Täter nicht zurückkommt und sein Opfer endgültig zur Strecke bringt. Die Frau und das Baby.«

»Haben Sie Ihren Vater mit dieser Theorie mal konfrontiert?«

Er lachte. »Ja. Aber mein Vater ist nicht mit der Sprache rausgerückt. Ich war nicht gerade sein Vertrauter, wenn Sie wissen, was ich meine. Na ja, so unrecht hatte er auch nicht, mich nicht in Geheimnisse einzuweihen. Ich war schon damals ein Trunkenbold und täglicher Gast bei Gunther. Bei dem Einsatz war ich auch nicht ganz nüchtern. Und ein Plappermaul bin ich außerdem, wie Sie selbst gerade merken. Im Nachhinein verstehe ich, weshalb er nicht wollte, dass ich mich verquatsche. Aber um Ihre Frage zu beantworten: Mein Vater hat es mir nie ausdrücklich bestätigt. Doch als ich ihm meine Opferschutz-Vermutung präsentierte, hat er mir zum ersten Mal einen respektvollen Blick gegönnt.«

Strachnitz startete den Motor, was Olivia als Aufforderung zum Abschied erkannte. Sie öffnete die Beifahrertür, stieg in die Kälte des Nachmittags, der bereits deutlich dunkler geworden war, und schlug die Tür wieder zu. Während der Polizist den Rückwärtsgang einlegte, klopfte sie noch einmal an die Scheibe, und er ließ das Seitenfenster herunter.

»Ja?«

»Ich bin Psychologin.«

Er lächelte. »Hab ich mir fast gedacht. Sie können gut zuhören.«

Sie hatte ihr Portemonnaie herausgeholt. »Hier. Falls Sie noch mehr auf dem Herzen haben.«

Strachnitz nahm ihr die Visitenkarte aus der Hand und begutachtete sie im Licht seines Bordcomputers.

»Oh, eine Professorin sogar.« Er schnalzte anerkennend mit der Zunge. »Die rahme ich mir ein, Frau Rauch.«

»Ich meine es ernst. Rufen Sie mich an, wenn was ist. Oder schicken Sie mir eine Mail.«

»Ich werde dran denken.«

Sie sahen einander einen Tick zu lange in die Augen. In dem Moment, wo er ihrem Blick auswich, fasste sie sich ein Herz und fragte ihn: »Könnten Sie mich vielleicht dorthin begleiten?«

»Zum Haus Waldpfad?«

Sie nickte. Mit Strachnitz an der Seite würde sie sich sehr viel sicherer fühlen. »Wir könnten uns beide vom Wahrheitsgehalt der Legende überzeugen. Vielleicht taucht das Kalendermädchen wirklich auf. Das könnte doch auch für Sie der Anfang vom Ende Ihres Traumas sein.«

Er griff sich vermutlich unwillentlich an den Hals, lächelte freundlich, schüttelte jedoch den Kopf. »Netter Versuch, Frau Rauch. Aber nein, auf keinen Fall. Ich sagte ja, eine Zeit lang war ich besessen von dem Thema. Wissen Sie, als ich mit Samira den Weg hoch zum Haus gestapft bin, da hab ich diese Kerze brennen sehen. Eine schwarze Stumpenkerze im Küchenfenster. Ich hab nicht groß darüber nachgedacht. Aber später hat sie mich in meinen Träumen verfolgt. In meiner manischen Phase bin ich fast täglich am Haus vorbeigefahren. Und wissen Sie, wovor ich Angst hatte?«

»Dass da eine schwarze Kerze im Küchenfenster brennt.«

Sie formulierte es als Feststellung, nicht als Frage.

Er nickte. »Ganz genau. Die Antwort ist daher: Nein. Ich werde Sie auf gar keinen Fall dorthin begleiten. Ich mache wie jeden Tag einen großen Bogen um diesen Teil von Rabenhammer und hoffe, dass das Kalendermädchen, wenn es sie denn wirklich gibt, es ebenfalls tut. Denn um die Wahrheit zu sagen: Ich habe noch immer eine Scheißangst vor der Kerze.«

Damit ließ er das Seitenfenster hochfahren, setzte zurück und schlitterte mit durchdrehenden Reifen vom Parkplatz des Gasthofs.

59. KAPITEL

DAMALS
ANDREA

Die Arbeit war getan. Valentinas Hals aufgeschnitten. Das Luder tat ihre letzten Atemzüge.

Schnell. Nun aber schnell.

Auf der Flucht hatte Andrea den Geheimzugang benutzt, den Weg durch die Sickergrube im Keller. Haus Waldpfad war erst Anfang des neuen Jahrtausends an die Kanalisation angeschlossen worden. Die Grube, in der über ein Jahrhundert lang die Exkremente gesammelt worden waren, lag noch immer unter der Garage vor dem Gewölbekeller. Nur wenige wussten von dem Tunnel, der sie einerseits mit dem Gewölbekeller verband und andererseits mit einem Ausstieg am unteren Ende des Hangs, ganz in der Nähe der Landstraße. Wenn man den bestialischen Gestank und die unvermeidlichen Ratten als Wegbegleitung in Kauf nahm, war er die beste Abkürzung, um unbemerkt rein- und wieder rauszukommen. Man brauchte nur immer eine Flasche Febreze Lufterfrischer, um die Gerüche zu neutralisieren. Wobei die Gefahr, um diese fast mitternächtliche Uhrzeit von einem Passanten gesehen zu werden, gegen null ging. Und genauso war es auch.

Ich bin ein Genie!

Nach nicht einmal zwei Minuten, nachdem Valentina erledigt war, hatte Andrea das Fluchtfahrzeug erreicht. Seit dem gestrigen Nachmittag stand es am untersten Grundstück des Hangs in der Scheune des einzigen unbewohnten Hauses. Die vereisten Türen knarrten laut in der sternklaren

Nacht. Eilig startete Andrea den Motor, griff nach der Sporttasche mit der Wechselwäsche und begann sich auszuziehen. Da ertönte ein Knacken. Dann ein lautes, atmosphärisches Rauschen.

Fantastisch. Alles lief nach Plan!

60. KAPITEL

HEUTE
OLIVIA

So also müssen sich unter einer Wahrnehmungsstörung leidende Patienten fühlen, dachte Olivia, nachdem sie das Auto abgestellt hatte und die vor ihr liegende Landschaft durch die Windschutzscheibe betrachtete.

Sie hatte große Probleme, das, was sie sah, als real anzunehmen. Bislang hatte sich ihr dieser Anblick nur als Fotografie präsentiert. Doch nun war das Waldhaus Wirklichkeit geworden. Weshalb Olivia sich fühlte, als wäre sie als lebendiger Bestandteil in eine fotografische Vision gesprungen.

Es ist echt. Ich bin am Ziel, dachte sie. Sie hatte den Motor abgestellt und blickte auf den hölzernen Wegweiser mit dem Umriss Oberfrankens, anhand dessen Julian die Lage des Ortes im Frankenwald hatte bestimmen können.

Nach dem Besuch im *Gasthof Fels* war es ein Kinderspiel gewesen, die genaue Adresse ausfindig zu machen.

Haus Waldpfad, wie Camilla vom Gasthof es genannt hatte, hatte sowohl einen Eintrag auf Google Maps wie auf Apple-Karten.

Olivia wunderte sich, dass die kleine Siedlung von gerade einmal einem Dutzend Häusern noch zu Rabenhammer zählte, so weit, wie sie vom Dorfkern entfernt lag. Sie hatte noch etwas die Landstraße entlangfahren müssen, bis das Navi ihr die Zielflagge zeigte.

Olivia hatte die Heizung auf vollen Touren laufen lassen. Trotzdem fühlte sie sich wie ein Eisblock, als sie aus ihrem

Wagen kletterte. Sie ließ ihn am Fuß des Pfades auf einem geräumten Schotterparkplatz an der Landstraße stehen.

Der Minivan hätte die Steigung hoch zu dem dunklen Gebäude kurz vorm Wald kaum ohne Schneeketten geschafft.

Also dann …

Sie sah aufs Handy. Es war 15:33 Uhr. Offiziell noch eine Stunde bis Sonnenuntergang, doch davon hatte man der Sonne offenbar nichts gesagt. Sie war bereits hinter einer betonstarken Wolkendecke verschwunden. Es war so dunkel, dass die meisten Bewohner die Außenbeleuchtung angeschaltet hatten.

Leider.

Wohin Olivia auch blickte, sah sie hell erleuchtete Christbäume, funkelnde Rentiere und illuminierte Weihnachtsmänner. Einzig und allein ihr Ziel bot ihrer Santaclausophobie keine neue Nahrung. Haus Waldpfad lag im Dunkeln, *zum Glück.*

Ob sie schon da ist?, fragte sich Olivia.

Auf dem Parkplatz stand kein zweites Auto, aber vermutlich war Valentina Rogall in ihrem Zustand nicht selbst gefahren. Es gab den Zug und eine gut frequentierte Busstrecke von Berlin nach Hof. Wenn sie die genutzt hatte, könnte Olivia ihr womöglich sogar zuvorgekommen sein.

Falls ich Valentinas Abschiedsbrief richtig interpretiert habe und sie wirklich hierhergefahren ist.

Um zu töten.

Olivia erschauderte.

Feiner Niesel begleitete weiterhin die unzähligen Flocken, die wie Motten vor dem beleuchteten Wanderschild umhertanzten. Olivia musste die Augen mit beiden Händen gegen den Schneeregen abschirmen, um sich einen Überblick über die steile Wegstrecke vor sich zu verschaffen.

Nur sieben Häuser lagen auf dieser Seite der Landstraße,

bei allen qualmte der Schornstein. Mit Ausnahme von dem am Ende des Weges.

Haus Waldpfad.

Vorsichtig setzte Olivia einen Schritt vor den anderen und achtete darauf, dass sie möglichst in tiefe Schneeverwehungen stakste. Dadurch wurden zwar ihre Schuhe durchweicht, aber sie hatte wenigstens Halt.

Außerdem war es anstrengender, weswegen ihr schneller warm wurde.

Sie roch frisches Kaminfeuer, den charakteristischen Geruch frisch angefachten Brennholzes, und hielt kurz inne, um diese angenehme Empfindung etwas intensiver zu spüren. Dazu legte sie den Kopf in den Nacken und schloss die Augen. Konzentrierte sich auf ihre nach wenigen Schritten bereits beschleunigte Atmung und sog die feuchte, wohlduftende Luft durch die Nase ein.

Weiter geht's, trieb sie sich danach an, die Augen zu öffnen. In diesem Moment sah sie es, und ein kalter Schauer lief ihr über den Rücken.

Dabei wäre der Anblick unter anderen Umständen ganz und gar nicht verstörend oder gar Furcht einflößend gewesen.

Das Küchenfenster.

Mit der schwarzen Kerze.

Deren Flamme vom Zugwind bewegt nervös flackerte.

61. KAPITEL

Die brennende Stumpenkerze war das einzige Lebenszeichen in einem ansonsten sterbenden Gebäude.

Trotz der schlechten Sicht- und Lichtverhältnisse sah man Haus Waldpfad an, dass seine Zeit lange abgelaufen war.

Wäre es ein Musikstück gewesen, wäre das Haus ein Klagelied. Mit dem halb herausgerissenen Gartentor, den eingeschlagenen Fenstern und dem eingestürzten, kalten Kamin auf einem Dach, dem gewiss zahlreiche Schindeln fehlten.

Olivia, deren Oberschenkel wie Feuer brannten, jetzt, da sie den Eingang erreicht hatte, bezweifelte, dass sich jemand noch einmal die Mühe machen würde, den verwilderten Garten zu schneiden, die Graffiti vom Garagentor zu entfernen oder die aufgebrochene Haustür zu reparieren.

Ihr Handy, mit dem sie den Weg ausleuchtete, klingelte beim ersten Schritt, den sie in den Flur setzte. Olivia brauchte eine Schrecksekunde, um zu realisieren, dass sie keinen Alarm ausgelöst hatte. Tatsächlich beschäftigte sie sich einen Moment lang mit der Frage, wer in einer Abbruchbude ein Einbruchmeldesystem installieren mochte, bevor sie ihren eigenen Klingelton erkannte.

Unbekannter Teilnehmer.

Sie drückte ihn weg. Sie nahm keine Anrufe mit unterdrückten Rufnummern entgegen, und schon gar nicht jetzt, wo sie all ihre Konzentration darauf verwenden musste, sich nicht selbst zu ohrfeigen und sich im wutentbrannten Selbsthass anzuschreien: *»Bist du eigentlich bekloppt? Rennst bei anbrechender Dunkelheit in ein abrissreifes Haus in tiefster Provinz, um einem Hirngespinst nachzujagen – anstatt dich daheim um deine kranke Tochter zu kümmern?«*

Selbst in Gedanken vermied sie das Adjektiv »todkrank«. Alma war krank, mit der Hoffnung auf Heilung, für die es im Grunde ja nur eines Stammzellenspenders bedurfte.

»Dessen Namen und Adresse du dir von einer psychisch Kranken erhoffst?«

»Vielleicht ist Valentina selbst ja doch noch kompatibel? Vielleicht haben die Medikamente sie nicht so sehr geschädigt?«, hielt Olivia mit sich selbst Zwiesprache.

»Na ja, jemand, der eine Todesmission ankündigt, ist bestimmt sehr gesund. Viel Glück beim Warten auf das Kalendermädchen«, höhnte die innere Stimme der Rationalität, die natürlich komplett recht hatte. Olivia musste nicht einmal ihre eigenen therapeutischen Fähigkeiten an sich selbst anwenden. Allein der gesunde Menschenverstand sagte ihr, dass sie ein emotional gestörtes Nervenbündel war, das einem Rattenfänger bis in die Antarktis gefolgt wäre, wenn sie darin auch nur die leiseste Chance für Alma gesehen hätte.

Olivia betrachtete den aufgerissenen Sicherungskasten. Kabel, Stecker, Metall. Diebe hatten alles mitgenommen, was irgendwie von Wert war. Das Wohnzimmer war ebenso leer geräumt wie die Küche. Dort, wo einmal Einbaumöbel, der Herd oder ein Kühlschrank gestanden haben mussten, gab es jetzt nur noch dreckige Wände und verwaiste Fußböden.

Allein die schwarze Kerze passte nicht ins Bild der Verwüstung. Sie im Fenster flackern zu sehen war unheimlich und hoffnungsvoll zugleich. Jemand musste sie angezündet haben, und das vor nicht allzu langer Zeit, denn sie war vielleicht erst zu einem Viertel abgebrannt.

»Valentina?«, wagte Olivia es, den Namen des Kalendermädchens zu rufen, während sie eine schmale Treppe ins Obergeschoss hinaufstieg.

Sie zuckte zusammen, als ihr Handy erneut zu klingeln begann. Wieder eine unterdrückte Rufnummer. Erneut wollte sie sie wegdrücken, als ihr einfiel, dass die Verantwortlichen von der DKMS ihr gesagt hatten, sie müsse zu jeder Tages- und Nachtzeit erreichbar sein.

»Ja?«, fragte sie mit banger Stimme, und wieder verwandelte sich die Hoffnung zu einer scharfkantigen Glasscherbe, die ihr einen weiteren blutenden Schnitt ins Herz verpasste, als sie hörte, wer sie so dringend erreichen wollte.

»Frau Rauch? Hier Strachnitz.«

Der Polizist.

Scheiße.

Oder nein. *Vielleicht doch ganz okay.* Immerhin war sie dann nicht so ganz auf sich allein gestellt, wenn sie durch die leer geräumten Zimmer im ersten Stock ging.

»Ich frage mich, ob Sie gerade dabei sind, eine große Dummheit zu begehen.«

Sie wusste nicht, was sie darauf sagen sollte, also schwieg Olivia auf ihrem Weg in einen Raum, in dem sich den Abdrücken auf dem Boden nach mal ein Doppelbett befunden haben musste.

»Sind Sie noch dran?«, fragte Strachnitz.

»Ja.«

»Sie sind zum Haus gefahren.«

»Das wussten Sie doch.«

Sie hörte Verkehrsrauschen am anderen Ende. Er saß also noch immer in seinem Auto. Er klang angespannter als vorhin, als er ihr seine Seele ausgeschüttet hatte. »Deswegen rufe ich an. Sie sollten verschwinden. Es gibt da noch etwas, was Sie nicht wissen.«

»Was?«

»Haus Waldpfad wurde erst sehr spät an die Kanalisation angeschlossen. Lange Zeit hatte es eine Sickergrube. Einmal im Monat kam der Güllewagen und hat die Notdurft, die nicht versickert war, abgesaugt.«

»Ich verstehe nicht, was …«

»Die Sickergrube wurde nie aufgefüllt. Sie ist leer. Irgendjemand hat von der Straße aus durch sie hindurch einen Zugang bis in den Keller angelegt. Verstehen Sie, was ich Ihnen damit sagen will?«

»Es gibt einen geheimen Eingang«, murmelte Olivia.

Und aus diesem heraus konnte sie jederzeit eine potenzielle Gefahr anspringen.

In dem Moment, in dem ihr das bewusst wurde, hörte sie unten einen Schuss. Sie schrie und drehte sich so schnell Richtung Treppe, dass ihr schwindelig wurde.

»Was war das?«, wollte Strachnitz wissen.

»Keine Ahnung. Ich glaube, es war nur der Wind.«

Nein, sie war sich sicher, jetzt, da sie vom obersten Treppenabsatz nach unten zum Eingang leuchtete. Die Haustür schlug infolge einer heftigeren Böe erneut und mit dem gleichen Knall zu wie dem, den sie für einen Schuss gehalten hatte.

»Also ist alles in Ordnung bei Ihnen?«

»Ja.«

»Gut, dann hauen Sie da ab, okay? Solange noch nichts passiert ist.«

»Mach ich«, log sie ihn an und ging nach unten.

Sie hörte das melodische Signal eines eingehenden Anrufs und bat Strachnitz, kurz in der Leitung zu bleiben.

»Elias? Was gibt es Neues?«

»Irre. Halten Sie sich fest. Am besten, Sie setzen sich hin, denn ich schwöre, das wird Sie jetzt umhauen!«

62. KAPITEL

Ihr Doktorand hörte sich an, als wäre er gerade einen Berg hinaufgerannt. Atemlos und erschöpft.

»Was hast du herausgefunden?«

»Sie werden es mir nicht glauben!«

Olivia blieb vor einer Tür stehen, hinter der sie das Badezimmer vermutete.

Die Stimme ihres Studenten überschlug sich: »Wir haben uns geirrt. Alle haben sich geirrt. Auch die Ärzte, die Valentina am Anfang befragt haben. Andrea. Es stand immer falsch in den Protokollen. Dann hat Valentina jahrelang geschwiegen und sich erst in der Therapie von Dr. Roth geöffnet.«

»Wissen wir jetzt, wer sie ist?«

»Nicht sie. ER!«

»Wie war das?«

»Ich sagte doch, ich habe mich geirrt«, sagte Elias. Seine Stimme kiekste vor Aufregung. »Ich habe es hier schwarz auf weiß vor mir. Es ergibt alles Sinn. Er ist ein Mann. Andrea ist ein Mann!«

»Was zum Teufel meinst du damit?«, fragte sie Elias, während sie die Badezimmertür öffnete. Ein Übelkeit erregender, metallischer Geruch füllte ihre Nase. Das durch ein Oberlicht dringende Mondlicht fiel auf dreckige Fliesen. Sie sah eine zertrümmerte Kloschüssel, die Scherben eines abgeschlagenen Waschbeckens und etwas, das sie vor Angst erstarren ließ. Kraftlos ließ sie das Handy sinken.

Hilfe, dachte sie und konnte den Blick nicht von der Rasierklinge nehmen. Die silbrig glänzend in der Blutlache lag, neben dem Arm mit der durchtrennten Pulsader, der zu dem Körper einer Frau gehörte, deren Alter im Licht der Handytaschenlampe nicht zu bestimmen war. Aber Olivia erkannte sie. Unter anderem an ihren Haaren, die den gleichen verwaschenen Grauton hatten wie die Betonwand, die die Frau die letzten Jahre von ihrem Rollstuhl aus durchs Klinikfenster angestarrt hatte.

Valentina Rogall. Das Kalendermädchen.

Die Erkenntnis, dass vor ihr eine Leiche lag, war allerdings bei Weitem nicht so grauenerregend wie das, was sich mit der Toten im Badezimmer befand.

Ein Mann, der direkt neben der Leiche kniete und dessen Anblick Olivia erschreckend vertraut war, obwohl er ihr bislang den Rücken zukehrte.

»Andrea ist ein Mann!«, hörte sie Elias noch einmal in den Hörer schreien, den sie noch immer am Ohr hatte, und in dieser Sekunde erkannte sie ihn ohne jeden Zweifel.

»Julian?«, fragte sie und wich instinktiv einen Schritt zurück, als ihr Ehemann sich langsam mit blutverschmierten Händen zu ihr umdrehte und aufstand.

63. KAPITEL

Eine Zeit lang starrten sie einander an. Mehrere Sekunden. Eine zu viel. Olivia hatte es noch geschafft, Elias wegzudrücken und zu Strachnitz zu wechseln, wobei sie nicht wusste, ob der Polizist überhaupt noch in der Leitung war.

»Hilfe!« war das Einzige, was sie in den Hörer hatte schreien können, denn da hatte ihr Mann ihr bereits das Handy entwunden. Mit Entsetzen wurde ihr bewusst, dass Valentinas Blut sich nicht nur an Julians Händen befand, sondern auch sein hohlwangiges, eingefallenes Gesicht verschmierte.

»Alma!«, stöhnte Olivia.

Sie hatte Dutzende Fragen an ihren Mann …

Wieso bist du hier? Was hast du mit dem Kalendermädchen gemacht? Wieso siehst du selbst aus wie eine Leiche?

… aber die erste und wichtigste galt ihrer Tochter: »Was hast du mit ihr gemacht?«

Julian sah zu der Leiche am Boden, als könnte die ihm eine Antwort geben, dann sagte er: »Nichts. Ich hab gar nichts getan!«

»Aber was zur Hölle machst du hier? Was ist das für Blut in deinem Gesicht?«

Sie schüttelte unwillkürlich den Kopf, was die surreale Wirkung hatte, dass Elias' imaginäre Stimme in ihrem Ohr mit jedem Wort lauter wurde: »Andrea. Ist. Ein. Mann!«

Mein Mann?

War das möglich? Hatte Julian etwas mit der offenbar wahren Legende des Kalendermädchens zu tun?

»Valentina war bereits schwanger, als sie damals nach Haus Waldpfad reiste.«

»Ich kann dir alles erklären«, sagte Julian und streckte die

Hand nach ihr aus, und da erst merkte sie, dass sie immer weiter von ihm zurückgewichen war und mittlerweile an der Schwelle zum Flur stand.

Er trat einen unerwartet raschen Schritt nach vorne und versuchte, sie am Arm zu packen. Olivia schnellte herum. Einen Wimpernschlag lang überlegte sie, ob sie es schaffen konnte, zum Ausgang zu rennen, da fiel ihr Blick auf die Tür schräg gegenüber.

»Die Sickergrube wurde nie aufgefüllt. Sie ist leer. Irgendjemand hat von der Straße aus durch sie hindurch einen Zugang bis in den Keller angelegt.«

Mit der verzweifelten Hoffnung, sich nicht in eine Falle zu manövrieren, wollte sie die Tür aufreißen, hinter der sie den Kellerabgang vermutete. Doch vergeblich. Sie war abgeschlossen.

Nein! Halt!

Sie klemmte nur!

Panisch riss Olivia an der Klinke, um sich vor der Person in Sicherheit zu bringen, zu der sie schon seit Monaten kein Vertrauen mehr hatte und die sie nun auch vom äußeren Erscheinungsbild her kaum noch als den Mann wiedererkannte, den sie einmal geheiratet hatte.

Sie riskierte einen Schulterblick, um abzuschätzen, wie viel Zeit ihr blieb, bis sie von ihm überwältigt wurde. Doch Julian wurde gerade von einem Hustenanfall geschüttelt und war offensichtlich deswegen außerstande, ihr die wenigen Schritte zu folgen. Im Moment!

Plötzlich knarzte es, und die Tür gab nach. Erst einen Zentimeter, dann einen weiteren, und schließlich schwang sie so rasch auf, dass Olivia beinahe das Gleichgewicht verloren hätte.

Sie starrte auf eine in einen dunklen Gewölbekeller führende Treppe. Beim Öffnen hatte sie gespürt, wie sich die Klinke in ihrer Hand gelockert hatte. Die Idee, die ihr dadurch gekommen war, elektrisierte sie.

Olivia packte erneut die Klinke und rüttelte mit aller Gewalt an ihr.

»Du machst einen Fehler!«, hörte sie Julian hinter sich rufen.

Sein Hustenanfall war vorüber. Er schlurfte langsam, schwer atmend, aus dem Badezimmer.

Komm, komm, komm schon!, schrie Olivia in Gedanken und wollte aufgeben und doch noch in letzter Sekunde zur Haustür rennen, doch dann geschah das Wunder.

Die Klinke löste sich. Ein letzter Ruck, und sie hielt sie in der Hand.

Halleluja.

Julian war noch einen Schritt entfernt. Aber …

»AHHHHH!«

Sie schaffte es.

Ja, ja, ja.

Sie war blitzartig über die Schwelle in das Gewölbe geschlüpft und hatte ihm die Kellertür vor der Nase zugeschlagen. In allerletzter Sekunde.

64. KAPITEL

Komm da raus!«, rief er und hämmerte von außen mit der Faust gegen die Tür, die sie jetzt trennte. Sie war aus rauen, unbehandelten Brettern gezimmert. Da außen die Klinke fehlte, konnte Julian sie nicht wieder öffnen. Nicht ohne Weiteres. Das Blatt schien zudem stabil genug, dass er die Tür nicht auftreten konnte.

Hoffentlich.

Zitternd, völlig ausgelaugt tastete sich Olivia zwei Stufen nach unten und stieß sich den Kopf an.

Verdammt.

Sie hatte kein Handy, keine Taschenlampe, keine Streichhölzer. Nichts, womit sie die nach Urin und Schimmel stinkende Dunkelheit vertreiben konnte. Es blieb ihr nichts anderes übrig, als auf einer kalten Steinstufe sitzen zu bleiben, wenn sie sich nicht die Knochen brechen wollte.

Julian schlug von außen weiter gegen das Türblatt. »Olivia, bitte. Ich kann alles erklären. Von Angesicht zu Angesicht.«

»Auf gar keinen Fall!«, schrie sie zurück. »Nicht, bevor du mir sagst, was hier los ist!«

Stille. Für einen Moment hörte sie kein Geräusch mehr. Julian schien die Kraft ausgegangen zu sein. Er drosch nicht länger auf die Kellertür ein. Stattdessen hörte es sich an, als rutsche er erschöpft mit dem Rücken an ihr herunter, offenbar, um sich vor ihr niederzulassen.

Plötzlich war es so still, dass Olivia den eigenen Herzschlag und Julians rasselnden Atem hören konnte. All diese Empfindungen wurden durch ein jähes Taubheitsgefühl ersetzt, als Julian sein kurzes Schweigen brach und mit leiser Stimme sagte: »Du wirst mir niemals verzeihen, was ich getan habe, Olivia.«

65. KAPITEL

Was?«, wollte sie von ihm wissen. »Was zum Teufel hast du gemacht?«

»Nichts Illegales, ich schwöre es!«, sagte der Mann, den sie wegen seiner Lügen vor Monaten schon verlassen hatte.

»Ich kann mir vorstellen, was du denkst«, hörte sie ihn durch die Tür weitersprechen, »aber ich schwöre, ich habe der Frau im Bad nichts angetan. Ich habe sie noch nie in meinem Leben gesehen. Sie war schon tot, als ich kam.«

»Und das soll ich dir glauben?«

»Himmel, was denkst du denn von mir? Außerdem hätte ich gar keine Zeit gehabt, ihr etwas anzutun. Ich muss kurz nach dir gekommen sein. Hab mein Auto neben deins gestellt!«

Nach mir? Das würde bedeuten, dass Julian sich ins Haus geschlichen haben musste, während sie oben im ersten Stock telefoniert hatte. War das denkbar?

»Du hast ihr Blut an deinem Körper!«

»Das ist mein eigenes«, erwiderte er zu ihrer Verblüffung.

»Ich hab Nasenbluten!«

»Das soll ich dir glauben?« Sie schüttelte den Kopf. »Was hast du hier überhaupt zu suchen?«

»Dich!« Sie hörte ihn seufzen. »Nachdem du mir von Rabenhammer erzählt hast, bin ich dir hinterhergefahren, um dir was zu beichten.«

Die langen Pausen, die er zwischen den Halbsätzen ließ, machten überdeutlich, wie schwer es ihm fiel, das Folgende laut auszusprechen: »Ich habe etwas Schlimmes getan, Olivia. Etwas Unverzeihliches!« Seine letzten Worte gingen in einem weiteren keuchenden Hustenanfall unter. Hatte er Schmerzen? Olivia musste an die Medikamentenwerbung im *Gasthof Fels* denken. An Hanni und Nanni, die Schauspielerinnen.

Nichts ergab mehr einen Sinn. Vor allem nicht die Worte, die Julian als Nächstes sagte.

»Ich hatte solche Angst, Olivia.«

»Wovor?«

»Dass ich es nicht rechtzeitig schaffe.«

»Was?«

»Du siehst es mir doch an. Ich kann nicht klar denken. Ich bin krank!«

Psychisch?

Olivia schloss die Augen und presste sich die Hand vor den Mund. Wieder musste sie an Alma denken. Hatte er auch ihr etwas angetan? War das möglich? Hatte sie als Expertin bei ihrem eigenen Ehemann eine so tiefgreifende Persönlichkeitsstörung übersehen, dass er zu schrecklichen Gewaltverbrechen imstande war?

»Bitte, lass es mich dir erklären!«

»Dafür wird dir nicht viel Zeit bleiben«, sagte sie. »Die Polizei ist bestimmt gleich hier. Ich hatte sie gerade am Telefon, als du es mir weggenommen hast!«

»Tut mir leid, das war ein Reflex«, entschuldigte er sich. »Ich habe das Entsetzen in deinem Blick gesehen und wollte mich dir erst erklären, bevor du mit irgendjemand anderem sprichst!«

Er klang unendlich traurig. »Bitte öffne die Tür. Es fällt mir ohnehin schon so schwer, aber ohne dir in die Augen sehen zu können? Hier in diesem seelenlosen Höllenhaus!«

Sie schwieg.

Er hustete wieder. »Nun denn«, seufzte er und begann mit seiner schockierenden Beichte, nachdem sie ihm eine gefühlte Ewigkeit lang nichts als ihr Schweigen zur Antwort gegeben hatte. »Vielleicht ist es sogar besser, dass du mich nicht sehen kannst, wenn ich es dir erzähle.«

66. KAPITEL

Vor etwa einem halben Jahr war ich bei Dr. Hamadeh«, sagte Julian, womit sein Monolog einen Pfad einschlug, von dem sie sich nicht vorstellen konnte, dass er ein gutes Ende nahm.

»Zur Vorsorge. Ich hatte dir gesagt, alles wäre okay. Aber das war gelogen.«

Olivia schloss die Augen. Kniff sie fest zusammen und hoffte, dass sie sich irgendwann an ihre Umgebung gewöhnen und zumindest irgendetwas in der Dunkelheit würde erkennen können.

»Meine Bauchspeicheldrüse sieht aus wie eine verfaulte Pizza.«

Sie schlug die Augen wieder auf. Die selbst erzeugten Blitze verschwanden. Das Wort, mit dem sich die Aussage ihres Mannes zusammenfassen ließ, blieb haften wie eine Zecke: Pankreaskarzinom. Unter allen Wörtern eines der bösartigsten.

»Ich glaub dir nicht«, sagte Olivia tonlos.

Das war ausgemachter Quatsch! Sie hatten einander alles erzählt. Nie hatte es ein Geheimnis zwischen ihnen gegeben. Und ausgerechnet in dieser lebenswichtigen Angelegenheit sollte er damit hinter dem Berg gehalten haben?

Blödsinn.

»Welchen Grund solltest du gehabt haben, mir das zu verschweigen?«

Er seufzte tieftraurig. »Kannst du dir das nicht denken? Unsere Tochter kämpft bereits um ihr Leben. Und sie hat noch Chancen, im Gegensatz zu mir. Bei mir ist es aussichtslos. Hamadeh hat mir noch ein halbes Jahr gegeben. Das wollte ich nicht damit verschwenden, euch zur Last zu fallen.«

Olivia überlegte. Etwa zu dieser Zeit hatte Julian sich verändert. Er war dünner geworden. Sie hatte gedacht, es sei, um seinen Liebschaften zu gefallen.

»Das ist eine Lüge!«

»Ich wünschte, es wäre so.«

Sie kroch eine Stufe weiter nach oben. »Willst du mir sagen, du bist mir hierhin gefolgt, um mir zu beichten, dass du dich ein letztes Mal sexuell austoben wolltest, bevor du stirbst, und hast dabei zufällig die Leiche des Kalendermädchens gefunden? Und ich soll dir jetzt eine doppelte Absolution erteilen? Halt, nein, eine dreifache. Für Hanni und Nanni und dafür, dass du Arsch mir deinen Bauchspeicheldrüsenkrebs unterschlagen hast?«

»Ach, Olivia.« Nie zuvor hatte sie jemanden auf der Welt ihren Namen so wehmütig aussprechen hören. »Ich hatte nie eine Affäre. Seit wir uns kennen gab es nur dich. Und es wird, so wie es aussieht, auch nach dir nie wieder jemanden geben.«

Was sagte er da?

»Aber Linda und Sina?«, fragte sie, obwohl sie die Antwort wusste.

»Schauspielerinnen. Ich hab sie für meine Abtrittsshow gemietet.«

»Damit ich dich verlasse?«

»Damit du mich hasst.«

Sie hörte, wie Julian sich vor der Tür bewegte. Seine Stimme kam näher, also hatte er sich vermutlich mit dem Kopf zu ihr gedreht.

Intuitiv presste sie die Handfläche gegen das Holz.

»Schatz, ich wollte dir meinen Tod so einfach wie möglich machen. Du solltest denken: ›Gut, dass ich diesen Idioten los bin. Dem muss ich nicht groß hinterhertrauern.‹«

Und deswegen hatte dieser verzweifelte Kerl sich die

dümmste und unverzeihlichste aller Betrugsgeschichten ausgedacht?

Blödsinn!

Sie hörte, wie Julian die Nase hochzog. Seine Stimme wurde leiser. »Du hast mir erzählt, die Zeit, in der dein Vater am Sterbebett deines kleinen Bruders gesessen hat, sei die schlimmste deines Lebens gewesen. Ich wollte nicht, dass du noch einmal einen aussichtslosen Kampf miterleben musst, an dessen Ende wieder der Tod eines Menschen steht, den du liebst.«

Olivia glaubte, ein nachgeschobenes »Hoffentlich« zu hören.

»Das ist doch Schwachsinn«, sagte sie. »Du liebst Alma, oder etwa nicht?«

»Mehr als mein Leben!«

»Und dann wolltest du die letzten Stunden auf Erden nicht mit ihr verbringen?«

»Doch. Aber keinesfalls wollte ich, dass Alma meinen Verfall miterlebt. Meine Schmerzen. Die Krämpfe. Den sinnlosen Todeskampf, der ihr doch vielleicht selbst bevorsteht. Und den sie nicht gewinnen kann, wenn der Anblick ihres dahinsiechenden Vaters ihr jegliche Willenskraft raubt. Deshalb musste ich mir etwas ausdenken, damit ihr beide sofort auszieht.«

»Nein, nein, nein!«

Olivia schmeckte das Salz auf ihren Lippen von den Tränen, die ihr auf einmal die Wange herunterliefen. Sie schlug mit der Faust gegen die Tür. »Nein, nein, nein!«, wiederholte sie ihr verzweifeltes, nutzloses Mantra, und mit jedem Mal wurden ihre Schläge härter und lauter. »Du völlig bescheuertes, hirnverbranntes Arschloch!«

»Ich weiß!«, hörte sie Julian hinter der Tür weinen. »Ich hab keine Entschuldigung, außer, dass ich es wirklich nur gut gemeint habe. Ich stand nach Hamadehs Diagnose unter Schock. Noch mehr als jetzt, als ich die Leiche fand. Ich war verzweifelt, völlig außer mir. Dann musste ich mich an diese Comedy-Show erinnern, die wir beide auf Netflix gesehen haben. Dir war der Humor zu derb, aber über eine Bemerkung haben wir beide gelacht. Weißt du noch?«

Tot zu sein ist nur für die anderen schwer. Du selbst spürst es nicht, hatte der Stand-up-Comedian gesagt und lachend ergänzt: *Das ist so wie mit deiner Dummheit!*

»Es geht beim Sterben nicht um mich! Du bist es, die noch lange nach meinem Tod leiden wird. Das wollte ich abkürzen. Ich dachte wirklich, ich mache es für dich leichter, mich zu vergessen.«

Sie presste die Hand, so fest es nur ging, gegen die Tür. Wollte sie am liebsten hindurchdrücken.

»Aber weißt du was? Es funktioniert nicht.«

Sie hörte ihn schluchzen. Sah ihn förmlich durch die Tür auf dem Boden sitzen, sah die Schminke verlaufen, mit der er die sichtbaren Zeichen seiner Krankheit zu übertünchen versucht hatte; sah ihn mit jedem Zucken der Schultern seine Beichte vorantreiben: »Ich sehne mich so sehr nach dir, Olivia. Nach euch. Als du mir Alma wiedergebracht hast, als wir beisammen im Wohnzimmer saßen. Du auf der Couch, Alma oben in ihrem Zimmer, unser Bild in dem Würfel auf ihrem Nachttisch, da habe ich gemerkt, wie sehr ich euch vermisse. Wie sehr ich dich brauche. Deswegen bin ich hier rausgefahren. Bitte, Olivia, verzeih mir meinen Egoismus. Ich schaffe es nicht ohne dich. Mach mir auf. Ich will nicht alleine sterben.«

Sie legte den Kopf gegen die Tür. Strich über das Holz, zog sich einen Splitter ein, aber bemerkte es nicht.

»Ich wünschte, ich könnte es«, sagte sie.

»Mir verzeihen?«

»Die Tür öffnen. Innen ist die Klinke auch abgefallen, und ich kann sie hier in der Dunkelheit nicht finden.«

Julian schien sich aufzurappeln. »Okay, warte. Ich suche nach Werkzeug. Ich krieg dich da raus.«

Sie hörte ihn weggehen. Seine Schritte entfernten sich, wurden leiser und leiser, bis irgendwann kein Laut mehr zu ihr drang.

Bis auf das Schaben der Geheimtür, die sich sieben Stufen unter ihr behäbig langsam öffnete.

67. KAPITEL

DAMALS
ANDREA

Eilig startete Andrea den Motor, griff nach der Sporttasche mit der Wechselwäsche und begann sich auszuziehen. Da ertönte ein Knacken. Dann ein lautes, atmosphärisches Rauschen.

Fantastisch. Alles lief nach Plan!

Andrea stellte das Funkgerät am Armaturenbrett lauter, hörte die Meldung mitten im Satz, aber gerade noch rechtzeitig.

»… im Tannensteig 8. 95129 Rabenhammer. Verdacht auf häusliche Gewalt. Opfer ist weiblich, Anfang/Mitte zwanzig, hört auf den Namen Valentina Rogall und hat eine Pizza beim Notruf bestellt. Kann also nicht frei sprechen. Täter bewaffnet.«

Andrea nahm das Funkgerät aus der Halterung des Dienstwagens und sagte übertrieben engagiert: »Bin in der Nähe und übernehme!«

»Andy, bist du das?«

Andrea grinste breit.

Es klang so viel besser, wenn seine Kollegen seinen Vornamen abkürzten. Nur weil seine Eltern so beschissene Italien-Fans waren, stand diese weibische Beleidigung in seinem Pass.

Scheiß auf Andrea Botticelli. Scheiß drauf, dass das in Italien ein gängiger Männername war.

Mama kann mich mal.

Heute Nacht hatte er sich von Stella emanzipiert. Völlig

egal, wie sehr sie *Andrea* liebte. Er würde ihn streichen und durch seinen zweiten Vornamen ersetzen. Der hatte zwar auch mit Italien zu tun. Aber egal. Der war wenigstens männlich.

Er flüsterte ihn mehrfach vor sich hin, während er etwas umständlich in seine arschkalte Dienstuniformhose kroch.

»Roman Strachnitz. Roman Strachnitz. Roman …«

Ja, in der Tat.

Das klang sehr viel besser.

68. KAPITEL

HEUTE
OLIVIA

Olivia schlug mit dem Hinterkopf gegen die Tür, so panisch war sie vor dem Geräusch zurückgewichen – und dem Licht, von dem es begleitet wurde.

Plötzlich lag der Keller hell beleuchtet zu ihren Füßen. Sie sah Müll, ein umgestürztes Regal, Kabel und Schutt auf dem Boden liegen. Und das dunkle Loch in der Wand, vor dem das Licht zu schweben schien. Auf einmal hörte sie, wie Strachnitz ihren Namen rief, und erleichtert löste sie sich aus ihrer Schreckstarre.

»Hier, ich bin hier!«

Gott sei Dank. Strachnitz hatte ihren Hilferuf am Telefon gehört!

Aber wieso war er nicht mit der Waffe im Anschlag durch den Vordergang, sondern ganz offensichtlich über den von ihm erwähnten Geheimgang gekommen?

»Beeilung!«, rief er vom Fuß der Treppe aus.

Er platzierte den Scheinwerfer auf dem Boden und trat nun selbst in den Lichtkegel.

»Rasch, der Akku ist schwach. Ich sichere mit dem Ding normalerweise Unfallstellen. Jetzt muss das Teil uns den Weg zurück leuchten.«

Er ging einen Schritt zur Treppe und streckte ihr den Arm als Geländerersatz entgegen.

»Wo gehen wir hin?«, fragte Olivia und ergriff dankbar den Halt. Ihr war kalt, der Anblick von Valentinas Leiche steckte ihr noch in den Knochen, und die Beichte ihres Mannes hatte ihr die letzten emotionalen Kraftreserven abverlangt.

»Wir müssen durch die ehemalige Sickergrube.«

Strachnitz deutete auf eine halb offen stehende Tür, die von der Kellerseite aus wie eine Mauerwand aussah. In ihr befand sich eine kleine, ebenfalls geöffnete Revisionsklappe. Wie die Katzenklappe früher bei ihr daheim. *Genial.*

Die Revisionsklappe sollte offensichtlich als Tarnung der Tarnung dienen. Unwissende öffneten nur sie und sahen lediglich einen kleinen Schacht dahinter. Strachnitz hingegen hatte mit der schulterhohen Mauertür den Eingang zu einem kleinen Tunnel freigelegt. Allerdings hatte er damit auch dafür gesorgt, dass der abgestandene Fäkaliengestank aus der alten Sickergrube die Luft im Keller unerträglich machte.

»Kommen Sie!«, mahnte er zur Eile.

»Wieso versuchen wir nicht, oben die Tür zu öffnen?«

»So kann ich Sie schneller in Sicherheit bringen.«

»Wovor?«

»Vor Ihrem Mann. Das war doch Ihr Mann, den ich da am Telefon gehört habe, oder?«

Aha, offenbar hatte Julian nach ihrem Hilferuf die Verbindung nicht unterbrochen.

Olivia streifte Strachnitz' Hand ab, die sie noch immer am Oberarm hielt.

»Der ist keine Gefahr. Ich hab mit ihm geredet, er …«

Strachnitz unterbrach sie: »Ja, ja, ja, das können wir gleich im Einsatzwagen besprechen. Jetzt müssen wir erst einmal raus hier.«

»Aber weshalb die Eile?«

»Bitte, uns läuft die Zeit davon.«

»Nein!«

Hier stimmt etwas nicht.

»Ich gehe nirgendwohin.«

Sie sah, wie der Polizist kurz innehielt.

Anscheinend wollte er sich sammeln. Die richtigen Worte finden, um sie zu überzeugen.

Mit ruhiger Stimme sagte er: »Ihr Mann ist Makler, richtig?«

»Ja, aber was hat das hiermit zu tun?«

»Ich hab mich in der Zwischenzeit erkundigt. Gegen ihn wird verdeckt ermittelt.«

»Wie bitte?«

»Ihr Mann hat einem illegalen Adoptionsring die Geschäftsräume vermakelt. Und er bekam Alma als Provision. Jetzt wollte Valentina Rogall ihr Kind zurück, und er hat ihr die Pulsadern aufgeschnitten.«

»Das ist Irrsinn!«

Sein Blick wurde fest. Strachnitz blinzelte kaum noch.

Langsam hob er den Scheinwerfer vom Boden, achtete aber darauf, sie nicht zu blenden. »Ja. Ihr Mann ist wahnsinnig. Vermutlich ein Tumor im Kopf. Haben Sie nicht gemerkt, wie wirr er redet? Bitte, ich muss Sie hier durch den Tunnel in Sicherheit bringen. Dann kann ich Ihnen alles genauer erklären.«

»Olivia?«, hörte sie Julian von oben rufen. Er war zurückgekommen.

Strachnitz legte sich den Zeigefinger auf den Mund.

»Ich habe ein Schlüsselbund im Arbeitszimmer oben gefunden. Ich versuche mal mein Glück.« Sie hörte, wie Julian sich an dem Schloss zu schaffen machte.

Gleichzeitig streckte Strachnitz ihr erneut die Hand entgegen. Mit der anderen leuchtete er mit dem Scheinwerfer in den Tunnel hinein. Er flüsterte jetzt: »Ich bring Sie hier raus. Bitte. Ihr Mann ist gefährlich!«

Olivia überlegte. Hörte das Kratzen von Metall auf Metall, das Klimpern gegeneinanderschlagender Schlüssel, hörte Julian fluchen und betete, die richtige Entscheidung zu treffen. Betete darum, dass es doch eine höhere Gewalt gab, die sie gerne Gott nennen würde, wenn sie sie hier wohlbehalten mit dem Leben davonkommen ließ.

Sie verstand noch nicht im Einzelnen die Hintergründe. Hatte noch nicht alle Fakten parat, aber es gab eine Sache, die sie hundertprozentig wusste: *Ich kann mich auf meine Fähigkeiten verlassen. Ich bin Psychologin. Ich sehe und höre, wenn mich jemand anlügt.*

Deshalb ergriff sie die Hand von Roman Strachnitz und folgte ihm in den Tunnel.

69. KAPITEL

Vier Schritte.

Sie hatte den Kopf einziehen müssen. Der übel riechende Betongang war kaum höher als ein Autodach. Strachnitz, der sich den Kragen seines Rollkragenpullis als Geruchsschutz über die Nase gezogen hatte, ging so, als wollte er einen Affen imitieren.

Olivia folgte ihm, der in seiner dicken, metallisch glänzenden Daunenjacke voranschritt. Das musste er natürlich, wenn er seine Tarnung nicht zu früh aufgeben wollte. Weil er es ja war, der die Leuchte hielt. Weil er nicht hätte begründen können, weswegen er hinter ihr laufen sollte, ohne dass sie hätte misstrauisch werden müssen.

Was sie längst war.

Denn Strachnitz hatte das Abc rückwärts aufgesagt.

Eine Therapeutin durfte sich nie alleine darauf verlassen, was der Patient sagte. Sie musste die Körpersprache analysieren.

Vorhin, vor dem *Gasthof Fels,* war Strachnitz ehrlich zu ihr gewesen. Das Kalendermädchen, dieses Haus hier, der Keller – das hatte sein Leben zerstört. Während er ihr im Auto davon erzählte, hatte er geblinzelt, gestikuliert, sogar eine Zigarette durch die Finger wandern lassen. Das war die Wahrheit. Sie ging ihm so einfach über die Lippen wie das Abc.

Eine Lüge hingegen strengte an. Gesten froren ein, die Blinzelrate sank, und man wurde ruhiger. So wie eben, als er ihr die lächerliche Geschichte von Julians Adoptionsverstrickungen hatte auftischen wollen. Sie hatte es gesehen, selbst in dem vermüllten Gewölbekeller, in dem mehr Schatten als

Licht geherrscht hatte. Strachnitz hatte das Abc rückwärts aufgesagt. Er log.

Sie hätte es auch dann gewusst, wenn er nicht den Fehler gemacht und ihr erzählt hätte, dass Valentinas Pulsadern durchtrennt worden waren. Das hatte er aus dem mitgehörten Telefonat nicht schließen können. Aus diesem Grund hatte sie die Entscheidung getroffen, die erste Gelegenheit zu nutzen, ihn zu überrumpeln.

Nach nur vier Schritten.

Gerade noch rechtzeitig, als sie hörte, dass es Julian gelungen war, die Kellertür zu öffnen. Kurz bevor Strachnitz sich aufrichten konnte, weil der Gang höher und der Schacht vor ihm breiter wurde.

Genau dort stieß Olivia ihm in den Rücken.

Der Polizist stolperte, schlug hin. Der Scheinwerfer glitt ihm aus der Hand, aber das war egal. Sie brauchte kein Licht. Für den Rückweg gab es nur eine Richtung.

Umdrehen und rennen. Raus aus dem Tunnel, zurück zu Julian. Die Tür zuschlagen und hoffen, dass Julian in der Zwischenzeit …

O Gott, nein.

Olivia erstarrte. Blieb unfreiwillig stehen. Als wäre eine Wurzelhand aus dem stinkenden Beton geschossen und hätte ihr stahlfeste Schlingen um die Knöchel gezogen.

Es ist aus. Ich bin verloren.

Olivia wusste: Sie hatte die richtige Entscheidung getroffen. Ihre beste Chance genutzt. Den Moment perfekt analysiert. Sie hatte nur eins nicht beachtet:

Das Seil.

Unter der Decke.

An dem man ziehen konnte, so wie früher, wenn man in der Straßenbahn bei der nächsten Haltestelle aussteigen wollte.

Nachdem Strachnitz daran gerüttelt hatte, war für Olivia

an einen Ausstieg aus diesem Albtraum nicht mehr zu denken.

Sie war vor ihren Augen zugeflogen.

Die Tür, durch die sie eben gestiegen war.

Strachnitz hatte sie mit einem kräftigen Ruck von innen verschlossen und richtete diabolisch grinsend seine Waffe auf ihren Oberkörper.

70. KAPITEL

Los, los, los!«, herrschte er sie an. »Sie gehen voran!« Die Fassade war eingerissen, die Maske gefallen. Strachnitz hatte Olivia das hässliche, fratzenartige Gesicht der Wahrheit gezeigt. Er war ein Killer. Nicht alle Psychopathen wurden kriminell. Aber wenn, dann zählten sie zu den Verbrechern der allerschlimmsten Sorte.

Er presste ihr seine Waffe in den Nacken, als sie sich an ihm vorbeizwängte. »Immer geradeaus, bis ich etwas anderes sage!«

Strachnitz erfüllte alle Merkmale dieses Tätertypus. Jemand, der sich perfekt verstellen konnte, sodass selbst eine Professorin der Psychologie sich täuschen ließ. Der in seinem Innersten aber keinerlei Skrupel hatte, über Leichen zu gehen. Buchstäblich.

Wenn er mich hier erschießt, wird mich niemand finden.

»Können wir reden?«, versuchte Olivia die Verbindung, die beim Gasthof zwischen ihnen bestanden hatte, wieder zu knüpfen. Ihre Stimme hatte einen dumpfen Nachhall. Nachdem der Gang sich vergrößert hatte, befanden sie sich jetzt unmittelbar in der ehemaligen Sickergrube, ihrem Gefühl nach direkt unter der Garage.

Nach all den Jahren war ihr Untergrund nicht mehr schmierig und glitschig, wie er es früher gewesen sein musste, als der Überschuss, der nicht im porösen Untergrund versickert war, von einem Güllewagen hatte abgepumpt werden müssen. Olivia stapfte über die hart gefrorenen Überreste von benutztem Toilettenpapier, Exkrementen, Binden und anderem Müll, der in einer längst vergangenen Zeit ins Klo geschmissen worden war.

»Ich verstehe nicht, was hier vor sich geht!«, sagte sie wahrheitsgemäß.

Strachnitz, dicht hinter ihr mit der Lampe in der Hand, stieß ihr den Pistolenlauf in den Rücken. »Wieso konnten Sie es nicht gut sein lassen?« Er klang wütend und traurig zugleich. »Ich habe mein Bestes versucht, Sie abzuhalten. Habe mich geweigert, Sie hierherzufahren. Habe Sie noch angerufen, um Ihnen Angst zu machen. Doch Sie konnten es nicht lassen. Sie wollten nicht hören. Und jetzt haben wir schließlich den Salat.«

Er leuchtete ihr zu einer Öffnung in der Sickergrube. Dem Zugang zu einem weiteren Tunnel.

Sollte sie dort hingehen?

Wieso erschießt er mich nicht gleich hier?

Es gab so vieles, was Olivia nicht verstand. Zum Beispiel, in welcher Beziehung Strachnitz zu dem Kalendermädchen gestanden hatte. War er »Andrea«? Hatte der Polizist das Kalendermädchen damals gequält und dann heute, Jahre später, getötet?

Ich werde es nie erfahren, dachte Olivia fatalistisch, während sie weiter in die von ihm befohlene Richtung vorantaumelte. Sie irrte sich. Strachnitz bestätigte ihre schlimmsten Befürchtungen, indem er sagte: »Vor elf Jahren noch hätte ich sehr viel mehr Vergnügen an dieser Situation gehabt. Ich allein mit einer wehrlosen, hübschen Frau in einem dunklen Tunnel. Gott, was hätte es mir Spaß gemacht, Sie in Panik zu versetzen. Ich war ein völlig wahnsinniger Psycho.«

»Patienten mit dieser Persönlichkeitsstörung ändern sich nicht«, sagte Olivia wie im Reflex.

Nicht ohne Therapie. Nicht ohne Medikamente.

»Stimmt. Aber sie werden älter. Und dann ist es wie mit dem Sex, schätze ich. Ich habe heute schon einmal getötet. Zweimal hintereinander ist mehr Pflicht als Spaß.«

Die Tunneldecke wurde von mehreren T-Trägern gehalten. Olivia fühlte sich wie in einem Kohleschacht, auch weil sie weiterhin bergab gingen.

»Wieso haben Sie Valentina Rogall ermordet?«, fragte sie.

»Um meine Mutter zu schützen. Ist eine lange Geschichte, müssen Sie nicht verstehen. Aber meine Mutter hat schlimme Dinge getan, als das Kalendermädchen noch klein und eine Schülerin war. Und aktuell leben wir in Zeiten, in denen es Sitte geworden ist, dass die Opfer erst Jahre später aus ihren Löchern kriechen. Ist doch bei jedem zweiten Missbrauchsfall so. Eine Ewigkeit schweigen die Betroffenen sich aus, dann, wenn die Täter schon kurz vor der Rente stehen, wird auf einmal ausgepackt.«

»Sie hatten Angst, dass Valentina therapiert wird und die Psychiatrie verlässt, um Ihre Mutter anzuklagen?«

Sie konnte beinahe spüren, wie er hinter ihr zustimmend nickte. »Vor elf Jahren habe ich schon versucht, die Familie zu schützen, indem ich Valentina töte. Es ist mir nicht gelungen. Seitdem ist kein Tag vergangen, an dem ich keine Angst hatte, dass Valentina zurückkommt und meine Mutter in den Knast bringt. Das musste ich vereiteln. Und das habe ich heute mit Ihrer Hilfe geschafft.«

Olivia musste husten, weil sie sich an ihrer eigenen Spucke verschluckt hatte.

»Mit *meiner* Hilfe?«

Er lachte selbstzufrieden. »Ich selbst konnte Valentina im Opferschutz nicht finden. Von dem Tag an aber, als ich Sie ausfindig gemacht habe, Frau Rauch, wusste ich, dass Sie mich früher oder später zu Ihrer Adoptivtochter führen würden. Und siehe da, so ist es geschehen. Sie haben das Kalendermädchen in der Psychiatrie gefunden und für so viel Unruhe gesorgt, dass es sich zu mir auf den Weg gemacht hat. Direkt in die Falle.«

Olivia hörte Stolz in seiner Stimme und wusste, dass das der Ansatzpunkt war, wenn sie ihn weiter am Reden halten und von einer Kurzschlusshandlung (wie einem Schuss in den Rücken) abhalten wollte. Er wollte prahlen, sie musste nur die richtigen Fragen stellen, die seinem narzisstischen Ego schmeichelten. »Wie haben Sie mich ausfindig gemacht?«

»Ich hab den Podcast gehört. Lange schon, bevor er in den Medien ausgeschlachtet wurde. Das war reiner Zufall. Ich hatte keine Ahnung, wer Sie waren. Ich fand es nur interessant, was Sie über Religion und Wahn erzählt haben, und hab Sie gegoogelt.« Strachnitz schnalzte mit der Zunge. »Tja, was soll ich sagen. Mein alter Herr hat mir nicht viel über die Adoption verraten, um Valentina zu schützen. Aber ihm ist einmal der Name des Babys rausgerutscht.«

Sie drehte sich kurz zu ihm um, und Olivia sah ein bösartiges Flackern in seinen Augen.

»Alma.« Er kicherte. »Wie viele Babys mit diesem Namen wurden vor elf Jahren im Osten Deutschlands direkt nach der Geburt weggegeben?«

Er befahl ihr, weiterzugehen, und sie gehorchte, als er ihr unsanft den Lauf der Pistole zwischen die Rippen stieß.

»Sie hätten Ihrer Adoptivtochter einen anderen Namen geben sollen. Oder wenigstens dafür sorgen, dass er nicht in der Biografie zu finden ist, die in der Studentenzeitschrift zum Uni-Jubiläum abgedruckt wurde.«

»Soll das etwa heißen, Sie verfolgen mich jetzt schon seit zwei Jahren?«, fragte Olivia.

»Nicht ich allein. Ich habe Helfer. Wissende und unwissende, die sich in Ihren innersten Kreis eingeschlichen haben, um mich mit Informationen zu versorgen. So habe ich erfahren, welchen Ansprechpartner Sie bei der Adoptionsstelle haben. Und dass Ihre Tochter krank ist. Von dem Moment an musste ich Sie nur noch triggern, sich auf die Suche nach dem Kalendermädchen zu machen.«

»Womit triggern?«

»Was glauben Sie denn?«

Mit Hasskommentaren in den sozialen Netzwerken. Scheinbar sinnlosen Foto-Postings. Und Privatnachrichten von einem »Opa Wilhelm« auf Almas TikTok-Kanal.

Sie erreichten eine Treppe. Sie war so steil wie die, die in den Gewölbekeller führte. Die Stufen waren in den losen Boden gehauen und mit Holzbrettern belegt. Um nicht zu stürzen, versuchte Olivia, sich an den Steinkanten festzuhalten, die sich rechts und links aus dem Erdreich drückten, in das sie immer tiefer und tiefer hinabzusteigen glaubte.

»Wohin bringen Sie mich?«

Sie hatte lange versucht, die Panik zu unterdrücken, indem sie ausschließlich Fragen stellte, die sich auf die Vergangenheit bezogen. Doch nun konnte sie die Gegenwart und das ihr drohende Unheil nicht länger ausblenden.

»Was haben Sie mit mir vor?«, fragte sie und hörte selbst, wie jämmerlich das klang. Und wie sie damit Zug um Zug den Zugang zu dem Psychopathen verlor, was sich daran zeigte, dass er ihr keine Antwort mehr gab.

Oh, verdammt.

Sie hatte ihre Fähigkeit, einen Zugang zu Menschen selbst in Extremsituationen zu finden, immer für eine ihrer Stärken gehalten. Diese Gabe war ihr schon oft das Licht in dunklen Stunden gewesen, doch jetzt war die Angst die Hand am Dimmer. Pure, nackte, immer stärker werdende Todesangst regelte ihr Denkvermögen herunter. Nicht mehr lange, und sie wusste, sie würde um ihr Leben betteln.

»Was geschieht jetzt?«

Die Treppe endete nach wenigen Metern. Vor ihnen befand sich eine Holztür mit einem Rundbogen.

Sie erinnerte Olivia an den Zugang zum Weinkeller ihres Vaters. Als sie sie erreicht hatte, wurde es schlagartig stockdunkel. Sie spürte seinen Atem am Ohrläppchen und erschauderte.

Jetzt ist es so weit. Das ist das Ende, dachte sie noch, aber Strachnitz hatte nur die Lampe gelöscht und dann über ihren Kopf hinweg gegriffen, um die Tür nach außen aufzustoßen.

»Kein Wort, kein Schrei, oder Sie sind tot«, zischte er und drängte sie ins Freie.

71. KAPITEL

Jetzt, da sie draußen war, merkte sie erst wieder, welchem Gestank sie ausgesetzt gewesen war.

Gierig sog sie die klare, kalte Luft ein. Sie schmeckte, wie reines Quellwasser einem Verdurstenden schmecken musste.

Ein weiterer Grund, so ging es Olivia durch den Kopf, weshalb sich zum Tode Verurteilte ihren Henkern nicht widersetzten. Sie wollten das Leben buchstäblich bis zum letzten Atemzug ausschöpfen. Und nichts in der Welt konnte sie dazu bringen, auch nur einen einzigen davon freiwillig zu verschenken.

»Hier entlang!«

Strachnitz nahm sie mit der Linken in den Arm und drückte ihr mit der Rechten den Lauf so hart zwischen die Rippen, dass sie ihn durch die Winterjacke hindurch spüren konnte. Seine Taktik war wohl, dass sie von einem zufälligen Beobachter für ein Pärchen gehalten wurden.

Olivia stellte fest, dass sie hinter einer wallartigen Böschung hinaus auf einen kleinen Pfad getreten waren. Dieser führte links zu einer Scheune eines unbewohnt wirkenden Anwesens. Rechts, dorthin, wohin Strachnitz sie drängte, ging es zur Landstraße, direkt auf den Parkplatz zu, auf dem sich nun drei Wagen befanden.

Der BMW des Polizisten, Julians Limousine und ihr Minivan.

Auf den sie offensichtlich Kurs nahmen.

Irritiert hörte Olivia das Brummen ihrer Standheizung. Sie konnte sich nicht erinnern, sie eingeschaltet zu haben, aber vielleicht war sie auf dem Weg durch den Tunnel an die Fernbedienung an ihrem Schlüssel gekommen.

»Sie fahren!«, befahl Strachnitz, und sie gehorchte.

Stieg in die Wärme ihres Wagens, die ihr noch nie so unwillkommen gewesen war wie jetzt. Startete den Motor, während Strachnitz sich auf dem Beifahrersitz anschnallte.

»Wohin?«

»Erst mal nach rechts, dann halten wir es wie in der Fahrschule. Wenn ich nichts anderes sage, geht's immer geradeaus.«

Olivia wartete einen Viehtransporter ab, der an ihnen vorbeirauschte, bis sie sich auf der B173 einordnete und sich mit jeder Minute weiter von Rabenhammer entfernte.

Es schneite. Die Sicht war schlechter als bei Nebel. Den Flocken, die nicht auf der Windschutzscheibe haften wollten, hatten die Scheibenwischer nichts entgegenzusetzen.

»Was haben Sie vor?«, fragte sie, als sie von einem der wenigen Verkehrsteilnehmer überholt wurde, die sich bei diesem Wetter auf die Straße trauten.

»Ehrliche Antwort?« Strachnitz grinste. Der Psychopath mochte müde geworden sein, aber seine Lust am Spiel mit dem Opfer schien langsam wieder zu erwachen.

»Mein Plan ist in Arbeit. Erst einmal müssen Sie und Ihr Wagen vom Tatort verschwinden. Dann steigen die Chancen, das alles Ihrem Mann unterzujubeln. Ansonsten fehlt mir noch die zündende Idee, was ich mit Ihnen machen soll. Ich brauche Zeit, dann wird mir schon was einfallen. So ist es mir vor elf Jahren schon einmal mit Valentina gegangen.«

Sie blickte zu ihm. Sah, wie er selbstvergessen in Erinnerungen schwelgend auf die Straße sah. Ein leises Lächeln auf den Lippen.

»Haben Sie sie vergewaltigt?«, fragte sie. Die einzige Frage, deren Antwort sie in diesem Leben noch interessierte. »Sind Sie Almas Vater?«

Er sah sie an, schüttelte den Kopf und befahl ihr, langsamer zu werden. Sie musste rechts über eine kleine Brücke fahren, die über einen halb zugefrorenen Wildbach führte, dann einen kleinen Hügel hinauf in einen Waldweg hinein. Er war nicht gepflastert, aber gefroren. Sie schaukelten bei Tempo fünfzig an haushohen Fichten rechts und links der sich immer wieder sanft windenden Strecke vorbei. Abgeschirmt von den Bäumen, deren Äste sich teilweise zu einem Dach über ihnen verschränkten, wurde es um sie herum dunkler und dunkler.

Olivia hoffte, dass der Weg eine Einbahnstraße war. Der Pfad war so eng – wenn ihnen jemand entgegenkam, mussten sie anhalten, und dann könnte sie vielleicht um Hilfe rufen.

»Nein. Tut mir leid«, beantwortete er ihre Frage nun auch laut. »Ich habe niemanden vergewaltigt, schon gar nicht Valentina. Almas Papa heißt Ole. Ich kann mich nur an seinen Vornamen erinnern.«

»Wer ist das?«

Das längst abgebrannte Hoffnungsfeuer begann wieder zu glimmen. Es gab einen Vater. Einen biologischen Verwandten!

»Ole war Valentinas Freund seit der Schule. Meine Mutter und ich hatten unseren Spaß mit den beiden im Hort. Ist lange her. Mama hat sie bestraft, weil sie von ihm schwanger wurde. Da war sie sechzehn. Später dann haben sie es noch mal versucht, als sie erwachsen waren. Daher: Nein! Niemand hat Valentina je vergewaltigt. Sie war mit Alma schon schwanger, bevor sie das Haus Waldpfad über das Reisebüro meiner Mutter mietete.«

Was für ein Reisebüro? Wovon redete er da? *Egal …*

Olivia konzentrierte sich auf das Wesentliche: »Wo ist dieser Ole heute?«

Strachnitz lachte. »Ich schätze, in irgendeinem See in Afrika oder in einem Hochhausfundament in Südostasien.«

Das Glimmen erstarb wieder.

Das war es also. Das Ende. Almas leiblicher Vater, nach dem sie gesucht hatte, war schon vor ihrer Geburt nicht mehr am Leben gewesen. Und Olivia hatte Valentina mit ihren Nachforschungen wohl selbst in den Tod getrieben.

Damit fand die Suche und damit die Hoffnung, Almas Leben retten zu können, hier und jetzt ein Ende in ihrem Minivan. Ihr Wagen, den sie bis auf die Standheizung nie hatte leiden können, würde vermutlich ebenfalls in irgendeinem Baggersee landen und zu ihrer letzten Ruhestätte werden. Bis dahin war sie verdammt, der Selbstbeweihräucherung eines narzisstischen Wahnsinnigen zuhören zu müssen.

»Ich hab Ole in den Kofferraum eines geklauten Autos gepackt, von dem ich wusste, dass es demnächst auf einem Containerschiff mit geschmuggelten Devisen verschifft wird. Kann mir nicht denken, dass der Empfänger Alarm schlug, als er zwischen seinen gewaschenen Dollarscheinen einen Toten fand.« Strachnitz lachte erneut. »Das war klug von mir. Weniger klug war, dass ich seinen verdammten Finger in dem Ofen vergessen habe. Ich hatte ihn seiner Leiche abgeschnitten. Als Druckmittel, damit Valentina mir gehorchte. Ich wollte ihn verbrennen, bevor die Polizei kam, und war abgelenkt. Na ja, wie auch immer, ist noch mal gut gegangen.«

»Weil Ihr Vater die Ermittlungen behinderte«, sagte Olivia. Jetzt, wo alles aus war und der Waldweg mit ihrem Tod enden würde, war es auch egal, wenn sie ihn wütend machte. Allerdings schien Strachnitz sich nicht im Geringsten angegriffen zu fühlen.

»Sehen Sie, das ist das Einzige, was ich meinem alten Herrn im Nachhinein wirklich hoch anrechnen muss. Die ganze Zeit bin ich davon ausgegangen, dass er mich demütigen wollte, weil er mir nicht zugetraut hat, dass ich meine versoffene Schnauze halte. Aber kurz bevor er starb, hat er mir erzählt, dass es ihm nie um Valentina und den Opferschutz gegangen war. Oder um das Baby. Er hat von Anfang an gewusst, dass ich dahinterstecke. Er kannte den Adventskalender ja von meiner Mutter. Er wollte mich schützen.«

»Aber jetzt ist Ihr Vater nicht mehr da!«

Sie hüpften wegen eines Schlaglochs regelrecht aus dem Sitz. Der Boden war mit einer unberührten Schneeschicht bedeckt. Vor ihnen war diese Strecke lange Zeit niemand mehr gefahren. Sicher der Grund, weshalb Strachnitz sie ausgesucht hatte.

»Jetzt kann er Sie nicht mehr schützen«, reizte Olivia ihn weiter. »Sie sind auf sich allein gestellt. Haben Sie noch einen Container mit Schmuggelware, in den Sie mich stopfen können, wie Ole?«

»Nein«, antwortete er sachlich. »Genau das ist mein Problem. Valentinas Tod hätte ich noch erklären können. Die Wahnsinnige kehrt an den Ort des Wahnsinns zurück, um ihrem Leben ein Ende zu setzen. Sie war so kraftlos, ich konnte ihr mühelos die Pulsadern aufschneiden. Aber Sie?«

Er stupste mit dem Pistolenlauf in ihre Richtung. »Mal ganz davon abgesehen, dass ich Sie wirklich gernhabe und Sie nicht töten woll… ACH DU SCHEISSE!«

Der Schuss hatte das Glas der Heckscheibe zerbersten lassen.

72. KAPITEL

Olivia verzog vor Schreck nach rechts, streifte einen Baumstamm, der hier als Wegbegrenzung lag, riss die andere, bislang noch unversehrte Seite des Fahrzeugs auf und machte eine Vollbremsung. Der Gurt schnitt ihr in Brust und Halsansatz, aber das spürte sie in dem Moment nicht, in dem der Minivan im Straßengraben zum Stehen kam.

Wer schießt da auf uns?

Während sie sich geduckt hielt, zielte Strachnitz mit seiner Waffe nach hinten. Über die Rückbank hinweg durch die Öffnung, in der noch Teile des Sicherheitsglases steckten. Der Rest musste in den Kofferraum oder auf die Straße gebröselt sein.

»Los, los, los, weiter!«, herrschte er sie an. Olivia versuchte, den Motor zu starten, würgte ihn aber jedes Mal wieder ab.

»Okay, Moment, warten Sie.« Strachnitz hielt ihre Hand fest, mit der sie auf die Zündung drückte.

»Ich habe eine Idee!«

Sie sah ihn an. Suchte seinen Blick und fand zu ihrem Entsetzen eine unheilvolle Mischung aus Selbstzufriedenheit und Irrsinn darin. Als hätte er gerade einen diabolischen Geistesblitz gehabt.

»Sie steigen aus und sehen nach, was los ist.«

73. KAPITEL

Wie simpel.
Wie clever.

Es gab keine hundertprozentige Garantie und noch sehr viele lose Enden zu verknüpfen, aber Olivia war sich sicher, dass Strachnitz' Idee zumindest in einem Punkt funktionieren würde: *Ich werde sterben.*

Hier und jetzt auf diesem schneenassen Waldweg im Nirgendwo.

Der Schütze, der irgendwo zwischen den Bäumen lauern musste und ihnen mit einem großen Knall die Heckscheibe weggeschossen hatte, würde sie treffen. Selbst wenn es noch dunkler werden würde und dann gar kein Licht mehr hier draußen vorhanden wäre.

Er trifft!

Wenn sie auch keine Ahnung hatte, wer da auf sie zielte und wie der- oder diejenige es geschafft hatte, ihnen aufzulauern oder hinterherzufahren, um dann sofort wieder zu verschwinden, so war sie sich dennoch sicher: Sie war die perfekte Zielscheibe. Mit dieser roten Hochglanzdaunenjacke, die Strachnitz sie gezwungen hatte anzuziehen, bevor sie die Fahrertür öffnete.

Was für ein perfider Plan.

Wie simpel.

Wie clever.

Mit den Worten »*Kapuze bleibt über dem Kopf, sonst fangen Sie sich eine Kugel!*« hatte er sie zum Aussteigen gezwungen. Das Gleiche galt wohl, wenn sie wegzurennen versuchte. Auch wenn der Polizist es bestimmt lieber hätte, dass sie durch die Waffe eines anderen starb, zweifelte Olivia nicht daran, dass er im Fall des Falles seine eigene benutzen würde.

Der Schnee knirschte unter ihren Stiefeln.

Langsam stapfte sie den Weg einige Meter die Richtung hinunter, aus der sie gekommen waren. Wegen der unter dem Schnee liegenden Wurzeln lief es sich wie auf Kopfsteinpflaster, sie musste aufpassen, nicht umzuknicken.

Wobei, würde es jetzt noch etwas ausmachen?

Sie sah sich um. Ein schwarzer Vogel erhob sich von einem Ast, als sie unter ihm vorbeiging. Sonst nichts. Nur ihr eigener, schwerer Atem als einziges Lebenszeichen.

»Hier ist niemand«, rief sie. Sie sah zurück und wusste nicht, wo es schrecklicher war. Hier draußen, im eisigen Wald, in dem eine unsichtbare Gefahr zu lauern schien. Oder drinnen, in ihrem nun ebenfalls auskühlenden Wagen, in dem das personifizierte Böse saß.

»Kommen Sie zurück!«, hörte sie Strachnitz rufen. Sie drehte sich um. Aus den Augenwinkeln heraus bemerkte sie ein Funkeln auf dem Erdboden. Sie dachte zunächst, das Schicksal wollte sie ein letztes Mal verhöhnen, indem es sie ausgerechnet in dieser Lage ein Geldstück in den Spurrinnen finden ließ. Dann aber wurde ihr klar, dass sie den Verstand verloren haben musste.

Eine andere Erklärung gab es nicht.

»Zurück!«, bellte Strachnitz und riss die Beifahrertür auf.

Sie beugte sich nach unten. Ging in die Knie. Und sah ihre Familie. Julian. Alma. Sich selbst.

»Ich sag es nicht noch einmal«, rief er. »Sie kommen jetzt, sonst verpasse ich Ihnen eine!«

»Das müssen Sie sich ansehen!«, antwortete sie ihm mit einer Stimme, die sich in ihren eigenen Ohren seltsam anhörte. Fassungslos, verwirrt, ängstlich und belustigt zugleich.

Ihr wollte in diesem Moment keine rationale Erklärung dafür einfallen, wie das, was sie vom Weg aufgehoben hatte, hierhergekommen war. Und doch lag es bleischwer in ihrer Hand.

»Was haben Sie da?«, fragte Strachnitz und beugte sich mit der Pistole in der Hand über sie.

Olivia zeigte es ihm. Den Plexiglasquader, der eigentlich auf Almas Nachttisch in ihrem Kladower Einfamilienhaus hätte stehen müssen. Mit dem kitschigen 3-D-Hologrammfoto, das sie als kleine, glückliche Familie zeigte, wie in Bernstein auf ewig konserviert. Der schwere, spitzkantige, zauberwürfelgroße und jetzt von Schnee und Erde verschmierte Klotz, der ihr früher wegen seines Gewichts und seiner spitzen Kanten in Almas Händen Sorgen bereitet hatte. Sie zeigte es Strachnitz, indem sie sich aufbäumte. Mit aller Kraft unvermittelt den Oberkörper herumriss und ihm in einer einzigen, kraftvollen Bewegung den »Schädelspalter« gegen die Schläfe hämmerte. Einmal, zweimal. Öfter. Bis ihr der blutverschmierte Würfel neben dem leblosen Psychopathen aus der Hand glitt.

In jedem Opfer steckt ein potenzieller Täter, dachte sie und schrie ihren gesamten Schmerz heraus, ihre Wut, aber auch die Verzweiflung darüber, etwas in ihrem Leben getan zu haben, das sie nie wieder ungeschehen machen konnte. Egal, wie gerechtfertigt es auch gewesen war.

Keuchend stand sie auf. Ihre Lunge pumpte wie nach einem Marathon. Sie sah Strachnitz, sah seine Beine unkontrolliert zucken, sein Gesicht eine einzige rote Masse. Sah die Pistole, die neben ihm lag und die sie an sich nahm, obwohl der Polizist nie wieder nach ihr würde greifen können.

Sah, wie sich ein Schatten hinter ihr bewegte.

Olivia riss die Pistole herum. Zielte auf den Minivan. Und schrie.

Nicht vor Angst, vor Schmerz oder Verzweiflung. Sondern vor grenzenloser Erleichterung. Vor Freude.

Noch nie hatte sie sich so sehr gefreut. Noch nie hatte sie so laut geweint.

Olivia schmiss die Waffe in die Dunkelheit. Riss sich die verhasste Jacke des Psychopathen vom Leib und stolperte auf ihren Minivan zu.

Auf einmal fügten sich die Bruchstücke zu einem Bild. Wenn auch nicht zu einem ganzen, so doch einem der schönsten in ihrem Leben.

Ihr Mann hatte viele Fehler, aber einen nicht: Er war kein schlechter Vater. Er hätte Alma niemals allein in Berlin gelassen. Hätte ihr in ihrem Zustand nie den Fußweg hoch zum Haus Waldpfad aufgezwungen, aber sie auch nie in der Kälte seines Wagens frierend zurückgelassen.

Deshalb hatte er sie in den Kofferraum ihres Vans gelegt.

Wo sie sich friedlich und warm zum Schlafen hatte hinlegen können. Wegen der Standheizung.

Und deshalb bin ich hier draußen nicht erschossen worden.

Weil es keinen Schützen gegeben hatte.

Das Geschoss war nicht von außen eingedrungen, sondern von innen gegen das Glas geschlagen worden. Von Alma, die von ihrem Platz im Verborgenen alles mit angehört und versucht hatte, irgendetwas zu tun, um ihrer Mutter zu helfen.

Weswegen sie auf die geniale Idee gekommen war, die spitze Kante als Notschlaghammer zu benutzen, was das Glas in tausend Teile hatte zersplittern lassen, bevor der Würfel ihr aus den Händen und damit aus dem Wagen gefallen war.

Olivia stolperte zurück, knickte tatsächlich um, aber der Schmerz war ihr gleichgültig. Sie beeilte sich, so schnell wie möglich die Heckklappe zu öffnen. Ihre Tochter in die Arme zu schließen, die ihre Jacke als Decke und ihre Reisetasche als Kopfkissen genutzt hatte. Gott sei Dank hatte sie den Würfel dieses Mal nicht zu Hause vergessen, wo immer »zu Hause« jetzt auch war.

Am Olivaer Platz im Appartement? In ihrem Kladower Heim? Oder hier in ihren Armen, die Alma umschlangen und drückten und sie nie wieder hergeben wollten, solange sie lebte.

Olivia weinte, so wie ihre Tochter, die niemals die Tochter eines anderen gewesen war, auch wenn sie andere leibliche Eltern gehabt hatte.

Ihre Tränen trafen sich, als sie sich küssten und herzten, doch bei aller Euphorie gelang es Olivia nicht, die herzzerreißende Wahrheit auszublenden, die ihren Tränenfluss noch intensivierte: Sie war losgezogen, um ihrer Tochter das Leben zu retten. Am Ende aber war es Alma, die sie aus den Fängen des Todes befreit hatte.

74. KAPITEL

ZWEI WOCHEN SPÄTER

Der vierte Advent fiel in diesem Jahr auf den zweiundzwanzigsten Dezember. Im Jahr zuvor noch hatte Olivia spätestens ab diesem Datum das Haus nicht mehr verlassen, ja es sogar vermieden, durchs Fenster zu schauen. Während ihre Familie Rücksicht nahm und daheim keinerlei Weihnachtsdeko aufstellte, blinkten und strahlten in den Nachbargärten Schneemänner, Christbäume, Rentierschlitten und seit Neuestem sogar mit Lichterketten behängte Weihnachtselfen um die Wette. In diesen Tagen hatte sie immer ein Gefühl dafür bekommen, wie schlimm es für einen trockenen Alkoholiker sein musste, dem an jeder Ecke ein Werbeplakat, ein Kollege oder die Hotelminibar zurief: *»Komm, trink einen Schluck!«* Für jemanden, dem Nikoläuse eine Angst einjagten wie anderen die Vorstellung, eine Kanalratte küssen zu müssen, war die Weihnachtszeit die reinste Schocktherapie.

Dieses Jahr hingegen war alles anders. Dieses Jahr hatte Olivia sich überwunden und besuchte sogar zum ersten Mal seit Jahren eine Adventsfeier.

Julian hatte ihre Ankündigung, Elias' Einladung anzunehmen, zunächst als Scherz abgetan. Und nach Almas Gesichtsausdruck zu urteilen, schien ihre Tochter es noch immer nicht zu glauben, dass sie jetzt hier alle drei gemeinsam in der Küche der kleinen Studentenwohnung in Großbeeren standen.

»Entweder sie ist geheilt, oder sie ist jetzt völlig ballaballa«, hörte sie Alma ihrem Vater zuflüstern. Beide musterten sie mit gespielt sorgenvoller Miene.

»Euch auch einen schönen vierten Advent.« Olivia lachte und prostete ihnen mit einem Kakaobecher zu. Alma strahlte. Sie befand sich gerade in einer guten Phase. Ein ahnungsloser Beobachter würde ihr ihre schwere Erkrankung momentan nicht auf den ersten Blick ansehen. Im Gegensatz zu Julian, der weiter abgemagert war. Sein einst maßgeschneidertes Oberhemd schlackerte an seinem Brustkorb, als wäre es auf Zuwachs gekauft. Trotzdem sah auch er glücklich aus.

Für den Moment.

Vielleicht hatte Steve Jobs deshalb den Tod als die beste Erfindung des Lebens bezeichnet. In seinem Angesicht lebte es sich bewusster. Das galt auch für Olivia, die die ihnen verbleibende Zeit nicht mit sinnlosen Vorwürfen vergeuden wollte, wieso, weshalb, warum Julian sie derart angelogen hatte. Einen großen Anteil daran, dass sie mit Alma wieder zu ihm zurück ins Familienheim gezogen war, hatte allerdings Evi gehabt. Als sie ihrer besten Freundin erzählte, auf welch hirnverbrannte Idee ihr Mann mit der Doppelaffäre gekommen war, hatte Evi lapidar gesagt: *»Dein Mann wollte, dass du ihn hasst, damit du nicht so lange um ihn trauerst. Gut, das ist idiotisch, aber was regst du dich auf, Olivia? Du bist doch auch nicht besser und hast deiner Tochter jahrelang eine barmherzige Lüge aufgetischt.«*

Autsch. Das hatte gesessen. In der Tat, sie hatte Alma ihre Adoptionsherkunft verschwiegen. Vorgeblich, weil sie Alma vor der harten Wahrheit im jungen Alter hatte schützen wollen; aber im Grunde hatte sie in erster Linie Angst davor gehabt, dass sich ihre Mutter-Tochter-Beziehung dadurch verschlechtern könnte.

Wie hieß es so schön? Der Weg zur Hölle ist mit guten Absichten gepflastert.

Und mit Weihnachtsdeko!

Wohin Olivia auch blickte – es war ein Albtraum.

In Elias' Wohnung sah es aus, als hätte er das Monatseinkommen einer durchschnittlichen Familie in Festtagskitsch angelegt: Sterne aus Holz, Papier, Stroh und Draht, kunstschneebedeckte Lebkuchenhäuschen, geschnitzte Rentierkerzenhalter, ein Dekoschlitten, auf dem der Adventskranz stand, und ein wild behängter Plastikweihnachtsbaum – die reine Angstexposition auf fünfundzwanzig Quadratmetern. Kein Wunder, dass Olivia schwitzte und ihr Puls über normal lag. Aber sie wollte nicht schreiend weglaufen, sich nicht im Bad einschließen und die nächste halbe Stunde zitternd auf der Toilette sitzen. Sie wollte Alma einen ihrer letzten Wünsche erfüllen: mehr Zeit zu dritt. Mehr Zeit mit der Familie.

Als Psychologin wusste sie natürlich, dass Menschen mit einer Angststörung (so lächerlich sie in den Augen von Gesunden auch scheinen mochte) sich nicht einfach zusammenreißen konnten. Doch wenn es an den schrecklichen Ereignissen in und um Haus Waldpfad etwas Gutes gab, dann, dass diese Nahtoderfahrung ihr geholfen hatte, mit ihren Ängsten etwas besser umzugehen. Sie waren nicht weg, aber kategorisiert. Eingeordnet und in ein Verhältnis gesetzt. Olivia hatte gelernt, dass sie selbst in aussichtslosen Situationen das Schlimmste durchstehen konnte. Und wenn sie es schaffte, dem Tod aus dem Auto zu springen, dann würde sie wenigstens für eine halbe Stunde (mehr war beim besten Willen hier nicht drin) die absurde Weihnachtsdeko ihres Studenten ertragen. Etwa, um das Lächeln ihrer Tochter sehen zu können, die von Elias gerade einen heißen Kakao aus einer Nikolaus-Stiefel-Tasse entgegennahm. Ihr Student trug den Weihnachtsrollkragenpulli eines Discount-Supermarkts.

Auch das noch.

Wenigstens hatte Elias in einer Sache Erbarmen und die Weihnachtsmusik abgestellt. Mittlerweile wäre sie in den lautstarken Gesprächen, die das gute Dutzend Gäste führte, ohnehin untergegangen. Die meisten waren Studenten, einige erkannte Olivia sogar aus ihren Vorlesungen.

»Wollen wir den Stollen nicht mal anschneiden?«, fragte sie Elias. Sie deutete auf das Mitbringsel der Familie Rauch. Ein puderzuckerbestäubtes Ungetüm. Genug Kalorien, um das ganze Studentenwohnheim zu versorgen. Julian hatte ihn schon aus dem Karton geholt und von dem Wachspapier befreit. Nun lag er neben einem Stapel Teller und Kuchengabeln unberührt auf der Küchenarbeitsplatte.

»Sofort, ja. Mein Überraschungsgast müsste jede Minute eintreffen. Kommen Sie, Sie müssen sich kennenlernen.«

Elias bahnte sich schlurfend den Weg durch das Wohnzimmer zum Balkon. Olivia folgte ihm schmunzelnd. Natürlich trug er wieder seine gelben Crocs, heute ohne Socken. Vor der Fenstertür blieben sie stehen.

»Schauen wir mal.«

Elias sah auf die Uhr, dann wieder durch das Fenster und wirkte mit einem Mal nervös. Es war ein klarer, wolkenloser Adventssonntag, kurz vor fünfzehn Uhr. Die Sonne schien so hell wie seit Tagen nicht mehr um diese Zeit.

»Alles okay?«, fragte Olivia, die seine plötzliche Anspannung spürte.

Sie befanden sich im zweiten Stock des Vorderhauses. Von ihrem Platz aus hatten sie einen guten Überblick über den Hof des Studentenwohnheims, auf dem sich die Mülltonnenanlage, ein überdachter Fahrradparkplatz und offene Pkw-Stellplätze befanden. Dazwischen Bänke und immergrüne Büsche. Schön angelegt. Nur eine viel befahrene, lärmende Hauptstraße trübte die Aussicht.

»Ja, ja, mir geht's gut«, antwortete Elias. »Es ist nur …«

»Was?«

»Meine Oma und ich haben kein so gutes Verhältnis. Eigentlich ist sie auch nicht meine Großmutter im rechtlichen Sinne. Ich war ein Pflegekind. Deswegen fällt es mir schwer, sie so zu mögen, wie ich es eigentlich sollte. Immerhin hab ich ihr viel zu verdanken. Sie hat mich quasi alleine großgezogen.«

»Aber?«

Er atmete tief durch. »Aber wir funken nicht auf der gleichen Wellenlänge.«

Das ist das erste Vernünftige, was du mir über sie erzählst, lächelte Olivia in sich hinein.

Wer mit ihrem hochbegabten, aber doch ziemlich wunderlichen Doktoranden auf einer Wellenlänge lag, war unter Garantie selbst etwas verhaltensauffällig.

»Ihr haben wir übrigens unsere Bekanntschaft zu verdanken.«

»Ach ja?«

»Ich hatte bei meiner Studienwahl nur harte Wissenschaften wie Mathematik, Physik oder Informatik im Sinn. Aber sie hat mir vor zwei Jahren empfohlen, mich zur Probe in Ihre Vorlesung zu setzen. Tja, und da habe ich es gespürt.«

»Den Wunsch, die Geheimnisse unserer menschlichen Seele auszuloten?«

»Nein. Sie näher kennenzulernen«, sagte er. »Da ist sie ja«, rief er aufgeregt und öffnete die Balkontür.

Kalte, eisige Luft schob sich von außen in die aufgeheizte Wohnung. Flutete das überfüllte Wohnzimmer, verdrängte die verbrauchte Luft. Und dann fror die Zeit ein.

Olivia bewegte sich nicht mehr. Atmete nicht mehr. Dachte noch nicht einmal mehr. Sie fühlte nur noch. Die Kälte, die es irgendwie geschafft haben musste, durch ihren Mund und ihre Nase, vielleicht auch durch ihre Augen zu dringen, um sie innerlich zu vereisen und ihr Blut und ihre Muskeln und ihren Verstand einzufrieren. Und nur ihren allein.

Denn alles um sie herum lachte, redete und bewegte sich wie zuvor.

»Hey, hier oben sind wir«, winkte Elias vom Balkon aus, obwohl der Wagen, der von der Hauptstraße in den Hof eingebogen war, gerade erst auf einem der offenen Stellplätze gehalten hatte. Seine Großmutter konnte ihn noch gar nicht hören.

Erst wenn sie sich abgeschnallt und die Tür geöffnet hätte.

Von dem Wagen, dessen Kühlergrill eigenartig eingedrückt war. So, als wäre der silbergraue VW-Kombi vor nicht allzu langer Zeit in einen heftigen Unfall verwickelt gewesen.

75. KAPITEL

Elias schloss die Balkontür und trat dabei Olivia aus Versehen auf den Fuß. Im Nachhinein war es schwer zu sagen, ob es Glück oder Pech war, dass sie ihre Schuhe ausgezogen und vor der Wohnungstür abgestellt hatte. Durch ihre Winterstiefel hindurch hätte Olivia die kantigen Plastiklatschen des Studenten vermutlich gar nicht gespürt. So aber durchzuckte sie ein unangenehmer Schmerz, und der riss sie ins Leben zurück.

Sie schnellte herum, stieß gegen den Plastikweihnachtsbaum, drängte sich durch die Gäste. Stolperte über das ausgestreckte Bein eines auf einem Hocker sitzenden Mädchens, stürzte weiter und schlug versehentlich einem Mann den Glühwein aus der Hand.

»Schatz?«, hörte sie Julian ihr verwundert hinterherrufen, da war sie schon an der Haustür. Schob ein küssendes Pärchen unsanft zur Seite, eilte auf den Flur. Die Treppe hinunter, rutschte auf ihren Socken aus, fing sich am Geländer. All ihre Sinne arbeiteten jetzt auf Hochtouren, als hätten sie vorhin an der Balkontür einen Reboot bekommen.

Sie spürte die kühlen Granitfliesen unter den Füßen im Hausflur, den Streusplitt, der sich in ihre Sohlen bohrte; spürte, wie ihre Füße erst feucht, dann nass wurden, doch nichts konnte sie aufhalten.

Elias' Großmutter war mittlerweile ausgestiegen. Sie ging, ohne auf ihre Umgebung zu achten, auf das Vorderhaus zu. Den Kopf beim Gehen nach vorne gebeugt, kramte sie suchend in einer Handtasche. Sie waren nur noch fünf Meter voneinander entfernt, als sie zum ersten Mal aufsah.

Olivia erkannte die Frau sofort. Sie trug ein schwarzes

Wollkleid, dazu hatte sie passenden roten Lippenstift aufgelegt. Die grauen Haare waren in einer bestimmt zeitaufwendigen Operation zu einer beeindruckenden Hochsteckformation frisiert. Das letzte Mal hatte sie sie unter einem Kapuzenpulli versteckt getragen, was bei Olivia den Eindruck erweckt hatte, sie spräche mit einem Mönch. Vor der Adoptionsstelle. Wallenfels' Mitarbeiterin mit der rauchigen Stimme.

»Haben Sie schon mal etwas vom Kalendermädchen gehört?«

Elias' Großmutter riss die Augen auf. Auch sie erkannte jetzt, wer da auf sie zugerannt kam. In einer sinnlosen, spontanen Verteidigungsgeste warf sie Olivia ihre Handtasche entgegen und machte kehrt. Rannte zum Auto zurück.

In einem Hollywoodfilm hätte sie jetzt mit ihrem Schlüssel am Schloss herumgenestelt und zu lange gebraucht, um das alte, verbeulte Gefährt wieder zu öffnen. Hätte somit Olivia Zeit gegeben, sie rechtzeitig zu stellen. Aber sie hatte gar nicht abgeschlossen. Und ihr Zündschlüssel fand problemlos sein Ziel.

Elias' Großmutter startete den Kombi, schoss im Rückwärtsgang den Hof hinunter, blieb an keinem Baum, an keiner Bank und an keinem Fahrrad hängen; raste rückwärts über die Ausfahrt auf die Straße und hielt dort an. Nur für einen winzigen Moment, nicht sehr viel länger als ein Wimpernschlag, sahen sie einander in die Augen. Und Olivia konnte es spüren. Es in dem immer müden, hohlwangigen Gesicht lesen. Durch die Windschutzscheibe hindurch, auf eine Entfernung so groß wie eine Schulbuslänge. Die alte Frau war traurig. Erschöpft. Gebrochen und verzweifelt.

Wie jemand, der sich selbst nicht leiden konnte und in seinem Selbsthass erkannte, dass ihm in diesem Leben nicht mehr genug Zeit blieb, um alle Untaten wiedergutzumachen.

»WER BIST DU?«, schrie Olivia ihr zu.

Nicht einmal die Zeit, um sie zu beichten.

Denn in dieser Sekunde bretterte ein Sattelschlepper dem VW-Kombi ungebremst in die Seite.

76. KAPITEL

VOR EINUNDZWANZIG JAHREN
IN DER NÄHE VON LOBBESHORN
STELLA

Die Schreie wollten nicht aufhören.

Nicht einmal jetzt, zwei Stunden später, und dabei hatten sie doch die ganze Nacht und den halben Tag lang schon angedauert.

Schön, sie hatten sich verändert. Waren leiser und schwächer geworden. Kein Vergleich zu denen, mit denen Valentina in den Presswehen gelegen hatte.

Das Geburtshaus, in das Stella sie gefahren hatte, legte Wert auf eine natürliche Entbindung. Keine Schmerzmittel, keine PDA. So, wie es in der Lutherbibel stand. Altes Testament, das erste Buch Mose, Kapitel 3, Vers 16.

Und zum Weibe sprach er: Ich will dir viel Schmerzen schaffen, wenn du schwanger wirst; du sollst mit Schmerzen Kinder gebären.

So war es bei ihrem Andrea gewesen. Dem Sohn ihres Ex-Manns, der sich ganze sechsunddreißig Stunden Zeit gelassen hatte.

Und so sollte es auch bei Valentinas Baby sein.

Ihre Schreie danach waren erwartungsgemäß noch verzweifelter gewesen als während der Entbindung.

Sie dauerten vermutlich noch immer an. Seit dem Moment, als Stella an ihr Wochenbett getreten war und ihr die traurige Nachricht überbracht hatte. »Es war ein Junge, aber er war zu schwach.«

Zum Glück waren die Angestellten hier von ihrer finanziellen Unterstützung abhängig und taten fast alles, was sie sagte.

So fixierten sie Valentina vorsichtshalber am Bettgestell, denn eine solch traumatische Erfahrung verlieh selbst der erschöpftesten Mutter Löwenkräfte.

Ohne die Fesseln wäre Valentina vermutlich aufgestanden und ihr hinterhergerannt. Von ihrem Zimmer unter dem Dach die Treppen hinunter bis zum Auto. Hätte sie vermutlich daran hindern wollen, das graue Geburtshaus mit der Nummer **24** wieder zu verlassen, bevor ihr ein Blick auf den toten Säugling gewährt wurde.

So aber hatte sie nur schreien können: »Das ist deine Schuld, du Monster. Du hast mein Baby getötet. Du hast es in mir zu Tode gequält.«

Wie absurd, dachte Stella Großmuth auf dem Rückweg ins Internat. Und wie ungerecht dieser Vorwurf.

Sie hatte sich an die Bibel gehalten. Hatte sie büßen lassen und ihre Schmerzen in der Schwangerschaft erhöht, so wie Gott es wollte.

»Und das hat dir ganz und gar nicht geschadet, nicht wahr?«, lachte sie und drehte den Rückspiegel so, dass sie den Babysitz sehen konnte.

Mit dem Säugling darin, wie vorgeschrieben gegen die Fahrtrichtung ausgerichtet, die Füßchen in dem winzigen Strampler zur Rückbank gestreckt.

Die Fahrt war ruhig, es war angenehm kühl dank der Klimaanlage, dennoch schrie der Junge aus Leibeskräften, wenn auch nicht so laut wie seine Mama.

Das trainiert die Lungen, dachte Stella und drehte sich an einer Ampel nach ihm um. Streichelte ihm behutsam das Köpfchen.

»Du brüllst wie ein kräftiger Bub«, sagte sie zufrieden. »Deshalb werde ich dich Elias nennen, nach dem größten Propheten des Alten Testaments.«

77. KAPITEL

HEUTE,
EINUNDZWANZIG JAHRE SPÄTER
OLIVIA

Olivia stand vor der Milchglastür zum Trakt der Intensivstation und klingelte.

Ihr Anwalt, der bekannte Strafverteidiger Robert Stern, hatte ihr dringend davon abgeraten. Nicht, weil sie in irgendeinem Verdacht stand, eine Schuld an Stella Großmuths Zustand zu tragen. Es hatte genügend Zeugen auf dem Balkon gegeben, die gesehen hatten, wie Stella unangeschnallt und ohne auf den Verkehr zu achten scheinbar ohne Anlass rückwärts auf die Hauptverkehrsstraße gerast war. Dennoch konnte sie die Vorsicht ihres Anwalts verstehen. Ganz sicher sorgte es bei den Ermittlern für unnötige Fragezeichen, wenn Olivia nur wenige Wochen, nachdem sie einen Mann in Notwehr erschlagen hatte, dessen sterbende Mutter im Krankenhaus besuchte, bei deren Unfall sie ebenfalls zugegen gewesen war.

Der Kühler des Sattelschleppers hatte den Wagen angehoben und den Kombi wie eine tonnenschwere Bowlingkugel mehrmals um die eigene Achse über den Asphalt rollen lassen. Es war ein Wunder, dass Stella nicht sofort getötet worden war. Den Angaben der Ärzte nach lag sie querschnittsgelähmt in einem Koma, aus dem sie vermutlich nie wieder erwachen würde.

Es gab ein Knacken in der Gegensprechanlage, über die die Schwester oder der Pfleger sich in der Regel zunächst erkundigte, wer dort vor der Tür der Intensivstation stand.

»Hallo?«

Keine Antwort am anderen Ende. Vielleicht war gerade Hochbetrieb. Olivia überlegte, ob sie noch einmal läuten sollte. In dieser Sekunde öffnete sich die Tür.

Ach du meine Güte.

Bei der Herfahrt hatte sie sich seelisch auf den Anblick eines Körpers vorbereitet, der mit Schläuchen und Infusionsnadeln gespickt war. Auf leere Augen, ein eingedrücktes Gesicht und einen Kopf, dem ein Teil der Schädeldecke fehlte, weil für den Druckausgleich eine Drainage hatte gelegt werden müssen. Sie hatte nicht damit gerechnet, einem Mann gegenüberzustehen, der mit seinen massiven, tätowierten Oberarmen wie ein Türsteher und nicht wie der Leiter der Adoptionsstelle aussah.

»Herr Wallenfels«, entfuhr es ihr erschrocken.

Einen Moment fürchtete Olivia, er werde sie schlagen, aber er gab ihr nur die Hand. »Das hat keinen Sinn«, sagte Wallenfels leise. »Da müssen Sie nicht rein.«

In seinen Augen standen Schmerz und Trauer, aber nicht wie bei jemandem, der mit dem Verlust eines Menschen konfrontiert war. Eher wie bei einem, der betrogen wurde und seitdem unter heftigem Liebeskummer litt.

»Ich erkenne sie nicht mehr. Das da drinnen ist nicht mehr meine Stella!«

78. KAPITEL

Meine Stella?

Eine Schwester schob ein frisch bezogenes, mit durchsichtiger Plastikfolie verhülltes Krankenbett an ihnen vorbei. Sie machten ihr Platz und gingen gemeinsam wenige Schritte weiter zu einem offenen Wartebereich.

»Kaffee?«, fragte er und kramte nach Kleingeld in den Taschen einer Sporthose. Er trug Turnschuhe und ein viel zu enges Sweatshirt und sah aus, als käme er gerade vom Training und nicht von der Intensivstation.

»Ja, bitte!«, sagte Olivia, überrascht von der Kommunikationsfreudigkeit des Amtsleiters. Das letzte Mal hatte er sie barsch abgefertigt. Jetzt schien er sich nach jemandem zu sehnen, mit dem er das, was er gerade erlebt hatte, teilen konnte. Das machte ihn Olivia im Grunde noch unsympathischer. Damals, als es um Almas Leben gegangen war, hatte er sie abblitzen lassen. Jetzt, da er offenbar selbst betroffen war, wurde er redselig. Allerdings brannten ihr noch einige Fragen auf der Seele, die der Amtsleiter ihr vielleicht beantworten konnte. Daher sagte sie freundlich: »Ich wusste nicht, dass Sie Stella Großmuth kennen«, und bedankte sich für den Cappuccino. Er zog sich einen schwarzen Kaffee mit Extra-Zucker und wartete mit seiner Antwort, bis sie sich nebeneinander auf eine Reihe mit harten Metallstühlen gesetzt hatten, einen Platz zwischen sich frei lassend.

»Wir waren ein Paar. Dachte ich zumindest. Wissen Sie, ich habe sie wirklich geliebt.«

Er sah sich um. Außer ihnen wartete hier niemand.

»Sie waren Kollegen?«, fragte Olivia.

»Nein, nein, nein. Sie hat mich oft in der Arbeit besucht. In den letzten Wochen fast täglich.« Er lächelte traurig. »Ich hab von meinem Fenster aus gesehen, dass Sie sich unterhalten haben, draußen auf der Straße, an dem Tag, an dem Sie mich aufgesucht haben.«

Er strich sich verlegen die Hand am Hosenbein ab, mit der anderen führte er den Pappbecher zum Mund und pustete in den Kaffee. »Ich muss mich entschuldigen. Ich war unhöflich zu Ihnen, Frau Rauch. Jetzt spüre ich, wie es ist, auf sich allein gestellt zu sein!« Er nahm seinen ersten Schluck. »Aber ich weiß gar nicht, ob ich Stella jetzt unterstützen will. Sie hat mich benutzt.«

Olivia umfasste ihren Cappuccino mit beiden Händen und lehnte sich ihm etwas entgegen. »Wie kommen Sie darauf?«

»Ich bin nicht blöd. All die Sachen, die sie mir verschwiegen hat und die ich jetzt von der Polizei erfahren durfte. Ihre erste Ehe. Sie hieß mal Strachnitz. Ich meine, allein, dass sie geschieden ist. Mir hat Stella gesagt, das wäre eine Sünde, und wir teilten die gleichen Werte.« Er lachte wie jemand, der die eigene Dummheit nicht fassen kann. »Mich hat meine Frau verlassen, gut, dagegen konnte ich nichts machen.«

Olivia, die sich an die Familienfotos in Wallenfels' Appartement erinnern konnte, nickte.

»Aber die Ehe, die wir vor Gott schlossen, annullieren lassen? Nein! Das habe ich bis heute verhindert. Heißt es nicht ›bis dass der Tod uns scheidet‹? Vor allem, wenn man wie Stella ein Kind hat?«

Roman. Den ich im Wald mit Almas Quader erschlagen habe …

Olivia erschauderte.

»Dann Elias«, fuhr Wallenfels fort, nachdem er einen weiteren Schluck getrunken hatte. »Sie hat behauptet, sie hätte einen Enkel, der nach dem Tod seiner leiblichen Mutter bei ihr aufgewachsen sei. Alles gelogen.«

Sie nickte. Auch wenn es schreckliche Umstände waren, die diese Tatsache ans Licht gebracht hatten, war es die beste Nachricht, die Olivia sich hätte wünschen können.

Aus den Therapieprotokollen von Valentinas behandelnden Ärzten ging hervor, dass das Kalendermädchen nach jener entsetzlichen Nacht in Haus Waldpfad schwerst traumatisiert in die Psychiatrie eingeliefert worden war. Nach der Geburt ihrer Tochter Alma verschlimmerte sich ihr ohnehin schlechter Zustand noch. Sie litt unter extremen Angstzuständen, die es ihr unmöglich machten, sich um das Neugeborene zu kümmern.

Einerseits befürchtete sie, selbst zur Gefahr für Alma zu werden. Andererseits war sie von der wahnhaften Vorstellung besessen, Andrea und Stella würden sie aus der Klinik entführen und sie noch einmal solch entsetzlichen Qualen aussetzen, wie sie sie erst in Lobbeshorn und Jahre später dann in Rabenhammer hatte ertragen müssen.

Das war vermutlich der Hauptgrund, weshalb Valentina niemals die Nachnamen ihrer Peiniger offenbart hatte, wie Dr. Roth später vermutete. Seiner Einschätzung nach war Valentina schon vor Rabenhammer ein psychisches Wrack gewesen. In der Schulzeit erlittene schwerste Misshandlungen hatten den Grundstein für eine tiefgreifende Persönlichkeitsstörung gelegt. Vor allem aber hatte sie den Tod ihres ersten Kindes nicht verkraftet. Nachforschungen in dem von Valentina später zu Protokoll gegebenen Geburtshaus ergaben, dass es dort im fraglichen Zeitraum tatsächlich zu einer Totgeburt gekommen war. Eine rumänische Prostituierte mit dem Vornamen Sofia verlor ihr Kind wegen der fahrlässigen Unachtsamkeit einer Hebamme. Die arme Mutter, die mit falschen Versprechungen von Menschenhändlern aus ihrem Dorf nach Deutschland gelockt worden war, erhielt ein Schweigegeld, das ihr die Rückkehr in die Heimat ermöglichte. Im Ge-

genzug akzeptierte sie auf dem Papier ein anderes Neugeborenes als ihr eigenes, das fortan ihren Nachnamen trug: Tudor. Sein Vorname: Elias!

Das alles stand weder in den Adoptions- noch in den Klinikakten. Elias selbst hatte die mittlerweile hochbetagte Hebamme ausfindig gemacht, die offenbar ihr Gewissen erleichtern wollte, indem sie gestand, dass sie wegen der Nabelschnurlage um den Hals von Sofias Baby die Einweisung in ein Krankenhaus hätte veranlassen müssen. An der Vertuschung danach und an der späteren Übergabe von Elias an Stella wollte die Hebamme jedoch nicht beteiligt gewesen sein. Ein mittlerweile erfolgter DNA-Test gab dann die letzte Gewissheit. Elias und das Kalendermädchen waren blutsverwandt. Olivias Student war der Sohn von Valentina Rogall und dem seit nunmehr elf Jahren verschwundenen Vater namens Ole. Ihr erstes Kind.

»Sie sagten, Sie fühlen sich benutzt?«, fragte Olivia und musste an die geschwärzte Adoptionsakte denken, die Wallenfels kurz nach ihrem Besuch an sich selbst gemailt hatte.

»Sie wollte nur in meiner Nähe sein, um an Sie ranzukommen, Frau Rauch. An Ihre Akte, für die sie sich interessierte. Die ich ihr besorgen sollte, angeblich, weil ihr Enkel an einer Doktorarbeit über moderne Legenden forschte. Heute denke ich, Stella hatte einfach Angst.«

»Wovor?«

»Dass Sie Nachforschungen anzustellen beginnen, die ihrem leiblichen Sohn gefährlich werden könnten. Immerhin war Valentina eine lebende Zeugin, die Roman ans Messer liefern würde, sollte sie einmal aus ihrem Opferschutz an die Öffentlichkeit treten.«

Nun trank auch Olivia einen Schluck. Abgesehen davon, dass der Cappuccino nur noch lauwarm war, schmeckte er erstaunlich gut.

»Stella hat ein Frühwarnsystem installiert. Sich in mein Leben und mein Bett geschlichen. Dass da etwas nicht stimmt, hätte ich wissen müssen, als sie sich weigerte, die Polizei zu rufen.«

»Das verstehe ich nicht.«

Er schüttelte den Kopf. »Ach, kommen Sie, lassen Sie wenigstens uns miteinander ehrlich sein. Ich weiß, dass Sie da waren. In der Nacht, in meiner Wohnung. Mit Elias.«

Sie nickte. Es abzustreiten hätte wohl wenig Sinn ergeben, wenn sie wollte, dass Wallenfels weiter mit ihr sprach.

Vielleicht war sie in diesem alarmgesicherten Haus sogar auf irgendeiner versteckten Kamera abgelichtet. Die Frage war eher, wieso er es nie zur Anzeige gebracht hatte.

»Elias dachte, Sie wären tot.«

Wallenfels lachte. »Das dachte Stella auch. Ich leide unter extremem Bluthochdruck, vergesse immer wieder meine Pillen. Hin und wieder macht es peng, und mir platzt irgendwas in der Nase. Meist so schlimm, dass ich ins Krankenhaus muss, wo das Aneurysma verödet wird.«

»Deswegen lagen Sie blutüberströmt im Bett?«

Er wartete ab, bis eine Ärztin schnellen Schrittes den Durchgang im Wartebereich passiert hatte, dann sagte er: »Ich habe mich tot gestellt. Ich hatte mich auf einen schönen Abend mit Stella gefreut. Wir lagen im Bett, nackt. Die Alarmanlage war nicht an, plötzlich hörte ich Einbrecher. Ich hatte viel zu viel Angst, um wegzulaufen. Anders als Stella, die auf die Toilette rannte.«

Wallenfels starrte in seinen leeren Kaffee, als läge auf dem Boden des Bechers seine Erinnerung an jene Nacht.

»Ich war wie paralysiert. Bin ihr erst hinterher, als Ihr Doktorand wieder weg war. Dann wollte ich die Polizei informieren. Aber Stella bat mich, es nicht zu tun, sondern mit ihr in der Saukälte über die Feuertreppe zu ihrem Auto abzuhauen.

Verdammt, irgendwie fand ich das damals aufregend. Heute weiß ich, sie hat Elias erkannt. Sie wollte keine Polizei. Ihr zuliebe habe ich auch nie Anzeige erstattet.«

»Hm.«

»Sie glauben mir nicht?«

»Doch, doch.«

Halbwegs.

Das erklärte in der Tat vieles. Wieso Elias dachte, Wallenfels wäre auf seinem Bett abgestochen worden. Weshalb niemand mehr in der Wohnung war, als Olivia eintraf. Die Frau, die Elias gehört hatte. Weshalb der Amtsleiter am nächsten Tag schon wieder bei der Arbeit war. Die fehlende Anzeige.

Nur …

»Sie ist uns gefolgt«, sagte sie und trank nun ihrerseits ihren letzten Schluck. »Mir und Elias. Wie hat Stella das geschafft?«

»Vielleicht konnte sie sein Handy orten? Vielleicht hat sie ihm eines dieser runden Dinger in die Jacke gesteckt, wie ich sie mir im Urlaub in den Koffer packe, um zu sehen, ob sie auch mitgeflogen sind? Was weiß ich.«

Möglich. Nur, weshalb war Stella dann in der Nothaltebucht auf sie zugerast und hatte ihren Wagen gerammt?

»Vielleicht hatte der Anschlag ja auch nur mir gelten sollen, aber Elias hat sich auch in der Gefahrenzone befunden«, überlegte sie, nachdem sie Wallenfels die Umstände der Amokfahrt erläutert hatte. »Sie hätte damit rechnen müssen, Elias ebenfalls zu überfahren.«

Wallenfels zog die Mundwinkel herab. »Hm. Das klingt für mich eher nach Unfall als nach Absicht. Stella war gottgläubig. Ich mag mich bei vielem in ihr getäuscht haben, aber sie würde niemals gegen das fünfte Gebot verstoßen. Schon gar nicht ein Kind töten, das sie aufgezogen hat, auch wenn sie und Elias sich wohl nie so richtig gemocht haben, wenn ich das aus Stellas Erzählungen richtig mitbekommen habe.«

Das glaube ich sofort.

Elias war nicht nur hochbegabt, sondern auch hochsensibel. Stella und er funkten nicht auf verschiedenen Wellenlängen, sondern in unterschiedlichen Universen.

»Nein, nein«, sagte Wallenfels mit immer größerer Bestimmtheit. »Das sieht mir eher nach Stellas Fahrkünsten aus. Sie ist eine katastrophale Autofahrerin.« Wallenfels deutete mit dem Kopf Richtung Intensivstation, als wollte er sagen: *Sie müssen ja nur einen Blick auf sie da drinnen werfen.* »Vor allem, wenn sie nervös ist. Dann verwechselt sie gerne Gas und Bremse.«

Olivia seufzte, sie war nicht überzeugt. »Aber sie hatte Rabenhammer als Adresse in ihr Navi eingegeben.«

»Da ist sie ja auch regelmäßig hingefahren. Das war der einzige feste Eintrag bei ihr. Sie sagte mir immer, sie würde ihre alte Mutter besuchen, um die sie sich kümmere. Heute weiß ich, dass dort ihr Sohn arbeitete.«

Und mordete …

Wallenfels stand auf und trug seinen Becher zu einem Mülleimer neben dem Automaten. Olivia tat es ihm gleich.

Als sie sich zum Abschied erneut die Hand gaben, war sein Griff noch schlaffer als bei der Begrüßung. Sie öffnete den Mund, und es lag ihr bereits auf der Zunge, dem äußerlich starken, innerlich gebrochenen Mann noch etwas mit auf den Weg zu geben.

Für sie waren die Erklärungen zu glatt. Zu einfach. Am Ende entschied sie sich dagegen. Olivia ließ Wallenfels gehen, ohne ihn auf weitere Widersprüche hinzuweisen. Es war offensichtlich. Er fühlte sich missbraucht und betrogen, wollte sein Andenken an Stella aber nicht vollständig zerstört sehen. Indem er seine Geliebte als eine gottesfürchtige, prinzipientreue Dame beschrieb, die zwar log, aber nicht tötete, setzte er ihr ein unangemessenes Denkmal.

Olivia sah ihm nach, wie er, ohne sich umzudrehen, gebeugt um die Ecke ging, und begriff: Wallenfels tat dies nicht, um Stella zu glorifizieren. Sondern um sich selbst nicht noch mehr zu hassen, auf einen so bösen Menschen wie Stella hereingefallen zu sein. Mochte er sich auch selbst etwas vorlügen – Olivia wusste, dass der Amtsleiter sein Bett mit einer Mörderin geteilt hatte. Stella mochte Valentina nicht den unmittelbaren Todesstoß versetzt haben, aber die Schlinge um ihren Hals hatte sie mitgeknüpft. Spätestens an jenem Tag, an dem sie ihr das Baby entriss. Elias hatte zudem mittlerweile herausgefunden, dass die Direktnachricht auf Almas TikTok-Kanal vom Rechner der Adoptionsstelle abgesetzt worden war. Von Wallenfels' Platz. Wie höchstwahrscheinlich alle anderen Kommentare in den sozialen Medien, mit denen Olivia zur Suche nach dem Kalendermädchen getriggert worden war. Nach dem, was Olivia gerade von Wallenfels erfahren hatte, hatte Stella sie wohl verfasst, und dafür konnte es nur einen Grund geben: Elias und Wallenfels waren kein geschickt platziertes Frühwarnsystem, sie waren Werkzeuge gewesen!

»Ich habe mehrere Helfer. Wissende und unwissende, die sich in Ihren innersten Kreis eingeschlichen haben …«

Es mochte sein, dass das in letzter Konsequenz alles Roman Strachnitz' Plan gewesen war. Wobei sie dem Narziss nicht abnahm, dass es ihm ausschließlich um seine Mutter ging. Ihrer Meinung nach wollte er mindestens genauso dringend Rache an Valentina nehmen, die er gewiss für eine Schnittwunde am Hals und sein klägliches Dasein in einem Kuhkaff verantwortlich machte. Auf jeden Fall aber half seine Mutter ihm, den mörderischen Plan zu verwirklichen. Unterstützte ihn bei der Suche nach dem Kalendermädchen; triggerte Olivia durch die Beleidigungen in den sozialen Netzwerken; postete aus dem Zusammenhang gerissen ein Foto von Haus Waldpfad. Schließlich hatte sie Alma aufs Korn genommen. Ihr verraten, dass sie adoptiert war, vermutlich in der Absicht, dass auch sie sich auf die Suche nach ihrer leiblichen Mutter machte. Mittels einer Nachricht von einem Absender, dessen Nickname die gesamte Familie aufscheuchte. Elias hatte ihr bestätigt, dass seine »Oma« ihn angestachelt hatte, sich die Hasskommentare, die über seine Professorin geschrieben wurden, mal genauer anzusehen. Olivia glaubte ihm, dass er ihr wirklich hatte helfen wollen und nicht gewusst hatte, dass er hier vor einen Karren gespannt worden war.

Um am Ende auf gar keinen Fall etwas dem Zufall zu überlassen, hatte Stella ihr dann höchstpersönlich vor der Adoptionsstelle den entscheidenden Hinweis mit dem Kalendermädchen gegeben. Damit Olivia Staub aufwirbelte. Valentina fand. In ihrem Versteck, aus dem sie heraus- und in die mordenden Arme von Roman Strachnitz getrieben werden sollte.

Was ihr am Ende leider auch gelungen ist, dachte Olivia und sah auf die Uhr. Kurz vor zwei am Nachmittag.

Verdammt! Sie hatte nicht auf die Zeit geachtet.

Eilig lief sie zu den Fahrstühlen.

Es musste jeden Moment so weit sein.

Nur noch wenige Minuten.

Dann würde die Entscheidung fallen.

Über Leben und Tod.

79. KAPITEL

Sie trat in die kalte Januarluft. Zur Abwechslung regnete es nicht, auch wenn es danach aussah, dass es gleich wie aus Kübeln gießen könnte.

Das Park-Klinikum wirkte auf Olivia immer wie eine kleine, in sich geschlossene Stadt. Mit Straßen und Häuserblöcken und sogar einer Flaniermeile, die anders als auf dem Ku'damm nicht an Boutiquen und Restaurants, sondern an Abteilungen wie der Onkologie, der Psychiatrie, dem Augenzentrum oder der Notaufnahme vorbeiführte. Mit Einbahnstraßen, die eine Mittelinsel einfassten. Hier saßen Julian und Alma auf einer Bank.

Ihr Mann kerzengerade, ihre Tochter an ihn gekuschelt.

Olivia lächelte beim Näherkommen über dieses einst so vertraut selbstverständliche, dann lang vermisste Bild.

Von ihrer Familie unbemerkt, näherte Olivia sich der Bank mit zum Gebet verschränkten Händen.

Bitte, wenn es da draußen irgendjemanden gibt, der mehr Macht hat als ich, mach, dass ich wenigstens Alma nicht verliere!

Es mochte Außenstehende überraschen, gerade nach dem, was Olivia in den letzten Wochen erlebt hatte – aber an ihrem Glauben hatte sich nichts geändert.

Egal, was die Zeitungen über sie geschrieben hatten. Egal, was so manche im Internet und vermutlich auch im realen Leben über sie dachten: Sie war eine Wissenschaftlerin. Aber sie war gläubig. Daran änderten auch die fehlgeleiteten Denkströme einiger Psychopathen nichts, die meinten, im Namen jener Mächte, die sie anbeteten, foltern, quälen oder töten zu dürfen.

Ihr Glaube entsprach vielleicht nicht dem, der sich in irgendeiner alten Schrift wiederfand. Er entsprang eher der logischen Erkenntnis, dass selbst Atheisten ein Unglaube nicht möglich war. Sie mochten alles Unerklärliche vor dem Urknall ablehnen und sich einen endlosen, traumlosen Schlaf nach dem Tod vorstellen. Aber damit glaubten sie an *etwas,* auch wenn dieses Etwas paradoxerweise ein *Nichts* war.

Olivia, die in letzter Zeit zwangsläufig intensiver über diese Fragen nachdachte, glaubte an Chancen.

Chancen, die ihr mit dem Leben gegeben waren, sich selbst zu verwirklichen. Chancen, die zwar gering standen, aber nie endgültig widerlegt werden konnten, dass es auch nach dem Tod weiterging.

Sie war nur noch wenige Schritte von der Bank entfernt, da stand Julian auf und entfernte sich, ohne sich zu ihr umzudrehen. Es versetzte Olivia einen Stich, zu sehen, wie wackelig er auf den Beinen war.

»Wo geht er hin?«, fragte sie Alma, als sie sich zu ihr setzte.

»Es sagt, auf die Toilette«, kicherte sie. »Aber ich glaube, er raucht heimlich eine.«

»Petze«, lachte Olivia ihre Tochter an. *Sei's ihm gegönnt.*

Wie hieß es in der Palliativmedizin? Man sollte dem Leben nicht mehr Tage, sondern den Tagen mehr Leben geben.

Wahrscheinlich hatte er auch einfach Angst vor dem Anruf, der jede Minute kommen sollte.

So wie ich.

Sie nahm Almas Hand. Verkniff sich die abgedroschene »Alles wird gut«-Phrase und schrak hoch, als sie die Stimme in ihrem Rücken hörte.

»Wartet ihr auf mich?«, fragte Elias, der sich auf seinen Crocs von hinten lautlos an sie herangeschlichen hatte.

Sie drehten sich beide zu ihm um, blickten zu ihm hoch, ohne aufzustehen.

Olivia sah den Umschlag in seiner Hand, und ihr Herz setzte für einen Schlag aus, um danach doppelt so schnell weiterzuschlagen. »Ist es das, was ich denke?«

Er nickte. »Dr. Roth hat dem Labor Dampf gemacht. Das sind die Ergebnisse.«

Der Bestätigungstypisierung. Der Bestimmung der HLA-Merkmale. Damit hielt Elias die Antwort auf die alles entscheidende Frage in den Händen, ob er als Stammzellenspender für Alma infrage kam.

Die Entscheidung über Leben und Tod.

Sie stand auf wenigen, dicht bedruckten Zeilen, von denen die meisten nur für einen Mediziner verständlich waren.

»Hast du ihn schon geöffnet?«, fragte Olivia mit kehliger Stimme.

Alma neben ihr war ganz ruhig geworden. Ihre Körperhaltung war starr. Elias schüttelte den Kopf und kratzte sich am Hals, wie üblich, wenn er sehr nervös war.

Sie stand auf.

Es war vollkommen unüblich, dem Spender die Ergebnisse schriftlich zu übermitteln. Roth hatte einen Anruf angekündigt.

War das jetzt ein gutes oder ein schlechtes Zeichen, dass er sie Elias direkt ausgehändigt hatte? Vielleicht waren sie auch gar nicht vom Chef des Klinikums, sondern ihr Doktorand hatte sich mal wieder in den Rechner gehackt. *Egal.*

Elias kratzte sich erneut, dann setzte er sich neben Alma, dort, wo Olivia gerade eben noch gesessen hatte.

Auf ein Nicken von ihr tat er es. Er öffnete den Umschlag.

Olivia konnte nicht anders. Sie stand jetzt hinter ihm und ihrer Tochter und hätte die beste Sicht auf die Ergebnisse gehabt. Die Noten, die über die schwerste Prüfung entschieden, die ihr jemals im Leben auferlegt worden war. Aber sie schaffte es nicht. Sie sah nicht hin.

Fünfundzwanzig Prozent, dachte sie, während sie nach oben in die blätterleere Krone eines Alleebaums starrte.

Elias und Alma hatten dieselbe Mutter, denselben Vater. Sie sahen einander kein Stück ähnlich, lagen auch vom Wesen her weiter auseinander, als man es selbst unter Geschwistern dieses Altersunterschieds erwartet hätte. Aber sie hatten jeweils fünfzig Prozent ihrer Gene von denselben Eltern erhalten. Womit die Wahrscheinlichkeit, dass Elias als Spender infrage kam, bei fünfundzwanzig Prozent lag.

Keine schlechte Quote, überlegte sie. Bei einer Lotterie würde jedes vierte Los gewinnen.

Eine wirklich gute Chance, dachte sie, und dann zwang sie sich, hinzusehen. Über den Kopf von Alma hinweg, die die Hand ihres Bruders so fest drückte, dass seine Knöchel weiß wurden. Olivia starrte auf das Blatt, das er in den Händen hielt, dessen Inhalt sie aber wegen der Tränen in ihren Augen nicht entziffern konnte, und musste weiterhin an die fünfundzwanzig Prozent denken.

Und daran, dass sie an Chancen glaubte und dass dieser Glaube fest und unumstößlich war und noch einmal weiter anwuchs, in neue, hoffnungsvolle Höhen, als sie erst Elias und dann Alma ins Gesicht sah.

Beide weinten.

Und beide lächelten.

ZUM ROMAN UND DANKSAGUNG

8.4.2024, 16:25 UHR

Viele kennen die englische Redensart »Truth is stranger than fiction«. Salopp übersetzt: Die Realität ist verrückter als alles, was Romanautoren sich ausdenken. Um diese These zu beweisen, erzähle ich auf Lesungen gerne die Geschichte von dem Attentäter, der zu wenig Porto auf seine Paketbombe klebte. Das Paket kam zum Absender zurück, der schusselige Attentäter fragte sich: »Hm, was kann da wohl drin sein?«, öffnete es, und … Peng! Ende der Geschichte. Das ist nicht nur »Stranger than fiction« sondern auch »Stranger than Fitzek«!

So etwas könnte ich in einem Roman nie schreiben. Würde ich es tun, hätte ich volles Verständnis, wenn Sie mir eine wütende Mail mit dem Betreff *»Hackt's jetzt? An den Haaren herbeigezogen!«* schicken würden. Kein Verbrecher der Welt wäre doch so dumm, die eigene Absender-Adresse zu hinterlassen. Tja, genauso aber ist es geschehen. Googeln Sie mal »Paketbombe« und »Darwin Award«.

Allerdings, auch das habe ich während meiner jahrelangen Autoren- und Recherchetätigkeit gelernt: Nicht jede Geschichte ist nur deshalb wahr, weil sie unglaublich ist. Zum Beispiel der Pizza-Anruf im ersten Kapitel. Ich stieß auf das Interview mit einem amerikanischen Polizisten, der davon erzählte, dass er einst exakt so einen Notruf entgegennehmen musste. Ich nahm das für bare Münze. Später erfuhr ich, dass ein solcher 911-Call schon mal in einem Werbespot während des Superbowls gezeigt worden sein soll. Ist er also nur eine moderne Legende, die sich verselbstständigt hat? Je weiter ich forschte, desto mehr Zweifel kamen mir. Und gleichzeitig wuchs in mir die Gewissheit, dass ich mit dieser Anekdote den Roman beginnen wollte, der sich ja um dörfliche und urbane Legenden rankt. Vielleicht ist es mir mit dem »Kalendermädchen« gelungen, dem Fundus moderner Märchen ein weiteres hinzuzufügen? Immerhin habe ich in diesem Roman die »wahren« Hintergründe des Pizza-Notrufs aufgedeckt.

Ich werde oft gefragt, weshalb Menschen so gerne schaurige Geschichten lesen, hören oder sehen. Die Welt sei doch schon voll von realem Grusel! Eine Antwort (von vielen) wurde in diesem Buch angesprochen: weil der Schrecken in der Realität, im Unterschied zu dem in der Geschichte, oftmals zufällig ist. Und wir hassen Zufälle.

Zufall bedeutet, es kann jeden treffen. Auch mich. Ein Serienkiller, der sich auf zwei Meter zehn große, rothaarige Klärwerktaucher spezialisiert hat, ist gruselig, aber die wenigsten müssen befürchten, in sein Beuteschema zu passen. Anders als bei einer Schießerei in einer Shoppingmall, einem Flugzeugabsturz oder bei Attentaten. Wir lesen oder hören von diesen schrecklichen Ereignissen und bleiben ratlos zurück. Fragen uns nach dem Warum und bekommen keine Antwort in unserer mit verkürzten Schlagzeilen arbeitenden Medienwelt. Werden alleingelassen mit der Angst, ob sich der Schrecken eventuell wiederholen kann und wir das nächste Mal vielleicht sogar selbst zum Opfer werden könnten. Der Zufall ist sehr viel bedrohlicher als der Plan. Deswegen können wir ihn nicht ausstehen. In ausgedachten Geschichten werfen wir das Buch an die Wand, wenn am Ende Kommissar Zufall auftaucht und den Fall löst. Am liebsten würden wir natürlich auch im realen Leben den Zufall ablehnen. Das tun viele, meist wenn das Ereignis zu monströs ist oder wir zu wenige Informationen haben. Dann schafft sich unser rationales Gehirn seine eigenen Fakten, seine eigene Wahrheit.

Ob Lady Di, Covid, der elfte September, Flug MH370 – wenn wir meinen, nicht die ganze Geschichte zu kennen, denkt sich unser Gehirn eine aus. Und die ist immer negativ. Das haben Verschwörungstheorien und moderne Legenden gemein. Sie decken die scheinbaren Zusammenhänge auf, die andere hinter angeblich zufälligen Ereignissen übersehen. Und deswegen hören und erzählen wir sie uns so gerne weiter. Weil die ausgedachte Geschichte uns immer eine Antwort gibt, wenn auch manchmal eine, die wir nicht hören wollen.

Wie ich schon ausgeführt habe, fällt es mir oft schwer, den Unterschied zwischen einer glaubhaften Lüge und einer unglaublichen Wahrheit zu erkennen. Und das selbst bei meinen eigenen Romanen. Ja, ich weiß, das klingt verwirrend. Ich versuche es an einem Beispiel zu erklären. Manchmal denke ich mir etwas aus, und meine Lektorinnen meinen: *»Nee, das kannste nicht bringen, das glaubt dir keiner.«* Ich (größenwahnsinnig) lasse es dann natürlich doch drin und finde dann zwischen Mails mit dem Betreff *»Hackt's jetzt? An den Haaren herbeigezogen!«* auch eine Zuschrift, die mit den Worten beginnt: *»Lieber Herr Fitzek, Sie werden es nicht glauben, aber das, was Sie da beschrieben haben, ist exakt so geschehen.«*

Das erste Mal erging mir das so mit meinem dritten Psychothriller *Das Kind,* in dem ich die Pinnwände an den Supermarktausgängen, auf denen man mit Abreißzetteln Nachhilfe oder Klavierunterricht anbietet, zu Kommunikationskanälen einer pädophilen Verbrecherorganisation deklarierte. Ich dachte, ich hätte mir das komplett aus den Fingern gesogen. Aber ein Kommissar aus der Schweiz schrieb mir, dass dies in seinem Kanton passiert sei.

Beim *Kalendermädchen* bin ich mir im Prinzip sicher, dass das meiste davon ausgedacht ist. Wenn auch nicht alles. So gibt es zum Beispiel in einigen Ortschaften Deutschlands tatsächlich die Tradition des lebendigen Adventskalenders. Vielleicht sollte ich das auch mal ausprobieren. Wobei ich vermute, bei uns daheim käme kein Nachbar vorbei, wenn ich mir eine Kerze ins Fenster stellte. Irgendwie eilt mir mein Ruf voraus. Letztens hörte ich eine Mutter zu ihrem Kind sagen: *»Halt, dort nicht klingeln. Da wohnt der Fitzek!«* Und das Kind so: *»Uhh, nee. Lieber nicht!«* Das war an Halloween, und das Kind trug eine Scream-Maske. Ich Filzpantoffeln.

Nicht ausgedacht, sondern die bittere Wahrheit ist, dass es in Deutschland noch immer viel zu wenige registrierte Stammzellenspender gibt. Daher an dieser Stelle meine aufrichtige Bitte: Machen Sie es wie ich, lassen Sie sich bei der DKMS typisieren. Sie können Leben retten. Wie das einfach und völlig schmerzfrei geht, erfahren Sie auf dkms.de!

* * *

So, und nun zu den Profilneurotikern, die am Ende eines Buches verzweifelt nach ihrem Namen suchen. Kommen wir zur Danksagung.

Wie immer will ich hier nicht nur – Ihnen meist unbekannte – Namen aufzählen. Passend zum Thema und zum Titel des Buches habe ich mir überlegt, Sie mit meinen Lieblingskalendersprüchen zu belästigen. Die Sprüche passen jeweils zu den Personen, die mich bei der Entstehung dieses Thrillers maßgeblich unterstützt haben. Beginnen will ich mit einem Zitat von Jean Paul:

»Bücher sind nur dickere Briefe an Freunde.«

Mir hat jede Seite dieses »Briefes« an Sie unendlich viel Spaß gemacht, und ich hoffe, ich konnte Ihnen etwas für die Lebenszeit zurückgeben, die Sie mir und dem Kalendermädchen gewidmet haben (wofür ich Ihnen gar nicht genug danken kann!). Vielleicht dauerte das gar nicht so lang, wenn Sie zum Beispiel zu den Menschen zählen, die bei meinen Büchern nur die Danksagung lesen. Auch die gibt es ja. (Die sind mir übrigens lieber als der Leser, der mir einmal sagte, er reißt grundsätzlich jede gelesene Seite aus dem Buch, damit er immer weiß, wo er ist, ohne lange blättern zu müssen.)

»Es gibt keine jahrelange Liebe. Sondern nur eine Liebe, die unendlich oft einen Moment dauert.«

Wenn ich bei diesem Zitat (leicht abgewandelt, aus der legendär schönen Hochzeitsrede meines Bruders) nicht an meine wundervolle Frau Linda denken würde, hätte ich mehr als nur ein Eheproblem. Die meisten Autoren, die ich kenne, bedanken sich bei ihren besseren Hälften dafür, dass sie ihnen den Rücken frei halten. Bei mir kommt hinzu, dass ich mit ihr eine unerschöpfliche Fantasie-Tankstelle gefunden habe, die ich jederzeit anzapfen kann, wenn ich beim Schreiben mal nicht mehr weiterweiß. Liebste Linda: Möge unsere Liebe noch weitere Abertausende Momente andauern. (Ich verspreche auch, jene zu reduzieren, in denen ich dir wie ein Stalker auf die Pelle rücke, wenn du den ersten Entwurf liest – um anhand deiner Mimik zu erkennen, bei welchem Absatz du gerade bist und wie du das alles findest.)

Basketball-Legende Michael Jordan sagte einmal:

»Ich habe mehr als 9000 Würfe verfehlt. Ich habe fast 300 Spiele verloren. 26-mal wurde mir der entscheidende Wurf anvertraut, und ich verfehlte ihn. Ich habe immer wieder Fehler gemacht. Und deshalb bin ich erfolgreich.«

Bei diesem Zitat fallen mir sofort zwei Namen ein: Carolin Graehl und Regine Weisbrod, mein fantastisches Lektoratsduo. Ich habe 9000 Rechtschreibfehler gemacht. Ich hatte auch dieses Mal 300 Verständnisfragen von euch am Rand stehen. 26-mal habe ich nachts von einem genialen Plot-Twist geträumt und konnte mich am nächsten Morgen nicht mehr erinnern. Ich habe immer wieder Fehler gemacht, und ich danke euch, dass ihr fast alle davon finden konntet! (Einige lasse ich immer für die mitlesenden Oberstudienräte drin, das ist natürlich Absicht.)

»Arbeite mit wenigen zusammen,
aber die müssen die Besten sein.«

Dieser Ratschlag passt zu 110 Prozent auf meine Freundin, Geschäftspartnerin und Managerin Manuela Raschke, die auf ihrem Gebiet nicht nur besser ist als ich (das wäre bei allem, was mit Zahlen zu tun hat, auch keine große Kunst), sondern der in ihrem Job auch niemand sonst etwas vormachen kann. Überhaupt habe ich das große Glück, ein A-Team hinter mir zu wissen: Namentlich wären da Sally Raschke, Barbara Herrmann, Achim Behrend, Micha und Ela Jahn, Franz Xaver Riebel, Jörn »Stolli« Stollmann und Luisa Bredlow.

Die wenigen, die die Besten sind – das gilt natürlich auch für »meinen« Verlag. (Gut, noch gehört er mir nicht ganz, aber ich arbeite dran.) Hier möchte ich noch den Kalenderspruch ergänzen:

»Nimm das, was du tust, ernst,
aber dich selbst nicht so wichtig.«

Wann immer ich beim Signieren gebeten werde, mein ganz persönliches Lebensmotto in ein Buch zu schreiben, dann ist es dieser Satz. (Man kann ihn wegen meiner Sauklaue in den wenigsten Fällen entziffern.) Ich kann mich glücklich schätzen, dass bei Droemer Knaur so viele Menschen arbeiten, die sich ebenfalls nach diesem Motto ausrichten, wie:

Josef Röckl, Steffen Haselbach, Antje Buhl, Katharina Ilgen, Monika Neudeck, Isabelle Breuzard, Nicole Müller, Ellen Heidenreich, Daniela Meyer und Doris Janhsen.

Fitness-Guru Karl »Kalle« Raschke danke ich dafür, dass er zwischen den Kapiteln immer wieder dafür sorgt, dass ich nicht mit Hexenschuss vor den Laptop geklemmt am Schreibtisch hängen bleibe. Er sagt immer, frei nach Sebastian Kneipp:

»Die Zeit, die du heute an deiner Gesundheit sparst, ist die, die du später für deine Krankheiten opfern musst.«

Tja, angesichts der Körperhaltung, mit der ich mich morgens vom Bett ins Bad schiebe, muss ich leider zugeben, dass mein Zeitmanagement in der Vergangenheit etwas besser hätte sein können.

»Wenn du es eilig hast, mach einen Umweg.«

Dieses japanische Sprichwort passt zu meinem Freund und Weggefährten Christian Meyer, den nicht einmal ein Jahrhundertstau auf der A2 aus der Ruhe bringen kann. Dank ihm habe ich noch nie ein einziges Event verpasst, nicht einmal die Theaterpremiere von *Passagier 23* in NRW, wo wir einen Zwischenstopp in der Notaufnahme einlegen mussten. Er hatte auf einmal ultraheftige Schmerzen bekommen, die sich als Symptome einer Blinddarmentzündung herausstellten. Ich habe mit Engelszungen auf Christian eingeredet, aber der Sturkopf ließ sich nicht davon abbringen. Er fuhr mich zur Premiere, anstatt sich von mir sofort auf dem Rastplatz operieren zu lassen.

»Wer darauf wartet, alles für alle zu tun, anstatt etwas für einen, macht am Ende nichts für niemanden.«

Dieses Zitat verbinde ich mit meiner mittlerweile zur Buch-PR-Institution gewordenen Freundin und PR-Agentin Sabrina Rabow. Sie geht nicht nur in ihrer hochprofessionellen Arbeit auf, sondern nutzt jede Gelegenheit, um mit ihrem Tun auch etwas Gutes und Nachhaltiges zu bewirken. Außerdem hat sie mir mit dem Namen ihres Hundes einen schönen Impuls für dieses Buch gegeben. (Der heißt nämlich Ole.)

»Jeder ist ein Kritiker. Nur wenige sind Mentoren.
Finde heraus, zu welcher Sorte die Menschen
in deinem näheren Umfeld zählen.
Und höre nur auf die Letzteren!«

In diesem Sinne höre ich stets auf meinen Literaturagenten Roman Hocke, der sich nie selbst in den Mittelpunkt stellt. Ihm und seinem kongenialen AVA-international-Team um Markus Michalek, Claudia von Hornstein und Cornelia Petersen-Laux geht es immer um die Autoren und Autorinnen und ihr Werk. Ich stehe tief in ihrer und Romans Schuld. (Zu noch größerem Dank wäre ich Roman allerdings verpflichtet, wenn er als Benefitzek-Aktion auf seine 15-Prozent-Beteiligung verzichten würde.)

»Es gibt keine komplett gesunden Menschen.
Nur schlecht untersuchte.«

Dass das die Wahrheit ist, weiß jeder Ü-50-Patient, der schon mal beim Orthopäden war. Oder über so viel medizinischen Sachverstand verfügt wie meine Schwägerin Sabine (die sehr lesenswerte Medizin-Krimis schreibt) und mein Bruder Clemens. Ihnen danke ich, wie so oft, für ihre medizinischen Hinweise.

»Ein Buchstabe kann ein Wort verändern.
Ein Satz ein ganzes Leben.«

Wenn das stimmt, wie lebensverändernd sind dann erst Bücher? Und wie wichtig die Menschen, die sie uns in die Hände legen: Buchhändlerinnen und Buchhändler sowie alle, die in Bibliotheken arbeiten oder Lesungen und Festivals organisieren. Ihnen, da bin ich mir sicher, gilt nicht nur *mein* Dank, sondern der aller Menschen, die Bücher lesen, hören und lieben. (Gibt es welche, die das nicht tun?)

»Wer immer nur das tut, was er kann,
wird immer das bleiben, was er schon ist.«

Ich bin unendlich dankbar dafür, dass es inspirierende Menschen in meinem Leben gibt, die wie ich der Meinung sind, dass selbst für einen Schuster das Leben zu kurz ist, um immer nur bei seinem Leisten zu bleiben. Menschen, bei denen der Satz *»Das haben wir schon immer so gemacht«* erst Juckreiz und dann den Impuls auslöst, gerade deshalb nach neuen Wegen Ausschau zu halten. Und das egal, ob man ein junger Hüpfer ist wie Michael Treutler oder 80 Jahre alt wie Regina Ziegler. (Sorry, dass ich deine filmreife Geburtstagsparty verpasst habe, aber wir haben ja gebührend vorgefeiert!)

Beenden will ich diese Danksagung mit meinem nun schon über 120 Jahre alten Lieblingssprichwort des schottischen Autors und Priesters Ian Maclaren, das da sinngemäß lautet:

»Jeder Mensch kämpft einen inneren Kampf,
von dem du nichts weißt. Sei freundlich. Zu jedem!«

In diesem Sinne
Dein, Ihr, Euer
Sebastian
11.4.2024, 15:21 Uhr

FINDE DEINEN
FITZEK

DAS QUIZ FÜR DEIN NÄCHSTES FITZEK-ABENTEUER

Du hast deinen Roman von Sebastian Fitzek gerade beendet und weißt nicht, welchen du als Nächstes lesen sollst? Oder du brauchst einfach eine gute Inspiration ganz nach deinem Geschmack?

Dann mach das kostenlose Quiz und erhalte zwei Fitzek-Lesetipps, die genau zu deinen Vorlieben passen.

Viel Spaß!

Zum Quiz:

Die Einladung:
Wehe dem, der sie erhält …

SEBASTIAN FITZEK

DIE EINLADUNG

Jahre der Psychotherapie hat Marla gebraucht, um ihre Vergangenheit zu verarbeiten. Die seltsame Nachricht, die sie in eine stillgelegte Geburtsklinik lockte. Die Gestalt, die versuchte, sie zu töten. Das seltsam pfeifende Husten des Psychopathen beim Kampf auf Leben und Tod. Sie hat gelernt: Das alles sind falsche Erinnerungen. Marla leidet unter Gesichtsblindheit. Ihr Gehirn spielt ihr in Extremsituationen Streiche, wenn es vergeblich versucht, Menschen an ihrem Gesicht zu erkennen.

Als Marla eine Einladung zu einem Klassentreffen in den Alpen bekommt, hofft sie darauf, ein verlängertes Wochenende lang mit ihren ehemaligen Mitschülern in schönen und echten Erinnerungen schwelgen zu können. Bei ihrer Ankunft in dem verschneiten Berghotel sind alle Zimmer bereits bezogen. Benutztes Geschirr steht auf dem Esstisch, der Kamin flackert, doch es ist niemand da. Marla beginnt die anderen zu suchen. Und dann hört sie es wieder. Wie jemand pfeifend hustet, draußen, in der eisigen Dunkelheit …

»Ein alptraumhafter Trip.« *Woman*

DROEMER